古典文獻研究輯刊

三　編

曾永義　主編

第13冊

宋代文言小說中女性群像之探究

王怡斐　著

國家圖書館出版品預行編目資料

宋代文言小說中女性群像之探究／王怡斐 著—初版—新北
市：花木蘭文化出版社，2011〔民 100〕

目 4+280 面；19×26 公分

（古典文學研究輯刊　三編：第 13 冊）

ISBN：978-986-254-555-3（精裝）

1. 古典小說 2. 文學評論 3. 宋代

820.8　　　　　　　　　　　　　　　　100015006

古典文學研究輯刊

三 編 第十三冊　　　　　　　ISBN：978-986-254-555-3

宋代文言小說中女性群像之探究

作　　　者　王怡斐

主　　　編　曾永義

總 編 輯　杜潔祥

出　　　版　花木蘭文化出版社

發 行 所　花木蘭文化出版社

發 行 人　高小娟

聯絡地址　新北市永和區中正路五九五號七樓

　　　　　電話：02-2923-1455／傳真：02-2923-1452

網　　　址　http://www.huamulan.tw 信箱 sut81518@ms59.hinet.net

印　　　刷　普羅文化出版廣告事業

初　　　版　2011 年 9 月

定　　　價　三編 30 冊（精裝）新台幣 48,000 元　　　版權所有·請勿翻印

宋代文言小說中女性群像之探究

王怡斐　著

作者簡介

王怡斐，1978 年生，台北人。台灣師範大學國文系、台灣大學中文研究所畢業。從事教職是自小的志向，曾任職及人中學，現任教於三重商工。

提　　要

　　本論文透過宋代文言小說女性群像之探究，掘發出其在承繼唐人小說之外，有別於唐代小說的獨特時代風貌，同時也印證了文言小說「市井化」的特色，及其對話本小說的影響與開啟作用。凡此，均說明了宋代文言小說在中國小說史上的地位與意義。

　　在研究方法方面，本論文採用第一手資料，以文本細讀的方式，結合宋代婦女、歷史、文化、思想等各方面相關研究成果，分析小說中女性形貌、心理、人格，及女性面對個人生命遭遇、時代特殊文化背景，所呈現的生命姿態。同時以女性主義文學理論的「女性形象」批評及敘事理論，來探討宋代小說家敘事策略背後，所蘊涵的男性意識和文化意蘊。

　　關於宋代文言小說中的人間女性，宋人描繪「權威者身旁的女性」，刻意突出后妃淫蕩、妒悍的形象，及后妃間權、色欲望的激烈爭奪，含有反諷帝王荒淫亂政的歷史訓誡意涵。「獨立人格的女性」，是宋人小說中一群精彩而鮮明的女性群像，在平民或下階層女性身上，皆可見到她們自我省覺、昂揚奮進的獨立人格精神。宋代小說家除了注重女性情、色、才的特質外，也進一步掘發了女性內在之德行與智慧。此外，妒妻淫婦的內心世界曲折、複雜，也有令人同情之處；節婦烈女的節烈行為，可以視為她們自明心志的一種表現方式。宋代俠女涉足社會場域，展現俠義愛國意識；而身懷特殊絕技和異能的奇婦異女，或以奇幻之術取悅男性，或以非凡的技藝戲耍、降服男性。

　　宋代文言小說中的他界女性，皆有相異於前代的突出特色。就女仙（神）而言，女仙（神）形象在知識學問與文藝才華等內在精神層次的深化，頗有文藝化、文人化的傾向。小說中的女鬼，則承載了亂世與命運的苦難烙印，並對昏庸帝王提出沈痛的控訴；在人鬼間的愛恨情仇糾葛中，突顯出女鬼重情重義，積極追求自由婚戀，以及亡而復生尋求人倫情理認同的渴望，而「復仇女鬼」之「殺人償命」的堅決復仇形象，亦透露了宋代市民階層的果報觀念。在女妖形象的塑造上，除了人性化的特色外，進一步賦予了女妖治理家務的賢婦形象，以及滲透了理性思維的「以理制情」女妖形象。

　　在女性形象構設手法與意義部分，宋人已能有效運用不同敘事視角來補足、深化女性形象。男性作家對女性形貌的描寫，也反映了他們對女性身體的欲望與規訓。人物語言之驛壁題書的獨白方式，展現出女性普遍而深厚的精神苦痛；而大篇幅的人物對話中，則呈現女性當下細膩的心理變化。此外，在宋人勸懲觀念的影響下，小說議論對於文本敘述之女性形象，則顯然有弱化或強化的作用。

目

次

第一章 緒 論

第一節 研究動機與目的

在古典小說的研究領域中，六朝之志怪、志人小說、唐傳奇、宋元話本、明清之章回小說研究，始終佔有大塊的版圖，而宋代文言小說在唐傳奇和明、清章回小說的前後夾攻下，在當代又有宋話本此一新興小說文體之萌芽，與宋詞之全面興盛，在這樣的文學環境下，宋代文言小說即猶如一個被遺棄的孤兒，不用說它在各大文學史中，始終缺席著，即便是在以中國古典小說為專題之小說史，或是唐、宋傳奇之選本中，也理所當然地被犧牲或排擠。學術研究長久以來的漠視，宋代文言小說處境之艱難由此可見。

宋代文言小說為數眾多、卷帙浩繁，一點也不亞於唐人小說，[註1] 卻受到長久以來的忽視，除了上述外在文學環境的問題以外，究其根本原因，實為和若干「權威性」之批評言論及小說選本深深相關。最常為研究小說之學者所引錄的宋代小說評論，莫若如明代胡應麟所云：「小說唐人以前記述多虛而藻繪可觀，宋人以後論次多實而彩豔殊乏。蓋唐以前出文人才士之手，而

〔註1〕 據袁行霈、侯忠義《中國文言小說書目》著錄，宋代的文言小說將近四百多種，不過此書以傳統目錄學所謂小說家書為收錄標準，故有許多非小說之著作。見兩人合著，《中國文言小說書目》，北京：北京大學出版社，1981 年 11 月。李劍國先生整理出現存可考的宋人志怪、傳奇多達二百餘種，和唐人旗鼓相當，若從篇（條）數上來說，更是超過唐人。見氏著，《宋代志怪傳奇敘錄》（天津：南開大學出版社，1997 年 6 月），頁 2。宋代文言小說實際上可能比目前見諸著錄的更多，只因經歷宋末亂世，元代又沒有如《太平廣記》之大型小說類書的編輯，而使宋人傳奇大量失傳。見薛洪勣，《傳奇小說史》（浙江：浙江古籍出版社，1998 年 12 月），頁 154。

宋人以後率俚儒野老之談故也。」〔註2〕又云：「凡變異之談，盛於六朝，然多是傳錄舛訛，未必盡幻設語。至唐人，乃作意好奇，假小說以寄筆端。……宋人所記，乃多有近實者，而文彩無足觀。」〔註3〕可見在胡應麟的觀念中，宋代小說在小說家的身分、創作意識和小說文采、風格等方面，皆無法和唐人小說相提並論。魯迅基本上也是承繼著胡應麟的批評脈絡而來，他不僅同意胡氏之說，並進一步闡釋所謂「作意」、「幻設」者，即「意識之創造」，正因唐人是有意為小說，故小說呈現出來之審美特徵是「敘述宛轉，文辭華豔」，而和「粗陳梗概」、缺乏「文采」和「意想」的六朝志怪小說有所區別。〔註4〕在胡、魯二人心目中，唐傳奇顯然已有如此突出的特色與成就，而以此標準來看待宋代小說，不免令人失望。魯迅雖然對宋傳奇有了進一步的整理與研究，然在其心中已有完美對照組的比較之下，很不幸的，宋傳奇也只能成為陪襯唐傳奇這朵紅花的綠葉。基本上，魯迅對宋代文言小說的整體評價是貶多於褒的，〔註5〕而更嚴苛的是以下這段話：

> 宋一代文人之為志怪，既平實而乏文彩，其傳奇，多託往事而避近
>
> 聞，擬古且遠不逮，更無獨創之可言矣。〔註6〕

魯迅認為宋人小說無「獨創」意義可言，基本上也否定了其在小說史上獨立存在的價值與意義。基於對宋代文言小說如此的認識與成見，魯迅編選《唐宋傳奇集》時也採取「唐文從寬，宋製則頗加決擇」〔註7〕的標準，僅選錄了

〔註2〕 明·胡應麟，《少室山房筆叢》卷13〈九流緒論下〉，《景印文淵閣四庫全書》（臺北：臺灣商務印書館，1983年），第886冊，頁306。

〔註3〕 明·胡應麟，《少室山房筆叢》卷20〈二酉綴遺中〉，同前註，頁387。

〔註4〕 見魯迅，《中國小說史略》，收入《魯迅小說史論文集——中國小說史略及其他》（臺北：里仁書局，2003年2月），頁59、60。

〔註5〕 如魯迅論宋初徐鉉之《稽神錄》云：「其文平實簡率，既失六朝志怪之古質，復無唐人傳奇之纏縣，當宋之初，志怪又欲以『可信』見長，而此道於是不復振也。」言洪邁作《夷堅志》，晚年急於成書，「蓋意在取盈，不能如本傳所言『極鬼神事物之變也』」；又認為樂史之「綠珠、太真二傳，本薈萃稗史成文，則又參以輿地志語；篇末垂誡，亦如唐人，而增其嚴冷，則宋人積習如是也」。對於秦醇傳奇作品之批評，則認為「其文頗欲規撫唐人，然辭意皆蕪劣，惟偶見一二好語，點綴其間；又大抵託之古事，不敢及近，則仍由士習拘謹之所致矣」。論〈隋遺錄〉「其敘述頗凌亂，多失實，而文筆明麗，情致亦時有綽約可觀覽者」。而〈開河記〉、〈迷樓記〉、〈海山記〉三書「與〈隋遺錄〉相類，而敘述加詳，顧時雜俚語，文采遜矣」。同前註，頁83～91。

〔註6〕 同前註，頁93。

〔註7〕 見魯迅，〈唐宋傳奇集序例〉，同前註，頁451。

十三篇宋代傳奇。〔註8〕後世受到魯迅對宋代文言小說的評論和選本中僅選取少數篇目的影響，非但忽略其可讀價值，亦往往無法做出全面而公正的評價。〔註9〕

　　胡應麟發現了唐代小說迥異於漢魏六朝小說之「根本變革」，〔註10〕魯迅繼之加以闡論、宣揚唐小說之成就，胡、魯二人可說是牢牢奠定唐代小說在小說史上不朽地位的最大幕後功臣。然同時也是在二人對唐、宋小說的評比下，巧巧地淹沒了宋代文言小說的光芒，及後代學者對它的關注。

　　縱觀前人對唐、宋小說之批評，主要著眼於唐「虛」、宋「實」的特質上。所謂「虛」、「實」之概念和內涵其實是相當複雜的，即如學者所言：

> 「虛」、「實」既是一種概括和泛指，有時又有其特定的含義，既是對唐宋小說的現象和各自特質的揭示，又是一種評價的標準。「虛」主要指「作意好奇」、「虛構」而言，在藝術手法上，又常與「藻繪」、「文彩」、「清詞麗句」、「纏綿」密切相關；「實」有實錄的意思，即講求「信實」，在藝術手法上又常與「枯澀簡淡」、「平實簡率」密切相連。這主要是指唐宋作家創作意識和審美趣味以及其藝術效果的不同。〔註11〕

如上所論，「虛」、「實」是批評者的評論概念，在不同語境之下，概念指涉也不盡相同，故「虛」、「實」可以指創作意識、審美趣味、藝術效果或評價標準。而如胡應麟、魯迅，及後來受其影響追隨之的研究者，即把唐「虛」、宋「實」當作各自一套獨立的批評系統，以為凡是虛構的必然藻繪可觀，取信記實者即平實乏文采。殊不知這看似對立的「虛」、「實」二者，其實有著難以釐清的複雜弔詭關係，即二者的關係既是對立又是統一的，正如論者所云「在古代小說中往往是虛構的作品卻言之鑿鑿、斑斑可徵，強調其信實，而

〔註8〕　參見魯迅校錄，王中立譯注，《唐宋傳奇集》，天津：天津古籍出版社，2002年8月。

〔註9〕　關於魯迅嚴厲批評宋代傳奇的影響，已漸漸為學者所注意。相關論述請參見王國良，〈魯迅輯校整理古籍的成績與影響——以《古小說鈎沈》、《唐宋傳奇集》、《嵇康集》為例〉，《東吳中文學報》第7期（2001年5月），頁12～13。及趙章超，〈宋代志怪傳奇小說研究百年綜述〉，《社會科學研究》2002年第5期，頁141。

〔註10〕　李劍國先生語。見氏著，〈唐稗思考錄——代前言〉，《唐五代志怪傳奇敘錄》（天津：南開大學出版社，1993年12月），頁30。

〔註11〕　見張祝平，〈論宋代小說的「由虛入實」〉，《中國文化月刊》第275期（2003年11月），頁69。

實錄之作也有寫得『藻繪可觀』的」。〔註12〕這段話提醒我們：創作意識之不同，未必會造成我們自以為是的必然結果，而實際觀察宋代文言小說，確實也不乏文采可觀之作。換言之，去分別何者為虛構、何者為實錄，然後再依其虛、實定優劣，這樣的做法著實沒有任何意義，也無法增進對宋代文言小說的認識與瞭解。

其實近年來已有不少學者探討宋代小說的理論貢獻，他們拋開舊有的偏見，不約而同地注意到宋代小說家和學者們對於小說虛構意識的共識。如蕭相愷〈宋元小說理論的新貢獻〉一文，首先談到鄭樵《通志・樂略・琴操》是「中國小說理論史上最早清醒地認識，並且明確指出虛構是小說的藝術特色的理論文章」，接著又提到洪邁《夷堅志》之序言中，認為志怪非只是單純記錄鬼神怪異之事，而是必須寄寓作者主觀意識和情感的小說觀念，另外，他又舉宋人黃震《黃氏日鈔》、耐得翁《都城紀勝》、吳自牧《夢粱錄》等對小說藝術的觀點，而肯定宋人在唐人「有意為小說」的意識上又有長足的發展，即宋人使「這種有意識的虛構進入到了一個新的更為自覺的階段」。〔註13〕此外，如王齊洲論歐陽脩的小說觀念，也指出他將虛構與否作為區分史傳和小說的基本標準，開啟具有近代意識的小說觀念；〔註14〕還有學者專文論洪邁在小說觀念上的進步思想。〔註15〕

明白小說「虛」、「實」互滲之複雜關係，即不該再把唐、宋小說時時刻刻綁在一起，並簡單地以「虛」、「實」之標準來斷其優劣。我們應該跳脫原有的方法和窠臼，重新看待宋代文言小說，不要再一味地作唐、宋小說之評比，應該把宋代小說還原至當時的文學環境和文化背景中來觀察，由宋代小說文本出發來看待它自己。

本論文以為應當拋開前人對「實」的偏見，以中立態度來省思宋人「取信記實」對於小說創作的影響，重新發現「實」的意義。李劍國先生提到宋人小說有兩個顯眼的藝術缺陷：即「平實化」和「道學化」，〔註16〕同時和多

〔註12〕同前註。
〔註13〕參見蕭相愷，〈宋元小說理論的新貢獻〉，《明清小說研究》2000年第3期，頁234～236。
〔註14〕參見王齊洲，〈論歐陽修的小說觀念〉，《齊魯學刊》1998年第2期，頁20～24。
〔註15〕參見張祝平，〈論洪邁的小說觀〉，《淮陰師範學院學報》（哲學社會科學版）2001年第5期，頁677～683。
〔註16〕李劍國說道：「所謂平實化說的是構思方面的想像窘促，趨向實在而缺乏玄虛

數學者一樣，也注意到宋人小說「通俗化」、「市井化」的鮮明特色，他並解釋所謂「通俗化」、「市井化」即「市井細民題材向文人小說大量湧入，並伴隨著情感趣味上市井氣息的彌漫和通俗語言的運用，或者題材雖非市井卻經過了市井化的審美處理」。〔註17〕由文言小說中，市井題材的大量湧入，和通俗語言之運用等「市井化」特色來看，表示小說家的創作眼光已落實於現實生活，以他們在生活中眼觀耳聞之觀察，來作為小說創作的靈感與基礎。就這個角度而言，在文言小說通俗、市井化特色的發展過程中，「記實」也是小說家創作經驗與過程中的一環。當然，小說通俗、市井的特色在作家筆下會經過加工、誇飾的處理，然不可否認的是市井、通俗化的特色非但和「實」不相排斥，甚至在某種程度上是貼近「記實」的，這對於小說中人物形象之描寫塑造，也有其獨特的手法及意義。拋開對宋代文言小說的成見，秉持著這種「重新發現」的精神，細緻考察小說文本，相信會有新的視野與突破。

　　本論文除了擬重新審視宋代文言小說在小說史上的地位之外，在歷史學和社會學的領域中，宋代婦女研究方興未艾，儼然已成為一門「顯學」。學者們極力地想要還原宋代婦女在當時的社會地位和生活狀況，他們所採用的研究資料除了史料傳記、典律制度等書籍之外，往往也會涉足小說領域，將小說中的女性當作資料取證的對象，〔註18〕雖然因此豐富史學等研究領域的成果，也幫助我們更加瞭解宋代婦女生活，然以一位從事小說研究者的角度來看，對於宋代文言小說中的女性形象未能有更深入的掘發，不免覺得可惜。於是在以重新發掘宋代文言小說之意義與價值的企圖下，本論文選定以女性群像為檢視對象。在宋代文言小說的諸多篇章中，以女性為主要人物的故事甚多，女性依然是最閃亮的主角，她們在小說中呈現什麼樣的形象，小說家又是如何來構設這些女性形象？以及從女性故事及其形象構設中突顯了什麼樣的文學及文化意蘊？這些都是相當值得我們關注的議題。本論文試圖從女性群像這一角度切入，希冀

　　空靈，語言表現方面的平直呆板而缺乏筆墨的鮮活伶俐、含蓄蘊藉。所謂道學化說的是在創作動機和主題表現上對於封建倫理道德的過分執著，常又表現為概念化和教條化。」同註1，頁4。

〔註17〕同前註，頁8。

〔註18〕如劉靜貞〈從損子壞胎的報應傳說看宋代婦女的生育問題〉一文中，即採用了不少《括異志》、《樂善錄》、《夷堅志》等宋人小說中有關婦女生育的資料。《大陸雜誌》第90卷第1期（1995年1月），頁25～39。又如游惠遠之《宋代民婦的角色與地位》（臺北：新文豐出版股份有限公司，1998年6月）一書，宋人筆記小說更是其舉證的主要來源。

藉由宋代文言小說中女性群像及其形象構設之探究，爲宋代文言小說研究展開一面新的視窗，並期待能爲宋代婦女研究貢獻微薄心力。

第二節　研究範圍與近代研究概況

一、研究範圍

　　中國古典小說自唐代以來，在說經、俗講的基礎上產生了白話小說，自此之後，中國古典小說便形成文言、白話兩大系統。就本論文所探討的文言小說而言，目前學界對於文言小說之體制，主要依從魯迅之見解，由「創作意識」和「審美特徵」等方面來區分「志怪」和「傳奇」，〔註19〕亦即非有意爲之之「粗陳梗概」的「叢殘小語」爲「志怪」，而作者虛構意識較強，「敘述宛轉，文彩華豔」，篇幅較長之短篇小說爲「傳奇」。〔註20〕宋代文言小說基本上依然是志怪和傳奇並陳的情形，李劍國先生之《宋代志怪傳奇敘錄》即對宋人之文言小說有一完整的搜羅與介紹。

　　在討論宋人文言小說時，無可避免地會牽涉到「筆記」或「筆記小說」這樣的概念。首先必須先說明的是，「筆記」並不等於「小說」，劉葉秋先生之《歷代筆記概述》歸納魏晉到明清的筆記，依其內容分爲三大類：分別是「小說故事類的筆記」、「歷史瑣聞類的筆記」及「考據、辨證類的筆記」，其中第一類即所謂的「筆記小說」，其內涵主要是情節簡單、篇幅短小的故事，其中亦包含略具短篇小說規模的故事。〔註21〕吳禮權先生有鑑於大部分學者把「筆記」和「筆記小說」不加區別地混用，甚至把考據辨證、典章制度等與人事無關之雜錄、叢談亦稱爲「筆記小說」，故於其《中國筆記小說史》中，開宗明義即對「筆記小說」下了一個明確的定義，他認爲筆記小說是「以記敘人物活動（包括歷史人物活動、虛構的人物及其活動）爲中心、以必要的故事情節相貫穿、以隨筆

〔註19〕同註10，頁5。

〔註20〕魯迅云：「小說亦如詩，至唐代而一變，雖尚不離于搜奇記逸，然敘述宛轉，文辭華豔，與六朝之粗陳梗概者較，演進之迹甚明，而尤顯者乃在是時則始有意爲小說。」同註4，頁59。關於「志怪」和「傳奇」分別成爲中國文言小說兩種體制之名義辨析，可參見李劍國，〈唐稗思考錄──代前言〉，同註10，頁4～9，及康來新，〈「小說」及其相關指稱之一〉，《發跡變泰──宋人小說學論稿》（臺北：大安出版社，1996年12月）附編，頁312～318。

〔註21〕見劉葉秋，《歷代筆記概述》（臺北：木鐸出版社，1987年7月），頁3～4。

雜錄的筆法與簡潔的文言、短小的篇幅爲特點的文學作品」。〔註22〕由此可知，「筆記小說」爲具有筆記形式與性質的小說，而六朝之志怪與志人小說，就其表現方式而言，亦可稱爲筆記小說，故有學者爲避免文言小說中，「傳奇」、「志怪」、「志人」等分類標準和名義之混淆不清，而將文言小說依其表現形式分成「傳奇小說」和「筆記小說」，以「筆記小說」去含括如漢魏六朝般篇幅短小、粗陳梗概、隨筆雜錄的志怪、志人小說。〔註23〕

　　之所以特別提到「筆記小說」之名義，是因爲目前所出版之古典小說選集、叢書，除了程毅中先生之《古體小說鈔》（宋元卷）和李劍國先生之《宋代志怪傳奇敘錄》，有意識地排除了不具有小說意味的「筆記」之外，〔註24〕其他如《筆記小說大觀》（臺北新興書局）、《中國文言小說百部經典》（北京出版社）、《宋元筆記小說大觀》（上海古籍出版社），所選輯之宋代小說，實際上有許多爲並不具有小說性質之「筆記」。「筆記小說」在這些小說叢書中，只是一個泛指，內容包羅萬象，其中包含許多「非小說的筆記」，〔註25〕如果

〔註22〕見吳禮權，《中國筆記小說史》（臺北：臺灣商務印書館，1993 年 8 月），頁 3～4。

〔註23〕多數學者大致同意依文言小說之表現形式而區分爲「筆記小說」與「傳奇小說」兩大類型。如苗壯先生認爲魯迅將文言小說分類爲志怪、志人與傳奇，其缺點在於區分標準不一，前兩者之區別在於題材內容，而後者的特點則在於描寫方法，故重新以表現方法將文言小說分爲筆記小說與傳奇小說。因此「漢魏六朝的志怪、志人及其後相類的小說，均屬筆記小說。唐代傳奇勃興，延續到《聊齋誌異》及其仿效者的作品，均屬傳奇小說」。苗壯進一步說明筆記小說是以筆記形式所寫的小說，以簡潔的文言、短小的篇幅記敘故事，大多粗陳梗概，不像傳奇那樣鋪排渲染，描寫細膩，情節曲折，文辭華美。見氏著，《筆記小說史》（浙江：浙江古籍出版社，1998 年 12 月），頁 5～6。薛洪勣先生將文言小說分成三類，除了筆記小說（包括志人、志怪、雜事之類）與傳奇小說（中短篇文言小說）之外，第三類爲文言章回小說，即文言長篇小說。筆記小說和傳奇小說的區別，除了如苗壯所言筆記小說因記敘簡略，故篇幅較傳奇小說短小外，他特別強調筆記小說之「實錄性」，即它是對某種事實、傳聞或故事的直接簡要記錄，較少有記錄者的加工或虛構成份，而傳奇小說則有較多的虛構成份。同註 1，頁 391、1～2。

〔註24〕李劍國先生認爲筆記是指志怪、傳奇以外，一些「資料」性的「寫作」（非「創作」），筆記之主要在於提供資料而非供人欣賞，雖然其中亦不乏有小說意味的作品，但整體而言，這類作品已喪失了小說的性質。同註 10，頁 2～3。

〔註25〕如《宋元筆記小說大觀・出版說明》所言：「『筆記小說』是泛指一切用文言寫的志怪、傳奇、雜錄、瑣聞、傳記、隨筆之類的著作，內容廣泛駁雜，舉凡天文地理、朝章國典、草木蟲魚、風俗民情、學術考証、鬼怪神仙、艷情傳奇、笑話奇談、逸事瑣聞等等。」見《宋元筆記小說大觀》（上海：上海古

必須正名的話，這些「非小說的筆記」，如單純記載典章制度、風物習俗、醫藥技藝、闡釋經史、考據文字，及雜史瑣聞等筆記記錄，實不該稱之爲「筆記小說」，應單純以「筆記」稱之，才不至於讓人和篇幅短小而眞正具有小說意味之「筆記小說」混淆。

本論文基本上以李劍國先生在《宋代志怪傳奇敘錄》中所搜錄、介紹之志怪和傳奇小說爲研究範圍，揀選其中以女性爲主要人物形象，篇幅較長，故事情節完整，且女性形象刻畫鮮明者爲討論對象。李先生所未提及，而選錄於《中國文言小說百部經典》、《宋元筆記小說大觀》、《古體小說鈔》（宋元卷）等小說選集中，一些情節描述完整的小說，視情況也會一併納入討論，以免有遺珠之憾。至於篇幅較爲短小的篇章，則做爲輔助佐證的材料，並不以之作爲主要分析文本。

另外，在擇選討論篇章時，必須注意故事產生時代的問題，如張君房《麗情集》、羅燁《醉翁談錄》和皇都風月主人《綠窗新話》等小說集，都大量收錄了宋代以前的小說，這些小說集所收錄之宋代以前的小說，並不在本論文討論範圍內。〔註26〕而有些未能考證確定爲宋人小說者，爲求研究範圍之精確，也一概不列入討論。〔註27〕

二、近代研究概況

近代以來，學者漸漸意識到宋代小說這一塊急待開發的「沃土」，因此宋代小說的研究也在緩慢地擴張其研究版圖中，不過大多仍集中在話本的研究上，

籍出版社，2001 年 12 月）第 1 冊之「出版說明」。

〔註26〕南宋皇都風月主人之《綠窗新話》雖然搜羅了大量宋代以前的故事，然篇末議論的部分是編者皇都風月主人所加，在本論文第四章第四節討論小說議論之作用和意義時，仍會納入討論。《醉翁談錄》所收之宋人傳奇有「私情公案」類的〈張氏夜奔呂星哥〉，「煙粉歡合」類的〈林叔茂私挈楚娘〉、〈靜女私通陳彥臣〉、〈梁意娘〉，「花衢實錄」類的〈柳屯田耆卿〉，「負約類」〈王魁負心桂英死報〉，「負心類」〈紅綃密約張生負李氏娘〉，「鬼緣奇遇類」〈崔木因妓得家室〉，「題詩得耦」類〈華春娘題詩遇君亮成親〉，「重圓故事」類的〈張時與福娘再會〉、〈錢穆離妻而後再合〉，及本書佚文〈蘇小卿〉等，共十二篇。同註1，頁381～382。

〔註27〕如程毅中《古體小說鈔》（宋元卷）中，提到張君房《麗情集》一書收錄了〈燕子樓〉和〈薛瓊瓊〉兩篇，不過程先生認爲這兩篇出處不詳，疑爲宋人所撰，姑且置於張君房名下。見氏著，《古體小說鈔》（宋元卷）（北京：中華書局，1995 年 11 月），頁 70。諸如此類未能確定爲宋人之作者，本論文不一一列舉，然爲求謹慎不列入討論。

〔註 28〕而宋代文言小說的研究，則在二十世紀八○年代以後，才有了較全面而深入的研究成果。〔註 29〕宋代文言小說漸漸受到重視與研究，究其原因，和幾部文言小說選本之整理、編纂完成有關，如《筆記小說大觀》、《中國文言小說百部經典》、《宋元筆記小說大觀》等小說叢書的相繼完成，特別是後兩種叢書集合眾多學者的心血，一篇篇的整理、標點、校勘，相當程度改善了較早出版的《筆記小說大觀》內容蕪雜、體例不統一，甚至出現偽書的缺點，使研究者對於宋代文言小說的掌握更加的準確與全面，故在研究上也取得了一些可觀的成果。另外，程毅中先生編輯之《古體小說鈔》（宋元卷）收錄了如李獻民《雲齋廣錄》和沈遼之單篇小說〈任社娘傳〉等重要卻未收入《中國文言小說百部經典》或《宋元筆記小說大觀》的小說，還有專門選錄宋人傳奇小說之薛洪等人選注的《宋人傳奇選》，〔註 30〕也是相當值得參考的小說選本。

　　在研究宋代小說的專書方面，李劍國《宋代志怪傳奇敘錄》、蕭相愷《宋元小說史》〔註 31〕、程毅中《宋元小說研究》〔註 32〕對於宋代文言小說集和單篇小說之作者、著錄、版本、篇目等項目皆詳加考辨，一些名篇之內容介紹與賞析，亦有獨特的見解。特別是李劍國《宋代志怪傳奇敘錄》一書，由於作者已有意識地排除了主記雜事而逸出小說範圍之筆記，並以整本書的分量詳細介紹、考証每一本文言小說集和單篇小說，不論存或佚，凡是見諸著錄的幾乎網羅殆盡，是一本不可或缺的重要參考書目。

　　以宋代文言小說爲主題的學位論文方面，較早的有游秀雲《宋代傳奇小說研究》，她將宋代傳奇依題材分成歷史、愛情、志怪、俠義、宗教、公案、社會寫實等七類，予以介紹並歸納每類特色，分析每類傳奇之藝術技巧，以突顯宋傳奇之成就。〔註 33〕在當時尚未有搜羅完善之小說叢書的情況下，作

〔註 28〕丁峰山認爲宋代小說的研究存在著許多偏頗，其中提到「嚴重失衡」的問題，即重視話本研究，輕視傳奇和筆記研究。見氏著，〈宋代小說在中國小說史上歷史地位的重新估價〉，《福建師範大學學報》2003 年第 6 期，頁 73。

〔註 29〕關於 2002 年以前宋代文言小說的地位和性質、作家作品研究、及小說文獻整理的研究成果，可參見趙章超先生之論文，同註 9，頁 141～148。

〔註 30〕薛洪、牟青、李實、馬蘭選注，《宋人傳奇選》，長沙：湖南人民出版社，1985年 10 月。

〔註 31〕蕭相愷，《宋元小說史》，浙江：浙江古籍出版社，1997 年 6 月。

〔註 32〕程毅中，《宋元小說研究》，南京：江蘇古籍出版社，1999 年 9 月。

〔註 33〕游秀雲，《宋代傳奇小說研究》（臺中：東海大學中國文學研究所碩士論文，1993 年 6 月），頁 8。

者能大致掌握宋代傳奇，實屬難能可貴。另外，近幾年來則有較多針對單本文言小說集的研究，如陳妍妙《稽神錄故事研究》〔註34〕、陳美玲《夷堅志之民間故事研究》〔註35〕、陳美偵《青瑣高議研究》；〔註36〕還有以宋代小說之某一主題為研究對象，如陳昱珍《唐宋小說中變形題材之研究—以太平廣記與夷堅志為主》〔註37〕、邱芳津《宋代果報小說研究》〔註38〕、余定中《宋代小說中的困境情節之研究》〔註39〕等。

有關宋代以前小說中女性形象或主題的研究，六朝有顏慧琪《六朝志怪小說異類姻緣故事研究》，〔註40〕唐代有朱美蓮《唐代小說中的女性角色研究》〔註41〕及陳玉萍《唐代小說中他界女性形象之虛構意義研究》〔註42〕二本論文。朱美蓮針對唐小說中出現的女性角色分為「民間家庭」、「皇室家庭」、「舞榭歌臺」三類，並以精密的統計與細膩的分析方式來研究這三類女性角色；陳玉萍則是鎖定小說中的他界女性為討論對象，深入探討他界女性形貌的塑造、他界女性故事的情節內容分析，及小說背後男性作家塑造他界女性的心理意識。這些研究成果皆可做為本論文研究宋代文言小說之女性形象的縱向比較。

不過，目前並無專書討論宋代小說中的女性，僅有單篇論文可供參考，如紀德君〈「春濃花豔佳人膽」——論宋代話本小說的女性形象〉〔註43〕、李

〔註34〕陳妍妙，《稽神錄故事研究》，臺北：中國文化大學中國文學研究所碩士論文，1998 年 6 月。

〔註35〕陳美玲，《夷堅志之民間故事研究》，臺北：中國文化大學中國文學研究所碩士論文，2004 年。

〔註36〕陳美偵，《青瑣高議研究》，臺北：中國文化大學中國文學研究所碩士論文，1997 年 6 月。

〔註37〕陳昱珍，《唐宋小說中變形題材之研究—以太平廣記與夷堅志為主》，臺北：中國文化大學中國文學研究所博士論文，2001 年 7 月。

〔註38〕邱芳津，《宋代果報小說研究》，臺北：中國文化大學中國文學研究所碩士論文，1999 年 12 月。

〔註39〕余定中，《宋代小說中的困境情節之研究》，嘉義：中正大學中國文學研究所碩士論文，2002 年 6 月。

〔註40〕顏慧琪，《六朝志怪小說異類姻緣故事研究》，臺北：文津出版社，1994 年 5 月。

〔註41〕朱美蓮，《唐代小說中的女性角色研究》，臺北：政治大學中國文學研究所碩士論文，1989 年 6 月。

〔註42〕陳玉萍，《唐代小說中他界女性形象之虛構意義研究》，臺南：成功大學中國文學研究所碩士論文，1999 年 7 月。

〔註43〕紀德君，〈「春濃花豔佳人膽」——論宋代話本小說的女性形象〉，《海南大學學報》（社會科學版），第 14 卷第 2 期（1996 年 6 月），頁 70～74。

世珍〈從宋人小說看宋代婦女地位的轉變〉，﹝註44﹞而廖文君《宋元話本中的愛情故事研究》﹝註45﹞中，僅有一小部分談到話本愛情故事中「女性的性格分析」。不過，以上這些論文主要是以是宋代話本小說爲討論對象，文言小說的部分並未加以討論，而且所討論者皆只侷限於愛情故事裡的女性。唯一一篇和本論文密切相關的論文是許軍〈論宋代文言小說中女性形象演變的文學史意義〉，﹝註46﹞此文探討從北宋到南宋文言小說中女性形象在身分、性格、行爲模式等方面的顯著變化，不僅顯示出南、北宋女性形象之區別，同時也突顯了兩宋女性形象演變在文學史上的意義，極具參考價值。

　　此外，在歷史學和社會學的領域中，有關宋代婦女的研究也愈來愈多，游惠遠的兩本專書《宋代民婦的角色與地位》及《宋元之際婦女地位的變遷》，﹝註47﹞分別從婦女的婚姻、財產權、職業類別、貞節觀念等方面，來探討宋代婦女在家庭與社會中的地位；美國學者伊沛霞《內闈——宋代的婚姻和婦女生活》﹝註48﹞一書，對宋代婦女於家庭中所扮演的角色和所擁有的成就，有詳細的論述；徐秀芳《宋代士族婦女的婚姻生活——以人際關係爲中心》﹝註49﹞主要透過宋代婦女婚後和家族人際關係之互動，較全面地探討宋代婦女在家庭中的角色與地位；朱曉娟《程朱學派與宋代婦女貞節觀之研究》﹝註50﹞則在前人既有的研究基礎上，詳究程朱及其後學之學說，並以此澄清程朱理學之貞節觀，其實並非專對婦女而言，而是針對士大夫之操守所提出，程朱思想並未對宋代婦女造成傷害。此外，由鄧小南主編之《唐宋女

﹝註44﹞ 李世珍，〈從宋人小說看宋代婦女地位的轉變〉，收入黎活仁等主編，《女性的主體性：宋代的詩歌與小說》（臺北：大安出版社，2001 年 10 月），頁 113～151。

﹝註45﹞ 廖文君，《宋元話本中的愛情故事研究》，臺北：中國文化大學中文研究所碩士論文，1999 年 6 月。

﹝註46﹞ 許軍，〈論宋代文言小說中女性形象演變的文學史意義〉，《雲南社會科學》2004 年第 1 期，頁 113～117。

﹝註47﹞ 游惠遠，《宋元之際婦女地位的變遷》，臺北：新文豐出版股份有限公司，2003 年 1 月。

﹝註48﹞ 美・伊沛霞著，胡志宏譯，《內闈——宋代的婚姻和婦女生活》（The Inner Quarters：Marriage and the Lives of Chinese Women in Sung Period），南京：江蘇人民出版社，2004 年 5 月。

﹝註49﹞ 徐秀芳，《宋代士族婦女的婚姻生活——以人際關係爲中心》，臺北：臺灣師範大學歷史研究所博士論文，2001 年 6 月。

﹝註50﹞ 朱曉娟，《程朱學派與宋代婦女貞節觀之研究》，臺北：政治大學國文教學碩士論文，2004 年 7 月。

性與社會》〔註51〕（上、下冊）收錄許多精彩、跨領域的唐、宋婦女研究論文，張邦煒之《宋代婚姻家族史論》〔註52〕中，也有多篇和宋代婦女相關之論文，皆可為本論文研究帶來新的觸發。

綜合上述，可知有關宋代文言小說文獻的搜集與整理，目前已有較佳的選本可供研究，而在個別小說集或單篇小說的研究上，也有了初步的成果。然以宋代文言小說作專題式的研究則明顯缺乏，尤其是在其他領域裡有顯著成長的宋代婦女研究，在小說研究領域中，仍只有寥寥幾篇以話本為主的女性形象討論，可見，宋代文言小說的女性研究，依然有很大的發展空間。

第三節　研究方法與論述架構

如前所述，宋代文言小說，不論是文獻整理或是對個別作家、作品的思想內容和藝術特色的探索，已取得了初步的研究成果。本論文即以相關研究成果為基礎，由女性群像此一面向切入，試圖藉由以女性為主要人物或是和女性密切相關的故事意涵分析，與女性形象之詮釋，對宋代文言小說之女性群像作一整合性的探論。

在研究方法方面，本論文採用第一手資料，主要以文本細讀的方式，結合宋代婦女、歷史、文化、思想等各方面相關研究成果，仔細分析小說中女性之形貌、心理、人格，及其面對個人生命遭遇、時代特殊文化背景所展現的生命姿態，以突顯有別於唐人小說女性形象之獨特時代文化意蘊。〔註53〕而為了更全面地探討文言小說中的女性，佔有相當分量之他界女性也是不容忽視的重點，尤其他界女性形象之構設更能反映男性作家的虛構意識。在討論過程中，除了以宋代文言小說和話本小說做一橫向之對照，同時也上溯六朝和唐代小說，來辨析宋代小說女性形象和宋以前女性形象之同與異。

在研究方法中的女性形象分析部分，女性主義文學理論有所謂的「女性形象」批評，他們認為小說中的女性形象，不論是在男性作家或是女性作家

〔註51〕鄧小南主編，《唐宋女性與社會》（上、下冊），上海：上海辭書出版社，2003年8月。

〔註52〕張邦煒，《宋代婚姻家族史論》，北京：人民出版社，2003年12月。

〔註53〕趙章超先生也認為在評價宋代志怪、傳奇時，應避免先入為主的觀念，要在深入反覆的作品研讀中，去發掘其所具有前代作品之共性以外，於宋代特具的文化背景中所形成之獨特性。同註9，頁142。

筆下，所塑造的都是一種「女性假的形象」，皆無法傳達「眞實」的女性形象。
〔註54〕當然，去評價文學作品中的女性形象是否如實反映現實生活中的女性，並非文學批評的任務。我們該關切的是，這樣的觀點，爲小說批評揭示了兩個面向的問題，一是爲什麼小說家要塑造如此的女性形象；一是如何塑造的問題。康正果先生爲我們進一步釐清「女性形象」批評的主要任務：

> 「婦女形象」批評的任務並非一般性地評價文學作品中的婦女形象，而是揭示與不同的婦女形象相關的期望。此外，也不能把婦女形象僅視爲單純的文學形象，而應把它視爲由不同的話語形式──由古代神話直到今日的精神分析──組成的相互文本。這樣一來，「形象」也就不再是一種可以當作再現的產物去討論的東西，而「再現」則必須被當作一種過程去考察了。正是爲了在更爲廣闊的「上下文」中閱讀構成婦女形象的本文，女權主義批評家的透視掃描了各個知識領域。〔註55〕

以上這一段話提醒我們：小說女性形象批評的任務，正在於揭示並闡析人物形象構設背後的期望和極其複雜的運作過程，包括文學和非文學的因素，如歷史、政治、社會文化、性別、心理、意識形態等。女性形象構設背後所牽涉的是一個龐大且複雜的體系，故本論文將探討的不光是父權體制、性別意識下的女性形象，〔註56〕更重要的是在宋代特殊文化與文人士子眼光底下的

〔註54〕參見托里・莫以（Toril Moi）著、陳潔詩譯，《性別／文本政治：女性主義文學理論》（Sexual／Texual Politics：Feminist Literary Theory）（臺北：駱駝出版社，1995年6月），頁38～44。

〔註55〕見康正果，《女權主義與文學》（北京：中國社會科學出版社，1994年2月），頁42～43。

〔註56〕論者評述中國古典文學之性別研究時說道：「對於強調『男女有別』，並且是『男尊』而『女卑』之別的中國文化來說，男女兩性的性別塑模是一項統治階級有意識的、深具象徵意涵的性別文化建構工程，惜哉早期的文化研究或文學史的討論不是對『男尊女卑』的現象視而不見、存而不論，就是忽略其對性別文化深遠的影響，而無法直接從『性別』角度切入問題癥結所在，探索性別文化之塑模背景，與其間性政治的權力運作。」見蔡祝青，〈中國古典文學中的性別研究〉，《婦女與兩性研究通訊》第58期（2001年3月），頁17。實際上中國向來男尊女卑的的父權體制與性別文化，在西方「性別研究」（Gender Studies）風潮的影響下，已經能爲眾多之女性古典文學研究者注意，而一味地去批判父權體制或男尊女卑的性別意識，只是一再地於中國文化的共相中打轉，我們應該於共中求異，方法就是去深入瞭解每個時代獨特的文化背景與文人的創作心態。

女性群像。

此外，本論文也會專章討論有關女性形象構設手法與意義的問題。這部分將會牽涉小說敘事藝術，到底何謂小說敘事或小說修辭？李建軍先生是如此說明的：

> 小說修辭是小說家爲了控制讀者的反應，「說服」讀者接受小說中的人物和主要的價值觀念，並最終形成作者與讀者間的心照神交的契合性交流關係而選擇和運用相應的方法、技巧和策略的活動。它既指作爲手段和方式的技巧，也指運用這些技巧的活動。作爲實踐，它往往顯示著作者的某種意圖和效果動機，是作者希望自己所傳遞的信息能爲讀者理解並接受的自覺活動；作爲技巧，它服務於實現作者讓讀者接受作品，並與讀者構成同一性交流關係這一目的。〔註57〕

簡單地說，小說敘事是小說家於小說創作文本中，所欲實踐的一種策略性的活動，通過或隱或顯的敘事策略，小說家所要傳達的是隱藏於文本中的主觀意識和價值理念。本論文即欲觀察小說敘事策略對女性人物形象塑造的影響，及其背後所蘊涵的男性意識和文化意蘊。

小說敘事學是相應西方小說的發展而來，藉由小說敘事理論來批評西方小說和現代小說也已行之有年，然以小說敘事理論來評析中國古典小說，則是最近幾年才有的研究趨向。以西方複雜的小說敘事理論，來研究尚未有成熟敘事策略的宋代文言小說，難免會覺得扞格不入，事實上，我們也不該直接挪移西方理論來評價中國的小說。因此，西方敘事理論只是提供一個新的觀照角度，我們還須回歸小說文本，故本論文透過小說敘事的角度，旨在耙梳、整理進而歸納分析宋代文言小說中，對於女性形象塑造一套特有的形構手法及其意義。

雖然借用西方女性研究觀點和敘事理論來看待小說文本，或能帶給我們新的啓發，然一味採用西方理論，而不論是否能和中國文學有效結合討論，非但危險，且囿於理論而放棄豐富文本意涵的詮釋，也是相當可惜的。這也是本論文之所以以文本細讀爲先的主要原因。

本論文之論述擬分五章進行。首章緒論；第二章探討宋代文言小說中的人間女性，依女性之身分或特質分小節詳加論述；第三章討論的對象是文言

〔註57〕見李建軍，《小說修辭研究》（北京：中國人民大學出版社，2003 年 12 月），頁 11～12。

小說的他界女性，又依他界女性之女仙（神）、女鬼、女妖的身分，分成三節來討論；第四章則是綜合探討宋代文言小說女性形象的構設手法與意義，主要由「敘事視角」、「敘述語言——女性形貌描寫與環境氛圍烘托」、「人物語言——獨白與對話」，以及「小說議論」四部分來討論；第五章爲結論，主要是對本論文之研究成果作一綜合性的整理與論述，並藉由宋代文言小說女性群像的探究，回應宋代文言小說在小說史和婦女史上的研究意義。

第二章 宋代文言小說中的人間女性

　　在本論文第一章已論及宋代小說家創作小說時的「取信記實」態度，所謂「記實」，必定是著眼於現實生活，以小說家在生活中眼見、耳聞者爲主要創作題材。這樣的創作精神反映在女性形象的塑造上，最顯著的特色即是文言小說中，女性的描寫已漸漸聚焦於下層婦女身上，特別是在南宋，以市井階層之民婦、婢妾爲主要描寫對象的故事更加普遍，即如程毅中先生提到，南宋之小說集《夷堅志》、《清尊錄》、《摭青雜說》等書有一個共同點，就是受市民文化影響的通俗化傾向，這是宋代小說發展中的一個新的因素。〔註1〕有學者也注意到由北宋到南宋，文言小說中的女性形象在身分、性格、行爲模式等方面皆發生了顯著的變化，其研究指出：北宋小說中的女性有較多貴族女性和女仙；而在南宋小說中，取而代之的是市井女性和村姑農婦，他界女性也多數是女鬼而非高貴的女仙。〔註2〕這個發現極有意思，因爲女性身分演變的現象，由北宋過渡至南宋，是一個觀察的段落，此現象同樣呈顯於唐、宋小說之間，在唐、宋小說中，女性身分的差別與轉變更是鮮明，此爲探討宋代文言小說女性形象時必須特別注意的。

〔註1〕 見程毅中，《宋元小說研究》（南京：江蘇古籍出版社，1999年9月），頁143。

〔註2〕 許軍以北宋劉斧所編之小說集《青瑣高議》爲例，在33篇以女性爲主要人物形象的小說中，以貴族女性和女仙最醒目，如趙飛燕（〈趙飛燕別傳〉）、楊太眞（〈楊太眞外傳〉、〈驪山記〉）皆貴族女性，綠珠（〈綠珠傳〉）、〈流紅記〉裡的宮女也非市井女性；而〈書仙傳〉、〈長橋怨〉、〈溫泉記〉、〈何仙姑續補〉等則皆記女仙。南宋小說集，如《投轄錄》、《睽車志》、《鬼董》中以女性爲題材的小說，幾乎都具有平民市井色彩，志怪小說集《夷堅志》中的女性多爲鬼、怪、狐、妖及村婦、娼妓、女冠之類，女仙則極少見。見氏著，〈論宋代文言小說中女性形象演變的文學史意義〉，《雲南社會科學》2004年第1期，頁113。

　　本章爲突顯宋代文言小說中，人間女性形象之特色，以下擬以女性之身分和特質作爲區分及歸納的標準。然爲了突出某類女性之特殊身分或特質，分類的著眼點也就無法落在同一層次上，或以身分爲先，或以特質爲主，故本章每小節所討論的女性身分和特質，免不了會有重疊的部分。但若爲同時兼顧女性之身分和特質，則在分類上有所困難，也比較無法突出宋代文言小說裡，某些身分或某些特質的女性。因此，以下五小節的論述中，或以女性之身分來作歸納，如「權威者身旁的女性」，或以女性特質爲探究焦點，如「獨立人格的女性」、「情、色、才、德、智兼融的女性」、「妒、淫、節、烈的女性」，還有「任俠及施展幻術的女性」。

　　以下概述本章每節探討的對象和重點。第一節以后妃等「權威者身旁的女性」爲討論對象，主要探究她們「色藝無雙」、「淫妒爭寵」、「忠貞節烈」的形象和意義；第二節討論的是妓女、閨秀、民婦、婢妾等擁有「獨立人格的女性」，分別由愛情、婚姻，甚至是婚戀主題以外的故事，來闡論她們獨立自覺、永不妥協的生命意志；第三節探論宋人小說裡「情、色、才、德、智兼融」的女性形象，宋人拓展了女性的描寫角度和層次，在情、色和才以外，注意到女性德行和智慧的內蘊光芒，並出現「情、色、才、德、智」結合的完美女性形象，這是格外引人矚目的；第四節「妒、淫、節、烈的女性」，主要討論「妒妻淫婦」和「節婦烈女」，當她們面對自我情感欲望，及遭逢個人和亂世困境時，其生命處境與抉擇；第五節「任俠及施展幻術的女性」，以同樣在平凡中展現不凡的「俠女」和「奇婦異女」爲探討對象，探究這些「異」女的特殊形象，及在俠女之俠義行爲，和奇婦異女展現特殊技藝背後，所反映出來的文化意涵。

第一節　權威者身旁的女性

　　宋代文言小說中的歷史故事，有寫宋代以前的歷史，也有寫當朝的歷史，而在歷史故事中，作家感興趣的則是圍繞在皇帝等權威者身旁之皇后、嬪妃、婢女、名妓等「名女人」。本節即以宋人文言小說中的趙飛燕、趙合德姊妹、楊太眞、梅妃、綠珠、李師師等人爲討論對象。

　　這些環繞於權威者身旁的女性，她們一致的特色即是擁有「天下無雙的色藝」，她們的絕世才色成爲滿足並襯托帝王等權威者之身分與地位的象徵；此外，宋人一方面刻意將趙氏姊妹和楊貴妃醜化爲淫蕩、妒悍的形象，並藉

帝王後宮后妃「權色欲望的爭奪」，來反諷帝王之荒淫無道，寄寓深刻的歷史教訓意義；另一方面又以綠珠、李師師等理想化之女性，樹立起宋人「忠貞節烈的典範」。

一、天下無雙的色藝

　　皇帝後宮三千佳麗，能得到皇帝的青睞、集萬千寵愛於一身的女性，不論就歷史眞實或是就文學的想像塑造而言，這些女性非但一定是絕世佳人，也往往必須身懷某種才藝，以供帝王娛樂、玩賞。因此，以男性作家爲主的小說創作者，莫不懷著如帝王般獵豔玩賞的心態，極盡所能、樂此不疲地在這些名女人的容貌樣態、特殊才藝的描寫上，盡情刻畫渲染。

　　秦醇之〈趙飛燕別傳〉〔註3〕故事素材與情節多採自託名西漢伶玄的〈趙飛燕外傳〉、葛洪《西京雜記》與《漢書‧外戚傳》，〔註4〕但和史家小說家樂史不同的是，秦醇在不拘泥於史實的情況下，小說文本展現的是更爲自由想像的虛構空間。對照秦醇〈趙飛燕別傳〉和〈趙飛燕外傳〉、《西京雜記》、《漢書‧外戚傳》等篇，可以發現秦醇雖然因襲有關飛燕姊妹的某些事跡和情節，但在敘事之中卻增添了更多細膩的描寫。如對趙氏姊妹之美色的描寫爲「趙后腰骨纖細，善踽步行，若人手持荏枝，顫顫然，他人莫可學也」；其妹「昭儀尤善笑語，肌骨清滑，二人皆稱天下第一，色傾後宮」。其中趙飛燕之「若人手持荏枝，顫顫然」即是秦醇所增加的描寫，〔註5〕趙飛燕迷人之處正在於她那極纖細的柳腰，當她輕移蓮步時，如人手持柔弱的荏枝般，姿態搖曳生姿，是誰也學不來的。秦醇形象生動鮮明的比喻，突出了飛燕纖腰的特色，更令其美麗頓生光彩，有了加分的效果；而昭儀笑語盈盈的樣子及其光滑柔

〔註3〕　宋‧秦醇，〈趙飛燕別傳〉，《青瑣高議》前集卷7，史仲文主編，《中國文言小說百部經典》（北京：北京出版社，2000年3月），第14冊，頁4708～4713。本論文以下小說文本之引文，僅註明第一次之出處與版本，再次徵引者同第一次，不另作註。

〔註4〕　李劍國先生對〈趙飛燕別傳〉素材的來源有詳細的比對說明。參見氏著，〈秦醇《趙飛燕別傳》考論──兼議《驪山記》《溫泉記》〉，《固原師專學報》第22卷第1期（2001年1月），頁4。

〔註5〕　〈趙飛燕外傳〉形容飛燕「長而纖便輕細，舉止翩然」，見《中國文言小說百部經典》第1冊，頁105。而《西京雜記》亦僅云「趙后體輕腰弱，善行步進退，女弟昭儀不能及也」。見《中國文言小說百部經典》第3冊，頁711。可見秦醇描寫飛燕之體態，是在兩者的基礎上，進行了更進一步的藝術加工。

嫩的肌膚，也是無人能出其右的。姊妹倆的天生麗質使她們「色」傾後宮，也因此成為皇帝目光鎖定的焦點。也許是昭儀的美略勝一籌，又或許是漢成帝喜新厭舊，自昭儀入宮後，飛燕頗受冷落，為保住自己的地位，飛燕與少年私通求子。漢成帝對趙后與陳崇之子私通大為憤怒，後來在昭儀的求情勸說之下，僅殺陳崇之子以洩憤，自此之後，更是集所有寵愛於昭儀一身。其中一段描寫成帝對昭儀玉體的渴望，他賜侍昭儀沐浴者金錢，使之不言，以便竊窺美人沐浴，成帝由縫隙中見「蘭湯灩灩，昭儀坐其中，若三尺寒泉浸明玉」，昭儀美麗的胴體彷彿清潤光滑的明玉般，散發出誘人的光芒，令帝「意思飛蕩，若無所主」。由此番描寫可以發現，原本於〈趙飛燕外傳〉中，昭儀出浴時有意躲避，帷帳重重遮掩，侍女反覆打擾的情節，被秦醇有意改寫了，使昭儀之光滑誘人胴體得以毫無遮蔽地直接暴露於成帝和讀者面前。〔註6〕秦醇描寫昭儀美人出浴的畫面，大受明人胡應麟的讚賞，其云：「敘昭儀浴事入畫，『蘭湯灩灩』三語，百世下讀之，猶勃然興，矧親炙耶？」〔註7〕趙氏姊妹之美色，在秦醇描繪下更是栩栩如生、明豔動人，猶令後世人興味勃發想親見之，可見秦醇對飛燕姊妹美麗誘人形象的描寫是成功的。

不獨漢成帝享此二妹，在宋人筆下，唐明皇也周旋於楊貴妃和梅妃之間，關於楊貴妃和梅妃容色的描繪，〈驪山記〉〔註8〕是如此描寫楊貴妃天下第一、色冠後宮的容貌：

> 觀史氏所言，中人貴妃髮委地，光若傅漆，目長而媚，回顧射人。眉若遠山翠，臉若秋蓮紅。肌豐而有餘，體妖而婉淑。唇非膏而自丹，鬢非煙而自黑。真香嬌態，非由梳掠。乃物比之仙姬，非人間之常體。笑言巧麗，動移上意。帝對妃子論杜甫宮詞，他日帝因思其詩，命宮人取其詩，為宮人遠去，妃子曰：「不須取，妾雖聽之，尚能記憶。」乃取紙錄出，不差一字，其敏慧又可知也。

楊貴妃完美的容貌是天生麗質、渾然天成的，在她身上一切都不假修飾卻自然姣好，果真是「物比之仙姬，非人間之常體」，受陳鴻〈長恨歌傳〉的影響，此

〔註6〕康正果先生認為在〈趙飛燕外傳〉中昭儀出浴的描寫，是採取比較含蓄的手法。見氏著，《重審風月鑑——性與中國古典文學》（臺北：麥田出版社，1998年4月），頁78。

〔註7〕明·胡應麟，《少室山房筆叢》卷13〈九流緒論下〉，《景印文淵閣四庫全書》（臺北：臺灣商務印書館，1983年），第886冊，頁307。

〔註8〕宋·秦醇，〈驪山記〉，《青瑣高議》前集卷6，同註3，頁4693～4698。

處的楊貴妃早已有仙化的傾向。千嬌百媚的楊貴妃以美豔的容貌、豐腴的體態
吸引了唐明皇的目光，但這還不夠，真正抓住唐明皇內心的是她能和唐明皇論
詩說詞、「動移上意」的聰慧體貼特質。此外，宋人也虛構了一位和楊貴妃儼然
不同類型的女子―梅妃―來和楊貴妃較量。〈梅妃傳〉〔註9〕中描述梅妃：

> 妃善屬文，自比謝女。淡妝雅服，而姿態明秀，筆不可描畫。性喜
> 梅，所居闌檻，悉植數株，上榜曰「梅亭」。梅開賦賞，至夜分尚顧
> 戀花下不能去。上以其所好，戲名曰「梅妃」。妃有〈蕭蘭〉、〈梨園〉、
> 〈梅花〉、〈鳳笛〉、〈玻杯〉、〈剪刀〉、〈綺窗〉七賦。

皇帝身旁的美人，除了有出眾的容貌之外，通常也是多才多藝的才女，如梅妃
在「淡妝雅服」、「姿態明秀」的容色、姿態下，又「善屬文」，除上述七賦外，
〈梅妃傳〉中有梅妃仿司馬相如爲陳皇后作〈長門賦〉，自作〈樓東賦〉及詩一
首，表明貴妃受寵，而自我遭棄之淒苦幽怨情懷，是個頗有文采之才女。唐明
皇愛其才貌，戲稱梅妃爲「梅精」，云：「此梅精也。吹白玉笛，作驚鴻舞，一
座光輝。鬥茶今又勝我矣。」可見梅妃還會吹笛、跳舞、鬥茶等娛樂性技藝。
又如樂史〈楊太眞外傳〉〔註10〕提到楊太眞善琵琶，善舞〈霓裳羽衣〉曲，把
原本不悅的唐明皇，逗得天顏大悅，又善擊磬，「拊搏之音泠泠然，多新聲，雖
太常梨園之妓，莫能及之」。另外，〈李師師外傳〉〔註11〕中受到宋徽宗恩寵的
名妓李師師，也是「色藝絕倫」，善鼓琴；〈綠珠傳〉〔註12〕中石崇之愛婢綠珠
亦「美而豔」，且能吹笛、善舞，又會自製新歌。

　　以上這些女性除了擁有美麗的容顏和體態，提供帝王等權威者視覺上的
享受外，她們也身懷精湛的歌舞技藝，爲的就是供帝王等人娛樂賞玩，正如
清代李漁所言：

> 昔人教女子以歌舞，非教歌舞，習聲容也。欲其聲音婉轉，則使之

〔註9〕　宋・佚名，〈梅妃傳〉，《中國文言小說百部經典》第20冊，頁6939～6944。
　　　　關於〈梅妃傳〉作者爲誰的問題，李劍國先生認爲是唐曹鄴所撰，詳見氏著，
　　　　《唐五代志怪傳奇敘錄》（天津：南開大學出版社，1993年12月），頁547～
　　　　552。但由於找不出旁証，故研究者多認爲出於偽托，程毅中先生由傳末贊語
　　　　嚴厲譴責唐明皇「窮奢極侈」、「濁亂四海」、「耄而恎忍」，而終於自取其禍的
　　　　話語來看，認爲〈梅妃傳〉的確不像唐人作品，當爲宋人作品。同註1，頁
　　　　20。本論文今依此見。
〔註10〕　宋・樂史，〈楊太眞外傳〉，同前註，頁6919～6936。
〔註11〕　宋・佚名，〈李師師外傳〉，同前註，頁6947～6951。
〔註12〕　宋・樂史，〈綠珠傳〉，同前註，頁6911～6915。

> 學歌，學歌既成，則隨口發聲，皆有燕語鶯啼之致，不必歌而歌在
> 其中矣。欲其體態輕盈，則必使之學舞，學舞既熟，則迴身舉步，
> 悉帶柳翻花笑之容，不必舞而舞在其中矣。〔註13〕

女子學習歌舞，則一切美好之舞態聲容自然流露於舉手投足與談吐間，這也正是女性在男性心中的玩賞價值。在有權有勢的男性身旁，如此色藝雙全的女性尤其是不可或缺。

此外，值得注意的是，在宋人筆下這些后妃容貌的描寫中，十分有趣地呈現出和唐人截然不同的審美觀。如〈楊太眞外傳〉敘述唐明皇正覽〈漢成帝內傳〉，楊貴妃恰至，唐明皇為貴妃敘述漢成帝為身輕如燕的趙飛燕造水晶盤，令宮人掌之而歌舞，又制七寶避風臺護飛燕之史事，並以此戲語貴妃曰：「爾則任吹多少！」又在〈梅妃傳〉裡，梅妃因貴妃受寵而遭唐明皇冷落，又嫉妒又無奈地笑稱貴妃為「肥婢」，這樣的戲語在唐人小說中是絕對不可能出現的，由此也透露了宋人異於唐人的審美觀。另外，由昭儀形象的改寫，也可看出宋人對女性纖瘦體態的喜好。在《西京雜記》中，飛燕和昭儀兩人的體態其實是各屬不同的典型，飛燕「體輕腰弱，善行步進退，女弟昭儀不能及也」，昭儀則「弱骨豐肌，尤工笑語」，由外表體態看來，飛燕身輕如燕恰如其名，體輕腰弱，走起路來婀娜多姿的她，似乎也是個手無縛雞之力的柔弱女子，而昭儀雖然弱骨，但體態豐滿又時常笑語盈盈，肯定和飛燕之纖細瘦弱，有著截然不同的美，或許她和楊貴妃一樣，都屬於珠圓玉潤的豐滿健美型美人。不過，宋人並不青睞楊貴妃和趙昭儀這類型的美人，於是在宋人小說中，楊貴妃被戲稱為「肥婢」，趙昭儀的「豐肌」也被秦醇以「肌骨清滑」這樣的字眼避重就輕地取代了。宋代小說在前代后妃形象的改寫中，充分反映出宋人喜瘦厭肥的審美觀。

英雄配美人，才子配佳人，這是中國古典小說中的範式，擁有至高無上權力的一國之君，身旁當然必有絕世美人的相伴，這更是一個永恆不變的定律。正如學者分析《孟子・告子上》中，告子所云之「食色，性也」是由男性觀點出發，而把女性之美色當作和食物等量齊觀，為滿足男性生命需求的客體存在物一般，〔註14〕「色藝雙全」作為權威者身旁女性之主要形象，也

〔註13〕清・李漁，《閒情偶寄》（臺北：明文書局，2002年8月）〈聲容部・習技第四〉「歌舞」，頁131。

〔註14〕舒紅霞分析《孟子》一書中之「色」，認為所指為「女色」。參見氏著，《女性

有著同樣的意涵，即學者所言：

> 在封建的男權中心社會，女性的「才」只有與「色」相結合，才能產生巨大的魅力與社會效應，從而贏得男性的廣泛認同與愛悅。〔註15〕

才色無雙的絕世美人，正如稀貴的奇珍異寶般，不僅可供權威者賞玩、炫耀，同時擁有這些美人，也代表著帝王等有權者之無上權力的象徵與宣揚。這些色藝天下無雙的後宮美女，正是男性依照他們欲望對象的原型，即能為男性帶來「肉體愉悅」和「權力象徵」〔註16〕的美女，所構設出來的女性形象。

二、權色欲望的爭奪

歷史上皇帝深宮後院之眾多女子，其心中所有的思想意志、情緒起伏，及表現在外的一言一行，皆是為了鞏固自己在宮中的地位——明確說來，應是在皇帝面前的地位——而來。在金碧輝煌，享有富貴榮華的宮殿裡，其實是一個相當幽暗封閉的空間，身處其中的后妃們，若非早已在皇帝面前展現色藝，贏得寵愛，就是得想盡辦法，使上各種招數吸引君王的目光。因此，在宋人的想像渲染之下，更為刻意描寫趙飛燕姊妹及楊貴妃與梅妃之后妃們，為爭權奪愛所產生的種種扭曲變態的心理與行為。

后妃們既是歷史上實有之赫赫有名的人物，必然不可能完全出自虛構，而是在歷史的事實上進行有限度的虛構與想像，〔註17〕於是我們便可由作家

〔註15〕審美文化——宋代女性文學研究》（北京：人民出版社，2004 年 7 月），頁 222。
同前註。
〔註16〕見美・波利・揚・艾森卓（Polly Young-Eisendrath）著，楊廣學譯，《性別與欲望：不受詛咒的潘朵拉》（Gender and Desire：Uncuring Pandora）（北京：中國社會科學出版社，2003 年 1 月），頁 2～3。
〔註17〕李劍國先生提到「在真實和虛構之間，（文言小說）作家們很自覺地把握著一個尺度，當虛構足以改變歷史面貌時，虛構是被禁止的。在傳奇作品中，很難想像虛構出一個皇帝，一個后妃，一個大臣，很難想像虛構出和歷史記載發生嚴重衝突的事件。與通俗小說相比，通俗小說對歷史的虛構自然也有限制，但限制比文言小說小得多。……這是因為文言小說和通俗小說的來歷不同、品格不同，和主流文學的關係不同，作者的文化背景、文化素養、文學旨趣不同，作者的歷史修養和歷史認識不同，所面對的接受群眾不同。在表現歷史問題上，即便是文化素養很高的讀者也可以以『姑妄言之，姑妄聽之』的寬大容納態度對待通俗小說的歷史『戲說』，卻無法容忍出於士林文苑的文言小說作家的出格敘述。因此傳奇作家們在選擇、剪裁、虛構、書寫歷史時，他們為讀者預設的期待指向和期待視野，絕不會超出讀者的想像範圍和接受能力」。見李劍國、美・韓瑞亞，〈亡靈憶往：唐宋傳奇的一種歷史觀照方式

所虛構、作文章的部分觀察出作者所要著重突顯的人物形象和主題。〈趙飛燕別傳〉中有段全然出自虛構的情節，即飛燕為重新獲得漢成帝的關注以鞏固自己的后位，便詐託懷孕，並和宮使王盛共謀，自宮外買新生兒入宮，以免騙局敗露，後因新生兒一至宮門便啼哭不止，終無法攜入宮，在不得已的情況下，飛燕只好又謊稱夜夢龍臥而流產。昭儀後來知道飛燕詐託有孕一事，便毫不同情地對著飛燕冷嘲熱諷曰：「一日手足俱見，妾不知姊之死所也。」可見昭儀爭寵嫉妒的心態，早已使她不顧昔日姊妹情誼。接下來甚至表現出心狠手辣，完全喪失理智的恐怖行為：

> 時後宮掌茶宮女朱氏生子，宦者李守光奏帝，帝方與昭儀共食，昭儀怒言於帝曰：「前者帝言自中宮來，今朱氏生子從何而得也？」乃以身投地，大慟。帝自持昭儀起坐。昭儀呼宮吏祭規曰：「急為吾取此子來。」規取子上，昭儀謂規曰：「為吾殺之。」規疑慮，昭儀怒罵曰：「吾重祿養汝，將安用也？不然並戮汝。」規以子擊殿處死，投之後宮。後宮人凡孕子者，皆殺之。

這一段描述昭儀一得知掌茶宮女朱氏生子的消息，即氣急敗壞地質問成帝，又大哭大鬧、撲倒於地，並要宮吏為其取朱氏子來，非得誅滅之而後已。宮吏於心不忍，稍加遲疑，即遭昭儀恐嚇威脅並取其命，宮吏只好在昭儀的命令下，殺朱氏之子。往後，則「後宮人凡孕子者，皆殺之」。昭儀不分青紅皂白地濫殺無辜，反映出其兇悍剛烈的性格。昭儀殺宮人子之事雖有所本，〔註18〕但在秦醇細膩的筆觸下，昭儀的一言一行更加突出了其狠毒兇悍的形象。由此亦可推知，作者虛構飛燕詐託有孕一事是有意義的，是為了對昭儀殺宮人子之事先作鋪陳，使昭儀後來兇悍形象的轉變合理化。

　　飛燕和昭儀為了爭寵，各自採取不同的手段，飛燕一心一意地求子希冀保住后位，於是先有和年少子私通的淫亂事件，被揭穿後，成帝大怒幾欲置飛燕於死地，甚至遷怒昭儀；後又有藉己生日，使出溫情攻勢，與帝重溫往日愛戀，終受帝幸，於是乃有詐託懷孕，欲從宮外攜人子冒充事件，然終究因成帝「愛在一身」而「無可奈何」。飛燕的淫亂和詐孕皆為求子，目的是單

〔下〕〉，《南開學報》（哲學社會科學版）2004 年第 4 期，頁 104。

〔註18〕見楊家駱主編，《新校本漢書》4（臺北：鼎文書局，1986 年 10 月 6 版），〈外戚傳〉卷 67，有兩處記載昭儀殺子之事，一是殺宮史曹宮所生之子；一是殺許美人之子。頁 3990～3991。

純的，雖然淫亂的行為給成帝戴上了綠帽子，但她終無害人之心，詐孕之事
失敗後，她也無可奈何。相較於飛燕以求子為最終目的，昭儀在爭寵過程中
的心理狀況，則顯得更為曲折複雜。昭儀自從入宮即備受皇帝的寵愛，此時
的她一方面是因感念飛燕援引提攜入宮，又憶及昔日家貧，飢寒夜不成寐，
擁姊背同泣之相依為命的生活，另一方面，她也意識到此刻不宜姊妹倆互鬥，
必須兩人聯手起來安撫成帝，才是對自己最有利的狀態，於是她對於飛燕私
通引起成帝震怒之事，尚且能為姊姊向成帝求情。但當她得知飛燕詐託有孕，
又接連發生朱氏宮女生子事件之後，性情為之一變，變得歇斯底里、心狠手
辣，後又因和成帝縱欲享樂，一夕帝崩，她也畏罪自縊身亡。昭儀由顧念姊
妹之情到喪失理智、兇悍狠毒，最後因成帝駕崩使她的理智清醒了一半，當
她清楚了自己的所作所為，而唯一的靠山—成帝—也不在了，罪惡、失落、
空虛的感覺襲擊著她，只好以結束生命來尋求解脫。昭儀的負面形象顯然較
飛燕之淫蕩求子更為深刻複雜。

　　和託名伶玄所作的〈趙飛燕外傳〉對照、比較，秦醇〈趙飛燕別傳〉對在
〈外傳〉中原即個性放蕩、對妹妹昭儀又妒忌的趙飛燕形象並沒有多大的改動，
只是著重在其「淫奔求子」的刻畫上；然而，對〈外傳〉中原本「性醇粹可信」，
本著手足之情處處禮順、庇護姊姊的趙昭儀，則將之改寫為又妒又悍、為爭奪
成帝的寵幸，不擇手段的兇狠角色。〔註19〕甚至在〈外傳〉裡，成帝縱欲而亡，
昭儀撫膺「嘔血而死」前，對成帝的一段堅貞告白，也被秦醇刻意忽略，而以
「太后遣人理昭儀，且急窮帝得疾之端，昭儀乃自縊」數語匆匆帶過，當下，
昭儀成為畏罪自殺的罪犯，和〈外傳〉中堅貞的形象有天壤之別。趙昭儀形象
的轉變，使飛燕和昭儀的競爭也更加白熱化，趙氏姊妹於漢成帝面前直接、露
骨的爭寵互鬥，也成為〈趙飛燕別傳〉裡最精彩的戲碼。

　　宋人小說中有關楊貴妃形象遭到有意抹黑改寫的情況，和飛燕姊妹形象
的改寫是一致的。唐人筆下有關楊貴妃的描寫，主要可分三個層次，一是突
顯楊妃因唐明皇的寵遇，而培養出收集各種奇人異事的好奇心和嗜好，而楊
家姊妹及楊國忠的奢華蠻橫行為，則可視為楊貴妃受唐明皇寵幸的側寫；二

〔註19〕陳萬益先生也提到和〈外傳〉比較，〈別傳〉的「重心放在對飛燕淫奔求子的
　　　　敘述，而昭儀卻被寫成殘殺宮女所生兒子的兇手」。見氏著，〈評「趙飛燕外
　　　　傳」〉，收入柯慶明、林明德主編，《中國古典文學研究叢刊》（臺北：巨流圖
　　　　書公司，1977 年 10 月）「小說之部」（一），頁 118。

是歌頌李、楊深情眞摯、始終不渝的愛情；三是和正史相呼應，對楊貴妃以
批判的角度給予女子禍國的評價。〔註 20〕樂史以史家筆法寫作的〈楊太眞外
傳〉，小說中的素材幾乎皆可一一找出來源，在完全「述而不作」〔註 21〕的情
況下，小說中所描寫的楊太眞和唐人小說沒兩樣，上述三個層面皆有，但似
乎較側重在大量音樂、舞蹈、宴享的烘托下，李、楊縱情享樂，及楊家因受
寵而驕奢蠻橫的一面。然在宋代某些作家筆下的楊貴妃故事，則悄悄地轉移
了關注的主題。考之唐代歷史文獻和小說中的楊貴妃，並無其和安祿山的淫
亂事跡，〔註 22〕甚至在唐人小說中，反映的是楊貴妃成功地扮演了后妃的角
色，她不像武則天一樣干政，她認同於后妃的職權和本色，並且淋漓盡致地
展現了后妃應有之風華絕代。〔註 23〕不過，宋代小說家卻刻意把楊貴妃塑造
成爭寵善忌、淫亂無度的女性。

如秦醇〈驪山記〉則藉驪山田翁之口，巧妙地把焦點轉移到楊貴妃和安
祿山身上。作者虛構了安祿山和貴妃嬉遊、私通之情事，並以「野鹿遊深宮，
花爲鹿銜去」之徵兆來暗示楊、安二人不尋常的關係，之後又安排了安祿山
對貴妃無禮，而有傷乳、詠乳之香豔露骨情節的描寫。以下錄唐明皇和安祿
山詠貴妃乳一段：

> 一日，貴妃浴出，對鏡勻面，裙腰褪，微露一乳，帝以指捫弄曰：「吾
> 有句，汝可對也。」乃指妃乳言曰：「軟溫新剝雞頭肉。」妃未果對。
> 祿山從旁曰：「臣有對。」帝曰：「可舉之。」祿山曰：「潤滑初來塞
> 上酥。」妃子笑曰：「信是胡奴只識酥。」帝亦大笑。

〔註 20〕 參見朱美蓮，《唐代小說中的女性角色研究》（臺北：政治大學中國文學研究
所碩士論文，1989 年 6 月），頁 153～156。

〔註 21〕 此乃程毅中先生評價〈楊太眞外傳〉之語。同註 1，頁 13。

〔註 22〕 唐人小說中有李肇《唐國史補》卷上記載安祿山受唐明皇、貴妃恩寵日深之
事，見《中國文言小說百部經典》第 11 冊，頁 3582。姚汝能《安祿山事蹟》
之貴妃洗兒（安祿山）爲樂，見《百部叢書集成》（臺北：藝文印書館，1967
年），第 184 冊，頁 13。鄭棨《開天傳信記》之安祿山與貴妃於便殿同樂，拜
貴妃爲母事件，見《筆記小說大觀》8 編 1（臺北：新興書局，1975 年），頁
12～13。由此可見，唐人小說中並無實際記載楊貴妃和安祿山兩人淫亂之事。
但是到了宋代司馬光的《資治通鑑》，則將上述唐人小說家之言，敷演成楊貴
妃和安祿山的穢亂之說，自此之後，楊貴妃便有了不清不白的穢亂罪名。有
關楊貴妃和安祿山穢亂之說的考證，詳見曾永義，《俗文學概論》（臺北：三
民書局，2003 年 6 月），頁 536～539。

〔註 23〕 同註 20，頁 156。

李劍國先生認爲秦醇這些自創的風流、香豔情節「意在突出楊、安二人的曖昧
關係，突出作品的豔情格調」，〔註24〕這是就作者的創作動機而言，而出於獵豔
心理的創作目的下，無形中卻大大扭轉了楊貴妃的形象。楊妃在唐人心裡，除
了出於「女禍」史觀的影響，和妹喜、妲己、褒姒等美人、寵妃一樣無辜地背
負上「亡國禍水」之罪名，而這也是史家父權運作無可避免的結果之外，其實，
楊妃在唐代民間大眾的心中，是女子揚眉吐氣的最佳典範，〔註25〕並無負面的
形象。但是楊貴妃在〈驪山記〉中，因和安祿山過於親暱，有了私通之事，而
安祿山則是食髓知味、得寸進尺，完全枉顧禮法，時常對貴妃做出踰矩之行，
楊妃對此又怒又恨，時而對安祿山怒罵曰：「小鬼方一奴耳，聖上偶愛爾，今得
官出入禁掖，獲私於吾，尚敢爾也！」時而無奈地泣訴：「吾私汝之故也，罪在
我而不在爾，爾今不思報我，尚以死脅我！」而當唐明皇也在場的場合，如上
引詠乳一段，爲隱瞞和安祿山的淫亂之事，卻又得笑臉迎對。楊貴妃受制於安
祿山卻不得張揚，其內心之掙扎、痛苦可想而知。由此可知，宋人關注的不再
是楊貴妃雍容華貴的美麗光環，也不是她和唐明皇之間的動人愛戀，而是將她
醜化，硬是安上一個不清白的淫蕩醜名。〔註26〕

　　在〈溫泉記〉〔註27〕裡，楊貴妃升格爲「蓬萊第一宮太真妃」，不過卻不
是〈長恨歌傳〉中那位深情憶往的仙妃，而是與於驪山題詩的宋人張俞沐浴、
對榻而寢，「仍是〈驪山記〉中那個不清不白的楊妃」：〔註28〕

　　　　仙乃入御浴，湯影沈沈，甃搖龍鳳。仙去衣先入浴，俞視若蓮浮碧沼，
　　　　玉泛甘泉，俞思意蕩。俞因以手拂水，沸熱不可近。仙笑命左右別具
　　　　湯沐，侍者進金盆，爲俞解衣入浴。仙與俞相去數步耳，一童以水沃
　　　　仙，一童以水沃俞。俞白仙曰：「俞塵骨凡體，幸遇上仙，似有宿契，
　　　　然何故不得共沐？」仙曰：「爾未有今日之分。」浴已，次第取服。

〔註24〕同註4，頁6。

〔註25〕唐・陳鴻〈長恨歌傳〉引當時民間謠詠對楊貴妃的羨慕之詞云：「生女勿悲酸，
　　　　生男勿喜歡。」又：「男不封侯女作妃，看女卻爲門上楣。」見蔡守湘選注，
　　　　《唐人小說選注》（二）（臺北：里仁書局，2002年6月），頁380。

〔註26〕陳文新先生亦認爲「在唐人傳奇中，楊貴妃的形象以風韻和深情爲核心，是
　　　　浪漫世界的愛情主角；而宋人傳奇卻把她拉入卑污的三角關係中，畫成了市
　　　　井的蕩婦模樣」。見氏著，《中國文言小說流派研究》（武昌：武漢大學出版社，
　　　　1993年9月），頁190。

〔註27〕宋・秦醇，〈溫泉記〉，《青瑣高議》前集卷6，同註3，頁4699～4702。

〔註28〕同註4，頁8。

> 仙乃命撤去杯皿，與俞對榻而寢。俞情思蕩搖，不能禁。俞曰：「召
> 之來，不與之合，此繫乎俞命之寡眇也。他物弗望，願得共榻，以
> 接佳話，雖死爲幸。」仙笑曰：「吾有愛子心，子有私吾意，宿契未
> 合，終不可得。」俞乃欲升仙榻，足不可引，若有萬勛繫之。仙曰：
> 「子固無今日分。」俞乃就南榻，與仙對臥而語。

仙妃召張俞之魂入仙宮，目的是向他詢問人間之事，不過她問的卻是「今之
婦人首飾衣服如何？」而不是有關唐明皇或唐朝的事情，這和唐人陳鴻〈長
恨歌傳〉中，對唐明皇深情愛戀的形象相去已遠。接下來作者即花了更多的
篇幅描寫仙妃和張俞沐浴、對榻而寢的情形，看來先前問詢之事只是藉口，
重點在後者。仙妃忽然召來一個陌生男子張俞，先是安排與之更衣沐浴，後
來又讓張俞和她對榻而寢，皆惹得張俞情思蕩漾，企圖有更進一步的接觸，
不過仙妃以緣分未到而拒絕，兩人終究不得共洗鴛鴦浴、共榻而眠。小說中
的張俞，無疑地是個好色的登徒子，爲了滿足張俞（或者說是男性作家與讀
者）對前代名女人楊貴妃的幻想，作者有心虛構了如此的香豔情節，於是在
作者，或是豔遇對象張俞等男性的眼中，楊妃終不免有「色誘」的嫌疑。

　　由安祿山到張俞，李、楊之愛情早已被宋人遠遠地拋諸腦後，楊貴妃的
形象被嚴重地扭曲、任人想像渲染，連大宋失意文人張俞，都能於夢中企圖
染指楊妃，事後還留詩爲証，詩云：「昨夜過溫湯，夢與楊妃浴。敢將豫讓炭，
卻對卞和玉。」又：「同歡一宵間，平生萬事足。想得唐明皇，暢哉暢哉福。」
這也充分說明了楊貴妃是被當成男性眼中的「美豔尤物」來想像與期待的，
而這「美豔尤物」不僅只能想像，亦幾可觸及了。

　　當然，宋人並非全然不談楊貴妃和唐明皇的愛情故事，只不過由小說家
談的方式和重點看來，在在顯示出宋人對這一段唐人傳頌之帝王后妃的生死
愛戀，實在不怎麼感興趣罷了。如《翰府名談・明皇》〔註 29〕篇中敘述楊
妃夢與唐明皇遊驪山，遊至興元驛對食之際失火，帝、妃二人分乘白龍與黑
龍，楊妃之黑龍行之甚緩，故一人獨行，無左右之助，又遇黑面峰神……等
夢中遭遇，小說以此爲楊妃馬嵬縊死之徵兆。另外，又寫唐明皇夢遊太眞之
仙宮，與仙妃隔一雲母屏對坐，唐明皇只能聞其聲而不得見其形。帝問仙妃
曰：「汝思吾乎？」仙妃並沒有正面回答，僅答以「人非木石，安得無情」，

〔註29〕宋・劉斧，《翰府名談・明皇》，程毅中編著，《古體小說鈔》（宋元卷）（北京：
　　　　中華書局，1995 年 11 月），頁 197。

並邀唐明皇異日同遊玉虛。唐明皇對仙凡兩隔、如何可通提出疑問，仙妃也只是以交待事情的口吻告訴他可託信給雁府上人。由此可見，宋人筆下的仙妃對唐明皇的態度顯然冷淡許多，不再是唐人傳奇中，那位對唐明皇一往情深的仙妃。唐明皇醒後作詩云：「風急雲驚雨不成，覺來仙夢甚分明。當時苦恨銀屏影，遮隔仙妃只聽聲。」詩中徒留悵恨之情。於此篇中，即使唐明皇和仙妃已近在咫尺，然兩人卻不得相見，宋人對於兩人的愛情，非但不願玉成其事，又將楊貴妃對唐明皇深情愛戀的情感抽去了大半，可知宋人不把唐明皇和楊貴妃的故事題材當作愛情故事來看待，而是對其寄寓更深刻的歷史意涵。

　　如果說趙飛燕、趙昭儀的爭寵、欺騙、兇狠惡行或許在文人筆下誇大了些，但畢竟未離史實太遠。然而，相較之下，宋人對楊貴妃就太不公平了，除了淫亂之事以外，又虛構了梅妃這個個性溫婉、淡雅脫俗的絕色美人，來和她搶擂臺，並由此反襯出楊貴妃之俗豔、妒悍與不講理的負面形象。〔註30〕〈梅妃傳〉中描述自從太真入宮後，漸漸奪取了唐明皇對梅妃的寵愛，太真和梅妃兩人因而相嫉，避路而行，不過太真「忌而智」，梅妃「性柔緩」，梅妃終不敵強悍的太真，而被遷往上陽東宮。一日，唐明皇憶梅妃，密召梅妃至翠華西閣，在兩人歡敘舊愛之際，太真忽至，唐明皇立即把梅妃藏於夾幕間，之後便上演一段太真怒氣沖沖地興師問罪的好戲：

> 太真既至，問：「梅精安在？」上曰：「在東宮。」太真曰：「乞宣至，今日同浴溫泉。」上曰：「此女已放屏，無並往也。」太真語益堅，上顧左右不答。太真大怒曰：「肴核狼藉，御榻下有婦人遺舄，夜來何人侍陛下寢？歡醉至於日出不視朝！陛下可出見群臣，妾止此閣俟駕回。」上愧甚，拽衾向屏假寐曰：「今日有疾，不可臨朝。」太真怒甚，徑歸私第。

得知唐明皇正和梅妃共洗溫泉浴的太真又妒又怒，一至，便咄咄逼人地詢問梅妃的去處，唐明皇愈是含糊其詞，太真態度愈是強悍，最後連堂堂一國之君，也被她問得啞口無言，只好推說有疾不臨朝。太真見無法可施，才又帶著一把怒火回宮。在唐明皇、太真、梅妃的三角關係中，唐明皇雖喜新（太

〔註30〕張乘健先生提到梅妃之「梅」和楊妃之「楊」恰巧是個對比，楊花向來被視為輕薄俗豔，而梅花則是高潔的象徵。參見氏著，〈《長恨歌》與《梅妃傳》：歷史與藝術的微妙衝突〉，《文學遺產》1992年第1期，頁55。

眞）厭舊（梅妃），不過對梅妃亦難忘舊情，本來中國歷史上的皇帝，同時寵幸多個嬪妃是常有之事，但在太眞的強勢作風之下，硬是阻止了唐明皇和梅妃往來的機會，唐明皇對此自始至終是不敢怒也不敢言，連梅妃作〈樓東賦〉述怨情，太眞聞之不能容，訴請唐明皇賜死梅妃，唐明皇亦默然相對。唐明皇在處理三角關係上的懦弱無能，以及梅妃的勢弱受欺，在在突出了太眞妒悍強勢的形象。〔註31〕

宋人寫后妃淫亂、妒悍的負面形象背後，其實要呈現的就是后妃對權、色欲望的不滿。〈驪山記〉中，即藉一田翁之口，道出了後宮女子之「大欲」的問題：

《易》曰：「慢藏誨盜，冶容誨淫。」正爲此也。婦人女子性猶水也，置於方器則方，置於圓器則圓。且宮人數千，幽之深院，綺羅珠翠，甘鮮肥脆，皆足於體，所不足者，大欲耳。

趙飛燕之私通年少子，楊貴妃和安祿山之淫亂關係，即代表了后妃之淫欲、色欲需求。此外，對她們而言，更要緊的是權欲，她們要爭的是在君主面前的權力地位，而要如何來爭奪並鞏固自己的地位，靠的就是手段與色相，換句話說，即如何讓皇帝在情色欲望方面達到滿足。於是，除了本身的色欲需求之外，她們也要努力想辦法滿足帝王欲望，因此，后妃間的競爭，即變成一場權欲、色欲的爭奪戰。

上述趙氏姊妹和楊貴妃淫蕩、妒悍形象的刻意改寫與扭曲，以及后妃權、色欲望爭奪的主題，其實正是對君主無能與荒淫的諷刺，由此角度而言，后妃形象的描寫，只是作爲小說家用以譏刺帝王的媒介，其形象本身並沒有自主性。作家將懲戒的矛頭指向荒淫無能的帝王，此歷史訓誡的創作主旨，極爲一致的出現於〈楊太眞外傳〉、〈梅妃傳〉、〈李師師外傳〉，及《青瑣高議‧隋煬帝海山記》、〈迷樓記〉、〈開河記〉等和隋煬帝相關的宋人小說中。〔註32〕

〔註31〕陳文新先生認爲〈梅妃傳〉中將楊貴妃塑造成一個佔有欲極強、驕悍跋扈的形象，正是爲了強化「唐明皇寵愛楊貴妃是造成天下大亂原因」此一命題。見氏著，《文言小說審美發展史》（武昌：武漢大學出版社，2002年10月），頁434～435。

〔註32〕〈隋煬帝海山記〉分上、下篇，收入《青瑣高議》後集卷5。〈迷樓記〉和〈開河記〉收於《說郛》中，程毅中先生認爲此二篇有可能是《青瑣高議》之佚文。同註1，頁85。蕭相愷先生則提到有關於隋煬帝事跡的宋人小說，有明顯影射北宋後期宋徽宗大興土木營建苑囿、貪戀女色的亂政實情。參見氏著，《宋元小說史》（杭州：浙江古籍出版社，1997年6月），頁341。

而《翰府名談·玄宗遺錄》〔註33〕一篇，甚至藉貴妃將縊死前，將唐明皇不能維護自己的悲哀絕望和埋怨，對堂堂一大唐帝國的皇帝作了深切的控訴，貴妃云：「夫上帝之尊，其勢豈不能庇一婦人使之生乎？」唐明皇的顢頇無能，由貴妃親口道出，格外具有悲切的力量。

三、忠貞節烈的典範

本節所論權威者身旁的女性，除了梅妃為虛構的人物之外，其餘皆是史上實有之女性。宮廷中的貴族女性，小說家從正面描寫了其色藝雙全的一面，由反面則刻畫了她們兇悍淫蕩的負面形象。另外，值得特別注意的是，不論是詳於史實的樂史〈綠珠傳〉，或是純為小說家之言的〈李師師外傳〉，〔註34〕可以看出作家著意塑造這兩位身分卑下的婢女、妓女為忠貞節烈的典範。

〈綠珠傳〉內容大體和《晉書·石崇傳》相類，敘述綠珠美而豔，能吹笛又善舞，石崇為交趾採訪使時，以真珠三斛致之，甚是寵愛。石崇之寵妾、侍女美豔者千餘人，生活極盡奢華，也因此數大招風。後來趙王司馬倫叛亂，同黨孫秀趁機派人向他索求綠珠，石崇不肯，孫秀因此促趙王倫誅滅其族，綠珠為效死石崇，墜樓自殺而亡。作者對於綠珠形象的描寫，較之前人，並沒有任何的獨創性，只是就作者所見有關綠珠之舊聞，堆垛拼貼而成，不過在堆砌、拼貼相關資料的過程中，亦可見作者所要著重的是綠珠「一旦紅顏為君盡」的忠貞形象。〔註35〕為了突出綠珠為石崇墜樓，是「侍兒之有貞節

〔註33〕宋·劉斧，《翰府名談·玄宗遺錄》，同註29，頁206～207。

〔註34〕關於〈李師師外傳〉創作時代的問題，鄧之誠和薛洪勣先生皆從〈外傳〉中不合乎宋代李師師個人生平的部分，否定其為宋代作品，而斷定為明朝末年期間之作品。見宋·孟元老著，鄧之誠注，《東京夢華錄注》卷5〈京瓦伎藝·李師師〉云：「其書稱謂語氣，一望而知為明季人妄作，竟謂師師慷慨就義。」（北京：中華書局，1982年1月），頁135。及薛洪勣，〈《李師師外傳》應是明末作品〉，《明清小說研究》1990年第3、4期合刊，頁181～189。然小說乃為虛構性強之文學作品，以敘述是否合於史實來斷定其創作年代是不合理的，鄧、薛兩人的論證不足為據，故〈李師師外傳〉仍應視為宋代作品。參見李劍國，《宋代志怪傳奇敘錄》（天津：南開大學出版社，1997年6月），頁389。除此之外，就現存之宋代文言小說而言，《青瑣高議》收錄不少女性傳記式的小說，如〈譚意歌〉、〈孫氏記〉、〈王幼玉記〉、〈溫琬〉等篇，也都算是短篇小說中，篇幅較長、人物形象飽滿鮮明的作品，這表示宋代文言小說的發展，已達相當的成熟水準，此或許也可作為〈李師師外傳〉是為宋人作品的佐證。

〔註35〕李劍國先生提到古人歌詠綠珠的詞章，不外乎是如杜牧〈金谷園〉的「落花猶似墜樓人」中的嘆惋，或是喬知之〈綠珠篇〉的「一旦紅顏為君盡」表達

者」，樂史採用唐人〈周秦行紀〉中綠珠因石崇性嚴忌，不可及亂，故潔身自愛，不願與牛僧孺作伴的情節，又以西晉「六出」、唐朝「竊娘」二位守貞的侍女作爲陪襯，以深化綠珠的形象。作者篇末讚揚綠珠：「蓋一婢子，不知書，而能感主恩，憤不顧身，其志烈懔懔，誠足使後人仰慕歌詠也。」辜不論綠珠爲石崇犧牲守貞是否值得讚許，作者所竭力深化的就是綠珠感念主人恩德，以死明志的忠貞節烈形象。

在〈李師師外傳〉中，李師師是「色藝絕倫」、「名冠諸坊曲」的京城名妓，作者在傳中，主要透過李師師面對宋徽宗喬裝的商人趙乙，及後來知道趙乙即當今聖上的不同態度，和金人入侵，師師臨危不懼的懍然氣節，來突顯這一代名妓的鮮明形象。故事敘述宋徽宗即位後，好事奢華，喜宴遊，在宦者張迪的慫恿之下，微服假扮成大商賈趙乙，至鎮安坊李姥所經營的妓院，尋訪名妓李師師。面對這位出手闊綽的大客戶，李姥的態度始終殷勤備至，拿出來招待的水果更是上等的高級品，有香雪藕、水晶蘋果、大如卵的鮮棗等，「皆大官所未供者」。然師師卻始終不肯現身，作者一連用好幾個「未出見」來描寫師師因不喜接見短視近利的商人，而採用的拖延戰術。先是「姥復款洽良久，獨未見師師出拜，帝延佇以待」，在小軒中「帝翛然兀坐，意興閑適，獨未見師師出侍」，又移至後堂用餐，「姥侍旁款語移時，而師師終未出見」，當徽宗在李姥的勸說下，沐浴之後又回到後堂，李姥「勸帝對飲，而師師終未一見」，良久，李姥才引帝至房，「帝搴帷而入，一燈熒然，亦絕無師師在」。這一大段敘述，雖然未見師師出場，但已充分烘托出她堅毅高潔、不爲利誘的人格特質。

最後李師師在不得已的情況下姍姍而來。對於師師的孤高怠慢，李姥則是一路卑下地賠不是，如請徽宗沐浴潔身，則曰：「兒性好潔，勿忤。」師師見徽宗後「意似不屑，貌殊倨，不爲禮」，李姥又和徽宗耳語曰：「兒性頗愎，勿怪。」徽宗問師師年歲，師師不相應，又移至它處，李姥即趕忙陪罪曰：「兒性好靜坐，唐突勿罪。」李姥一再地鞠躬哈腰賠不是，更顯出李師師的堅定自立、不爲所動。

宋代雖然城市商業發達，但商人地位在一般人心中並不見得有所提高，面對財大氣粗，以爲只要有錢就能使鬼推磨的大商賈，師師的高傲不屑態度，正是她清高、能自我把持的寫照。之後，當李姥和師師得知商人趙乙即宋徽

宗時，李姥惶恐不已，日夜涕泣，唯恐遭夷其族，師師則依舊鎮定無懼，並理性地分析不必畏懼的道理：

> 師師曰：「無恐。上肯顧我，豈忍殺我？且疇昔之夜，幸不見逼，上意必憐我。惟是，我所竊自悼者，實命不猶，流落下賤，使不潔之名，上累至尊，此則死有餘辜耳。若夫天威震怒，橫被誅戮，事起佚遊，上所深諱，必不至此，可無慮也。」

師師由宋徽宗方面分析他不至於動怒殺己的理由，一是徽宗求見那一晚，師師態度倨傲，但徽宗仍包容不相逼，表示「上意必憐我」；二是徽宗也不願妓院佚遊之事張揚出去，故可無慮。師師擔憂的反倒是以自己身為娼妓的不潔之名污累了當今至尊。由此可知，師師是一位理智聰慧的女性，在她身上，非但看不到一般妓女送往迎來的醜陋習性，反而散發的是她高潔的人格自尊。對於商人近利的嘴臉，她鄙視之；對於皇帝的愛戴賞賜，她依然淡裝素服，只是態度多了一分尊重與恭敬，絲毫沒有依附權貴的巴結心態。

至此，作者已突出了李師師高於一般妓女的鮮明形象，藉宋徽宗之口，則再次高度讚賞了師師獨特的風姿。徽宗認為即便令後宮佳麗和師師一樣淡裝素服，而使師師雜列其中，亦迥然自別，因為她散發出來的是在「色容之外」的「幽姿逸韻」。色容之美只是表相的，而姿韻之美卻是由內在氣質、人格散發出來的，這是自然而然、甚至是永恆不變的，非如容色外貌可隨意妝扮改變。

後來，金人入侵，河北告急，師師把宋徽宗前後所賞賜的金錢助軍餉，小說文本先前極力鋪陳徽宗對師師出手大方的恩寵賞賜，和現在師師的義舉助軍成了明顯的對比反諷效果。在戰亂中，金人欲活捉李師師，張邦昌等叛軍棄械從敵，擄獲李師師，以獻金營。師師被擄，卻毫無畏懼地在叛佞張邦昌面前曉以大義：

> 師師罵曰：「吾以賤妓，蒙皇帝眷，寧一死無它志。若輩高爵厚祿，朝廷何負於汝？乃事事為斬滅宗社計？今又北面事醜虜，冀得一當，為呈身之地。吾豈作若輩羔雁贄耶！」乃脫金簪自刺其喉，不死；折而吞之，乃死。

師師臨死前慷慨激昂的一番陳詞，可謂是對宋朝廷的一個當頭棒喝，宋朝面對外患之所以會不堪一擊，和這些坐享高官厚祿，卻吃裡扒外的小人是脫不了關係的。師師知恩圖報，忠於國家，不事外敵，為國捐軀的堅決、節烈形

象，和這些臨陣倒戈的叛將，形成一深刻強烈的對比，〔註 36〕若把師師比擬爲宋代的「女文天祥」，亦非過譽。

南宋有關李師師的軼事傳聞流傳甚多，其中張端義《貴耳集》和周密《浩然齋雅談》皆描述了宋徽宗、李師師和周邦彥二男一女的三角關係，唯獨〈李師師外傳〉中少了周邦彥，摒棄了宋徽宗和周邦彥爲李師師爭風吃醋的風流傳聞，僅敘述徽宗欣賞、喜愛師師，大方賞賜金錢、禮物，亦無兩人之間肌膚之親的暗示或描寫，可見作者在塑造李師師的形象是極爲用心的，其集「淑女、俠士、烈婦」於一身的形象，或許過於理想、完美，〔註 37〕但作者背後的創作旨意卻是值得我們關注的。

宋人有鑑於五代十國戰爭頻仍、禍亂紛起，政權一再更迭，士大夫朝秦暮楚，致使「禮樂崩壞，三綱五常之道絕」，〔註 38〕「君君、臣臣、父父、子子之道乖」，〔註 39〕因此，宋代積極提倡重視節義的道德觀，以名節忠義，來重塑儒家之倫理道德觀。〔註 40〕正是在這樣的時代精神之下，綠珠和李師師忠貞守節的形象，格外具有作爲士大夫典範的意義。

有學者注意到〈綠珠傳〉主旨不在宣揚奴婢盡忠於主人的思想，而是在讚賞「不爲權勢所屈、不爲富貴所誘、堅貞不渝的崇高氣節」。〔註 41〕這正和李師師的形象不謀而合。綠珠和李師師，一位是侍女，一位是娼妓，皆是社會上身分低下卑微的女性，但在她們身上，我們卻看到了知恩圖報，忠於主人，忠於國家，不事外敵的堅貞崇高氣節，她們甚至做出不惜犧牲生命以明志節的壯烈行爲，古今男兒有幾人能如此？若非有強烈堅定的勇氣和決心，是無法爲之的。在宋人小說中，我們彷彿看到了綠珠和李師師爲朝廷士大夫所立下之屹立不搖的忠貞典範。

〔註 36〕陳文新先生也認爲「作者有意用一個身分卑賤的妓女來與所謂高貴的達官對照，以鞭撻那些喪失民族氣節的敗類」。同註 31，頁 435。

〔註 37〕李劍國先生認爲李師師的形象過於理想、道德化，削弱了形象的真實感。同註 34，頁 392～393。

〔註 38〕見楊家駱主編，《新五代史》1（臺北：鼎文書局，1985 年 1 月）卷 17〈晉家人傳〉，頁 188。

〔註 39〕見楊家駱主編，《新五代史》卷 16〈唐廢帝家人傳〉，同前註，頁 173。

〔註 40〕參見諸葛憶兵，〈宋代士大夫的境遇與士大夫精神〉，《宋代文史考論》（北京：中華書局，2002 年 11 月），頁 263。

〔註 41〕見吳志達，《中國文言小說史》（濟南：齊魯書社，1994 年 9 月），頁 601～602。

　　宋人小說中，權威者身旁的女性形象，已如上文所述，不過由於作家創作傾向與審美意趣之不同，對於女性形象的塑造也有不同的偏重。如樂史以史家筆法創作〈綠珠傳〉、〈楊太眞外傳〉，這兩篇小說皆是剪裁拼貼舊資料而成，〔註42〕屬於作家創作的成分不多，如清人周中孚曾評〈楊太眞外傳〉云：「今按其書，博採諸傳記小說而成，復加考覈而爲之注，末繫以論斷。自唐以後，載楊妃事者，不一書，當以是編爲最詳。」〔註43〕魯迅評二傳：「本薈萃稗史成文，則又參以輿地志語；篇末垂誡，亦如唐人，而增其嚴冷。」〔註44〕由此可知，在樂史筆下，綠珠、楊太眞的形象並無眞正的獨創性，眞正可見樂史獨創的部分，反倒是在所謂篇末垂誡之處，此部分涉及形象構設手法，將留待第四章探討。而秦醇之〈趙飛燕別傳〉雖然亦以〈趙飛燕外傳〉、《西京雜記》等書爲藍本，但由於其採靈活的虛構手法，〔註45〕加上其創作乃「出於獵豔的心理動機，色情成爲秦醇創作思維中的興奮點而倍受關注」，〔註46〕因此秦醇的小說，包括〈驪山記〉、〈溫泉記〉，在女性人物形象的處理上，即偏重於女性身體、色欲的描寫，反而較有推陳出新的意涵。

第二節　獨立人格的女性

　　宋代理學主張「文以載道」、「存天理，滅人欲」，這對小說藝術性的發展是不利的，其對文學的影響除此消極的一面之外，也有積極的一面，即心學派強調從「良心」、「良知」出發，反而成了「人格獨立」等民主思想之先導。〔註47〕而宋代小說亦多見對於女性獨立人格精神之塑造。〔註48〕

〔註42〕〈綠珠傳〉爲採用《晉書》、《世說新語》、唐・劉恂《嶺表錄異》等史書、小說排比拼貼而來；〈楊太眞外傳〉亦綴合舊事而成，所採之書有《舊唐書》、〈長恨歌傳〉、《唐國史補》、《明皇雜錄》、《樂府雜錄》、《西陽雜俎》、《開天傳信記》、《安祿山事蹟》……等書，其中尤以《明皇雜錄》爲多。同註34，頁22、28～29。

〔註43〕清・周中孚，《鄭堂讀書記》（北京：中華書局，1993年1月），補遺卷28，頁526。

〔註44〕魯迅，《中國小說史略》第十一篇〈宋之志怪及傳奇文〉，《魯迅小說史論文集——中國小說史略及其他》（臺北：里仁書局，2003年2月增訂一版），頁87。

〔註45〕李劍國先生認爲秦醇〈趙飛燕別傳〉帶有某種「戲說」性質，和樂史那學者型的記實資料性風格迥異，加以描寫流暢，多「俊語」、「奸語」，藝術水準高於樂史之作。同註4，頁8。

〔註46〕同前註，頁7。

〔註47〕參見薛洪勣，《傳奇小說史》（浙江：浙江古籍出版社，1998年12月），頁152。

　　女性的獨立人格主要可以由愛情、婚姻故事來探討。婚戀故事是歷代小說不可或缺的主要題材，於宋代文言小說亦然，宋代甚至出現專門搜集男女情愛故事的小說集，如北宋張君房編《麗情集》，所收皆「古今情感事」；〔註49〕李獻民撰《雲齋廣錄》，其中有一門曰「麗情新說」，皆是愛情故事；南宋皇都風月主人編《綠窗新話》，所載大部分為和女性相關及男女豔情之事；羅燁編《醉翁談錄》，受《綠窗新話》影響，〔註50〕其書收錄之唐、宋傳奇，亦皆為麗情故事。〔註51〕這些愛情小說集的出現，除了反映小說家的喜好，及其為迎合市民大眾情趣所作的編撰，在小說的題材意義上，亦表示女性的感情生活題材，漸漸於宋代小說中佔有一席之地。

　　在愛情、婚姻故事中，女性的獨立人格精神表現在「勇敢主動的情愛追求」和「婚姻生活的獨立自主」兩方面。於「勇敢主動的情愛追求」方面，妓女積極尋覓愛情的背後，是她們渴望回歸正常自由生活的人格覺醒；而閨

宋代心學派之學者，如陸象山有辨別義利之辨志說，而在辨志的方法上，他提出了「自覺」、「自立」、「自廣」、「涵養」等方法。參見諸柏思，《理學與心學》（洛杉磯：柏雪文化事業公司，1990年8月），頁63～65。由此可見心學派在自我精神之獨立自覺上的強調與努力。這和宋代小說中，獨立人格精神之女性形象的塑造或許也不無關係。

〔註48〕梁鳳榮先生曾經討論過宋代婦女獨立意識的問題，他由「追求情感獨立、婚姻自主」、「詞書和藝術上的獨創精神」及「政壇上后妃臨朝參政」三方面，綜合宋代整體實際情況來論述，可參看。見氏著，〈宋代婦女的獨立意識〉，《鄭州大學學報》（哲學社會科學版）1995年第5期，頁68～72。

〔註49〕見宋·晁公武，《郡齋讀書志》（四）（臺北：臺灣商務印書館，1968年3月），頁838。張君房《麗情集》今節存，四十二篇遺文中，絕大部分為唐人作品，可確考宋人作品者為〈愛愛〉、〈黃陵廟詩〉、〈任生娶天上書仙〉三篇。〈愛愛〉即蘇舜欽之〈愛愛歌並序〉，原作已佚，僅存歌四句和序之節文；〈黃陵廟詩〉今見《異聞總錄》卷2，然有刪節，非原文；〈書仙〉即〈書仙傳〉，原文載於《青瑣高議》前集卷2。同註34，頁78～84。

〔註50〕宋·羅燁，《醉翁談錄·小說開闢》云：「幼習太平廣記，長攻歷代史書。煙粉奇傳，素蘊胸次之間；風月須知，只在唇吻之上。夷堅志無有不覽，琇瑩集所載皆通。動哨、中哨，莫非東山笑林；引倬、底倬，須還綠窗新話。」（臺北：世界書局，1958年12月），頁3。

〔註51〕羅燁《醉翁談錄》收錄之宋人傳奇大部分僅見於此書，即使見於其他宋人書者，亦皆不及此詳，故本論文分析文本時以該書所收之詳本為主。《醉翁談錄》收錄之宋人傳奇有，〈張氏夜奔呂星哥〉、〈林叔茂私挈楚娘〉、〈靜女私通陳彥臣〉、〈柳屯田耆卿〉、〈梁意娘〉、〈王魁負心桂英死報〉、〈紅綃密約張生負李氏娘〉、〈崔木因妓得家室〉、〈華春娘題詩遇君亮成親〉、〈張時與福娘再會〉、〈錢穆離妻而後再合〉、及本書佚文之〈蘇小卿〉。同註34，頁381～382。

秀大膽熱情地向心愛的男性自薦枕席，所欲追求的就是靈肉合一的愛情。另外，婦女面對丈夫之不忠和背叛，化悲憤為力量，自力更生，或是當家人不滿婦人所嫁對象，欲令婦女改嫁時，婦女堅持忠於夫妻之情的表現，凡此都體現了女性在婚姻中的獨立自主。

　　唐人小說以女性為主要人物的名篇中，如〈鶯鶯傳〉、〈霍小玉傳〉、〈李娃傳〉，皆是把女性放在「愛情」此一主題下來描寫，因此呈顯的也多是女性在愛情裡千迴百折的思緒與細膩敏感之情思，這也難怪洪邁對唐傳奇之愛情故事有「小小情事，淒惋欲絕」〔註52〕的強烈感受，可以說我們是在各式的愛情故事中，去瞭解唐代女性的人格樣貌。而宋人對女性的關懷範圍似乎更為廣泛且深入，我們不僅在婚戀故事裡才能見到對女性的細部描繪，跳脫婚戀主題的框架，宋代小說家直接把故事的焦點放在社會底層女性的身世遭遇上，透過此類故事，我們似乎看見了迥異於唐代女性，而更為深刻鮮明的女性主體。

　　於宋人小說中，不單是風塵女子對自己的社會地位有所不滿與省思，地位同樣卑微的婢和妾，在她們勇於突破現實生活困境的同時，也一樣展現了不向命運與惡勢力屈服的生命意志，即使在最後的故事結局，這些卑微的女性依然無法擺脫命運大手的掌控，但在她們努力掙脫命運的過程中，我們已可感受到女性對自我主體與命運的思索與把握，於其中，展現的正是她們「永不妥協的生命意志」。

一、勇敢主動的情愛追求

　　中國古典文學裡的愛情故事為何能夠如此深刻動人？或許在歌頌生死不渝的愛情背後，更深深吸引我們的是，愛情故事裡的主角是如何去「掌握」她所渴望的愛情與生活。換言之，亦可說愛情具有輻射生活和揭示人物靈魂的功能，〔註53〕在愛情中，反映了個人情操，揭示了人們精神生活的全部根底。〔註54〕我們要探究的即是宋代女性在愛情故事中，所呈顯的人格底蘊，

〔註52〕見《五朝小說大觀・唐人小說序》桃源居士引洪邁語，《筆記小說大觀》38編5（臺北：新興書局，1984年），頁1。

〔註53〕見何滿子，《中國愛情與兩性關係──中國小說研究》（臺北：臺灣商務印書館，1995年8月），頁51。

〔註54〕見樂蘅軍，〈浪漫之愛與古典之情〉，收入葉慶炳編，《中國古典小說中的愛情》（臺北：時報文化出版企業有限公司，1987年8月），頁138。

這尤其是宋代愛情小說中的精髓。

宋代女性在愛情中的勇敢表現，莫過於能夠突破現實環境裡不合理的社會體制約束，及各種阻礙愛情發展的因素，以追求一見鍾情的心儀對象。正因為在她們面前有著重重的障礙阻隔，因此，在她們身上，我們可以看見的是化被動為主動的積極奮發精神。宋代文言小說中，女性追求愛情的主動積極特質，不僅未曾出現於唐人小說，而其勇於追求情愛的背後，更有耐人尋味的探討空間。

佛洛姆（Erich Fromm）於《愛的藝術》一書中，提到愛的實踐是需要相當的信心和勇氣，即「有勇氣判斷某些價值是我的無上關心之物——然後做堅定的衝躍，並把所有的東西都投在這些價值上」。〔註55〕佛洛姆的意思是堅定愛情的追求中，必然有一令人關心的價值追求。妓女和閨秀是宋代勇於追求愛情的女性代表，她們對於自身情愛的堅定、勇敢追求，若以佛洛姆的觀念來看，背後其實具有隱藏於其心中，逐漸浮現之價值判斷的獨立意識，在她們心裡，某些正在萌芽的醒覺意識和價值判斷，促使著她們更加堅定、「義無反顧」地主動追求愛的價值。換言之，我們會發現在妓女積極追求愛情、一心期待走入家庭的背後，是生命、人格的自我覺醒；而在大家閨秀躍出宅院藩籬、與男子私訂終身的同時，所體現的是「靈肉合一」的愛情觀。在妓女和閨秀勇敢追求愛情的過程中，正是閃爍著獨立人格的光芒。

（一）走入家庭的妓女——妓女的生命覺醒

宋代妓女的精神苦痛，並非由表相的愛情挫折而來，而是具有更深層的意涵。正如學者對唐、宋小說中，下層社會「幽怨型」女子的比較所云：

> 在唐人傳奇中，也寫了一些幽怨型的女子，那多半是表現她們青春的苦悶或愛情的不幸，出於身世之感的卻不多。而宋人傳奇中的這些風塵女子的精神苦痛卻要深刻而持久得多，她們不僅僅是為了愛情或其他暫時的挫折，而是對於自己的社會地位和一生遭際的思索和不滿，可以說這是一種人格的覺醒。〔註56〕

檢視宋代妓女的愛情故事，發現故事主題所反映的，除了有一部分是妓女在

〔註55〕見佛洛姆（Erich Fromm）著，孟祥森譯，《愛的藝術》（The Art of Loving）（臺北：志文出版社，1984年10月9版），頁147。

〔註56〕見薛洪、牟青、李實、馬蘭選注，《宋人傳奇選・前言》（長沙：湖南人民出版社，1985年10月），頁9。

愛情過程中，所遭遇的痛苦與不幸，這是歷來有關妓女愛情故事一再傳述的共同悲哀，不足為奇；此外，更引人矚目的是，在她們勇敢追求愛情背後，強烈鮮明的身世之感與人格覺醒意識。

宋代妓女行業發達，妓女種類甚多，就妓女營業的對象而言，有「官妓」、「家妓」、「營妓」、「軍妓」、「僧妓」之別，〔註57〕其中有聲價高的高等藝妓，亦有不呼自來筵前歌唱的下等妓女。〔註58〕總之，不論為何種類別的妓女，她們過的大多是「靚妝迎門，爭妍賣笑」〔註59〕、身不由己的痛苦日子。對於妓女送往迎來的賣笑生活，小說裡的妓女，如譚意歌、王幼玉、邢春娘、李英等人，皆有深刻的自我省覺。

《青瑣高議・譚意歌》〔註60〕中，小小年紀的譚意歌似乎對賣笑生涯早有體認：譚意歌十歲時養父欲將其賣給娼家，意歌即情緒激動憤慨地詰問養父：「我非君之子，安忍棄於娼家乎？子能嫁我，雖貧窮家所願也。」後終究還是被賣入娼家，過門時意歌大哭：「我孤苦一身，流落萬里，勢力微弱，年齡幼小。無人憐救，不得從良人。」意歌寧願嫁入貧窮家庭也不願賣入娼家，年齡尚小的她彷彿知道一旦進入娼家就是一條不歸路，展現出超乎年齡的成熟自覺意識。後來，意歌因有詩才善對，甚獲運使周公的賞愛，意歌即趁此向周公訴說長久以來願脫娼籍的心願，她說：「意歌入籍驅使迎候之列有年矣，不敢告勞。今幸遇公，倘得脫籍，為良人箕帚之役，雖死必謝。」在〈譚意歌〉中，意歌雖不幸淪為妓女，但她並不從此「淪落」，安於妓女的生活，我們可以發現她時時刻刻保持著高度的自我省覺，靜心以待脫離娼籍的時機。

王幼玉和邢春娘亦復如此。《青瑣高議・王幼玉記》〔註61〕之王幼玉身為衡陽名妓，甚至獲賢良夏噩題詩相贈，而名聲益大，但幼玉一點也不留戀紙醉金迷的日子。〈王幼玉記〉中有一段幼玉吐露心志的描述：

〔註57〕參見全漢昇，〈宋代女子職業與生計〉，收入鮑家麟編著，《中國婦女史論集》（臺北：稻香出版社，1988年4月再版），頁199～200。關於兩宋娼妓盛況，請參見王書奴，《中國娼妓史》（臺北：萬年青書店，1971年4月），頁112～117。

〔註58〕宋・孟元老著，鄧之誠注，《東京夢華錄注》卷2「飲食果子」條云：「又有下等妓女，不呼自來筵前歌唱，臨時以些小錢物贈之而去，謂之箚客，亦謂之打酒坐。」同註34，頁73。

〔註59〕見宋・周密，《武林舊事》（二）卷6「歌館」，《叢書集成初編》（北京：中華書局，1991年），頁128。

〔註60〕宋・秦醇，〈譚意歌〉，《青瑣高議》別集卷2，同註3，頁4836～4842。

〔註61〕宋・柳師尹，〈王幼玉記〉，《青瑣高議》前集卷10，同前註，頁4728～4731。

　　但幼玉暇日常幽豔愁寂，寒芳未吐。人或詢之，則曰：「此道非吾志
　　也。」又詢其故，曰：「今之或工、或商、或農、或賈、或道、或僧，
　　皆足以自養。惟我傅塗脂抹粉，巧言令色，以取其財，我思之愧赧
　　無限，逼於父母姊弟莫得脫此。倘從良人，留事舅姑，主祭祀，俾
　　人回指曰：『彼人婦也。』死有埋骨之地。」

而《摭青雜說·夫妻復舊約》〔註62〕裡，為賊所掠，遭賣給娼家的邢春娘（賣
給娼家後，易名「楊玉」），也同樣表達了願從良人的心願：

　　玉曰：「妾聞女子生而願為之有家，若即嫁一小民，布裙短衫，啜菽
　　飲水，亦是人家媳婦。今在此中迎新送故，是何情緒？」

〈夫妻復舊約〉中，妓戶裡和邢春娘情同姊妹的李英，對於春娘有幸脫離風
塵生涯，嫁為人妻，對照於自己依舊沈淪的生活，也興起了無限悲慟，故李
英對春娘說：「姊今超脫，出青雲之上，我沈淪糞土中，無有出期。」話語中
透露著盡是身世之感的無奈與悲哀。淪為妓女，也失去了人身自由，使她們
格外嚮往回歸普通婦女的正常生活，嫁一良人，侍奉公婆，擁有清簡自適的
家庭生活，這是她們在經歷了辛酸的賣笑生涯後，由衷的感慨與覺醒。

　　就是這樣一種深刻的人格覺醒，讓她們在追求愛情的過程中，展現出超
乎常人的敏銳、果斷與堅定決心，正如佛洛姆所言：

　　愛在本質上必須是出於意志的行為，是一種決心，要把我的生命全
　　然委身於另一個人的生命。〔註63〕

妓女對於回歸自由正常生活的生命覺醒，使她們以更果斷、堅強的意志和決
心，去追求值得託付生命的另一半。於是如邢春娘和李英，在人格意識的覺
醒後，緊緊抓住得來不易的從良機會，排除任何困難，積極追求自由生活，
她們寧願共侍一夫，也不願一輩子沈淪妓院。又如譚意歌和王幼玉，皆是一
見心儀男子即主觀果決的認定對方，在追求愛情的過程中，勇往直前、無所
畏懼。譚意歌偶然間見到張正宇，即相當中意其風調才學，且謂人曰：「吾得
婿矣。」馬上做出託付終身的打算，在張生亦有意的情況下，意歌和情郎歡
好之翌日，即打包好自己所有的裝囊，向情郎奔去。由譚意歌一切積極的行
動，可以感受到她對愛情的渴望與追求，此時她心中最大的心願就是求得佳
偶，為人妻室，過著一般婦女的生活，正因為心中這份追求平凡、普通生活

〔註62〕宋·王明清，《摭青雜說·夫妻復舊約》，同註29，頁479～482。
〔註63〕同註55，頁70。

的強烈渴望，促使著她積極大膽主動地追求所愛，並進入張家爲張生侍奉雙親、生兒育子，尋求張生家人的認同。

　　同樣身爲名妓的王幼玉亦是如此，歌妓王幼玉一見柳富，即心有所屬，認爲柳富就是自己未來的丈夫。幼玉和柳富兩情相悅，執手誓約，互有嫁娶之心，奈何幼玉的妓女身分不爲男方親族所容，幼玉的母親也不肯放人，蓄意從中破壞。即便如此，幼玉對柳富仍是一往情深，相信這段愛情會有開花結果的一天。於是她剪一縷寶之若金玉的委地長髮贈與柳富，表示以身相許；柳富因思不得會面而臥病，幼玉也焦急得輾轉難眠，急遣人侍病。後來因柳富久遊，家人促其歸，兩人終不得再見。幼玉思念成疾，於彌留之際，終以魂魄來到柳富身邊，並對柳富云：

> 吾以思君得疾，今已化去，欲得一見，故有是行。我以平生無惡，
> 不陷幽獄，後日當生袞州西門張遂家，復爲女子。彼家賣餅，君子
> 不忘昔日之舊，可過見我焉。我雖不省前世事，然君之情當如是。
> 我有遺物在侍兒處，君求之以爲驗，千萬珍重。

當柳富已對現實環境中的阻礙妥協，把兩人不得相見的原因歸諸天命時，幼玉依然苦苦等待，以至思君成疾，即使人已化去，卻仍舊不捨這段情，期待能再見到柳富最後一面，交待柳富到她轉世的人家相見，並留下遺物送給柳富。幼玉死前的這些安排與舉動，無非就是希望生前無法如願的愛情，能在死後有個完滿的結局。王幼玉從遇見柳富的那一刻起，即踏出了勇於追求愛情的步伐，過程雖然充滿了阻礙與艱辛，然她依然努力不懈直至最後一刻。如此的堅毅態度，可說是王幼玉爲了實現回歸正常生活心志的一貫精神。

　　《醉翁談錄・王魁負約桂英死報》[註64]中，世本良家的妓女王桂英亦然，面對心儀的王魁，桂英傾全力資助他讀書考試及日常生活的花費，對情郎全心全意地奉獻，無非就是希望對方可以早日功成名就，以履行兩人愛的誓言，自己也可以脫離妓女的生活而從良嫁人。桂英爲愛犧牲奉獻的精神，彷彿有唐傳奇中李娃的影子，又像是明話本杜十娘的前身，她們主動積極追求情愛，背後的強大動力就是希冀回歸正常普通生活的渴望。

　　特別值得一提的是，不僅妓女在追求愛情的過程中，反映了力爭上游的

〔註64〕 宋・羅燁，《醉翁談錄・王魁負約桂英死報》，同註 50，頁 91～95。《醉翁談
　　　　 錄》之〈王魁負心桂英死報〉，是北宋夏噩〈王魁傳〉一個較詳的節本。今以
　　　　 此本爲討論文本。

人格意識，在社會上地位不高的商賈之女，也一心嚮往嫁給有內涵、有文釆的才子，以藉此擺脫庸俗的販夫走卒生活。如《北窗誌異・黃損》〔註65〕中，商人之女裴玉娥見到丰姿韶秀、又有詩才的秀士黃損，即有所醒悟曰：「生平恥爲販夫販婦，若與此生偕伉儷，願畢矣！」之後便積極地「頻以目挑」，並主動向黃損表明願爲其妻的心願。裴玉娥在愛情的追求中，也同樣反映出她的自我覺醒意識。

（二）走出閨閣的閨秀──靈肉合一的愛情追求

宋代文言小説裡的大家閨秀，有別於唐代，她們熱烈大膽的追求愛情，少了掙扎與矛盾，多了一份直率與熱情。甚至在她們不受禮法規範、靈肉合一的愛情追求中，其勇於表達並實現內心愛的欲望，更是呈現出「女性主體性」的價值意義。

《青瑣高議・張浩》〔註66〕中，女主角李氏的形象是十分深刻鮮明的，此篇在《綠窗新話》中改題爲〈張浩私通李鶯鶯〉，女主角有了「李鶯鶯」這樣的名字，正好和唐傳奇〈鶯鶯傳〉中的大家閨秀崔鶯鶯同名，故程毅中先生認爲「李鶯鶯的出現是對〈鶯鶯傳〉的一次翻案，表現了作者和讀者們的某種願望」。〔註67〕唐人〈鶯鶯傳〉裡的崔鶯鶯正如所有情竇初開的少女般，對浪漫愛情是充滿熱烈渴望的，但眞正面對愛情，她又拋不下自我矜持與禮教束縛，於是在情與理的拉鋸下，她在愛情裡的行爲舉止，每每透露出她內心的矛盾與掙扎。〔註68〕而〈張浩〉中的李氏是如何來爲崔鶯鶯翻案呢？其實李氏和崔鶯鶯一樣也是官家千金，但她們面對愛情的態度卻大不相同。身爲門禁森嚴的大戶人家小姐，其姻緣多半得由父母憑媒妁之言來決定，不過李氏卻積極地爲自己創造自由戀愛的機會。她尋求適當時機來到張家花園邂逅張浩，一見面便主動表明對張浩心儀已久、願執箕帚之志：

> 女曰：「某之此來，誠欲見君，今日幸遇，願無及亂即幸也。異日倘
> 執箕帚，預祭祀之末，乃某之志。」浩曰：「若不與儷不偕老即平生

〔註65〕宋・佚名，《北窗誌異・黃損》，收入清・澹澹外史輯，《情史》卷9「情幻類」（臺北：廣文書局，1982年8月，影印民國元年上海書局石印本），頁12～13。
〔註66〕宋・劉斧，《青瑣高議》別集卷4〈張浩〉，同註3，頁4849～4850。
〔註67〕同註1，頁91。
〔註68〕有關〈鶯鶯傳〉中崔鶯鶯內心世界禮法與情欲的曲折掙扎，參見康師韻梅，〈〈鶯鶯傳〉的情愛世界及其構設〉，《文史哲學報》第45期（1996年12月），頁44～49。

之樂，不知命分如何耳？」女曰：「願得一物爲信，即某之志有所定，
亦用以取信於父母。」浩乃解羅帶與之。女曰：「無用也，願得一篇
親筆即可矣。」

李氏放下千金小姐的身段，對愛情大膽主動追求的勇氣，在當時社會實屬奇
女子，即便是身處開放社會的現代女性，也非人人可爲之。而在這追求情愛
的過程中，我們可以發現她的細心與智慧，雖然她向張浩表明了心意，但她
不願在不確定對方的心意之前，與之發生更進一步的關係，當她知道張浩亦
有意，即向他求得一篇親筆信，透過書信，除了更可清楚張浩心意，亦可作
爲他日兩人婚約的證明。

對於愛情，她始終秉持著一貫的積極態度，即使面對困境，也絲毫沒有
任何的遲疑或退縮，表現出爲愛勇往直前的精神。先是李氏以兩人相慕情事
告訴父母，父母不許，於是趁其雙親不在，便安排兩人於苑中私會歡好；後
來，李氏隨父赴官二年，張浩叔父爲浩訂下與孫氏的婚約，張浩不敢拒絕，
反倒是李氏回來後，以投井自誓歸許張浩之決心，終獲父母首肯；最後，爲
解決張浩和孫氏婚約的問題，李氏胸有成竹地拿著張浩當初送給她的詩和箋
記當作證據，訴於官府，終於獲判有情人終成眷屬的圓滿結果。李氏的幸福
是自己努力爭取來的，她清楚地知道自己要什麼，並且勇於追求，和許多如
崔鶯鶯般在愛情裡苦守等待的柔弱女子形象大不相同。爲了爭取張浩，捍衛
愛情，她主動出擊，見招拆招，即使必須使出強烈的手段，也在所不惜。

《青瑣高議・張浩》中的李氏走出閨閣，偷偷地來到了張浩家的花園，
爲自己創造了愛情的機會，而《雲齋廣錄・雙桃記》〔註69〕中的蕭娘，也於
春日寒食節出遊西圃，邂逅了李生。她對李生一見鍾情，有意於他，恰巧李
生亦有意於蕭娘，正遭一老嫗略通其意。蕭娘即透過老嫗，向李生提出了邀
約，請他踰舍西短牆相會，一遂相思之情。值得注意的是，老嫗在此雖是扮
演李生和蕭娘之間傳情致意的角色，然卻和唐傳奇〈霍小玉傳〉裡鮑十一娘
說媒一段有所不同。〔註70〕以下舉老嫗爲兩人傳意一段的描寫：

〔註69〕宋・李獻民，《雲齋廣錄》卷6〈雙桃記〉，《四庫全書存目叢書》子部246冊
（臺南：莊嚴文化事業有限公司，1995年9月），頁152～153。

〔註70〕程毅中先生提到《雲齋廣錄・雙桃記》中老嫗爲蕭娘、李生傳情的細節，
和〈霍小玉傳〉中鮑十一娘說媒情節略有不同，而爲後來話本〈戒指兒記〉、
〈珍珠衫記〉傳情遞信的情節所借資，可見宋人敘事手法的演進。同註1，
頁117。

（李生）乃邀嫗於密室中，因語及悅蕭之意，使之致繾綣焉。嫗曰：「蕭賦性持重，不妄笑語，豈敢直言其事乎。俟方便間，試為郎君以言誘之，亦不可必也。」嫗乃辭去，遂往蕭之館。時蕭畫寢方興，雲鬟堆鴉，月眉斂黛，臨鸞無緒，若有所思。嫗適止其傍，謂蕭曰：「娘子數日來玉肌清減，得非天氣乍暖，飲食之間有愆調御乎？」蕭曰：「然。此一端耳。」因起，乃執嫗之臂曰：「爾可與有言乎？」嫗曰：「如有所託，當盡力以圖之。」蕭曰：「我前因禁煙，出遊西圃，偶於路隅邂逅李生，實有意於彼。彼以數言及我，我亦言賦之，迨以車馬往來，不遑款語。自此心常不釋，臨風對月，不覺失聲，其誰知我哉。今日之事，緣汝慎言人也，故我及之。」嫗曰：「知之久矣。彼李生者，亦嘗謂我言，而某以微賤，不敢具道。」蕭喜曰：「李生何言？」嫗曰：「李生自謂數日行止都乖，飲食俱廢，至有達旦而不暝者。」蕭曰：「誠如是乎？我亦如之。」

唐人〈霍小玉傳〉中，李益和霍小玉未曾謀面，兩人是透過專業媒婆鮑十一娘的穿針引線而見面認識，鮑十一娘分別在兩人面前美言對方，加以煽風點火，是促成李益和霍小玉這段緣分的最佳推手，鮑十一娘的媒婆形象在〈霍小玉傳〉中，顯得格外出色。然而，雖然老嫗在〈雙桃記〉裡也是居中牽線，扮演類似媒婆的角色，但老嫗的形象不及鮑十一娘搶眼，原因就在於故事主人翁蕭娘急於抓住愛情的心，蕭娘主動自發的道出心中情懷，希望老嫗可以幫她接續和李生這段難得的緣分。蕭娘對李生的情意，雖然仍須透過第三者來傳達，然蕭娘於愛情中形象的轉變，正代表著她對追求愛情的努力。蕭娘偶然間邂逅了心儀的對象，一顆熱切期待愛情到來的心，使她整個人都變了，她原本是個端莊穩重、「不妄笑語」、有著大家閨秀氣質的小姐，連受李生之託的老嫗都沒把握是否能說動蕭娘的心。然蕭娘連日來積累在心中已久的情思，一見平日即熟識的老嫗到來，便毫無顧忌的對老嫗道出情竇初開的愛情，當她知道李生亦對老嫗透露心裡的感覺，即滿心喜悅地向老嫗探問李生所言的內容，當又從老嫗口中得知原來李生也和她一樣心心相印，害了相思病時，蕭娘已無任何閨秀的羞怯與矜持，馬上表明心意，並要老嫗代傳情意，約定與李生相會的時間、地點。

蕭娘面對愛情所表現出來的積極主動，和她原本的個性實在大相逕庭，和唐人愛情故事中的女主角相較，確實是更放得開，也更勇敢了。後來李生

欲棄正室而娶蕭娘，蕭娘以理勸阻，除了代表其內在擁有良好婦德之外，可以推知蕭娘在乎的是「情」，而不是夫妻名分，不然她大可要求李生娶她為側室，依然無損其婦德。在多妻制度的中國社會中，多位女性共侍一夫的情形是普遍的，然而，蕭娘不求名分、唯「情」至上的舉動，在某種程度上，已經勇敢衝破了傳統的夫妻制度。

大家閨秀走出了閨閣尋求所愛，而和閨秀一樣深受名門約束的名門偏室李氏，也勇敢地踏出豪門宅院，找回屬於自己的青春與幸福。《醉翁談錄・紅綃密約張生負李氏娘》〔註71〕中，李氏為節度使李公之偏室，李公「性強暴，威德之名，聞於輦下」，正值青春年華的李氏對愛情滿懷美麗憧憬，但卻常年幽閉於深院之中。面對性格強暴的年邁丈夫，她意識到：「妾雖處富貴，奈公年老，誤妾芳年懽會，惟此為恨！」她不甘心自己的大好青春就這麼無聲地流逝於深深庭院中，於是利用元宵節遊乾明寺之際，於寺前遺下紅綃香囊，相約拾得香囊之有緣人來年元宵再會。果然以香囊和相貌俊秀之張生結緣，兩人兩情歡會，初嘗愛情甜蜜滋味的李氏，怎甘再回到李公身邊，當下毅然決然地決定和張生私奔遠走天涯。在愛情追求中，她展現的是無畏強權的可貴勇氣。

大家閨秀熱情、大方，勇敢追求愛情的態度已如上述。然而，尤能突出宋代閨秀面對愛情之際，忠於內在情欲感受的是她們不拘禮法、追求「靈肉合一」的愛情觀。不過，自從《四庫提要》對於《雲齋廣錄》中，關於男女主角性愛和性心理的描繪予以「純乎誨淫」〔註72〕的斥責之後，有學者對於閨秀大膽地與心儀男子享受雲雨之歡的情節安排，似乎始終給予較為負面的評價。〔註73〕事實上，李獻民《雲齋廣錄》中，關於男女性愛的形容描寫是很唯美浪漫的，

〔註71〕宋・羅燁，《醉翁談錄・紅綃密約張生負李氏娘》，同註50，頁96～103。
〔註72〕同註69，頁163。
〔註73〕陳文新先生認為《雲齋廣錄》中一些作品的女主角，「不需挑逗即欲與異性共枕，構成了人物性格設計的一大特色」。「比如男女戀愛主角，在唐人傳奇中，無論她的社會身分如何，總要保持幾分尊貴和韻致，感情生活的推進也大體遵循與其尊貴和韻致相協調的節奏。然而宋人傳奇卻熱衷於直奔『苟合』的目標，推動情節進展的方式也表現出地道的市民趣味」。另外，他也對宋代小說中，男女「解衣就枕」行為的原因，作了一番解釋，他認為這和宋代社會地位較低的小說創作者有關。如《青瑣高議》描述了許多「才子」豔遇的故事，所謂「才子」，非指上流社會的文人學士，而是指書會才人，在書會才人的社交圈中，民間藝人和青樓女子佔有顯著位置，由於身處特殊的生活環境，使他們對感情生活的理解也較為粗淺，將筆下女子視同青樓女子，兩性的交往也多局限於「解衣就枕」此一範圍內。同註31，頁442、409、438～439。

一點也不覺得腥羶色情，所謂「純乎誨淫」的評價，以現代眼光看來，未免過度。試舉《雲齋廣錄‧雙桃記》中，李生和蕭娘歡會的描寫：

> （蕭娘）於是與生入一小室中。生以手擁抱之。嬌羞融冶，喜而復驚，翠羅微解，香玉乍倚，眉黛輕顰，花心已破。生以人間天上，無以易之。……爾後寖歷歲月，情欲所使，都無避忌。

上文中，將男女之間美妙的性愛歡愉，以充滿詩意的方式描寫出來，何誨淫之有？事實上，兩人在性愛關係中的互動，如李生以手擁抱蕭娘的溫柔愛意表現，蕭娘又喜又驚，滿臉嬌羞陶醉的模樣，可以感受到兩人是在「愛」的基礎上，盡情享受性愛的美好。「愛情，是注入了靈性之後的肉體歡愉，也是親暱了肉體之後的靈性滿足」，〔註74〕對於蕭娘而言，她所追求的正是這種靈性滿足和肉體歡愉之「靈肉合一」的情愛關係。前述〈張浩〉中的李氏亦是如此，她於難耐相思之情的情況下，選擇了逾牆與張浩相會，在兩情相悅的濃情密意中，順從自身的情欲渴望，與張浩共享美好的魚水之歡。

蕭娘深愛著李生，她表達愛情的方式，就是讓「愛」和「欲」充分的、完美的結合在一起，為了維護和李生這段愛情的純粹、美好，她甚至願意犧牲生命，來成全她心目中努力許久的「完美」愛情。她盡其所能的一心一意追求所愛，由她主動邀李生共枕，到她在母親及姊妹輩們層層的阻撓與防備下，處心積慮地尋求和李生傳情達意的機會，蕭娘在追求愛情過程中的一切思慮與舉動，可以說完全出於強烈的自主意識。她想要的部分，如愛情中的情欲滿足，她以積極的方式獲得了，而和李生的愛情雖然無法擁有「有情人終成眷屬」的完美結局，但她以激烈的手段來保有一份最初的愛戀，在某種程度上，她也達成了一己的心願；而她不想要的部分，如不願李生為自己離棄原配，背負上「缺士行」的罪名，也不容自己奪人夫有損婦德，這些最終也都能不違自己的意願。無視於外在眼光與社會倫常的蕭娘，在她身上「『蕩娃』與『貞婦』合一」〔註75〕的形象，其背後皆蘊涵了其執著於自我與愛情的人格體現。

〔註74〕見陳曉林，〈問世間，情是何物？兼介《愛情論》與《愛情續論》〉，瓦西列夫著，趙永穆、陳行慧譯，《愛情論》（臺北：聯合文學出版社，1990 年 4 月 2 版），頁 9。

〔註75〕陳文新先生以蕭娘之以身殉情，照蓋棺論定的慣例，自是貞婦無疑，故在蕭娘身上是「蕩娃」和「貞婦」合一的形象。同註31，頁 442。

不獨蕭娘和李氏如此,〈蘇小卿〉〔註76〕一篇之蘇小卿,更是一位感性與理性兼具,頗具現實感的大家閨秀。蘇小卿遭際特殊,她原本是知縣之女的官家小姐,後來淪落為歌妓。當她還是官家小姐時,遊花園遇見了書生雙漸,小卿見雙漸溫文有禮的樣貌、談吐,即動了心,但在「悅其顏貌」的一見鍾情之後,她並非盲目地立即跳入愛情的漩渦中,而是以心中的擇偶標準來考驗所中意的對象。小卿以才學試雙漸,見雙漸所作之詩而更加愛慕,在樣貌、才學都符合心中的標準後,小卿當下即大膽地以明示的方式挑逗雙漸:

> （蘇小卿）乃曰:「昔相如有援琴之挑,文君潛附載相逐;韓壽孤吟於窗下,賈氏竊之香囊。此乃憐才惜貌。」嬌羞微笑曰:「爾能學否?」生曰:「一介末吏,非匹耦不敢當此。」女慚曰:「妾一言已出,反不見從。適來詩涉淫詞,汝得何罪?」生不得已而諾之。亂紅深處,花為屏障,尤雲殢雨,一霎歡情。生曰:「今日別後,再會何時?」女曰:「如今別後,可解職歸家,深心勵學,不忘勞苦,以俟搜賢取士,待折高枝。然後復令良媒,求親可矣。我乃它托不嫁,等待親音,更無忘也。」

由上文小卿和雙漸的對話,可知小卿對於主動「追求」雙漸,是胸有成竹且勢在必得的,她完全不顧禮法約束,和雙漸就在花園野地裡翻雲覆雨起來,其大膽的程度,即使連自薦枕席的娼妓譚意歌也不如。〔註77〕「一霎歡情」之後,當雙漸只想著下次何時再會的問題時,小卿早已有遠見地對自己和雙漸的未來,有了更進一步的期許與規劃,這門親事可以說完全是小卿自媒自嫁的。命運多舛的小卿後來淪為歌妓,嫁給年老的薛司理,和雙漸二度重逢後,便決定兩人私奔,蘇小卿一生的遭遇,及其膽識與作為,在宋人小說的女性形象中,是極為突出的。蘇小卿以熱情感性的生命面對愛情,以理性思索的態度規劃愛情的未來,宋代的婚姻制度雖不似唐代重視門閥,〔註78〕然「郎才女貌」依然是一個普遍的條件,而能夠突顯男性之「才」的,莫若

〔註76〕宋・無名氏,〈蘇小卿〉,《醉翁談錄》,《中國文言小說百部經典》第 22 冊,頁 7569～7573。

〔註77〕李劍國先生認為〈蘇小卿〉一篇全無禮法禁忌,此於筆墨拘謹的宋人小說中頗見膽識。同註34,頁 169。

〔註78〕有關宋代婚姻不重視門閥的情形,張邦煒先生由宋代「士庶通婚浸成風俗」、「后妃不全出自名門」及「宗室聯姻不限門閥」三方面來論證,頗為精詳。見氏著,〈試論宋代「婚姻不問閥閱」〉,《宋代婚姻家族史論》(北京:人民出版社,2003 年 12 月),頁 39～58。

參加科舉，求得功名，小卿深諳此中之理，故可以說她是一個頗具現實感的宋代女性代表。此外，李劍國先生認爲本篇「作者通過野合、私奔等情節，表現了青年男女蔑視禮法，對愛情的嚮往與追求」，〔註79〕這的確是該文本所蘊涵的主題思想，不過，更精確的說，〈蘇小卿〉其實是一篇深刻突顯女性在愛情裡化被動爲主動，以情欲至上的情愛追求。

　　綜合上述，李氏、蕭娘和蘇小卿等不受禮法約束的大家閨秀，她們主動追求愛情，勇於表達愛的欲望背後，代表著愛情的力量使她們由欲望的客體（object of desire）轉變爲欲望的主體（subject of desire），〔註80〕在她們身上，眞正擁有了「女性主體性」〔註81〕的價值與意義。

　　宋代小說中，勇於追求愛情、大膽向心儀的男性提出邀約的女性增多了，不論妓女或閨秀，都不再隱藏或漠視內心深處對愛情的渴望與需求，她們順隨自我的情欲發展，較少受到禮法的束縛，一旦遇見了愛慕的男性，或是解衣就枕，或是隨之私奔，總之，她們追求愛情的信念是強烈而堅定的。與唐代士子與妓女，或士子與閨閣佳人總是失敗的愛情相較，〔註82〕拋開宋代較不重門第觀念的社會因素不談，〔註83〕宋代女性對愛情的付出與努力，或許也是她們與才子的愛情，終有圓滿結局的主要原因。

〔註79〕同註34，頁169。

〔註80〕孫康宜認爲希臘女詩人莎孚（Sappho）《殘篇》（Fragments）第十六首詩中，將荷馬《伊里亞德》中，海倫只被視爲男人渴望得到之戰利品，且爲尤物型之禍水女人的形象全然改寫，在莎孚詩中，海倫因爲愛情的力量，使她願意克服一切困難，選擇自己所要的東西。海倫顯然已由「欲望之客體」轉變爲「欲望之主體」。見氏著，〈莎孚的情詩與「女性主體性」〉，《古典與現代的女性闡釋》（臺北：聯合文學，1998年4月），頁183～184。

〔註81〕女性有機會表達內心愛的欲望，才能呈現女性主體性。參見孫康宜，〈關於女性的新闡釋〉，同前註，頁14。

〔註82〕對唐代士子而言，人生的三個理想是中進士、娶名門閨秀、入翰林修國史，特別是前兩者，更是他們人生是否能夠平步青雲、扶搖直上的重要因素。既然唐代士子是以中進士、娶名門閨秀爲要務，那麼當初與妓女或非豪門閨秀的「發乎情」的戀愛即少有能成功的。因此我們從現存的唐代「情愛」類作品來看，不論是士子與妓女的戀愛，還是士子與閨閣佳人的纏綿，終究總是失敗而告止。參見吳禮權，《中國言情小說史》（臺北：臺灣商務印書館，1995年3月），頁57～58。

〔註83〕吳志達先生提到《青瑣高議・譚意歌》裡，「張正宇所處的時代，與李益和張生的時代不同，價值觀念也不一樣，作者和讀者的審美追求有所更新」。同註41，頁615。此爲社會價值觀反映於小說文本的鮮明例子。

二、婚姻生活的獨立自主

　　「中國人是最重『情』、也是最希望從『情』裡擺脫出來的人。因此『情』與『不情』一直都是中國文化裡兩個平行共存的動力。」〔註84〕這段話雖然是孫康宜先生用來闡釋中國文化裡的「情」觀，然本論文以之來看待宋代文言小説中，女性面對婚姻問題的處理態度，也同樣存在著「不情」與「情」的自主選擇。所謂「不情」的處理態度，是指當女性面臨被丈夫拋棄、婚姻觸礁時，她們撰擇理性、積極、獨立自主地經營未來生活；而「情」的處理方式，是指女性面對父母親長要求改嫁或再嫁的命令與脅迫時，選擇勇敢維護婚姻、忠於夫妻之情的態度。不論「不情」或「情」的處理方式，所反映的都是女性在婚姻生活裡，勇敢而成熟的獨立意識。

　　於婚姻生活中，展現獨立自主精神的女性，以《青瑣高議・譚意歌》之譚意歌和《夷堅丙志・王八郎》之王八郎妻子爲代表。〔註85〕譚意歌在宋代文言小説裡，是一個具有指標意義的「新女性」形象。魯迅以爲秦醇〈譚意歌〉一篇，「亦不似別有所本，殆竊取〈鶯鶯傳〉、〈霍小玉傳〉等爲前半，而以團圓結之爾」。〔註86〕〈譚意歌〉中，張正宇因「內逼慈親之教，外爲物議之非」，不得已而另娶孫殿丞女爲妻，張正宇背棄意歌的情節，確實是襲取唐人〈鶯鶯傳〉和〈霍小玉傳〉的男子負心情節，但〈譚意歌〉和此二傳不同之處，絕不僅在於改悲劇爲團圓結局如此簡單而已，更重要的是如何化悲劇爲團圓收場，亦即譚意歌在面對男子負心時的處理態度與手法，是有別於崔鶯鶯和霍小玉的。在唐代極重門第觀念的社會風氣中，崔鶯鶯和霍小玉面對男子負心另娶高門之女的必然發展，早已心中有譜，於是在崔鶯鶯寫給張生的信裡，只能一再訴諸於自己對張生的一片深情，信裡鶯鶯貶低、壓抑自我，散發著一股幽怨之情，亦不敢對張生的負心有所譴責；而霍小玉則是和李益初遇之時，即意識到這段愛情的悲劇命運，而以卑微的態度來祈求八年短暫的歡愛，然當李益終於負心，小玉則是帶著冤憤含恨而終。

　　不同於崔鶯鶯的哀婉，也不似霍小玉的憤恨，譚意歌對於和張正宇的愛情，雖然也有「子本名家，我乃娼類，以賤偶貴，誠非佳婚」的意識，但身

〔註84〕見孫康宜，〈中國文化裡的『情』觀〉，同註80，頁39。
〔註85〕雖然譚意歌和張正宇並未行婚姻之禮，不過，意歌在張正宇調官他處時，盡心侍奉張正宇父母，辛苦養育幼兒，意歌顯然是以張正宇妻子的身分，爲其操持家務的，所展現的是婚姻生活中的自立精神，故納入本段來討論。
〔註86〕魯迅，《唐宋傳奇集・稗邊小綴》，同註44，頁487。

分地位的落差，並沒有讓她在面對張正宇的背棄時，表現出痛苦或是憤恨的感覺，反而看到的是她自立自強的經營著自己的生活。由她寫給張正宇的書信，即可知她獨立自重的人格精神，書云：

> 妾之鄙陋，自知其明。事由君子，安敢深扣？一入閨幃，克勤婦道，晨昏恭順，豈敢告勞？自執箕帚，三改歲□，苟有未至，固當垂誨。遽此見棄，致我失圖；求之人情，似傷薄惡；揆之天理，亦所不容。業已許君，不可貽咎。有義則企，常風服於前書；無故見離，深自傷於微弱。盟顧可欺，則不復道。稚子今已三歲，方能移步，期於成人，此猶可待。妾囊中尚有數百緡，當售附郭之田畝，日與老農耕耨別穰，臥漏復羃，鑿井灌園。教其子知詩書之訓，禮義之重；願其有成，終身休庇妾之此身，如此而已。其他清風館宇，明月亭軒，賞心樂事，不致如心久矣。今有此言，君固未信，俟在他日，乃知所懷。燕爾方初，宜君子之多喜；拔葵在地，徒向日之有心。自茲棄廢，莫敢憑高。思入白雲，魂遊天末。幽懷蘊積，不能窮極。得官何地？因風寄聲。固無他意，貴知勸止。飲泣爲書，意緒無極，千萬自愛。

由信的內容看來，譚意歌這封信確實是理多於情的。〔註87〕意歌雖非經張正宇明媒正娶爲妻，但她自執箕帚，敬順雙親，克守婦道，自從張正宇離去後，她一直扮演著一個好媳婦的角色，沒想到張正宇卻輕易地別棄，對此，意歌信中雖有埋怨之情，然其語氣是平和的。接著，意歌以調適、轉換好的心情，提到將把生活的重心放在教子知詩書之訓，買田耕種，撫育兒子長大成人之上，她要靠自己的力量重新開始新的生活，對於婚姻或愛情，她沒抱多大的希望，她只想努力地過自己的日子。三年後，張正宇回來找意歌，意歌閉戶不出，云：「子已有室，我方端潔以全其素志。君宜去，勿浼我。」當張正宇告知他的妻子孫氏已亡故，並表明願意和意歌重修舊好時，意歌堅不見面，於門內對張正宇說：「我向慕君，忽遽入君之門，則棄之也容易。君若不見棄焉，君當通媒妁，爲行吉禮，然後□敢聞命。不然，無相見之期。」譚意歌態度堅定地要求明媒正娶，否則即永不相見，所展現的正如其一路走來獨立自重、不容踐踏的人格尊嚴。

學者認爲譚意歌「是一個具有新意的人物形象，生動地體現了下層女子

〔註87〕譚意歌這封信寫得情文並茂，仁至義盡，雖近似崔鶯鶯寫給張生的信，然理勝於情。同註1，頁78。

在人格上的覺醒。在一定意義上可以說，她是明代白話小說『三言』中的杜十娘、莘瑤琴等人物形象的先驅」。〔註88〕的確，譚意歌的勇敢獨立形象具有絕對的「獨創性」。意歌用盡心思好不容易從良後，正想和相知相愛的情郎私守一生一世，此時卻遇上張正宇調官，得承受生離的痛苦，張又不守誓約另結高門，這一連串的痛苦和打擊，對於一心一意想從良，過正常人生活的意歌而言，是多麼難以面對與承受的殘酷和痛啊！但意歌勇敢地站了起來，靠著自己的雙手自食其力，並獨力教養孩子成人。譚意歌面對張正宇的背叛、另結高門，所表現出來的冷靜、理智，並不表示她對感情遭辜負不感到痛苦，也不是她「未用情感應對生活」，〔註89〕而是她早已把痛苦與悲憤轉化爲生存的力量。她的痛苦是深刻的，只是她不用激烈的手段來傳達，而是以內斂、婉轉的方式來展現，當她知道她的聲聲呼喚無法改變一切時，她也能把這份愛恨交揉的情感昇華爲生活的動力。

　　譚意歌的形象閃爍著獨立人格的光芒，這光芒在唐、宋文言小說裡的諸多女子中，顯得那麼樣的獨特、耀眼，是她的自我覺醒精神，帶領著杜十娘、莘瑤琴等妓女從火坑中跳了出來，但她在得知自己得不到眞誠的愛情時，其勇敢向前，邁出積極正向的人生步伐，卻是「以身殉志」〔註90〕的杜十娘，及從良後沈浸於幸福美滿婚姻之中的莘瑤琴，無法體現與追及的。

　　《夷堅丙志・王八郎》〔註91〕中，有一位王八郎妻子，其被從商之丈夫離棄的遭遇和譚意歌類似，在她身上，我們看到了於失敗婚姻裡勇敢站起的堅毅形象。面對在外拈花惹草，與一娼妓綢繆相好，回到家卻憎惡妻子，甚至欲把妻子逐出家門的惡劣丈夫，王八郎之妻先委婉地喻之以情，其云：「與爾爲婦二十餘歲，女嫁，有孫矣，今逐我安歸？」然王八郎不僅不聽勸，還變本加厲地讓娼妓住進家附近的客館。丈夫的無情無義，令王妻下定決心，默默地進行獨立生活的計劃。她先賣掉家中值錢器物，然後告於官府訴請離婚，並和丈夫爭取兩位女兒中幼女的撫養權，然後帶著幼女和縣官判給的一半財產，走往它村

〔註88〕同註47，頁163～164。

〔註89〕陳文新先生認爲譚意歌對張正宇的背叛，所表現出來的冷靜、理智，表示「她似乎並未用情感應對生活」。同註31，頁403。

〔註90〕康師韻梅認爲杜十娘的死並非爲情而是殉志，這是她珍重自我人格的體現。參見氏著，〈《三言》中婦女的情欲世界及其意蘊〉，收入洪淑苓等人合著，《古典文學與性別研究》（臺北：里仁書局，1997年9月），頁260～261。

〔註91〕宋・洪邁，《夷堅丙志》卷14〈王八郎〉，《中國文言小說百部經典》第16冊，頁5465～5466。

定居。爲了自力更生，撫養幼女，她於家門口作起了瓶罐買賣的生意，到幼女長大出嫁時，她已累積了不少錢財，做爲女兒嫁妝。憑一婦人的力量，能於失婚之後帶著孩子獨立自主過生活，於今實屬難得，更何況是距今久遠的宋代？王妻的堅毅人格反映於獨立生活中，亦反映於對前夫的態度上。王妻和丈夫離婚後，前夫偶過其門，念及舊恩意，云：「此物獲利幾何？胡不改圖？」王妻馬上叱逐之曰：「既已決絕，便如路人，安得預我家事？」她充分表明了剛毅堅決、不容前夫再次辱蔑的態度。甚至當她與前夫相繼逝世後，女兒欲將兩人合葬，「各洗滌衣斂，共臥一榻，守視者稍怠，則兩骸已東西相背矣。以爲偶然爾，泣而移置原處，少頃又如前」。婦人和其夫兩骸相背的情形或許誇大了些，但也再次深化了王八郎妻堅毅傲立的人格尊嚴。

如果婚姻、愛情是幸福美滿的，那麼便較少能從中突顯出女性的人格與自我意識，這就是爲什麼以悲劇結局的愛情故事，如西方的《羅密歐與茱麗葉》、中國的《紅樓夢》之所以能眞正撼動人心，深深烙印在世世代代人心中的道理是一樣的。女性在婚姻、愛情裡的痛苦，不是來自於男子的負心、背叛，就是源於家長的反對、阻撓。《青瑣高議・遠煙記》〔註92〕即描述一位護女心切的父親，不願讓女兒跟著窮苦不能自給的女婿繼續生活，父女倆因而起衝突的情節：

> 歲久，（敷）父沒於道途，敷多與浮薄子出處，耗其家資，則裝囊盡虛，屋無擔石，妻爲其父奪之以歸。敷日夜號泣，妻王氏亦然，誓於父曰：「若不從吾志，我身不踐他人之庭，願死以報敷。」及王氏臥病，久則沉綿，家人多勉父使王氏復歸於敷。父剛毅很人也，曰：「吾頭可斷，女不可歸敷！」因大詬女：「汝寡識無知，如敷者，凍餓死道路矣。」王氏自念病且不愈，私謂侍兒曰：「汝爲我報郎，取吾骨歸筠，久當與郎共義也。」後數日王氏死。

王氏的父親從現實生活層面考量，出於護愛女兒的一顆心，以強硬的手段與態度帶走女兒，不願讓她吃苦受罪；然而，站在王氏的立場，身爲戴敷的妻子，她有著「嫁雞隨雞，嫁狗隨狗」、從一而終的堅決意志，更重要的是，如此的堅決意志是出於夫妻間深厚的「情」與「義」。這裡必須再進一步說明的是，王氏對於丈夫的「從一而終」，並非只是消極地順從於傳統的禮俗規範，更何況就宋代的法制與風俗而言，婦女再嫁是極爲普遍平常的，既不會遭受

〔註92〕宋・劉斧，《青瑣高議》前集卷5〈遠煙記〉，同註3，頁4686～4687。

非難與輕視，政府還會視情況對再嫁婦女予以資助，其在家族中的地位並不因此受影響，而對於守節與否，婦女實際上也是擁有極高的自主權。〔註 93〕由此可知，在對婦女守節與再嫁採取開放態度的時代風氣中，王氏勇於和父親爭取，選擇回到丈夫身旁，和其同甘共苦，在王氏身上，不僅反映出愛情的可貴與純粹，及其履行夫妻之「義」志的堅定，更深一層的內涵則是反映了女性的自主意識，沒有任何的限制與規範，不受任何的威脅與逼迫，王氏發自內心的自我選擇，是她珍惜婚姻、忠於自我的最佳表現。又如《摭青雜說・守節》〔註 94〕之呂氏於亂世與丈夫范希周失散，呂父令呂氏改嫁，呂氏堅持欲等待丈夫的消息，不肯改嫁，其選擇忠於夫妻之「情」的堅持，和王氏是一般的。

三、永不妥協的生命意志

　　文言小說中有不少女性，尤其是婢妾、妓女等下層女子，她們為維護自我人格尊嚴，勇於對抗惡劣環境，堅持一己之決心與初志，不向命運低頭，展現出永不妥協的生命意志。在這些女性當中，有在惡劣、困苦環境中，依然保持著高度自我醒覺的王瓊奴和溫琬；有不甘男子戲言負約，欲討回公道、維護自身人格尊嚴的孫氏；還有勇於抗爭，即使犧牲性命，也絕不向惡勢力屈服的娼妓嚴蕊和長安李妹。

　　王瓊奴和溫琬，一位是家道中落、孤苦無依的官家小姐，一位隨著母親寄寓於妓院，兩人面對漸漸身不由己的生命困境，依舊保持著高度的醒覺意識。《青瑣高議・瓊奴記》〔註95〕之瓊奴本為官宦家之女，過著父憐母愛、錦衣玉食、閒適無憂的日子，然當父母相繼謝世之後，兄嫂盡挈家產散去，瓊奴自此成為一個孤貧無依的孤女，父母生前為其許下的媒妁之約，也因瓊奴遭逢劇變而見棄。鄰里婦女見瓊奴孤苦，欲代為嫁之，瓊奴即激動地說：「彼工商賤伎，安能動余志？」瓊奴這一句話可謂是說得鏗鏘有力、擲地有聲，即便是面臨多舛的命運和困頓的環境，她也不願意豎起白旗向命運低頭，就此找個「工商賤伎」嫁了，過著安穩的生活，因為這些並非她當初對愛情、

〔註93〕參見游惠遠，《宋代民婦的角色與地位》（臺北：新文豐出版公司，1998 年 6 月），頁 20～26。
〔註94〕宋・王明清，《摭青雜說・守節》，同註 29，頁 473～475。
〔註95〕宋・劉斧，《青瑣高議》前集卷 3〈瓊奴記〉，同註 3，頁 4670～4672。

婚姻的憧憬與期待。試想一個原本過著吟詩刺繡，暇時以玉管絲竹爲樂的名門閨秀，她對婚姻對象的期許應該是個才情相仿的讀書人，怎會隨意嫁給販賣商品爲生、品味格調完全不相襯的小商販呢？瓊奴心中的初志是不會輕易動搖的，一句話即可看出瓊奴「人窮志不窮」的堅毅志氣。

而《青瑣高議‧溫琬》〔註96〕中的溫琬，則是在孝親之人倫情感與自我聲名榮辱的拉鋸中，進行深度的自我省思。溫琬本爲商賈之女，父親染病過世後，亦無兄長，家貧無以立，母親將溫琬託養於姨丈處，自己則流爲娼婦。琬十四歲時，與良家子議婚，母親卻於此時欲將溫琬帶回，託身良家不成，琬隨母親寓於娼家中，所見皆是娼妓們打扮得花枝招展、倚門賣笑的醜態：

> 琬見群妓麗服靚妝，以市塵內爲荒穢之態，旦暮出則倚門，皆有所待。邂逅而入，則交臂促膝，淫言媟語以相誇尚。竊自爲計曰：「吁！吾苟不能自持，入此流不頃刻耳。」嗟念恨不能自翼以避之。……又思曰：「琬一女子，上既不能成功業，下又不能奉箕帚於良家，以活其親。而復眷顧名之榮辱，使老母竟至於飢餓無死所，則琬雖感慨自殺，亦非能勇者也。復何面目見祖宗於地下邪？」

熟讀孔孟詩書的溫琬，果然做到「見不賢而內自省」的省思工夫，見到身旁妓女種種逢迎的醜態，她立即懂得自我警惕，莫入此流；然面臨奉養母親的現實壓力，卻令她陷入痛苦、反覆的思索之中。擁有高度的自覺意識，卻迫於環境而「知情必不可免也，自是流爲娼」，其內心之掙扎、痛苦肯定是比在毫無自覺的情況下，淪落爲娼的妓女要多上好幾倍。然即使流爲娼，溫琬並未染上妓女惡習，她始終保有自己原本的興趣與志向，她「性不樂笙竽，終日沉坐，惟喜讀書。楊、孟、《文選》、諸史典、名賢文章、率能誦之。尤長於孟軻書」。又「琬凡侍燕，從行止一僕，攜書篋筆硯以隨。遇士夫縉紳，則書《孟子》以寄其志，人人愛之」。溫琬的種種行止不似妓女，倒像一個飽讀詩書的女狀元，這是因爲她時時保持自我警惕，不願同流合污的高度醒覺，正如溫琬再一次的深省：

> 琬已而自謀曰：「琬既沉爲此輩，苟不擇人而與之遊，徒以輕才薄義，而重富商巨賈之倫，志乎利而已，則與俗奴奚別？雖殺身不足以減

〔註96〕宋‧清虛子著，提名爲〈甘棠遺事〉，劉斧收入《青瑣高議》後集卷7，篇名改爲〈溫琬〉，同前註，頁4791～4797。

　　恥矣。今爲娼而唯母氏之制，則不得自由。又所接者，必利而後可

　　也。當自圖之。」

如同王幼玉，溫琬寧願選擇有才識品味的縉紳士大夫交往，也不願和財大氣
粗的富商來往，然而受制於重利的母親，她實在不願再做違背自己意願的事，
於是她女扮男裝，易服爲流民出逃，不過，仍爲太守追回。後來其家經濟狀
況稍有改善，母親亦聽其勸而愼選交往者。溫琬在屢求脫籍未可的情況下，
再一次自我掌握命運，她攜同母親徙往京師，幾閉戶不出，居數年後，太守
終於允許她脫離娼籍。

　　溫琬的一生就是在一次又一次的省思中，尋求生命的出口，她對抗了所
有欲將她推入沉淪深淵的惡勢力，包括多舛的命運、紙醉金迷的妓院環境、
沉緬於利的母親，以及喜愛溫琬、不願去其娼籍的太守。在過程中，她始終
孤挺獨立，不曾一絲一毫動搖初志，在她身上所展現的永不妥協的生命意志，
著實令人感佩。

　　在宋代，有錢有勢之富者借錢給貧窮人家，對待這些借債者如家僕般，
有財勢者每過借債者家，其家即「設特位置酒，婦女出勸，主人乃立侍。富
人遜謝，強令坐，再三，乃敢就位」，〔註97〕完全是一副畢恭畢敬的模樣。《清
尊錄·大桶張氏》〔註98〕即是敘述在這樣一個有財勢者爲大、極端不平等的
尊卑關係中，女子孫氏不甘遭男子戲言娶之又負約的故事。大桶張氏以財勢
傲視全京師，張氏子未娶，過借債者家，見其家少女孫氏容色絕世，即告之
欲娶之爲婦，孫氏以己爲其家奴僕而拒絕，張氏子即脫臂上古玉鐲爲信，並
約定擇日納聘。然張氏子實恃醉戲言，並非有意，故又與別族議婚他娶。孫
氏對張氏子的背約行爲無法諒解，而堅持不肯嫁，孫父爲了讓孫氏死心，即
邀張氏子夫婦至家中，使女窺之，並曰：「汝見其有妻，可嫁矣！」此時孫氏
的反應竟是「語塞，去房內蒙被臥。俄頃即死」。孫氏入斂時，手臂仍帶著張
氏子所贈的古玉鐲，而引起送喪業者的覬覦，當送喪業者發棺欲取玉鐲時，
孫氏突然起死回生般地甦醒過來，送喪者即以言語恐嚇威脅孫氏，並匿之以

〔註97〕宋·廉布，《清尊錄·大桶張氏》，同註29，頁318～319。

〔註98〕宋·洪邁，《夷堅支庚》卷1〈鄂州南市女〉和本篇相類，宋·王明清，《投轄
　　　錄·玉條脫》則是取於本篇。同註34，頁260。〈鄂州南市女〉主要描寫女子
　　　主動熱情地追求所愛的男子，和〈大桶張氏〉、〈玉條脫〉男子負約，女子不
　　　甘心，要討回公道的主題並不相同。依本段論述內容，今擇取〈大桶張氏〉
　　　爲討論文本。

爲妻。不過，孫氏心中始終憤恨不平的是張氏的背約，「每語及張氏，猶忿恚欲往質問前約」。後來，孫氏趁著他人不注意之際，自行租了一匹馬，前往張氏家，「孫氏望見張，跳踉而前，曳其衣且哭且罵」，張氏以爲見鬼，在孫氏「持之益急」的情況下，推之倒地，孫氏立死。

由孫氏語塞氣悶而亡，突然回生又氣憤地質問張氏的種種反應和行徑來看，孫氏始終耿耿於懷的是張氏子言而無信的背約之舉，及這件事對其人格尊嚴的傷害。可以推測而知的是，孫氏其實並非死而復生，她是因親眼見到張氏與其新婚妻子，證實了張氏子的背約行爲，一時氣急敗壞氣悶而昏厥，然後又因嚥不下這口不平之氣而復甦。由她始終帶著張氏子給她的信物古玉鐲，即可知道她對這椿婚事的慎重態度，在鄰里的祝賀之下，孫氏也滿心地以爲將會成就一段美好姻緣，沒料到財勢傲人的張氏子，竟然只把這件事當成醉酒的玩笑話，而任意毀婚，他不僅傷害了孫氏的感情，更重要的是他重重踐踏了孫氏的自尊。孫氏昏而復甦，並懷著一顆憤恨的心，又哭又罵地質問張氏子，目的就是要爲自己討回公道，由此也反映了孫氏的剛毅性格與不輕易妥協的堅強意志。

此外，《齊東野語‧台妓嚴蕊》〔註99〕中，不屈打成招的嚴蕊，和《夷堅三志己‧長安李妹》有節不受污辱的長安李妹，皆是不向命運妥協，勇於對抗威權的下層女子。〈台妓嚴蕊〉敘述朱熹欲指責唐與正，而刻意捏造不實罪名，指唐與正和營妓嚴蕊有姦情，嚴蕊因而遭受嚴刑拷打，然卻一語不及唐。且看嚴蕊不容誣陷的堅毅態度，嚴蕊云：「身爲賤妓，縱是與太守有濫，科亦不至死罪。然是非真僞，豈可妄言以汙士大夫？雖死不可誣也。」即使嚴蕊一再受杖，幾至於死，然身體肌膚之苦痛，絕不大於人格遭受污蔑的憤恨，嚴蕊對於朱熹指鹿爲馬、企圖妄言定罪之舉，是勇於抗爭到底、絕不妥協的，對她而言，是非真相不白，雖死亦不足惜。身爲一介女流，何況又是屬於社會底層的妓女，嚴蕊勇於和官僚體制及朱熹此一當代大儒抗爭，其不屈之堅決精神，正突出了其捍衛人格尊嚴的可貴。〔註100〕又《夷堅三志己‧長安李妹》〔註101〕中，李妹原是長安女娼，後賣予同州節度爲妾，一日因忤旨，而

〔註99〕宋‧周密，《齊東野語》卷20〈台妓嚴蕊〉，同註29，頁550。

〔註100〕苗壯也認爲此篇寫出嚴蕊明辨是非、不爲酷刑所屈的堅強性格，並暴露出理學大師朱熹爲泄私憤、仗勢欺人的醜惡嘴臉。參見氏著，《筆記小說史》（浙江：浙江古籍出版社，1998年12月），頁287。

〔註101〕宋‧洪邁，《夷堅三志己》卷1〈長安李妹〉，《中國文言小說百部經典》第19

遭同州節度送至刺史張侯別第，張侯固爲狂淫之人，而「妹事之曲有禮節，大率如在王宮時。然每至調謔誘狎，輒裝色斂袵。餌以奇玩珍異，卻而弗顧」。李妹是個有節度的婢妾，她只盡爲人婢妾侍奉主人應有之本分，除此之外，張侯以利誘之者，一概不理睬。張侯在既恥且怒的情況下，持刀威脅李妹欲非禮之，面對張侯的強迫威脅，李妹似乎心中早已做好了以死明志的打算，她從容地說：

> 婦人以容德事人，職主中饋。妹不幸幼出賤汙，鬻身宮邸，委質妾御，不獲托久要於良家，罪實滋大。幸蒙同州憐愛，許侍巾履。同州性嚴忌，雖親子弟猶不得見妹之面。偶因微譴，暫託於君侯，則所以相待愈於愛子矣。不圖君侯乃欲持貨利見蠱，而又憑酒仗劍，威脅以死。欺天罔人，暴媟女子，此誠烈誼丈夫所不忍聞。妹寧以頸血污侯刀，願速斬妹頭送同州，雖死不憾。

李妹說完這段話後，「遂膝行而前，拱手就刃」。暫且拋開作者欲宣揚婢使爲主人盡忠守節的主題思想不談，李妹對於刺史張侯的威脅利誘全然不爲所動，甚至願以死保節的不妥協精神實在可貴。嚴蕊和李妹面對威權者的強勢逼迫，毫無畏懼，寧死也不屈從，在她們身上展現的是「士可殺不可辱」的高尚氣節。

　　另外，婢妾受不了雇主無理的壓榨與管教，或是失寵，而企圖自力救濟，想盡辦法脫逃的故事，於宋代也相當常見。然而，她們卻往往爲了離開原雇主家的惡劣環境，而遭到不肖男子的惡意欺騙。如《青瑣高議·龔球記》〔註102〕述一女子從雇主家出逃，遇上貧無所依、以乞丐度日的龔球，球見女子手把青囊，心生歹念，尾隨女子至暗處：

> 女人告曰：「我李太保家青衣也，售身之年，已過其期，彼不捨吾，又加苦焉。今夕吾伺其便走耳。若能容吾於室，願爲侍妾。」球喜，許之。與婦人攜手，婦人以青囊付球，即與同行。球心思計以欺之，球乃妄指一巷：「此乃市者，其中吾所居也，汝且坐巷口，吾先報家人，然後呼汝入家。」女人不知其詐。

宋代的女婢是屬於契約式的女性傭工，在買賣的同時，雙方必須立下買賣契約，契約中寫明雇值及雇用年限。這些女性傭工不是爲不法之徒誘騙貨賣，即因家貧而賣身，一旦淪爲婢使，其在雇主家的生命安全幾乎得不到任何保

冊，頁 6497。

〔註102〕宋·劉斧，《青瑣高議》後集卷4〈龔球記〉，同註3，頁 4769～4770。

障，有些雇主私刑女婢的方式甚是殘忍，簡直把女婢當作囚犯來對待，〔註103〕《夷堅志》中即有許多婢妾遭雇主虐待的悲慘故事。女婢實屬社會最底層、最卑賤的人物。原本，雇傭皆是有年限的，期限一到，女婢即可恢復良民之自由身分，然而，強令買斷或逾期不放人的惡劣雇主也不少。〔註104〕〈鬻球記〉中的李太保家青衣，即遇雇主不遵守雇用期限，又加以苦虐之，她一心想要脫離悲慘的非人生活，回歸自由正常的日子，故倉促慌忙地逃出，使她不遑多想，遇上另一個男人，以爲只要把自己託付給他就安全無虞了，沒料到這又是另一個只會詐騙利用落難女性的無恥之徒。又如《夷堅丁志‧郭提刑妾》〔註105〕中，郭提刑妾失寵，有客趁醉戲言欲向主人求之，遣車相迎而歸。此妾「大喜滿望，信爲誠說，窮日夜望之，眠食盡廢，遂綿綿得疾不能興」。這兩個故事反映的不僅是婢妾不幸的命運，更令人心酸的是，當她們企圖逃離雇主家庭，回到自由的天空下時，那份滿懷希望，對人性充滿信賴的一顆心，卻無端地被利用與傷害，她們不向命運妥協的精神，在悲劇的結局下，也因此令人更加同情。

第三節　情、色、才、德、智兼融的女性

自古以來，在「才子佳人」小說的愛情、婚姻故事裡，「佳人」形象大多是情、貌、才兼重的，或許每個時期的「佳人」形象各有其偏重，然大抵不出此三者。〔註106〕宋代文言小說婚戀故事中的女性，亦注重情感專一、

〔註103〕宋‧錢功，《滄山雜識‧族嬌兇虐》一篇記其聞見云：「予有族叔景直供奉，娶宗室女，屢殺婢使。元符中，直爲高郵酒官，予曾飯於其家，見婢子二人出執酒器，口齧逾寸，耳垂及項，面目淋漓，腰背傴僂，眞地獄中囚徒也。駭汗不能食。」見元‧陶宗儀編纂，《說郛》三（臺北：臺灣商務印書館，1972年12月），卷29，頁2052。此即以地獄中之囚徒來形容婢使受雇主虐待的悲慘遭遇。

〔註104〕有關女婢的雇用方式及其社會地位，參見游惠遠，《宋代民婦的角色與地位》第三章〈宋代婦女的職業類別所反映的婦女社會地位‧雇傭雜役類〉，頁58〜64。

〔註105〕宋‧洪邁，《夷堅丁志》卷14〈郭提刑妾〉，《中國文言小說百部經典》第17冊，頁5646。

〔註106〕「佳人」一詞用來指稱形體上有魅力的美女由來已久，直到明末清初「佳人」之意涵才有了顯著的轉變。在晚明戲曲中，「佳人」是以情、貌、才著稱的，但三者之中，情最重要；到了清代小說，「佳人的魅力不僅來自她的美貌，更重要的，是來自她文學方面的傑出才能。而且在最終的意義上，她的文學稟

才貌雙美的形象，同時也更進一步注意到她們在處理愛情、婚姻問題時，蘊涵於內在的德行與智慧。而當故事主角轉換為市民階層的平民婦女，其待人處事中的德行和智慧反倒成為作家描寫的重點，尤其是《夷堅志》等筆記小說，更是記載了不少婦女之過人膽識和美好德行的表現。另外，宋代小說中之女婢和妓妾，也充分運用她們的機智和巧思，於危急之際為主人、甚至是為國家解決了困境。這些「智巧解危的妓妾」，於其卑微身軀中閃爍著生命智慧的光芒，令人印象深刻。

　　宋代文言小說中，女性「情、色、才、德、智」兼融並重的形象，有一個發展的進程，即由唐傳奇以來，以、情、色、才著稱的妓女、閨秀等傳統佳人形象，進一步注意到市井民婦、下層女子之德、智形象的拓展，並出現了情、色、才、德、智兼融的整體形象，女性形象之內涵因而有了更趨細膩與深度的刻畫。

一、傳統的「情、色、才」佳人

　　在中國古代社會中，由於社會環境的限制及民風習俗的保守，青年男女得以自由接觸的機會實在是少之又少，一旦有匆匆一瞥的見面機會，而又無法更深入的瞭解對方時，對「特別重視身體的『美質』、視覺的表象」〔註107〕的男性而言，女性美麗的容顏及曼妙的身段便構成愛情誘發因素中的主要因素，因而也造成了才子佳人愛情小說中「一見鍾情」的敘述模式。〔註108〕外貌的吸引構成愛情的首要條件，接下來男女主角更進一步互相往來，女主角在談吐中的吟詩作對，或是利用魚雁往返傳情達意，所展露出的文學才華，往往令男性更加激賞，甚至成為愛情迅速進展的推手，因為透過女性敏捷之詩才所傾吐的細膩心思與浪漫情懷，有別於男性詩作，更是令人動心，因而

賦的重要性遠遠超出其美貌的重要。」「佳人」的涵義由簡單的對「形貌」的注重，到對「情」的強調，再到對「才」的突顯，這是佳人形象在不同歷史時期發生的演變。參見周建渝，《才子佳人小說研究》（臺北：文史哲出版社，1998 年 10 月），〈第一章〉，頁 9～13。
〔註107〕見瓦西列夫著，趙永穆、陳行慧譯，《愛情論》，頁 156。
〔註108〕尹福佺先生由中國傳統文化的角度來探討小說戲曲中「一見鍾情」敘述模式的原因，他的研究指出這種敘述模式和中國傳統的「直覺思維」方式，社會上封建宗法制度對女性的規範與壓迫，及心理學上的「生理效應」，對心中理想異性的愛慕與崇拜皆有關。見氏著，〈「一見鍾情」與中國傳統文化〉，《貴州社會科學》2000 年第 1 期，頁 73～76。

也為剛萌芽的戀情產生了加溫的效果。

在愛情故事裡,女性之花容月貌及其服飾妝扮,成為吸引男性愛慕眼光的首要因素,〔註 109〕而其出類拔萃的詩文才華則扮演著愛情加溫的仙丹,〔註 110〕才貌並重的女性形象,是風塵女子或大家閨秀在愛情裡的主要特徵。名門閨秀由於家中書香環境的栽培與薰陶,自然而然地展現出文學涵養,而娼妓們或是出於生存環境所需的訓練,或是出於天生稟賦,往往也能吟詩作對。總之,才貌雙全的形象絕對是她們在愛情裡的有利條件。同時,我們也可以發現,女性之「才」本身,也許並非作家所欲描寫的重點,作家所要刻畫的應該是女性之「情」,亦即以女性所作之詩詞篇章內容,來突顯她們在感情世界中的深情與專一。

羅燁《醉翁談錄》裡收錄不少才子佳人型的愛情故事,「佳人」即美麗的才女,不管是否情節所需,小說文本中總會穿插佳人們的詩詞創作,以突顯她們深情款款又富於文采的才女形象。如皇都名娼楚娘,清絕多情態,又喜玩弄筆硯,小說開頭即錄了兩首楚娘所作之詩,〈遊春詩〉云:「破曉尋春緩轡行,滿城桃李鬥芳英,桃紅李白皆粗俗,爭似冰肌瑩眼明。」又〈岩桂花詩〉曰:「丹桂迎風蓓蕾開,摘來斜插竟相偎,清香不與群芳並,仙種仍從月裡來。」〔註 111〕此兩首詩不僅展現了楚娘的詩才,詩中亦透露了楚娘對自身才貌的自負。〈靜女私通陳彥臣〉〔註 112〕一篇,靜女為簪纓之後,喜讀書,十歲即涉獵經史,小說幾乎是由靜女對陳彥臣傳情的詩、詞連綴成篇,甚至最後靜女和陳彥臣因私通而被解送官府,判官見兩人口占成詩,甚具詩情,大為稱賞,即判兩人為夫婦。〈華春娘題詩遇君亮成親〉〔註 113〕裡,女主角華春娘亦是「貌美而豔,性喜讀書,詩才敏捷」,春娘以詩和意中人徐

<hr />

〔註 109〕注重男女容貌及身體服飾妝扮的描寫,是自唐代愛情小說以來的特色,「藉著戀愛的契機,身體的裝飾在原來區別身體的視覺功能外,進一步地強化了性別區別的視覺功能」。參見妹尾達彥,〈「才子」與「佳人」──九世紀中國新的男女認識的形成〉,《唐宋女性與社會》(下冊)(上海:上海辭書出版社,2003 年 8 月),頁 699。

〔註 110〕「才」,廣義可指各方面的才能、智慧,但由於古代中國女性生活圈較狹窄,沒有比詩詞歌賦更能顯示她們的才華,故此「才」在很多時候是狹義地指「文才」的。見劉詠聰,《德‧才‧色‧權:論中國古代女性》(臺北:麥田出版社,1998 年 6 月),頁 202。

〔註 111〕宋‧羅燁編,《醉翁談錄‧林叔茂私契楚娘》,同註 50,頁 12。

〔註 112〕宋‧羅燁編,《醉翁談錄‧靜女私通陳彥臣》,同前註,頁 14～17。

〔註 113〕宋‧羅燁編,《醉翁談錄‧華春娘題詩遇君亮成親》,同前註,頁 107～108。

君亮通殷勤，爲春娘父發覺，擒送縣官，縣官以其文采供狀多才，作媒以歸君亮，華春娘和靜女一樣，皆因其詩才而獲得美滿姻緣。〈梁意娘〉〔註114〕中，梁意娘「能詩筆，又體態輕盈」，和表兄李生互相愛慕而私通，後爲家人得知而阻撓，在不能相見的一年期間，意娘密以詩束傳音，又爲家人知之，終於感動父母而許婚。此篇小說只於開頭略敘梁意娘和李生才子佳人的故事情節，後面大半的篇幅皆是意娘所作之詩文，作者明言「今但錄意娘之所作者於右，以表婦人女子有此之技能也」。所錄者包括意娘寄情思之書信、詩、詞、賦、樂府，充分展現了意娘「兼備眾體」的文學才華。

以上幾篇之女主角皆是美貌多才的娼女或大家閨秀，作者極力頌揚佳人之「才」，在此類才子佳人的愛情故事裡，佳人的詩文才華顯得格外重要，其詩文才華爲她們傳遞了愛意，抒發了相思之情，甚至因此而感動了父母、縣官，而成其美好姻緣。由此可見，女性之詩文才華，成爲她們傳致情思的主要媒介，可以說在才子佳人小說中，女性之「才」與「貌」雖爲不可或缺的要素，但仍只是在女性深「情」形象之外的附加要素。換言之，「情」是男性作家首要突出的女性形象，而「貌」與「才」的描寫，是爲了使女性在愛情世界中的純情專一形象更加鮮明、完美。

二、德、智形象的拓展

當婚姻、愛情故事的男女主角由才子佳人轉換至市井小民，情、色和才不再是女主角必備的形象，反倒是在實際生活中所展現的德性與智慧才是最重要的。宋代文言小說即出現了這麼一批以現實生活爲基礎所塑造的女性形象，其中在市井民婦身上，體現的是美好德行與臨危不亂的膽識與智慧；而如娼妓和婢妾等社會下層女子，她們於危急時刻，展現智慧與巧思，爲國家、主人解危的智巧形象，更是突出、生動，成爲宋代文言小說裡，一群具有代表性的女性形象。

（一）德、智兼備的民婦

宋代文言小說裡的市井民婦通常沒有突出的容貌與才華，然在她們素樸的外表之下，卻往往蘊藏著令人激賞的德、智光芒，這確實是傳統唐傳奇以來在愛情故事中的「佳人」所缺乏的。

〔註114〕宋・羅燁編，《醉翁談錄・梁意娘》，同前註，頁55～59。

如《夷堅支丁‧張二姐》〔註115〕一篇，敘述朱邦禮家買一少婢張二姐，外貌看起來瘦弱憔悴，皮膚又皺又垮，毫無光澤，不僅不討人喜歡，還「絕可憎惡」，可見她給人的第一印象實在遭透了。不討喜的她只能做些廚房的工作，就這樣默默地在主人家工作了六、七年。後來有遊士劉逸民留於館中教導主人之子，主人極賢重之，每每稱讚其靜操，主人因為張二姐醜陋無所致疑，於是命二姐侍奉劉逸民。之後，二姐雇傭期限屆滿，辭去，主人亦不問其去處。不久，劉逸民亦辭退。十多年後，朱邦禮偶然間再見劉逸民，劉已登科為官，其家有一婦人「著幘髻拜於廷，如家人初見尊長之禮」，原來這婦人就是張二姐，主人大感訝異，劉逸民便自述和二姐結褵之由，云：「自違離之始，無人負笈。偶值此婦，遂與之偕行。念其道途勤謹，存於家間，而溫良惠解，實同甘苦，故就以為妻。」由故事情節發展看來，其實早在主人家時，劉逸民對張二姐可能已經暗生情愫了，他看見了在二姐不起眼的外貌之下，蘊藏著美好的婦德，如在主人家幫傭時，即使不受主人家的喜愛，她依然認真負責、不以為苦，後來再見主人，她無所忌恨，把主人當作家中長輩般恭敬對待；而身為一個妻子，二姐更是一個能夠扶持丈夫、同甘共苦的堅忍女性，在她身上的這些美好德性，早已掩蓋了她醜陋的外貌，也為她帶來一段好姻緣。

婦女有美德者，還有《茅亭客話‧盲女》〔註116〕一篇之亂世有德的婦人。故事敘述一婦人於亂世民家財物罄空、窘迫尤甚之際，不僅幫助可憐的盲女料理後事，又於盲女衣中獲金而不為己用，以之為盲女供僧畫像。婦人於亂世窮困的情況中，未見利忘義，其種種有德之義行實為難得。其實，小說家最常描寫的女性德行，就是為人婦者侍奉公婆之孝心、孝行，如《夷堅丁志‧豐城孝婦》〔註117〕、《夷堅支丁‧營道孝婦》〔註118〕、《睽車志‧常州孝婦》〔註119〕等篇皆是，〈常州孝婦〉一篇之孝婦，甚至還因為先將乾淨的米飯餵食眼盲的婆婆，而自食剩餘臭惡者的孝行感動上天，得到上天賜予源源不絕的米糧。

〔註115〕宋‧洪邁，《夷堅支丁》卷9〈張二姐〉，《中國文言小說百部經典》第18冊，頁6047～6048。

〔註116〕宋‧黃休復，《茅亭客話》卷7〈盲女〉，《宋元筆記小說大觀》（一）（上海：上海古籍出版社，2001年12月），頁439～440。

〔註117〕宋‧洪邁，《夷堅丁志》卷11〈豐城孝婦〉，同註105，頁5612～5613。

〔註118〕宋‧洪邁，《夷堅支丁》卷1〈營道孝婦〉，同註115，頁5976。

〔註119〕宋‧郭彖，《睽車志》卷3〈常州孝婦〉，《宋元筆記小說大觀》（四）（上海：上海古籍出版社，2001年12月），頁4095。

　　小說文本中，市井階層婦女形象的描寫，是以現實生活爲依據的，處於社會下層的市井女性，由於她們擁有豐富的生活歷練，故面對現實生活處境，往往具有過人的膽識與應變能力。如《夷堅支戊・觀坑虎》〔註120〕之婦女路行遇虎而無懼，並對虎論之以理，展現出臨危不亂的過人膽識。此外，於描寫戰亂之際，夫妻離合聚散的小說中，亦常常突顯女性智、德兼俱的美好形象，如《夷堅甲志・晁安宅妻》〔註121〕敘述晁安宅之妻和女兒、乳母皆爲賊黨王生所得，後來晁安宅之妻得知丈夫淪爲乞丐，行乞於路中，便沈住氣，不動聲色地安排出逃計劃。她先是讓老嫗持金釵予丈夫，要老嫗傳話約定相見之期，並戒丈夫勿更換行乞之衣，以免引人側目，等到偷偷和丈夫相會，又給他銀兩，讓他一半赴宣撫司投牒，另一半錢則買舟以待。晁安宅妻冷靜地佈署好一切之後，「會王出獵，婦攜己所有直數千緡，與嫗及女赴安宅舟，順流而下。王生家貲巨萬，一錢不取也」。憑著晁安宅妻冷靜沈著的智慧，夫婦倆終得離而復合，而晁安宅妻臨走前非己之財一文未取的行爲，亦是一種廉潔德行的表現。

　　又如《齊東野語・吳季謙改秩》〔註122〕內容敘述一婦人有容色，江行遇盜，盜威脅之，婦人和盜談判，以條件交換兒子性命之智舉：

> 盜脅之曰：「汝能從我乎？」妻曰：「汝能從我，則我亦從汝，否則殺我。」盜問故，曰：「吾事夫者若干年，今至此，已矣，無可言者。僅有一兒纔數月，吾欲浮之江中。幸而有育之者，庶其我遺種，吾然後從汝無悔。」

遇盜威脅當下，婦人既不哭鬧求饒，也無犧牲生命之打算，她冷靜下來和盜賊談判，因爲她清楚明白盜賊要的是她的人，而她自己則是希望兒子能逃過此劫，順利長大成人。於是聰明的她以時間換取空間，暫時以自己的自由和幸福爲條件，換取有朝一日和兒子相聚的希望。後來，果然婦人於一寺院中，見到已長大成人的兒子，並夥同僧人密告官捕盜，她也達成和兒子團圓相聚的願望。

　　以上所舉之民婦，她們在德行和智慧上的表現，早已掩蓋了她們也許並

〔註120〕宋・洪邁，《夷堅支戊》卷1〈觀坑虎〉，同註115，頁6062～6063

〔註121〕宋・洪邁，《夷堅甲志》卷15〈晁安宅妻〉，《中國文言小說百部經典》第15冊，頁5102。

〔註122〕宋・周密，《齊東野語》卷8〈吳季謙改秩〉，同註29，頁548。

不出色的容貌，甚至在這類以刻畫女性德、智爲主的故事裡，作者也不再以女性之容色爲描寫重點，因爲屬於女性內在深蘊的內涵已被注意並掘發出來，這比另一群千篇一律之情、色、才兼備的美麗佳人，更具有現實生活的基礎與深度。

（二）智巧解危的妓妾

在宋代，妓、婢、妾此三類女性皆是源自於買賣，女性被賣的原因不外乎家境貧寒，無謀生能力，或是遭受不法之徒的誘騙轉賣。既是以買賣關係獲得的職業和身分，雇主和娼妓、女婢，及妾之丈夫家族和妾的關係，必然是上對下的絕對權威關係，她們的地位是極其卑微低下的，儘管在法律上女婢的權利與地位已較唐代提高了，〔註123〕然法律的規範條文正爲因應現實社會所需而來，由宋代法律明定對女婢生命安全自由的保障條文看來，正反映出實際生活中，這些社會地位低下的女性，所遭受的悲慘不人道待遇。〔註124〕

文學是反映社會現實的一面鏡子，宋代以女性爲主體的文言小說中，有不少以侍女、婢妾之特殊身分的女性爲描述對象，甚至出現了專門集錄侍妾才情和際遇的軼事小說集，如王銍《侍兒小名錄》〔註125〕、張邦基《侍兒小名錄拾遺》及溫豫的《續補侍兒小名錄》等書。作者用意並不在記敘她們曲折不幸的人生遭遇，而是在於其中突顯、反映出淪爲妓女、婢妾的這些女子，她們對人生際遇的深度思索，及她們「急中生智」的不凡智慧展現。下層女子對命運的抗爭與對威權體制的抵抗已如第二節所述，此外，還有許多歌頌這些下層女子德行、才智的故事，她們有的於亂世中力抗惡盜，以機智和勇氣替主人解危，有的則是善用其專長，爲國家盡一份力量，這些女子展現了生活智慧的光芒，其智巧形象也更貼近社會現實。

〔註123〕宋代女使（女婢）的法律地位較宋以前各朝有明顯提高的現象，主要反映在三個方面：一是主人犯罪，奴婢不需承擔連帶法律責任，並禁止雇主將奴婢與資財同等處理；二是奴婢可以控告主人不法之行爲；三是嚴格禁止私家懲罰奴婢、私自殺奴。參見宋東俠，〈試論宋代的「女使」〉，收入漆俠、胡昭儀主編，《宋史研究論文集》（保定：河北大學出版社，1996年1月），頁263～264。

〔註124〕游惠遠指出因爲契約身分的關係，婢使實則形同畜產，許多大學者如司馬光、袁采之流，他們管教婢使的方式仍不脫打罵舊規，而一般雇主對於奴婢的刑罰方式無奇不有，微過打死的例子亦屢見不鮮，除身體髮膚上的摧殘之外，更甚者還得成爲男主人恣逞性慾的發洩對象。同註93，頁61～63。

〔註125〕宋・王銍《侍兒小名錄》多採自前代的著述。同註32，頁277。

　　沈遼〈任社娘傳〉〔註126〕記陶穀出使吳越遇任社娘之事。〔註127〕此事有
多個版本，然而諸書大體皆以使者爲主角，以表現使者因好色而入穀的「非
端介正人」的形象爲主。沈遼此傳則是扭轉了此故事的焦點，而以娼女任社
娘爲主角，極力描寫她機智聰穎、維護國家尊嚴的形象。〔註128〕傳述吳越王
爲籠絡陶穀，命任社娘想辦法蠱惑之，性巧善於觀察、能以意中人的任社娘，
深知該如何引誘性情風流不羈的陶穀上鉤，於是她假扮爲客館閣者之女，展
開了一場佯裝羞澀，實則賣弄風情的欲擒故縱戲碼：

> 社即詐爲閣者女，居窮屋，服敝衣，就門中窺使者。使者時行屏間，
> 社故爲遺其犬者，竊出捕之，悚懼，遷延戶旁。陶一顧已心動。其
> 暮，出汲水，駐立觀客車騎甚久，陶復覘之，然而社未嘗敢少望使
> 者也。明日，王遣使勞客，樂作，社少爲塗飾，雜群女往來樂後以
> 縱觀。陶故逸蕩且怪，既數目社，因劇飲爲歡笑。會且罷，使者休
> 吏就舍。是時，客使左右非北吏多知其事。吏既出，使者獨望廳事
> 上，社謬爲不見使者，復出汲水。方陶意已不自持，乃呼謂社曰：「遺
> 我一杯水。」社四顧，已爲望見使者，乃大驚，投甖瓶，拜而走。
> 陶疾呼，謂社曰：「吾渴甚，疾持入來。」社爲羞澀畏人，久之方進。
> 使者曰：「汝何爲乃自汲？」頷動不應。復問之，社又故作吳語曰：
> 「王令國中有敢邀使客語者，罪至死矣！」陶曰：「汝必死，復何憚
> 我也？令汝不死。」乃強持其手曰：「我閨中故靜，我與汝一觀。」
> 社固辭不敢，即強引入閨中，排置榻上，曰「敢動者死！」社即佯
> 噤不敢語。陶即出呼吏，喜曰：「持燭來。」吏進奉燭，燭來已具，
> 吏引闔其戶而去。社曰：「我賤，不可，我歸矣。」比其就寢，甚艱
> 難。已而，晝漏且下，社曰：「我安從歸？」陶曰：「我送汝矣。然
> 明日復來，我以金帛爲好也。」社曰：「我家貧，受使者金帛，是速
> 我死。然我平生好歌，爲我度曲爲詞，使我爲好，足矣。」陶許諾，
> 乃爲送至其家，然尚不知其爲娼也。

〔註126〕宋・沈遼，〈任社娘傳〉，《雲巢編》卷8，《景印文淵閣四庫全書》（臺北：臺
　　　　灣商務印書館，1983年），第1117冊，頁608～609。
〔註127〕李劍國先生提到任社娘之事北宋頗傳，然而各家記載不一，使者或爲陶穀，或
　　　　爲曹翰，妓女則或爲秦弱蘭。同註34，頁141～142。然以小說觀點視之，傳
　　　　聞之事實爲何不重要，重要的是宋人沈遼如何豐富了此一傳聞中的妓女形象。
〔註128〕同前註，頁143。

作者極細膩的描寫任社娘佯裝成閭者女，屢次藉故出現於陶穀面前，然卻假裝害羞不敢直視陶穀的青澀模樣，而社娘此番樣貌情態卻已深深吸引了放蕩輕狂的陶穀。陶穀以威脅的方式強留任社娘留宿，社娘於此則表現得既害怕又乖巧、順從，她刻意裝出的卑下可憐模樣，終於把為色所誘的陶穀迷得團團轉，而由任社娘和陶穀對答如流的談話，也可看出她隨機應變的機智反應。任社娘選擇了和自己妓女身分截然相反的貧窮閭者女來引誘陶穀，她的演技實在太好了，完全沒有露出妓女習性，可謂是個「高明的演員」，〔註129〕她以閭女的身分及逼真的演技令陶穀無所警覺，成功地引陶穀入彀，使陶穀在得知自己上當的實情後，羞愧而回。後來又有北使來，北使故意以言語羞辱社娘，社娘亦以從容的態度反諷北使，使之慚愧不已。一個身分卑下的妓女，卻靠著她的機智為國家保住了尊嚴，其機智靈巧的表現，著實令人讚賞。

　　同樣以妓女身分為主人解危的還有《鶴林玉露‧韓璜》〔註130〕一篇，描寫王鈇之妾替王鈇解危的故事。王鈇帥番禺，聲名不佳，朝廷派韓璜前往調查處理，王鈇擔憂不已。恰巧家中有一妾曾和韓璜熟，知韓璜飲酒則醜態百出，於是以計誘之，此妾故意於簾後歌韓璜昔日所贈之詞，璜聞之心動，不能自制，妾又詐謂韓璜：若能為之舞一曲，則出見之。韓璜時已醉，再加上妾之鼓舞，於是穿起舞衫，塗上粉墨，醜態畢現。酒醒，羞愧不已，乃還，王鈇也因此得以善罷。作者雖然沒有正面實寫妾之形象，然於最後韓璜羞慚而歸的結果，即襯托出王鈇之妾智巧、聰穎的形象。〈任社娘傳〉和〈韓璜〉的故事內容有些近似，不過由於〈任社娘傳〉著重於寫人，〈韓璜〉則重於寫事，故任社娘的形象塑造更是顯得鮮明深刻。

　　《夷堅丙志‧藍姐》〔註131〕則是在惡盜偷竊事件中，塑造了一位忠於主人，又機智勇敢的女性形象。藍姐在小說中的形象是由模糊而漸漸清晰明朗的。故事內容為王知軍家中暗夜有盜賊入侵，眾婢驚恐，把事情全都推到王之嬖妾藍姐身上，藍姐毫無畏懼地挺身而出，為取得盜賊的信賴，她手執大燭帶領群盜進入室中，盜取主人家之物，直到群盜盡興乃回。藍姐的所作所為令人摸不著頭緒，讓人誤以為她和盜賊同流合污，其實她是有計畫的以智擒賊，既然無法以力敵之，藍姐只好想辦法讓盜賊留下犯罪的證據。事發後，

〔註129〕同註1，頁15。
〔註130〕宋‧羅大經，《鶴林玉露》乙編卷6〈韓璜〉，同註76，頁7581。
〔註131〕宋‧洪邁，《夷堅丙志》卷13〈藍姐〉，同註91，頁5454。

她向主人供出她的計策：「三十盜皆著白布袍，妾秉燭時，盡以燭淚污其背，但以是驗之，其必敗。」藍姐之急智果然奏效，故能「輾轉求跡，不逸一人，所劫物皆在，初無所失」。在小說中，藍姐智勇擒賊的形象塑造是成功的。

三、情、色、才、德、智的結合

由於在市井下層社會婦女身上的德、智形象漸受重視，宋代作家也開始注意女性在處理婚姻、愛情的問題中，其內在美的呈現。於是，向來在婚戀故事裡，以情、色、才形象出現的女主角，如今也有了內在德行和智慧進一步的描寫與展現，女性形象由情、色、才、德、智等方面來刻畫，獲得了小說家更為全面、整體的關注。

如《青瑣高議‧孫氏記》〔註132〕中的孫氏，就是一個兼俱情、色、才、德、智之美的女性。〈孫氏記〉敘述周默為鄰居張復的年輕妻子孫氏診脈醫病，孫氏「容雖不修飾，然而幽豔雅淡，眉宇妍秀，回顧精彩射人」，頓時令喪妻一年的周默「心發狂悸」，想盡辦法欲獲此佳人。當孫氏受周母的邀請來到周家，「是時孫薄妝，雖有首飾，衣服無金翠，豔麗絕天下，語言飄飄然宛神仙之類也」，又惹得周默精神蕩散，禁不住以言語挑之。後來周默以書信及詩向孫氏致意，孫氏亦以詩傳達婉拒之意，周默見其有詩才，愈思念之。和眾多愛情小說一般，孫氏依舊以色和才吸引了周默的目光。接下來，孫氏面對周默熱烈追求的應對處理態度，則展現了她有節度之德行。孫氏面對周默暗示兼明示的追求，始終表現得進退得宜、不失為人婦之操守。先是周默託其母召孫氏來，孫氏略知默之意而託事不往，復召之，久乃至，只和周母及默表達感激之意，周默按捺不住對孫氏的情意，而「以目挑之，語言試之，終不蒙對。召入內，復飲於軒前。默時時入室，啓母勸之酒，孫以禮謝，終不飲，逼晚方散」。由孫氏在周家的穩重沈靜表現，即可知其德性與為人。

周默仗著自己較孫氏夫婿年少，且有功於孫氏，自信滿滿的認為孫氏必定會接受他的追求，於是三番兩次地遣人投書於孫，但孫氏始終不回信，也沒做任何表示。孫氏沈住氣以不變應萬變的態度來回應，既不傷了鄰居的和氣，也謹慎地不以傳書達意落人口舌，希望以最低調的方式讓周默知難而退。然周默欲娶孫氏之心亦甚堅決，在不得已的情況下，孫氏總共寫了三封信，

〔註132〕宋‧丘濬，〈孫氏記〉，《青瑣高議》前集卷7，同註3，頁4705～4708。

嚴正的表明心意。第一封以「婦人無他能，惟端節自持爲令節」來表達爲人婦應有之節操；第二封從人各有分的觀點寓其道，孫氏之書曰：

> 前詩書已少道區區之意，君尚不已。今爲君少言天下物理之大分，以解君惑。夫鷦鷯棲木，不過一枝；鼴鼠飲河，不過滿腹。上苑之花，色奪西錦，遇大風怒號，飄蕩四起，或落銀瓶繡幕之間，或委空閑坑溷之所，此各系乎分也。我之夫固老矣，求爲非禮以累之，則吾所不忍。君雖百計，其如我何！可絕來意，無勞後悔。

這封信以委婉的語氣訴諸天下物理之道，強調人各有其命分，孫氏安守其命分，雖然嫁給一個年歲稍大的丈夫，但她沒有任何怨言。信中清楚明白地說明她不貪求年輕男子的愛戀，也不忍心捨棄年老的丈夫，安於目前生活的她是絕對不會動搖心意的。第三封信則是：

> 近者妾病，知子有術可以起我之疾。居貧，我乃謀於夫曰：「鄰居周君善醫，彼士君子，且以鄰里之故，必不子拒。」今因妾病，而召汙穢之事入其家。使子爲翁，子能忍而捨之乎？翁雖老，聞此安肯爲子下而不發耶？向得子柬，欲聞於翁，且發人之私，不仁也；忘人之恩，不義也。是以不爲。每得子柬急看，或火或毀，恐露而彰子之惡。今子之言侵逼尤甚，子意欲因醫之功，邀而娶之也。若然，雖商賈市里庸人有不爲者，況士人乎？古之烈女吾之儔也，子無多言，青松固不凋於雪中，千萬無惑焉。

周默屢勸不止，孫氏使出最後的殺手鐧，她以嚴肅的口吻表明自己爲周默隱惡，不把此事告訴丈夫，亦不到處張揚，對他已是仁至義盡，周默若再不知節制、逼人太甚，即連鄙俗的商人都不如了。最後以「青松不凋於雪」再次表明自己爲「烈女」的堅定決心，孫氏堅決的態度，終於使周默打消了強娶的念頭。由孫氏處理周默追求事件的態度和方法，可知她是個擁有美好婦德、充滿智慧的女性，她知書達禮、進退得宜、知命守分，在不得罪人的情況下亦能以理說人，她說服了周默，也保全了自己的名節，在她身上呈現的是情、色、才、德、智充分結合的完美形象。

又如《青瑣高議·譚意歌》之妓女譚意歌，也可算是一個情、色、才、德、智結合的女性形象。譚意歌對張正宇的愛情是深厚的，雖然她並未明媒正娶進入張正宇家，然仍盡力做好媳婦的本分，「克勤婦道，晨昏恭順」，展現良好的婦德。而由她寫給背誓另娶的張正宇信中，固然展現了她獨立自強

的精神，同時由另一角度來看，意歌於信中並未以強勢的態度責罵負心者，而是以「燕爾方初，宜君子之多喜；拔葵在地，徒向日之有心，……飲泣爲書，意緒無極。千萬自愛」等委婉話語表達一己心意，這亦可視爲她以退爲進的處事智慧。

　　不過，如上述孫氏和譚意歌的完美形象畢竟還是不多的，但至少在、情、色、才以外，婚戀故事裡的女性形象已有了不同面向的拓展。如《雲齋廣錄‧雙桃記》中，情、色、德便是女主角蕭娘最爲突出的形象，篇中形容蕭娘「年未及笄，色已冠眾。眉掃春山之翠，目裁秋水之明。香體凝酥，垂螺縮黛，雖古名姝不足以擬其豔麗」，李生「嘗見蕭娘出入於門戶間，固有意挑之而未敢，然私慕之情，已不自勝矣」。蕭娘之豔麗，令李生神魂顛倒、意亂情迷，甚至欲出妻而娶之，然對李生亦動情的蕭娘，對李生有如此想法，非但沒有喜悅之情，反而說出一番道理來勸他打消此念頭：

> 蕭曰：「不可！夫男子以無故而離其妻，則有缺士行；女子以有私而
> 奪人之夫，則實惡婦德。顯則人非之，幽則鬼責之，此非所宜言，
> 願君自持，無復及此。」生大服其說，而前意遂已。

作者有意在此突出蕭娘在愛情中所展現的美好品德，於情，她固然深愛李生，然而，於理，男子無故而離妻，女子奪人夫，皆是有損德行之事，顯然，在蕭娘的愛情世界裡，道德感生發了強烈作用。雖然蕭娘和李生發生不倫之戀的行徑是失德的，不過她在李生欲出妻娶她的關鍵時刻，以有損德行的理由來勸說李生，也反映出她內心之守德，只不過蕭娘之「德」的內涵改變了，並非外在行爲和內在心理一致的德行表現，而是一種心理道德意識的自覺。單就李生和蕭娘不爲社會倫常所容的愛情關係而言，嚴肅正經的道德觀念，乍看之下，似乎有礙兩人愛情的發展，事實上，李生非但不爲此把感情冷卻下來，反而因感佩蕭娘有此婦德而更堅定對蕭娘的愛。雖然蕭娘之「德」的意涵稍有不同，然其情、色、德兼備的形象依然是很鮮明的。

　　有色兼有德的女性，還有《醉翁談錄‧紅綃密約張生負李氏娘》中的梁越英，梁越英容貌聰慧，當她得知張生隱瞞已婚之實而復娶之，當場大罵張生曰：「君既有妻，復求奴姻，是君負心之過。」可見梁越英並非爲自己，而是爲張生正室李氏發出這正義之聲。張生負心於李氏，於是梁越英和李氏共訴於公堂，越英甘爲偏室。雖然張生欺瞞在先，梁越英大可以此不從官府判定她爲偏室的決定，但她是個是非明理的女性，李氏和她同樣都是受害者，而李氏遭受背棄

的痛苦絕不亞於自己，於情於理的考量下，她展現了謙讓的美德。

第四節　妒、淫、節、烈的女性

本節討論之有關「妒妻淫婦」和「節婦烈女」的故事，多半出於篇幅較短的筆記小說，並且明顯可見作者於此類故事中強調果報觀的訓誡意義。拋開妒妻淫婦的惡報結果與節婦烈女的忠貞節孝意義，本節試圖探討的是妒妻、淫婦以及節烈婦女們，在她們面臨生命中的種種處境時，內心的思索徑路及其所做的自我抉擇。

一、妒妻淫婦

（一）妒妻──封閉的內心世界

宋代文言小說中，妒婦的大量出現，和宋代文人士大夫養姬蓄妾的社會風氣有關。在法律並不完全禁止，皇室和大臣、官員以享樂為目的，帶頭買賣婦女的情形下，宋代買賣婦女的現象嚴重，而有錢買姬置妾者，主要是上層社會的官宦人家或富裕人家。〔註133〕據歷史學者研究，宋人納妾的原因，除了好色、風流等男性主觀需求外，主要是為了延續子嗣，〔註134〕然不論是男性聲色之好的需求，或是家族主義延續子嗣的目的，都足以令原配妻子產生劇烈的心理、情感與行為變化。

妒妻的主要行為表現，就是把丈夫所置之姬妾視為頭號敵人，以極端殘忍變態的行為來虐待、甚至是殺害她們。如《夷堅支甲・蘄守妻妾》〔註135〕之蘄春太守妻晁氏，「性酷妒，遇妾侍如束濕。嘗有忤意者，既加痛箠，復用鐵鉗箝出舌，以剪刀斷之」；又《夷堅志補・葉司法妻》〔註136〕之葉司法妻子，「天性殘妒，婢妾稍似人者，必痛撻之，或至於死」。其夫以年六十而無子為由，好不容易徵得妻子首肯納一妾，妻子要求別室而居，謂將修道，其夫欣

〔註133〕有關宋代婦女買賣現象，參見余貴林，〈宋代買賣婦女現象初探〉，《中國史研究》2000年第3期，頁102～105。

〔註134〕游惠遠認為男性納妾的目的，由家族主義的觀點來看，男性聲色之好的原因是無法與子嗣目的相提並論的。同註93，第四章〈宋代的妾在家庭中的角色與地位〉，頁92～93。

〔註135〕宋・洪邁，《夷堅支甲》卷14〈蘄守妻妾〉，同註105，頁5733。

〔註136〕宋・洪邁，《夷堅志補》卷6〈葉司法妻〉，《筆記小說大觀》8編5（臺北：新興書局，1975年），頁2488～2489。

慰，以爲妻子無復妒忌之心。沒料到新妾前往問候主婦之時，葉妻竟化爲虎，「食妾心腹皆盡，僅餘頭足」。此則故事最後婦人化虎食妾的情節，雖屬虛構的志怪成分，然婦人化虎也暗示著婦人因強烈的嫉妒心而發狂，其酷殘的行爲和兇猛的老虎沒兩樣。

　　不過，當丈夫在外拈花惹草時，妒婦則會採取另一種手段，或是直接找丈夫算帳，或是做出令丈夫後悔莫及的事情來報復他。如《夷堅丁志·胡生妻》〔註137〕敘述富家子胡生在外嬖一女尼，其續絃之妻子張氏得知後，對胡生「責怒捽挽，至欲以爐灰眯其目」。胡生脫走後，張氏更加忿恨，「自投於庭，輾轉咆擲」。可見嫉妒、憤恨的情緒，已使張氏呈現歇斯底里的狀態。又如《夷堅丁志·蔡郝妻妾》〔註138〕之其中一則故事云：

> 蔡待制之子某，……挈家之任。妻生男五歲，女三歲矣，同處一舟。
> 而蔡私挾外舍婦人，別乘一小艇，日往焉。常相距數里，至暮或相
> 失，妻密知之。平旦，遣童持盒至蔡所，曰：「孺人送點心來。」啓
> 之，則二兒首也。蔡驚痛如癡，止棹以須其至，至已自刎矣。

蔡某放著一雙幼小兒女和妻子不管，竟和另一女子同舟共歡，蔡妻在極度憤怒、傷心的情況下，失去了理智，以殺子又自殘的行爲來報復丈夫。

　　大部分描寫妒婦的故事，皆以其殘忍惡行爲主，只有少數涉及妒忌行爲心理的描寫。其實，妒婦心理的刻畫，是頗值得注意的。如《夷堅支甲·劉氏二妾》〔註139〕中，擁有妒悍性格的反倒是妾。故事敘述劉恕在喪妻後，使二妾主家政，在其中一妾生子後，又娶高氏爲正室。高氏懷孕時，妾之子正好十一、二歲。妾擔心正室得子，將會和自己的兒子一同分財產，而且主人也可能因此不再寵愛自己，於是企圖以邪淫之說蠱惑高氏，然高氏志高節清不爲所動，於是妾又教兒子撒謊，誣陷高氏將謀害妾之子的性命。於此，我們看到一個爲了獲得丈夫的寵愛，鞏固自己的地位，每日處心積慮想辦法陷害於人，性格遭受扭曲的妾。〔註140〕又有《綠窗新話·陸郎中媚娘爭寵》〔註141〕中，余媚娘本

〔註137〕宋·洪邁，《夷堅丁志》卷12〈胡生妻〉，同註105，頁5624～5625。

〔註138〕宋·洪邁，《夷堅丁志》卷14〈蔡郝妻妾〉，同前註，頁5645。

〔註139〕宋·洪邁，《夷堅支甲》卷5〈劉氏二妾〉，同前註，頁5743～5744。

〔註140〕妾在被賣掉、在公開對她有敵意的人群中生活，有時又被輾轉販賣，經歷多個不同的男人與家庭，這些經歷有可能會扭曲妾的人性，使她們精於權謀，不再相信任何人。參見美·伊沛霞著，胡志宏譯，《內闈──宋代的婚姻和婦女生活》（The Inner Quarters：Marriage and the Lives of Chinese Women in Sung Period）（南京：江蘇人民出版社，2004年5月），第十二章〈妾〉，頁205。

為誓不再嫁的寡婦，陸郎中喜愛媚娘，以立誓不置側室和女奴而娶得媚娘歸。不料，陸郎中沒多久又獲名妓柳舜英，其姿色逾於媚娘，媚娘甚怨，趁陸郎中不在時，手刃舜英，碎其肌體。媚娘不可思議的駭俗之舉固然令人無法原諒，然我們必須探究的是，為何媚娘會做出如此心狠手辣的行為。媚娘有才又貌美，想必也是個自視甚高的女性，沒想到卻遇到了勁敵而失去了丈夫的寵愛，更何況原本媚娘一心「介潔自守」，放棄守節嫁給陸郎中，其內心一定也經歷了一番掙扎，如今，人格尊嚴竟遭如此的污辱與踐踏，讓她情何以堪。妒忌、憤恨、埋怨、自責等情緒，使她也喪失了理智，而對柳舜英痛下毒手。

　　妻子面對丈夫在外金屋藏嬌，或是買回一個年輕貌美的女子為妾，這突如其來的變化，讓她們面臨失寵於丈夫、甚至是地位被取代的恐懼與威脅，美國學者伊沛霞即對宋代婦女嫉妒的原因有一番推敲：她認為丈夫納妾首先會使妻子的尊嚴受到侮辱；其次，會令妻子意識到自己老了，容色不如年輕的妾；最後，就是有關性挫折方面的原因。〔註142〕種種複雜的心理因素，絕對不是一個「妒」字或「悍」字所能夠說明形容的。然而，很可惜的是筆記小說礙於篇幅的關係，抑或是作家之男性意識使然，〔註143〕總把妻子之「妒」和其失去理性的狠心惡毒舉動畫上等號，於是我們看到的是一個個幾近瘋狂、歇斯底里地虐待、傷害婢妾的妒婦，更有甚者，是造成一條條人命喪生的悲劇結果。如果多一些妒婦心理狀態的描寫，如上述〈劉氏二妾〉中，性格受到環境扭曲的妾，和〈陸郎中媚娘爭寵〉之媚娘，其實可以進一步瞭解妒婦殘忍行為背後，也有令人心酸、同情之處。

　　男性作家缺少對妒婦內在心理的描寫，彷彿也把她們的內心世界封閉了起來，且又增強其妒行之摧毀性，於是，讀者所見的妒婦，即如同一個喪失心智的「瘋婆子」，最後，這樣的瘋狂妒婦故事，則以終受報應的果報觀念作結。這一系列的寫作模式，可視為男性作家企圖將男性一夫多妻之享樂生活

〔註141〕宋・皇都風月主人，《綠窗新話》卷上〈陸郎中媚娘爭寵〉，同註9，頁6771。
〔註142〕同註140，第八章〈夫妻關係〉，頁147。
〔註143〕英美女性主義文學理論家瑪麗・埃曼（Mary Ellmann）在她《思考關於女性》一書中，總結男性作者和批評家所描述的十一種女性主要定型：無定型性、被動性、不固定性、幽禁、恭敬、物質性、信仰宗教、理性、混亂性，另外還有「兩個不可改變之形象」，即女巫和悍婦。見托里・莫以（Toril Moi）著、陳潔詩譯，《性別／文本政治：女性主義文學理論》（臺北：駱駝出版社，1995年6月），頁31。由此可知，「妒婦」的形象可以說是「混亂性」和「悍婦」的綜合體。

合理化的運作。於是，閱讀妒婦的故事，就等同於觀看一幕幕令人不忍卒睹的悲慘社會案件一般，在嫉妒婢妾的妻子終於遭到惡報的結局下，達到警世勸戒的目的。〔註144〕

（二）淫婦──追求情欲的不歸路

淫婦是指已婚婦女於丈夫以外，和其他男子發生性關係者。而實際情形又可分為兩種：第一類是女子於實際的婚姻生活中，得不到心理情感和生理欲望的滿足，故與其他男子發生了婚外戀情，這樣的情形通常發生在夫婦倆關係不親密，或是丈夫長期在外經商者；第二類是一味追求性欲滿足，並走向淫蕩之路的淫婦。前者主要是在尋求情感的寄託，淫婦和男子之間是有愛情存在的，而後者則是以性欲追逐為優先，兩人之間是否有真正的愛情，並非她們所考慮的問題。而這兩類淫婦的共同特點便是「欲望」的追求，學者闡述拉康（Jacques Lacan）關於「欲望」的看法云：

> 欲望是對某種已知的可以帶來愉悅或滿足的事物的渴求。欲望起源於對某種存在物的缺位的認識，即確認某種事物是令人舒適、愉快、激動、滿意的，而這一存在物（有）現在是缺乏的（無），於是便導致追求這一事物的動機。欲望本身包含著某種對象的缺乏。〔註145〕

姑不論對於欲望對象缺乏的認識正確與否，淫婦即是於婚姻關係中，意識到情感和生理欲望的缺乏，故而踏上了一條情欲追逐的不歸路。在這過程中，也許是令她們感到愉快、滿意、新鮮、刺激的，然而，不為倫理道德所容的行徑，終將使她們走向毀滅的人生。

1、婚外戀中的情愛欲望滿足

宋代是市民階層興起的一個時代，何滿子分析市民階層產生婚外戀的社會背景與人物心理時說道：

> 市民階層是嚴峻的禮教統治比較薄弱的一角，是理性對感情和本能壓抑比較鬆的一環。同時，這個階層中的男女由於經濟生活和社會接觸面的諸種條件，易於滋長感情的飢渴，並且有條件尋求慾望的

〔註144〕宋代朝廷對「妒婦」問題採取強烈而明確的策略，如朝中官員無能駕御家中之妒婦悍妻者，有可能遭到貶官的處罰，而社會輿論如《夷堅志》等小說，則以妻子之兇狠悍妒將遭天譴來壓抑妒婦。參見大澤正昭，〈「妒婦」、「悍妻」以及「懼內」──唐宋變革期的婚姻與家庭之變化〉，同註109，頁843～844。
〔註145〕同註16，頁93。

出路。於是，在他們之間就形成了一個婚外戀的溫牀，一個在一定
限度內能衝破禮教約束恣縱本能要求的小缺口。〔註146〕

宋代城市經濟發達，城市中大大小小的節日慶祝和娛樂活動，也讓市井男女
增加了許多自由接觸的機會。宋代以前，閨怨詩中，年輕女性和已婚婦女獨
守空閨的愁思怨情，很大的部分在宋代已化成了實際情欲對象的尋求與宣洩。

《清尊錄·狄氏》〔註147〕即是描寫一位貴家少婦，因陷入奸計，失身於
他人而不可自拔的故事。狄氏為一「明豔絕世」、都城士女無人能比的貴家少
婦，滕生出遊無意中見之，即為之傾倒，於是想盡辦法透過素與狄氏相厚善
的女尼慧澄，託女尼以狄氏所好之珠璣誘引之。珠璣價值二萬緡，狄氏甚愛
之，然夫婿不在，無力能買。女尼以滕生欲雪失官之事相託，若狄氏願受所
託，即可不花半毛錢得到珠璣。狄氏考慮再三，才勉為其難地答應為滕生謀
劃其事，且只允許與滕生匆匆見一面。至此為止，由狄氏嚴謹考量的處事態
度，果然展現出貴家少婦的教養與風範，也印證了狄氏「資性貞淑，遇族遊
群飲，澹如也」的貞靜自持的性格。原本謹守貴家教養，個性貞靜澹然的狄
氏，竟然在遇見滕生之後，性格、態度有了一百八十度的大轉變，試舉狄氏
見到滕生由驚駭而心動，到相見恨晚的心境轉變過程：

> 狄氏嚴飾而至。……尼使童子主侍兒，引狄氏至小室，搴簾見生及
> 飲具，大驚，欲避去。生出拜，狄氏答拜。尼曰：「郎君欲以一卮為
> 夫人壽，願勿辭。」生固俊秀，狄氏頗心動，睇而笑曰：「有事，第
> 言之。」尼固挽使坐。生持酒勸之，狄氏不能卻，為盡卮，即持酒
> 酬生，生因徙坐，擁狄氏曰：「為子且死，不意果得子。」擁之即幃
> 中。狄氏亦歡然恨相得之晚也。比夜散去，猶徘徊顧生，挈其手曰：
> 「非今日幾虛作一世人。夜當與子會。」自是夜輒開垣門召生無闕
> 夕，所以奉生者靡不至，惟恐毫絲不當其意也。

狄氏具有貴家良好風範和貞靜矜持的個性，在見到外形姣好、風姿翩翩，又
對自己熱情表白的滕生，頓時心動，隨即陷入男歡女愛的情欲世界之中。狄
氏的轉變雖然突然，然其實也非無跡可尋。狄氏出身貴家，所嫁也是門當戶
對的富貴人家，狄氏的婚姻雖然和大多數宋代女性一樣也是不得自主，但是

〔註146〕同註53，頁117。

〔註147〕宋·廉布，《清尊錄·狄氏》，周光培編，《宋代筆記小說》第18冊（石家莊
　　　　市：河北教育出版社，1995年2月），頁105～107。

她的婚姻顯然更是構築在財勢權力的基礎上，更何況大戶人家家法的規矩限制又多，如此的婚姻生活能有多少的濃情密意可想而知。換言之，也可以說狄氏「嚴飾」的一面是被教養、規範出來的，見到滕生後，她對情愛的渴望才開始萌芽，這時展現的才是她真情自我的一面。

狄氏為這場婚外愛、欲交揉的愛情深深吸引著，甚至是付出全部心力經營維持著，為的就是要令喜愛的滕生歡喜、滿意。然而，過度的投入與癡迷，竟讓她深深陷入情欲世界無法自拔，即便滕生後來露出小人面目，「狄氏雖恚甚，終不能忘生，夫出輒召與處」。最後，終為丈夫察覺，防之愈嚴，狄氏竟然因此思念滕生而病亡。狄氏的故事也許是出於獵奇性的市民情趣需求，〔註148〕不過，狄氏最後的死亡，著實有諷刺的意味，諷刺的是婦女被情欲沖昏頭，無法理智思索的錯誤抉擇。

再舉和狄氏類似的情形，也是描寫已婚婦女情欲世界的《綠窗新話‧陳吉私犯熊小娘》〔註149〕一篇，女主角熊小娘嫁給富商盧叔憲，富商必須出外經商，預計二年可歸，臨去前，喚使陳吉宿於廊下，看守門戶。熊小娘面對丈夫在外經商，一想到要獨守空閨，度過漫長的兩年等待時間，苦悶心情不言而喻，也不禁胡思亂想起來，開始對丈夫在外之事起了猜疑之心。一夜，熊小娘於簾前看月，並問曾隨丈夫外出經商的陳吉，到底丈夫在蜀地經商與誰有約，陳吉推說不知，熊小娘當夜即一夜不成眠。次晚，熊小娘又來到陳吉處詰問之，同時向陳吉表露了自己寂寞難耐的心情：

> （熊氏）至吉臥所，再三詰吉：「官人在蜀，與何人期約？」吉不得已，言：「與名妓賽觀音歡好，今殆不回矣！」熊氏乃進抱吉曰：「我也不能管得！」遂為吉所淫。私通既久，入房共寢，衣服巾屨，皆熊氏為之。惟恐其夫之歸也。家資為吉傳遞，孑然赤立。

由熊小娘夜晚輾轉難眠，及當她得知丈夫在外與名妓歡好之實情後，即突破自己的心防，拋開原有的顧忌與矜持，主動上前擁抱陳吉的行為看來，熊小娘其實早已私欲難耐許久，陳吉的一句話只是幫她解除心中的顧慮與罪惡感，讓她決定不再壓抑自己的生理欲望，讓陳吉來滿足自己。此外，熊小娘內心對丈夫在外有名妓相伴，自己又何需獨守空閨的想法，也頗有爭取男女平等的反抗意識。熊小娘和陳吉由性欲需求出發的私通關係，時日一久，陳

〔註148〕同註1，頁170。
〔註149〕宋‧皇都風月主人，《綠窗新話》卷上〈陳吉私犯熊小娘〉，同註9，頁6739。

吉也大方的登堂入室，接管家資，熊小娘則是把陳吉當成自己丈夫般地侍候著，對陳吉也有了依靠仰賴的感覺。兩人顯然已由性的結合，慢慢培養出夫妻情感。

就上所述，不論是被動挑起情愛欲望，並深陷其中無法自拔的狄氏，或是丈夫長期在外經商，芳心寂寞難耐的熊小娘，其處境其實都有令人同情之處，發展出婚外戀，代表她們無法在現實的婚姻關係中，得到心理情感和生理欲望的滿足，狄氏和熊小娘意識、察覺並進而追求的，正是於實際婚姻生活中缺席的「欲望對象」。雖然她們確實發生了不忠於婚姻的事實，然以「淫蕩」來形容她們，未免過於嚴屬，她們勇敢撰擇在情欲生命乾枯時，尋求灌溉生命的泉源，這種情欲自我覺醒的精神和本章第二節中大家閨秀追求靈肉合一的情愛觀，可謂宋代文言小說中，逐漸重視女性情欲世界的表現。

2、走向淫蕩的性欲追逐

學者認為小說中，已婚婦女追求婚外戀和走向淫蕩，此兩者之間有著截然相反的特點：

> 女性追求婚外戀情的顯著特點是：（1）她們只對丈夫之外的某一個男性鍾情。（2）她們的愛雖然不排除性愛，但偏重於情愛。（3）她們敢於承擔一切後果。而女性走向淫蕩的顯著特點是則是：（1）她們是性飢渴者，對她們中意的男性來者不拒，多多益善。（2）她們的愛雖然有時也不能完全排除情的因素，但絕對以性愛為主。（3）她們採取一男多女或一女多男的性愛方式。（4）她們在性愛中無視人倫道德。（5）她們常常逃避其行為所應該接受的懲罰，並且其行為常常伴隨著凶殺。〔註150〕

上文所提出之婦女走向淫蕩的特點，主要是她們以性欲的滿足為先，為了追求性欲的滿足，她們甚至喪失了道德、理智，不辨是非，而導致凶殺案件的發生。於宋代文言小說中可見之淫婦也不外乎如此，她們可以為了追求個人私欲的快樂和滿足，無所不用其極地達到目的，可謂毫無羞恥之心，在一味追逐生理欲望滿足的同時，呈現的是她們低層次需求的扁平、蒼白生命。

以下舉兩則故事，一則是少婦欺瞞、利用丈夫，以追求自我特殊的性嗜

〔註150〕見李新燦，《女性主義觀照下的他者世界：中國古代小說中的女性問題研究》（北京：中國社會科學出版社，2001年12月），第二章〈女性紅杏出牆〉，頁61。

好；另一則是少婦公然給年老丈夫戴綠帽子，兩則故事同樣反映了已婚婦女貪婪至極、毫無羞恥心的一面。如《綠窗新話・李少婦私通封師》〔註151〕中，敘述李業保之少婦得知男子封師有碩大陽具，私慕之。於是少婦佯狂不食，夥同尼洛說服李業保，招封師來驅除祟惑少婦之鬼魅，少婦因此得遂其私通封師之奸計。後來，在丈夫毫不知情的狀況下，李少婦為杜絕後患而暗殺其夫。由李少婦的所作所為可知她追求的是一種純粹貪婪欲望的滿足。又如《夷堅支癸・鄭四妻子》〔註152〕中，鄭四和其妻子為老夫少妻配，鄭妻和鄰家少年有染，她不僅不知避嫌，還以丈夫年老無子侍奉為由，向丈夫建議收鄰家少年為義男。鄭四頗知兩人私通之事，初未答應。後來顧忌妻子「狠悍肆虐」，才勉強答應。鄭妻和少年「既同居，公為奸通，視夫如路人。鄭不能堪，又畏鄰里恥笑，自縊以死」。這兩篇故事中的女主角，皆為了自己淫欲無度的需求，使出了卑鄙的計謀和手段，尤其是鄭四妻子，更是全然不把丈夫放在眼裡，她們的丈夫也都在不知情、或是無能為力的情況下，喪失了性命。

　　淫婦狠心妄為者，為了個人情欲和現實利益，而棄丈夫於不顧，甚至殺害丈夫的情況亦時有所見。〔註153〕如《夷堅志補・鼎州兵妻》〔註154〕之營兵周祐妻子，與同營李平姦，周妻即向長官謊稱丈夫已死，無以自存，而獲得長官的錢財資助。有了錢財的周妻，「視祐如路人，祐病，不侍粥藥，病困，氣猶未絕，即委之而去」。周妻利用丈夫的關係得到財物資助，卻又將丈夫棄如敝屣，可謂毫無夫妻情誼可言。又如《鬼董・陳淑》〔註155〕之陳淑已嫁給貧窮的黃生為妻，卻又接受富家子劉生錢財上的幫助，並和劉生有了姦淫關係，陳淑自此之後即視丈夫如仇人，更甚於上述周祐妻子的是，陳淑在丈夫發現她的不倫事件後，即憤而手刃親夫，其膽大妄為的舉動，著實令人不寒而慄。〔註156〕

〔註151〕宋・皇都風月主人，《綠窗新話》卷上〈李少婦私通封師〉，同註9，頁6745。
〔註152〕宋・洪邁，《夷堅支癸》卷4〈鄭四妻子〉，同註115，頁6263。
〔註153〕「宋代的市民女性似乎更理解社會現實關係。她們之中許多人為了現實利益，個人情欲或生存欲望，既不考慮貞操，也無羞恥之心，更無從一而終的固執念頭。」見謝桃坊，《中國市民文學史》（成都：四川人民出版社，1997年10月），頁115。
〔註154〕宋・洪邁，《夷堅志補》卷2〈鼎州兵妻〉，同註136，頁2424～2425。
〔註155〕宋・佚名，《鬼董》卷2〈陳淑〉，同註29，頁526～527。
〔註156〕和《鬼董・陳淑》一篇類似的小説還有宋本的〈工獄〉，同註76，頁7631~7632。此篇的木工之婦，為了與私通者長相廝守，犯下了殺夫分屍案，接著，又為了

　　淫婦的另一特色就是愚昧無知。被欲望給蒙蔽的她們，通常也無法察覺
到早已被丈夫發現的事實，而依然故我，甚至當丈夫不動聲色地設下陷阱，
假裝欲成全妻子和私通者好事，實際上則是欲置姦夫淫婦於死地時，淫婦仍
然毫無顧忌的大膽地與私通者相會，她們的愚昧無知和枉顧道德法紀的行
爲，常常使自己的人生被逼向死亡的角落。如《友會談叢‧張生》〔註157〕中，
某官之子婦趁官之子奉使入蜀，久出未回之際，擲釵約男子張生相會於崇夏
寺某院。後來，其夫歸，「備知其事，隱而不問」，並設下陷阱，使其婦與張
生再次相會於崇夏寺，「某官子於是率健僕、攜利劍入院，不問僧尼少長，皆
殺之。厥婦與生，一對就刃」。事情傳到太宗皇帝耳中，太宗認爲此事「傷風
敗教，殺之宜矣。況勳臣之裔，何必致問」，這也代表了統治階級對淫婦的嚴
懲觀念。又《遯齋閒覽‧劉喜焚妻》〔註158〕一篇也是類似的故事，軍士劉喜
經年在外，其妻與一富人子私通，劉喜騙其妻欲成全兩人好事，其妻眞以爲
有此等好事而上當，劉喜則趁機縱火焚妻。這兩篇故事以淫婦不知收斂與悔
改，而導致喪命作結，其咎由自取的意味，更具有現實警世的力量。

　　不過，也不是所有的淫婦都如此狠心惡毒，毫無是非觀念和自省能力。
如《夷堅志補‧張客浮漚》〔註159〕中，張客與其妻爲老夫少妻，張妻美且蕩，
每與健壯之僕人李二私通。後來李二隨主人張客出外經商，行至荒野處，李
二遽生凶念，遂謀害張客。回家後便欺騙張妻其夫猝死，臨終遺囑交代妻子
歸李二，張妻遂與李二成婚。兩人婚後伉儷之情甚篤。之後，李二無意間說
出自己謀殺張客之實，少妻驚愕之餘，「陽若不介意，伺李出，奔告里保，捕
赴官」。淫婦面對姦夫殺害自己丈夫的事實，能夠良心發現告官，代表她還有
保有自我省覺的能力。

　　值得注意的是，在宋代寫已婚婦女紅杏出牆的故事中，似乎不見寡婦空

　　　隱瞞殺夫之舉，而一再地演戲僞裝，向公權力挑戰。她的所作所爲和陳淑相較，
　　　確實更令人心驚。〈工獄〉一篇，《中國文言小說百部經典》雖列爲宋代小說，
　　　然《國朝文類》卷45和《疑獄集》卷10皆收入此篇，篇末亦皆提及此爲延祐
　　　初之事（案：延祐爲元仁宗年號，西元1314～1320年）。可見此篇的時代應爲
　　　元代。見元‧蘇天爵編，《國朝文類》，《四部叢刊初編》集部424（臺北：臺
　　　灣商務印書館，1965年），頁502～503。及五代‧和凝等人撰，明‧張景補撰，
　　　《疑獄集》，《景印文淵閣四庫全書》第729冊，頁858～859。
〔註157〕宋‧上官融，《友會談叢》卷下〈張生〉，同註29，頁86～87。
〔註158〕宋‧陳正敏，《遯齋閒覽‧劉喜焚妻》，同前註，頁297。
〔註159〕宋‧洪邁，《夷堅志補》卷5〈張客浮漚〉，同註136，頁2462。

閨難守的故事發生，這和宋代社會上實際貞節守寡之婦女不多的情形有關，此牽涉到宋代貞節觀的討論，下段「節婦烈女」的討論中，將一併論述。

二、節婦烈女——自明心志的表現

　　目前學界對於宋代婦女守節和再嫁等問題的研究，已經達成普遍的共識，即宋代婦女再嫁情形多，法律和社會輿論並未禁止或譴責婦女再嫁，甚至基於實際現實生活的考慮，寡婦失去了依靠，又無謀生能力時，其娘家的父母和族人大多主張寡婦再嫁。這樣的研究結果推翻了長久以來認為在宋代理學家「餓死事極小，失節事極大」的貞節觀念提倡下，宋代為對婦女貞節嚴格規範的時代。仔細探討理學貞節觀對宋代女性和社會風俗的影響，可以看出隨著時間不同，其影響程度也有差異，整體而言，宋代貞節觀是由寬鬆走向嚴格的過渡時期，直至南宋末年才逐漸成為強大的影響力。〔註160〕

　　既然時代思想與風潮並未對婦女貞節形成嚴格規範，我們更可視小說中節婦烈女的行為，是出於自主的生命抉擇。以這樣的前提來討論節婦烈女，或許較能深究宋代婦女所面臨的獨特生命處境和意義。

　　本章於第二節討論女性獨立人格精神時，也提到女性忠於一段感情，不輕易改嫁是出於自主的抉擇，如《青瑣高議・遠煙記》之戴敷妻從一而終，《青瑣高議・孫氏記》之孫氏有為人婦之操守與節度，以及《雲齋廣錄・雙桃記》中，即使未有婚姻之實，仍願意為有夫之婦守貞的蕭娘。又如妓女嚴蕊和長安李妹，不惜犧牲自己性命，也不願向惡勢力屈服，也是一種散發著獨立自強精神的節烈表現。

　　董家遵先生曾經以《古今圖書集成》〈閨媛典〉中「閨列傳」和「閨節列傳」之歷代節婦烈女研究，來分析「節婦」和「烈女」在名詞意義上的區別，他說：

〔註160〕有關宋代婦女再嫁問題及婦女貞節觀的研究論文頗多，學界基本上已形成宋代婦女貞節尚未普及的共識。相關論述參見張邦煒，〈宋代婦女再嫁問題探討〉，《宋代婚姻家族史論》（北京：人民出版社，2003 年 12 月），頁 149～180。陶晉生，〈北宋婦女的再嫁與改嫁〉，《新史學》第 6 卷第 3 期（1995 年 9 月），頁 1～16。舒紅霞，〈宋代理學貞節觀及其影響〉，《西北大學學報》（哲學社會科學版）第 30 卷第 1 期（2000 年 2 月），頁 47～52。此外，在李華瑞，〈宋代婦女地位與宋代社會史研究〉一文中，對於各家對宋代婦女貞節觀的研究也有中肯的評述，可參看。同註 109，頁 909～910。

> 最主要的分別是在「節」與「烈」兩字上；節婦只是犧牲幸福或毀
> 壞身體以維持她的貞操。而烈女則是犧牲生命或遭殺戮以保她的貞
> 潔。前者是「守志」。後者是「殉身」。她們都受封建道德的束縛而
> 犧牲，方法雖然不同，原因卻無差異。〔註161〕

上文的名義解釋固然有理，不論是節婦或烈女，她們的行為動機皆是為了保
守自己的貞操。不過，必須進一步說明清楚的是，她們的節烈行為並非全然
受到封建道德體制的影響而來，至少在宋代，對婦女貞節觀仍寬鬆的時代，
並非如此，宋代婦女之守節，多半具有自主意識。或許要到元代，整個社會
體制與思潮對婦女貞節觀念更加嚴格之際，婦女的節烈行為，才可說是受到
某種程度的壓迫而犧牲自我的表現。〔註162〕

　　為愛守節的女性，如《綠窗新話·姚玉京持志割耳》〔註163〕中，姚玉京
之丈夫溺漢水而死，姚父逼令玉京改嫁，玉京為了表明堅決不再嫁的決心，
以割耳自誓的方式，堅持守節。後來有一孤燕年年飛來依玉京，玉京死後，
與孤燕同遊漢水。孤燕為玉京丈夫的化身，如此美麗又感傷的結局，使人也
感染了玉京為了心中的真摯愛情而守節的精神。堅不改嫁的還有《摭青雜說·
守節》之呂氏，呂氏也是出於對丈夫的信賴與肯定，堅持不依父親的意思改
嫁，終於等待丈夫歸來團圓。

　　女性為愛守節的背後，有時隱藏著一個更深層的個人因素。如蘇舜欽〈愛
愛歌序〉〔註164〕寫一娼家女楊愛愛，性善歌舞、曉音律，與金陵少年張逞情
投意合，「遂相攜潛遁，旅於京師」，兩人盡遊京都偉麗之觀。後來張逞為其
父捕去，不及與愛愛相別而離去。愛愛自此獨居於深巷中，等待著張逞。當
她聽到張逞已死的傳聞，心中即有了為愛守節的打算：

〔註161〕董家遵，〈歷代節烈婦女的統計〉，同註57，頁113。
〔註162〕元代的封贈規定、節烈旌表政策及法律條文對於婦女再嫁的種種限制，顯示
　　　　出對於婦女貞節觀念形成了一股強大的約束力，使元代婦女往往必須做出不
　　　　由自主的抉擇。元代貞節觀的相關論述請參見遊惠遠，《宋元之際婦女地位的
　　　　變遷》（臺北：新文豐出版股份有限公司，2003年1月），第五章〈由宋到元
　　　　守節的觀念與實踐〉，頁321～372。
〔註163〕宋·皇都風月主人，《綠窗新話》卷下〈姚玉京持志割耳〉，同註9，頁6780
　　　　～6781。
〔註164〕宋·蘇舜欽，〈愛愛歌序〉今僅存節文，《古體小說鈔》據《綠窗新話·楊愛
　　　　愛不嫁後夫》引蘇子美文，及《侍兒小名錄拾遺》引蘇子美〈愛愛集〉校點。
　　　　同註29，頁91～92。

一日，人傳逞已死，……愛愴然泣下曰：「是必虛語。若果然，亦不
願他從。故鄉道遠，出非以禮，必不能自還，當死此舍。」自爾素
服蔬膳，日呱呱而泣，不復親近樂器。里之他婦欲往見之，即反關
不納。好事有力者百計圖之，終不可及。

再舉北宋徐積《節孝集》卷 13 載〈愛愛歌並序〉一併參看，節錄一段如下：

愛愛，吳女也，幼孤，託於嫂氏，其家即娼家也，左右前後亦娼家
也。居娼家而不為娼事者，蓋天下無一人。而愛愛以小女子能傑然
自異，不為其黨所汙，其已艱矣。然愛愛以小女子，顧其勢終不能
固執，此其所以操心危慮患深之道，不得已而為奔女之計也。〔註165〕

愛愛從小生長在娼家，見慣了娼妓送往迎來，感情無依的生活，她以此為戒，
不願同流合污。因此，和張逞的私奔，除了因為愛情，有很大的部分也是為
了脫離娼門的個人生涯規劃。張逞的死亡，對於愛愛而言，不僅意味著愛情
的失去，也是自身心志無法實現的痛苦。當愛愛已把個人的愛情和未來都寄
託在張逞身上，如今這個對象已逝，愛愛於是撰擇「素服蔬膳」的寡欲生活，
不再為其他人、事動心，這是別具意涵的。愛愛的守節，甚至因「念逞之勤，
感疾而死」，為的當然不是只有張逞這個人，也不光是對愛情的忠貞和執著，
也許她的高節自守，更是為了護守當初和張逞私奔時的初志，換言之，亦即
愛愛是透過「守節」的方式，徹底地和過去娼家生活的日子劃清界線，證明
自己自始至終未曾淪陷、污染的清白身心。又《夷堅志補・義倡傳》〔註166〕
中，長沙妓女慕秦少游之才，甚至潔身相報，少游死後，亦哀慟而亡。其節
烈行為背後，其實和楊愛愛一樣，除了因為感情的因素外，也包含了她個人
一種理想的堅持，亦即對於少游及其詞作的鍾情與熱愛。

　　宋朝長期以來遭受北方遼、金、蒙古等外族勢力的威脅，尤其是北宋末和
南宋末這兩段時期，更是社會世局極度動盪不安的時侯。在亂世中，賊寇亂竄，
尤其為女性帶來了難以言喻的深重苦難。然而，在亂世中，也因此出現了一位
位亂中保節，義不受辱的節烈女子。如《夷堅甲志・譚氏節操》〔註167〕中，譚
氏和女兒與數名村婦為盜賊所執，盜賊欲以譚氏為妻，譚氏展現了臨危不亂、
堅勇不屈的精神，她對賊人破口大罵曰：「爾輩賊也。官軍旦夕且至，將為虀粉。

〔註165〕同前註，頁 92～93。
〔註166〕宋・洪邁，《夷堅志補》卷 2〈義倡傳〉，同註 136，頁 2417～2421。
〔註167〕宋・洪邁，《夷堅甲志》卷 10〈譚氏節操〉，同註 121，頁 5053。

我良家女，何肯爲汝婦！」賊人見強迫不得，改對譚氏施以暴力，譚氏不僅承受住劇烈的皮肉之痛，還對賊人「極口肆罵」，毫無畏懼。最後在賊輩的狠毒施暴下，譚氏以犧牲生命的方式，成全了自己不願爲賊人婦的志節。又《夷堅志補·程烈女》〔註168〕之程女爲未嫁之少女，爲賊所執，賊脅以白刃亦不屈，並怒罵賊爲「狗輩欺天害人獸類」，最後亦如同譚氏般，堅不受辱而犧牲。

　　前已述及，宋代對於婦女貞節觀尚未普遍成形，婦女守節不願改嫁或再嫁，多半出於自由意願。同樣的，亂世婦女面臨盜賊逼迫，壯烈犧牲的精神，也並非出於鮮明的爲丈夫守貞的意識，也許有，不過這種從一而終、爲丈夫守貞操而壯烈犧牲的婦女，則多半進入元人所編之《宋史·列女傳》中，成爲婦女貞節教化的楷模。〔註169〕而宋人小說的烈女，如上述〈譚氏節操〉中，由譚氏對賊人言「我良家女，何肯爲汝婦」的意思看來，明顯可見其以自身爲「良家女」，不肯和賊寇同流的自主意識，程烈女更是如此。換言之，她們的犧牲，不是爲了任何人，而是爲了自己，她們的奮勇抗敵精神，也充分展現了獨立自強的特質。

　　宋人小說裡的節婦烈女，之所以被讚譽爲「節」、「烈」，並非在於是否表現出不事二夫、從一而終的行爲，故不少再嫁爲他人婦的女性，依然受到相當的肯定。如《夷堅支丁·淮陰張生妻》〔註170〕之張生妻卓氏，戰亂中爲夷酋所掠，卓氏與夷酋相處如眞夫婦，並同夷酋逼奪丈夫錢財。實際上，卓氏正是欲以此舉取信於夷酋，果然，夷酋也將擄掠而得的財物，盡交予卓氏。卓氏則待時機成熟之際，殺夷酋、囊其物，復歸張生。卓氏此舉受到作者「剛淸立節」的讚賞。又如《夷堅甲志·晁安宅妻》〔註171〕之晁安宅妻和卓氏遭遇一般，也是於亂世中爲人擄爲妻，又想盡辦法用計回到淪爲乞丐之故夫身邊，作者認爲晁婦不忘故夫於丐中，其志行可比古烈女。卓氏和晁

〔註168〕宋·洪邁，《夷堅志補》卷1〈程烈女〉，同註136，頁2412～2413。

〔註169〕由元人脫脫所撰之《宋史·列女傳》中，可見進入正史列女傳的標準更符合儒家對女性的正統規範，尤是是對女性貞節方面的要求更爲嚴屬。這表現在婦女爲丈夫無條件的忠貞，甚至是盲目的殉死。參見李曉燕，〈論宋代列女的特質〉，《江西師範大學學報》（哲學社會科學版）第30卷第2期（1997年5月），頁14～15。該文以《宋史·列女傳》之列女爲分析對象，不過《宋史》爲元人所編撰，其列女之標準當然也是以元人的觀念爲依據，並不足以反映宋人對列女的看法。

〔註170〕宋·洪邁，《夷堅支丁》卷9〈淮陰張生妻〉，同註115，頁6045。

〔註171〕宋·洪邁，《夷堅甲志》卷15〈晁安宅妻〉，同註121，頁5102。

安宅妻皆非從一而終者，其被稱許的原因是以一種男女等同視之的節行操守來看待，而非如明、清時期，把婦女的「貞操」放大爲婦女的所有德行來檢視。

當然，女性的節烈行爲有時也是出於爲親長犧牲奉獻的倫理道德意識。如《夷堅志補》之〈蕪湖孝女〉和〈都昌吳孝婦〉兩篇。〈蕪湖孝女〉〔註172〕之詹氏女自小熟讀《列女傳》，是一個事父甚謹的孝女，當她與父、兄遇賊時，詹氏女向賊人表明「願奉巾櫛以贖父兄之命」，待賊人釋放父、兄後，詹氏女即躍水自殺而亡。詹氏女臨危之際，慨然犧牲自己以營救父、兄的舉動，其壯烈行爲令人動容。而〈都昌吳孝婦〉〔註173〕之吳氏爲一無子、事姑盡孝的寡婦。她的守節除了有倫理道德的因素之外，同時也反映了她獨立貞靜的個性。試舉一段說明：

> 姑老且病，目憐吳孤貧，欲爲招婿接腳，因以爲義兒。吳泣告曰：「女不事二夫，新婦自能供奉，勿爲此說。」姑知其志不可奪，勉從之。吳爲鄉鄰紡績、澣濯、縫補、炊爨、掃除之役，日獲數十百錢，悉以付姑爲薪米費，或得肉饌，即包藏持歸。賦性質實，不與人妄交一言，雖他人財物紛雜在前，不舉目一視，其所取唯稱其直。

吳氏不願再嫁的原因，除了守節的因素外，和其剛毅自立的性格有絕大的關係。由其平日爲人處事即可知：她腳踏實地過生活，不取不義之財，她充滿自信地認爲光靠她一個人的力量也可以好好侍奉婆婆。她的貞節自立，或許也是爲了要證明自己擁有獨立生活、不需仰賴男性的自立能力。

在節婦烈女的故事中，可以發現在女性守節或殉身的行爲背後，所堅持的是一個理想與信念，那是有關於個人情愛與理想的爲愛守節，有關於勇敢抗敵的義不受辱精神，以及一種奉獻犧牲的倫理道德觀。不論何者，皆是女性在面臨不同生命困境時，她們自我選擇的一種自明心志的表現方式。

第五節　任俠及施展幻術的女性

根據林保淳先生的研究，唐人傳奇中的女性俠客，儘管未正式名「俠」，但如聶隱娘、紅線、賈人妻、車中女子等女性，即以其奇特怪異的行爲作風

〔註172〕宋・洪邁，《夷堅志補》卷1〈蕪湖孝女〉，同註136，頁2407～2409。
〔註173〕宋・洪邁，《夷堅志補》卷1〈都昌吳孝婦〉，同前註，頁2409～2410。

而獨樹一格。宋代雖然出現「俠」和女性聯繫起來的「俠婦」〔註174〕一詞，然所謂「俠客」的意涵，並未脫離唐人的概念，由北宋初所編之《太平廣記》卷一九三至一九六別立「豪俠」一類，其中所收錄的「俠客」形象，即可知宋人對「俠客」意義的認定。林先生歸納出「豪俠」類所收的眾俠客形象，一言以蔽之，即「怪異」而已。「此一『怪異』，非但指其行徑之超乎常人軌轍，更指其超乎常人的特殊技藝」。這和北宋吳淑之《江淮異人錄》專記「異人」、「怪民」〔註175〕的取徑類似。〔註176〕既然宋人把「俠客」和「怪異」行徑、特殊技藝畫上等號，本節也將具有實際「義行」或「異行」之俠女，以及能夠施展幻術、擁有奇術異能的奇婦異女一併討論。

一、俠　女

　　關於「俠客」或「豪俠」由唐末至宋代形象的演變，學者不約而同的皆注意到在宋代政治、文化、思想的轉型中，宋代俠客漸漸受到儒家思想的影響與規範，而有了更和社會現實合拍的趨向，亦即豪俠特有之血性之氣、急人之所急、狂放不羈的特質已漸趨淡化，取而代之的是「理性化」、「人間化」，或謂是「文人化」、「仙道化」、「官府化」的俠客。〔註177〕然而，必須注意的

〔註174〕宋・洪邁《夷堅乙志》卷1有一篇〈俠婦人〉，大概是最早以「俠」名女性的一篇小説。

〔註175〕見〈江淮異人錄二卷提要〉，《四庫全書總目・子部・小説家類三》（臺北：臺灣商務印書館，1983 年，影印清乾隆年間寫《四庫全書》本），卷 142，頁 33。

〔註176〕以上有關唐宋時期對「俠客」意涵的認定，參見林保淳，〈中國古典小説中的「女俠」形象〉，《中國文哲研究集刊》第 11 期（1997 年 9 月），頁 50～52。

〔註177〕林保淳先生提到唐末以來「反俠客」的觀念分為兩個途徑，一是「俠客的理性化」，即以儒家的「義」取代俠客的「氣義」，企圖將俠客納入儒家的禮教規範中，將充滿不定性的俠客，予以理性的制約；一是「俠客的人間化」，即淡化俠客神秘詭異性質與超凡之技藝，而強調俠客落實於人世社會的力量。此雖對「俠客」之意涵勾勒出嶄新面貌，然而就「俠客」原有的特質而言，卻是一種「背離」。同前註，頁 52～53。而張健先生於〈試論豪俠小説在宋代的新走向〉一文中也注意到豪俠小説在宋代發生了質的轉變，主要體現於三個方面：一是「狂放之俠的文人化」，即豪俠在上有統治者的嚴厲禁止，下無大眾之理解支持下，選擇了棄武從文、回歸正統；二是「血性之俠的仙道化」，即宋俠以濟世度人為意，以收束心性為念，並以道教之神仙、異人為其發展趨向；三是「自由之俠的官府化」，宋俠為能繼續以武為業，並為社會所承認，於是便和官府合作，為官府捉拿罪犯，甚至成為官府一員。見《南開學報》（哲學社會科學版）2004 年第 1 期，頁 101～106。其實林保淳先生所

是，學者於探討俠客特質之各階段演變狀況時，仍不免以大宗的男性俠客爲主要討論對象，其討論結果是否符合宋代「俠女」特質，仍有待探討。

宋代俠女依其行爲動機和展現俠女特質的場域，可分成「俠義愛國的俠女——社會場域的涉足」和「任眞率性的俠女——私情場域的糾葛」兩類。俠女的俠義愛國行爲，在一定程度上反映了宋代戰亂時期，軍人違法亂紀的實際景況；而任眞率性的俠女，則在處理夫妻、親情倫理關係中，展現出俠女憑情感行事，恣意妄爲的行事作風。

（一）俠義愛國的俠女——社會場域的涉足

雖然宋代男俠之豪氣剛烈、狂放不羈特質，已有漸漸約束、收斂的趨向，然不論是濟世救人或是成爲官府的一員奉獻心力，至少他們仍舊是以江湖社會爲其活躍的舞臺。而宋代的俠女呢？她們除了具有過人的劍術、武藝和膽識外，往往較一般男性擁有更強的獨立生活能力，於是她們涉足社會場域，出外謀生，肩負起經營生計、維護家園安全的責任。另外，雖然她們未能上場打仗，然她們也以自己的方式展現了俠義愛國、懲訓違法亂紀之官兵的義舉。此類展現愛國心志與行爲的俠女，是爲宋代俠女最主要的特色。

如《夷堅志‧解洵娶婦》〔註178〕一篇的背景是在靖康、建炎年間，宋金爭戰之際，故事主要藉解潛、解洵兄弟於國難之際謀取個人私利的強烈對比，反襯出婦人的愛國俠女形象。由故事發展脈絡看來，婦人接近解洵是經過安排、有目的的，顯然她早已知道解潛、解洵兄弟在國家危難之際，仗恃著握有兵權，而做出竄名兵籍的醜行。於是她準備了豐厚奩裝，嫁給正孤單羈困的解洵，解洵亦「不暇深詳其出處，正無以爲活，殊用自慰」，可見解洵對來歷不明卻嫁妝頗豐的婦人，是在利益的考量下接受的，由此亦可知解洵之利益薰心、見錢眼開的性格。婦人在解洵面前表現得善良體貼、聰明能幹，見解洵思念爲兵擄掠的妻子，即幫他準備好歸京之旅途行資，並允諾若原配尙存，即自我改嫁，且只取一半的財產。而一路上「山宿水行，防閑營護，皆此婦力也」。又解潛贈解洵四妾，洵恐婦不容而辭，婦人亦表現出慈愛善良的一面，要解洵待四妾如兒女。婦人體貼順從的種種行爲，讓解潛兄弟對其益加信任、敬重。後來，解洵因獲寵妾，而與婦人漸漸疏離，婦人待此時機成

謂的「人間化」、「理性化」正爲張健先生歸納出的「文人化」、「仙道化」、「官府化」三者的共同特質，只不過張先生以宋代豪俠的出處名之罷了。

〔註178〕宋‧洪邁，《夷堅志補》卷14〈解洵娶婦〉，同註136，頁2595～2596。

熟，便藉酒對洵大加撻伐，云：「汝不記昔年乞食趙魏時事乎？非我之力，已為餓莩矣！一旦得志，便爾忘恩，大丈夫如此，獨不愧於心邪！」婦人此番嚴苛的批判，實是一語雙關，既是批評解洵對自己、同時也是對國家的忘恩負義。接著，作者以簡潔的筆法描述婦人憤而殺夫的行為：

> 洵方被酒，忽發怒，連奮拳毆其腦，婦嘻不動；又唾罵之，至詆為死老魅，婦翩然起，燈燭陡暗，冷氣襲人，有聲。四妾怖而仆。少焉，燈復明，洵已橫屍地上，喪其首，婦人並囊橐皆不見。從卒走報潛，潛率壯勇三千人出追捕，無所獲。

此段描寫俠婦殺夫，為國除害之義舉，帶有神祕詭譎的氛圍，在燈暗復明的極短時間之內，已見解洵失去了首級的屍體倒臥地上，而俠婦和其所攜之囊橐皆消失不見，可見俠婦武藝之高超俐落，即使解潛率領三千人追捕，亦無所獲。婦人的俠婦形象至此而明。此外，解潛濫用兵權，私自率領三千名士兵的大隊人馬，只為一己之利用，不僅反映出國家危難時，軍官將領胡作非為的亂象，同時也更加襯托出俠婦為國除害的愛國義行。

〈解洵娶婦〉的俠婦手刃違法亂紀的將領，為正值辛苦對抗外族的國家軍隊消滅了一個敗類。另外，《夷堅乙志》還有一篇〈俠婦人〉，〔註179〕則是描述俠女幫助一位於宋、金交戰之際，流落北方、不得歸鄉的地方官員，重回南方家鄉的俠義之舉。故事敘述董國慶原本為萊州的地方小官，戰亂時中原淪陷不得歸，旅館主人見他孤窮，為他買了一妾，此妾「不知何許人也，性慧解，有姿色，見董貧，則以治生為己任。罄家所有，買磨驢七八頭，麥數十斛，每得麵，白騎驢入城鬻之，至晚負錢以歸。率數日一出，如是三年，獲利愈益多，有田宅矣」。可見此妾既能幹又吃苦耐勞，並擔負起經營生計的工作，獲利甚多，田宅俱足。當體貼的妾得知董國慶思念南方家人，便找來虯髯估客幫助他回歸中原。妾和虯髯估客的關係，文中並未交待清楚，然由董國慶臨行前，妾叮嚀他的一番話可略知一二，妾云：

> （吾）適有故，須少留，明年當相尋。吾手製納袍以贈君，君謹服之，惟吾兄馬首所向。若返國，兄或舉數十萬錢為饋，宜勿取。如不可卻，則舉袍示之。彼嘗受我恩，今送君歸，未足以報德，當復護我去。萬一受其獻，則彼責塞，無復顧我矣。善守此袍，毋失去也！

由上文可知，妾和虯髯估客應皆為俠義之輩，妾曾經對虯髯估客有大恩德，

〔註179〕宋‧洪邁，《夷堅乙志》卷1〈俠婦人〉，同註121，頁5163～5164。

故妾以爲客必報此恩。然是時虜下令「宋官亡命許自言，匿不自言而被首者死」，可見虬髯客於此時送董國慶南歸是冒著生命危險的，妾唯恐虬髯客對自己另一半之恩德以錢報答，而不護己歸董，故事先已規劃好計策，手製內藏金箔的袍子以備不時之需。果然，客之行爲皆如妾所料，客不得不嘆服：「吾智果出彼下。」而心甘情願地護妾歸董。俠女盡心盡力地幫助動亂時流落北方的官員重振生計、回歸家園，在這過程中，也體現了俠女過人膽識和俠義心腸的特質。

　　如同前述〈解洵娶婦〉和〈俠婦人〉中之俠婦，《翰府名談‧文叔遇俠》〔註180〕中之孀婦，也是一個能夠自營生計又急人之難的俠婦。她「朝肩故衣出售，暮即歸」，見隔鄰貧困無以爲生的軍人林文叔，屢次以衣服錢財資助他，並曰：「人有急難而不拯者，非壯義之士也。」後來遂與林文叔成婚，育有一子。婚後，俠婦潛心等待爲故夫復仇的時機，一夕中夜，俠婦忽然失去蹤影：

> 文叔驚起，燭以尋之，杳然不見，其戶牖則如故。俄自天窗而下，手攜紫囊，胸插匕首，喘猶未定。婦人曰：「與子別矣，子以視我爲何等人，吾在仙鬼之間者，率以忠義爲心。吾居此十年者，吾故夫爲軍使枉殺，吾久欲報之。吾上訴天，下訟陰，方得旨。」囊中取其頭示文叔曰：「此吾戮其神也。」

俠婦身手矯捷，須臾之間已取下仇家首級，報了殺夫之仇。不過，俠婦爲故夫報仇之舉，除了因爲夫妻情誼的個人因素外，或許還有更多的國家社會因素。由其言語中，可知俠婦充滿了忠肝義膽的性格，然若只是單純爲故夫復仇，又何需忠義之心呢？俠婦之故夫是被軍使枉殺而亡，軍使的任務爲保國衛民，怎麼成了濫殺無辜的賊兵？顯然俠婦復仇的動機也包含了爲國除亂的因素，再加上俠婦救助的對象林文叔恰巧是個落魄軍人，這也間接證明其忠義愛國之心理和行爲。

　　以上討論之「俠義愛國的俠女」，其愛國義行具有深刻批判、反映現實的內涵，特別是宋朝長期面臨遼、金、蒙古等外族侵擾、內憂外患的動盪局勢，在軍官將領臨陣脫逃、敗壞軍紀的情形層出不窮的情況下，格外突出宋代愛國俠女的時代精神。如〈解洵娶婦〉主要藉由和敗壞軍紀之將領的對比之中，突出俠婦的愛國精神，而〈俠婦人〉、〈文叔遇俠〉兩篇則是描寫俠女援助落難官員和軍人之義行，此外，〈解洵娶婦〉和〈文叔遇俠〉之俠婦，更是親手

〔註180〕宋‧劉斧，《翰府名談‧文叔遇俠》，同註29，頁208。

除去違法亂紀、濫殺無辜的不肖官兵。諸位俠女之愛國行為動機或隱或顯，然皆和宋朝之國家戰亂、官兵亂紀現實密切相關，俠女之義行和宋代國家、社會環境似乎有了更進一步的聯繫。不過，小說中俠女們的愛國行為必須依附於男性才能展現，她們畢竟仍無法如男性俠客般，盡情地以社會為其展現生命丰姿的舞臺，如或有，也僅能說是社會舞臺邊緣微不足道的一角。

此外，如〈解洵娶婦〉與〈俠婦人〉中之俠婦，在小說內保有大部分的女性特質，她們扮演的幾乎等同於善良體貼、盡心照顧男性生活起居的賢內助角色，〔註181〕正面描寫她們「俠義」之行的筆墨不多，〈解洵娶婦〉一篇結尾的部分或許還多些，而〈俠婦人〉中俠婦於安排董國慶南歸的過程中，也許其呈現的智慧與巧思更令人印象深刻。〈文叔遇俠〉一篇，俠婦之俠義性格和行為貫徹故事首尾，是諸篇中俠婦形象最鮮明的，可惜俠婦的愛國義行卻被包裝在為故夫復仇的目的下進行。可見，女性俠客在作家筆下，畢竟和男性俠客馳騁於江湖中行俠仗義的形象大為不同。

（二）任真率性的俠女──私情場域的糾葛

俠女任真率性的特質，大多是在個人私情場域裡呈現，亦即在俠女處理家庭生活、情感倫理之糾葛中，往往表現出她們異於常人的行事軌轍。這類俠女一方面具有傳統婦女的某些特質，另一方面，她們又擁有恣意率性的情感與行為，這兩種特質形成了一個鮮明的對比，讓俠女形象本身即具有衝突性的張力。

上述「俠義愛國的俠女」一段中，〈解洵娶婦〉一篇之俠婦是較鮮明地同時具有傳統賢婦特質和俠義性格的女性，不過，其「俠」性主要展現於為國家嚴懲忘恩負義之輩上。而在本段所要討論故事裡，俠婦的「俠」性不在其俠義之性格或表現上，而是在於其賢婦的外表下，神祕詭異的行跡與恣意、激烈的性情表現。

專記「異人」之《江淮異人錄》中有一篇〈張訓妻〉，〔註182〕篇中透過刻畫她處理夫妻之情和親子之情的部分，來呈現俠女之神奇怪異、令人難以理解的行為。故事敘述張訓為吳太祖之將校，吳太祖曾經賜予張訓鎧甲與馬

〔註181〕林保淳先生提到宋、元、明之間的俠女呈現出「神祕性」和「人間性」兩種不同姿態。「『人間性』」的俠女，基本上仍是自傳統認可的婦女的形象中衍生而來的」。同註176，頁59～63。

〔註182〕宋・吳淑著，《江淮異人錄》卷下〈張訓妻〉，同註116，頁257。

匹,然皆非上等之物,張訓妻於是於吳太祖夢中告曰:「公賜訓甲與馬非良,當為易之。」張訓妻能料知此事,足見其言事之神異。又張訓妻有一衣箱,常自啓閉,張訓未嘗見,一日,張訓趁其妻外出,私自開啓衣箱,發現衣箱中的劍和珠衣,其妻知情後勃然離去,然又不捨尚在哺乳中的幼兒,趁夜半之際,入帳欲乳其子,卻遭張訓叱罵,遂憤而殺子,後莫知所往。〈張訓妻〉雖然篇幅簡短,對於張訓妻的形象也著墨不多,而其行事之「駭異」的形象已令人印象深刻。我們可以發現張訓妻怪異行徑的觸發,正是因為夫妻情感的惡化,張訓妻原本和其丈夫的感情是和睦的,由她以神異方法入吳太祖夢中,為其夫抱不平即可知,而當她知道丈夫私下發現了衣箱中劍和珠衣的祕密,俠女的「神祕性」〔註183〕頓時蕩然無存,此事引起俠女的不滿,兩人的關係也隨即惡化。對丈夫的不滿,使她憤而拋家棄子離去,而當她思念幼子,欲盡母親職責時,又為丈夫叱責,丈夫私自開啓衣箱的不尊重,加上去而復回所受到的羞辱,使張訓妻積累了滿腔怒氣無法宣洩,終於做出「殺子」這般令人難以想像的極端不理性行為。張訓妻在處理情感、情緒問題上的激烈手法,在在突顯出其以個人情性凌駕於家庭倫理之上,不受道德法治約束的「血性之氣」。

學者曾提到俠女之所以為俠女,「首要的一條便是能輕而易舉地擺脫俗累」。〔註184〕此言雖不差,但是更仔細地說,應該說她們本身具有憑情性行事、任意恣為的性格,因此,她們的個人情性總是高漲過親情倫理或兒女柔情,其任意而為的結果,便造成了如張訓妻般可以輕易拋卻原有之情感,而予人寡情之感。〈張訓妻〉雖然也寫俠婦哺乳餵子和夫妻爭執的家庭瑣事,但作者的創作旨趣,顯然並不以美好的女性形象規範之,而是任其「血性之氣」的發展,刻畫出俠婦憤而殺子的駭異行為,及其為人所不覺的高超劍法。

綜上所述,不論是「俠義愛國的俠女」或是「任真率性的俠女」,除了〈俠婦人〉一篇之俠女最後走入家庭,真正成為董國慶之妾以外,離開家庭,拋下為人妻、為人母的角色與責任,而不知所往的神祕行蹤,似乎是她們最終的共同命運,這也是她們異於普通婦女的特質之一。基本上妻子、母親的角色,對她們而言,實不具有特別的意義,因為她們心目中皆有一個最重要的

〔註183〕見註181。
〔註184〕見王立,《偉大的同情——俠文學的主題史研究》(上海:學林出版社,1999
　　　　年2月)第五章〈女性與中國古代俠文學主題〉,頁180。

終極目標，一旦這個目標受到阻礙或是已經達成，她隨時可以脫離家庭角色的扮演，而回歸她們隨性不受羈絆的自我。故張訓妻在自己原本保有的隱私遭到丈夫破壞時，她可以勃然離去，甚至在丈夫的辱罵下，憤而殺子，妻子和母親的角色，對她而言，是可以隨時因為私我因素而斷然拋卻的；〈文叔遇俠〉之俠婦在為故夫復仇的等待歲月中，嫁與林文叔為妻，並為他生下一子，不過，當她完成復仇的任務後，也是留下丈夫和孩子而離去；〈解洵娶婦〉之俠婦，則是一開始即別有用意地嫁給解洵為婦，為人婦的身分，對她而言，只是一個藉以行俠義之事的媒介，當然更不具有任何意義。

此外，宋代小說中的俠女，是否也有如前述學者歸納宋代男性俠客之「理性化」、「人間化」等時代特質？就上所論，本論文以為宋代俠女並未有明顯的受到儒家思想規範的「理性化」特質，反倒是強調俠客落實於人世社會力量的「人間化」特質，在俠義愛國俠女的形象中反映了出來，這或許也是宋代俠女和男性俠客較為接近的一個特質。

二、奇婦異女

宋代文言小說中出現不少擁有特殊技藝的奇婦異女，這和宋代城市經濟繁榮，市民娛樂需求大，市井遊藝活動興盛的社會背景相關。由於市民娛樂活動的需要，宋代都城裡出現了「瓦子勾欄」這種專門舉辦各種遊藝娛樂活動的場所，另外，茶肆酒樓、露天空地和街道、寺廟、私人府第、宮廷和鄉村等，也都是各種娛樂性質之技藝活動表演的地方。〔註185〕似乎，凡有人群聚集處，即是技藝人表演的場所。而在這些地方表演的是「奇術異能，歌舞百戲」，〔註186〕如《東京夢華錄》卷八〈六月六日崔府君生日，二十四日神保觀神生日〉條云：

> 自早呈拽百戲，如：上竿、趯弄、跳索、相撲、鼓板小唱、鬥雞、說諢話、雜扮、商謎、合笙、喬筋骨、喬相撲、浪子雜劇、叫果子、學像生、倬刀〔案〕倬刀應作掉刀、裝鬼、砑鼓牌棒，道術之類，色色有之。〔註187〕

〔註185〕參見胡士瑩，《話本小說概論》（北京：中華書局，1980年5月）（上冊），頁45～54。

〔註186〕宋‧孟元老著，鄧之誠注，《東京夢華錄注》卷6〈元宵〉，頁164。

〔註187〕同前註，卷8〈六月六日崔府君生日，二十四日神保觀神生日〉，頁206。

又《武林舊事》卷三〈社會〉條，也有各式各樣技藝表演團體的記載：

> 二月八日爲桐川張王生辰，霍山行宮朝拜極盛，百戲競集。如緋綠
> 社（雜劇）、齊雲社（蹴毬）、遏雲社（唱賺）、同文社（要詞）、角
> 觗社（相撲）、清音社（清樂）、錦標社（射弩）、錦體社（花繡）、
> 英略社（使棒）、雄辯社（小說）、翠錦社（行院）、繪革社（影戲）、
> 淨髮社（梳剃）、律華社（吟叫）、雲機社（撮弄）。〔註188〕

由上可知，宋代各種技藝之繁多與興盛狀況，而各種技藝人員也皆有其所屬
之「行會組織」。〔註189〕宋人小說中，擁有奇術異能的女性，獨立成一群別具
特色的女性群像，即是在如此的社會背景下產生的。

　　奇婦異女身懷絕技與異能，她們或是以此取悅男性，或是以此降服男性，
兩者展現出全然不同的女性風貌與意義。

（一）奇幻之術取悅男性

　　宋代是道教盛行的時代，道教在神仙信仰的觀念下，所追求的就是長生
不死，於是道教採取了一系列的修煉方術，以期早日修得成仙。道教的修煉
方術，十分多元而複雜，其中有所謂修煉金丹服食之「外丹術」，主要是以硃
砂、黃金爲主之金屬礦物放入爐鼎中來煉丹；又有與之相對的「內丹術」，即
是不假外物，以自己身體爲修煉之爐鼎，以體內之精、氣、神爲修煉藥物，
使整個身體皆爲修煉場域。〔註190〕道教內丹、外丹的修煉之術，在小說中，
演變成爲這些奇婦異女具有魔幻效果的特殊技藝。

　　《江淮異人錄・耿先生》〔註191〕、《夷堅支庚・潘統制妾》〔註192〕中的女
主角皆是具有魔幻之術的奇婦。耿先生因「明於道術，能拘制鬼魅，通於黃白
之術，變怪之事，莫知其從何得也」，而爲尚奇好異的皇帝召入宮中，在皇帝的
期待之下，耿先生展現出一連串的高超道術，她先是不假藉火，而將水銀納入
懷中即煉成銀塊；再是煉雪爲銀，並以雪銀製作富涵巧思的器皿獻壽；又取龍
腦自製優於南海奇物之龍腦漿，甚爲皇上所賞識。而潘統制妾則善「戲劇術」，

〔註188〕宋・周密，《武林舊事》（一）卷3「社會」，同註59，頁49。
〔註189〕「宋代一般的工商業者和各種伎藝人員，都有爲供應官府差役和保護同業利
　　　　益的行會組織。」同註185，頁71。
〔註190〕有關道教修煉之術，參見黨聖元、李繼凱，《中國古代道士生活》（臺北：臺
　　　　灣商務印書館，1998年12月），頁40～72。
〔註191〕宋・吳淑，《江淮異人錄》卷下〈耿先生〉，同註116，頁255。
〔註192〕宋・洪邁，《夷堅支庚》卷6〈潘統制妾〉，同註115，頁6191～6192。

能化少為多，如妾所準備之酒僅三升，然潘統制和其表弟各飲十觴，而尚存其半；亦可變無為有，如潘統制表弟欲食櫻桃，妾則於盒中「佈氣數口，以手帕緘封，授老兵，使持往舟中，且祝勿擅啟。少頃而回，櫻桃溢盒」；又潘統制欲飲建溪新茶，妾則「於假山側拈塊土置掌內，揉碎噓呵，付外碾細瀹之。即於假山畔嚐，真奇品也」。耿先生和潘統制妾不僅擁有奇幻之術，由她們的身體特徵或是降臨在她們身上的事，亦可見其「怪異」，如耿先生「手如鳥爪，不便於用，飲食皆仰於人。復不喜行宮中，常使人抱持之」，基本上她是個身形怪異，喪失飲食與行動自主能力，需要仰賴他人生活的異人，她後來有孕，於雷電中產子，子為神物所持去，不復得；而在潘統制妾身上，則是發生了一年連生三個孩子的異狀，而且至此之後似能不飲食而活，又能預知禍福，其尿液色清潔且香如麝臍，潘統制妾的種種特徵實有神仙化的傾向。

耿先生和潘統制妾身懷異術，然這些奇幻之術皆是為服務、取悅男性而來，如耿先生之取悅皇帝，潘統制妾之取悅主人，耿先生甚至因其行動不便，其進入宮中後，更似皇帝的專屬魔術師，一次又一次地娛樂皇帝，滿足皇帝的好奇心。

（二）特殊技藝降服男性

小說裡奇婦異女的奇能異術，除了用來取悅男性之外，看似普通的民婦與少女亦往往擁有超凡之技藝，她們還能以此戲要或降服男性。此類故事以女性優於男性的技能，令男性嘆為觀止、甘敗下風，同時也多半具有訓誡或反諷的意義。

戲要男性者如《夷堅志補·潘成擊鳥》〔註193〕一篇，故事描述一老嫗習幻術，以身化成一大鳥，自外飛入，見潘成亦不懼，並攫取其器中之食物。潘成遂擊鳥，鳥墜地復化為老嫗，老嫗悲鳴乞求納金贖命，並領潘成往一茆廬，屋內有一女子出迎，並置酒相款，「酒饌精潔，器用雅素，俱用白金為之」。酒罷，女子以黃金相贈，潘成喜出望外，早已忘老嫗善幻術，待下次偕人同訪，已一無所見。原來茆廬中所有景象皆是老嫗以幻術變化出來的，潘成雖早已知老嫗之異術，卻仍因貪圖小惠，而再次落入老嫗之幻術陷阱而不自覺，老嫗對潘成的戲弄，也因而有了勸警的意味。又如〈崔氏乳嫗〉〔註194〕之崔

〔註193〕宋·洪邁，《夷堅志補》卷20〈潘成擊鳥〉，同註136，頁2683～2684。
〔註194〕此篇為《夷堅志》之佚事，王秀惠據《廣州府志》卷160輯補，見氏著，〈夷堅志佚事輯補〉，《漢學研究》第7卷第1期（1989年6月），頁177。

倖家乳嫗亦「善爲小技，嬉戲倖家」。她私自以神術使思鄉之小鬟暫還其家，主人崔倖聞而駭異，欲窮其術，乳嫗則以嬉笑的態度展示她的神術，「嫗拉詣其家酒坊，時坊用大釜煮酒，恰正沸，嫗用力一跳，入酒中，遂不見矣」，留下驚異錯愕的崔倖。在宋代，乳母也算契約式的女性傭工，是透過買賣而來，也有雇傭期限，其身分和婢使沒兩樣，〔註195〕然在本篇中，乳嫗竟敢以婢使的身分，運用神術戲耍主人，最後竟然消失不見，作者描寫乳嫗嬉鬧戲耍主人家的作爲，一反婢使苦情受虐的形象，或許也可視爲對虐婢事件層出不窮之社會現象的一種反諷。

以特殊技藝降服男性者，如《夷堅丁志・鼎州汲婦》〔註196〕描述一汲水婦人以幻術和欲戲之的男客較量的情節：

> （婦）擲其擔，化爲小蛇。客探懷取塊粉，急畫地，作二十餘圈而立其中，蛇至不能入。婦人含水噀之，稍大於前，又懇言：「官人莫相戲。」客固自若。蛇突入，直抵十五圈中，再噀水叱之，遂大如椽，徑躒中圈。將向客，婦又相喻止，客猶不聽。蛇即從其足纏繞至項，不可解。路人聚觀且數百。同寺者欲走訴於官，婦笑曰：「無傷也。」引手取蛇投之地，依然一擔耳。笑謂客曰：「汝術未盡善，何敢然？若值他人，汝必死。」客再拜悔謝。

有別於耿先生和潘統制妾之幻術是爲炫奇以取悅男性，鼎州汲婦設幻術是爲了自衛。善幻術的無聊男子欲以幻術戲惱汲婦，然他不知看似平凡的汲婦亦善此術，在較量的過程中，汲婦以水擔化成的小蛇漸漸變成大蛇，蛇也一次次逼近男客所站立之中圈，汲婦兩次好言勸客莫相戲，客依然不顧，終於被蛇纏繞全身。兩方鬥術，汲婦終究是略勝一籌，也趁機給好戲婦女又不自量力的男客一點教訓，而汲婦平凡中見不平凡的反差形象，更是造成了特殊的藝術效果。

《投轄錄・百寶念珠》〔註197〕中的少女形象亦復如此。〈百寶念珠〉記仁宗時曹后至相國寺燒香，價值千萬、掛於領間的百寶念珠忽於登殿之時不翼而飛。仁宗大怒，命捕吏搜索，皆不可得。當都內上下皆因百寶念珠之事而氣氛緊張嚴肅之時，只見一常在寺前嬉戲、年約十二、三歲的丫鬟女子，從容不迫地以輕鬆玩笑的口吻謂吏曰：「前日偶取之，忘記還去，今見掛寺塔

〔註195〕同註93，頁59。
〔註196〕宋・洪邁，《夷堅丁志》卷8〈鼎州汲婦〉，同註91，頁5591。
〔註197〕宋・王明清，《投轄錄・百寶念珠》，同註119，頁3858～3859。

之顛火珠上,當自往取之。」看似平凡的少女卻有超乎想像的奇特行徑,她似乎把價值不匪的百寶念珠當成可隨意取得的童玩,由她話中聽來,百寶念珠的不翼而飛,僅因她把玩過後忘了歸還,至此,約略可知此女並非普通少女。捕吏知其爲異人,拜請少女取珠。作者透過捕吏及圍觀群眾觀看少女上塔取珠的情景,點出少女之「異」。「吏輩仰視,見第十三級窗中出一手,與相輪等,觀者萬人,恐怖毛豎,須臾不見。而女子手提數珠而下,授吏」。在眾人見了毛骨悚然的情景下,女子輕而易舉地完成任務。連堂堂宮廷從衛也得拜請少女登塔取珠,可見少女超凡的特殊技藝,令男性也甘拜下風、臣服於她。

綜上所述,這些看似平凡的老嫗、民婦和少女,在她們平凡的外貌下,卻擁有深藏不露的奇術異能,她們以此戲耍或降服自以爲是的男性,不僅含有訓誡男性之意,亦頗有顛覆傳統「男強女弱」的意味。

此外,尚有一些女道人,她們身上皆有一些奇異的特質,如《夷堅志補·劉女白鵝》〔註198〕之劉女生不茹葷,九歲即能隨羽人談道,且誓言不嫁人;《夷堅志補·台州蛇姑》〔註199〕中之道姑,一人獨居於山林人跡罕至之處,以蛇護身,故名爲蛇姑。又如《茅亭客話·女先生》〔註200〕之女道士游氏「不飲食」,「得丹砂之妙」。這些女道人以其特殊性格或特質,遊走於社會邊緣,過著和普通婦女全然不同的生活,她們和處於市井中的奇婦異女相較,算是更爲「特立獨行」的一群女性。

小　結

第一節探討「權威者身旁的女性」,是以圍繞在帝王身旁的后妃爲主,在她們身上展現的特質,如「色藝無雙」、「忠貞節烈」即具有指標和典範性意義,而宋人刻意突出后妃淫蕩、妒悍的形象,及后妃間權、色欲望的激烈爭奪,則含有反諷帝王的歷史訓誡意涵。

第二節「獨立人格的女性」,是宋人小說中一群精彩而鮮明的女性群像。獨立自強之人格精神,深植於宋代女性心中,不論在妓女、閨秀或是民婦、

〔註198〕宋·洪邁,《夷堅志補》卷13〈劉女白鵝〉,同註136,頁2580。
〔註199〕宋·洪邁,《夷堅志補》卷13〈台州道姑〉,同前註,頁2580～2582。
〔註200〕宋·黃休復,《茅亭客話》卷4〈女先生〉,同註116,頁422。

婢妾身上，皆可見到她們在愛情、婚姻，甚至是在非關婚戀的故事主題中，散發著昂揚奮進、獨立自覺的人格精神。

第三節討論「情、色、才、德、智兼融的女性」，發現宋代男性作家描寫女性，已注意到不同角度和層次的問題，亦即由唐人小說中情、色、才兼備的佳人形象，進一步拓展到女性內在德、智特質的掘發，出現了德、智兼備的民婦，和一批在危急中展現智慧和巧思，替主人即時解危的妓妾群像，並塑造出情、色、才、德、智結合的完美女性形象。

第四節「妒、淫、節、烈的女性」以「妒妻淫婦」和「節婦烈女」為討論對象。男性作家筆下妒妻殘忍妒虐的形象令人印象深刻，然卻缺少妒婦內心世界的描述，這也許是男性作家為合理化自身一夫多妻享樂欲望的有意識運作；而小說裡「淫婦」的處境是令人同情的，她們踏上的是一條欲望追求的不歸路，她們有的在婚外戀中找到了情愛欲望的滿足，有的則是純粹追逐性欲的滿足，這些淫婦不僅愚昧無知又兇悍無恥，然不論何者，淫婦不為社會所容的行徑，終究必須付出悲慘的代價。此外，在對婦女貞節觀尚寬鬆的時代，女性無論是為愛守節不改嫁、亂中奮勇抗敵不受辱，或是為親長犧牲奉獻的節烈表現，皆應視為她們自明心志的自我抉擇。

最後，在「任俠及施展幻術的女性」一節裡，「俠義愛國的俠女」涉足社會場域，展現出她們獨立謀生的能力，及為國除害、營救落難官兵的俠義愛國意識；另一方面，「任真率性的俠女」則在家庭倫理和私我情性的衝突中，呈現俠女之「異」行。此外，在市井遊藝活動興盛背景下，小說中身懷特殊絕技、施展幻術的奇婦異女，也呈現兩種相反的形象，一是以奇幻之術來取悅男性，一是以非凡的技藝戲耍或降服男性，後者不僅顛覆了向來「男強女弱」的社會觀念，亦頗有訓誡的意味。

第三章　宋代文言小說中的他界女性

　　整體而言，宋人記鬼怪之事的志怪小說，大多屬於篇幅短小的筆記小說，加上作家以記實的態度，並融合了儒、釋、道等各家文化道德思想來創作小說，使得大量筆記體之志怪小說缺乏豐富優美的幻想，並淪爲宣揚各家思想的教化工具。即便如此，去其糟粕之後，我們還是可以發掘出某些敘述婉轉曲折，想像奇詭豐富的志怪小說，學者認爲這些志怪小說顯示出「傳奇」化之特徵。〔註1〕事實上，如收錄於劉斧《青瑣高議》、李獻民《雲齋廣錄》中，以鬼神怪異之事爲內容的小說，已經可視爲傳奇體的志怪小說，另外，王明清《投轄錄》、郭彖《睽車志》、洪邁《夷堅志》和佚名《鬼董》等志怪小說集中，亦屢見佳作。〔註2〕故對於出現於志怪小說中之他界女性，實有必要另立一章詳加討論。

　　「他界」，即相對於人所在之現實世界以外的世界，關於「他界」之內涵與範圍，不外乎可區分爲「神仙」、「幽冥」、「妖怪」、「夢魂」四界，〔註3〕而

〔註1〕　參見蕭相愷，《宋元小說史》（杭州：浙江古籍出版社，1997 年 6 月），頁 166～167。

〔註2〕　據李劍國對宋代傳奇志怪小說的作品類型分類，《青瑣高議》爲「傳奇志怪雜事小說集」，《雲齋廣錄》爲「傳奇雜事小說集」，《投轄錄》和《鬼董》屬「志怪傳奇小說集」，《睽車志》和《夷堅志》爲「志怪小說集」，皆舉其大概而已。見氏著，《宋代志怪傳奇敘錄》（天津：南開大學出版社，1997 年 6 月），頁 179、209、284、322、335、372。

〔註3〕　關於「他界」範圍之研究，前人論述已多，本論文不再多做討論，僅取陳玉萍碩士論文《唐代小說中他界女性形象之虛構意義研究》中，綜合前人觀點，歸納整理出之四界。見陳玉萍，《唐代小說中他界女性形象之虛構意義研究》

出現於此四界的女性，以身分而言，則可分爲仙（神）、〔註4〕鬼和妖三類。他界女性既然並非存在於現實世界中，文人必然可以在不受現實框架的侷限下，進行有意識的虛構與想像，故他界女性的形象和意義，更可視爲男性作家心理意識的一種反映。

　　以下本章討論之女仙（神）、女鬼和女妖，女仙（神）的部分著重於探討女仙（神）所擁有的特質，及其於故事中所扮演的角色和地位，並分析在男性作家筆下，女仙（神）故事的特殊意涵；女鬼部分則側重於故事情節的討論，並掘發出女鬼生前死後所承載的深沈苦痛，及其在人鬼間的愛恨情仇中，所呈現的各種形象；女妖方面，主要探討在男性意識及時代觀點下，對於女妖形象的塑造與意義。

第一節　宋代文言小說中的女仙（神）

　　漢魏六朝以前，中國神話和小說中的女神形象，主要經歷了一個由「半人半獸」向「人形化」的發展過程。最顯著的例子，莫過於西王母的形象演變，西王母由《山海經》中「半人半獸」的形象，〔註5〕到託名班固〈漢武帝內傳〉中雍容華貴的女神形象，已經展現理想女性之特質，寄託了較多的男性心理願望。試舉〈漢武帝內傳〉中，對西王母的形貌描寫：

> 王母上殿東向坐，著黃金裕褐，文采鮮明，光儀淑穆，帶靈飛大綬，
> 腰佩分景之劍。頭上太華髻，戴太眞晨嬰之冠；履元璩鳳文之舄。視
> 之可年三十許，脩短得中，天姿掩藹，容顏絕世，眞靈人也。〔註6〕

篇中西王母高貴華麗的衣飾妝扮及其天生的絕世容顏，也成爲後世女仙（神）的標準描寫方式，只不過描寫之詳略有別罷了。基本上，在六朝篇幅短小、

　　　（臺南：成功大學中國文學研究所碩士論文，1999年7月），頁17。

〔註4〕　道教之神，俗稱「仙」或「神仙」，上古神話中的神「仙話化」，而成爲道教中的「神仙」。見過偉，《中國女神》（廣西：廣西教育出版社，2000年12月），頁486。受宋代道教盛行的影響，宋代文言小說中所出現的大部分爲女仙，或有稱之爲「神」，然爲少數，故本論文將「仙」、「神」視爲一類，而以「仙（神）」標之。

〔註5〕　《山海經》第二〈西山經〉中西王母的原始形象是：「其狀如人，豹尾虎齒而善嘯，蓬髮戴勝，是司天之厲及五殘。」見袁珂校注，《山海經校注》（臺北：里仁書局，1995年4月），頁50。

〔註6〕　舊題漢・班固，〈漢武帝內傳〉，《中國文言小說百部經典》（北京：北京出版社，2000年3月），第1冊，頁126。

粗陳梗概的志怪小說裡，對於女仙（神）的描繪，主要在於突出其異於凡人之仙格和神通變化、預知來事的能力，而外貌描寫僅有簡單的一兩句點出其絕世的美麗樣貌，〔註7〕如《幽明錄·劉晨阮肇》的仙女「姿質妙絕」，〔註8〕《續齊諧記·趙文韶》之廟姑女神「行步容色可憐」，〔註9〕甚至是略而不寫，如《搜神記·杜蘭香》一篇，則缺少對神女杜蘭香容貌的描寫。除此之外，更遑論在形貌外觀之外，對女仙（神）之特色有更進一步的細膩刻畫。

到了「敘述宛轉、文辭華豔」的唐傳奇，則繼承六朝對女仙（神）美豔容貌之描寫加以發揮，在唐人的藝術加工下，針對女仙（神）的絕世容顏、美好身段和華麗的衣飾妝扮，有了更細緻、生動的描繪。唐傳奇之他界女性形貌，主要以女仙（神）為理想範本，而在這些男性作家精心經營的他界女性形貌背後，饒富意味。據研究，在著重小說中他界女性「嬌弱與飄逸之體態美」和「華貴豔麗之妝飾美」的男性意識下，不僅透露了唐代男性之女體審美觀，同時也富含豔情的遐想與趣味。〔註10〕

總之，在六朝及唐代大量的人仙（神）戀愛故事主題中，女仙（神）美麗形貌的描寫成為突出的焦點，由六朝單一粗略的描述到唐代精緻細膩的刻畫，小說女仙（神）形貌的發展過程中，也投注了愈來愈多的男性理想期待。而在非人仙（神）戀愛的故事裡，女仙（神）通常只作為男性遇仙主題之陪襯角色，除了女仙（神）在經濟和道術上擁有優勢之特質外，對於女仙（神）之形象刻畫則顯然較為浮略、不鮮明。〔註11〕有別於六朝至唐代集中於女仙

〔註7〕　據顏慧琪對六朝志怪小說之異類形象刻畫研究，小說刻畫包括神、仙、鬼、妖等異類形象，在突顯異類之神幻莫測、預知後事之共同形象和異類之人形化和人性化兩方面極努力，然卻相對忽略其具體形貌的描繪，使得異類之人物相貌，一律流於空泛的美麗容貌。參見氏著，《六朝志怪小說異類姻緣故事研究》（臺北：文津出版社，1994年5月），頁190～195。

〔註8〕　南朝宋·劉義慶，《幽明錄·劉晨阮肇》，《中國文言小說百部經典》第5冊，頁1349。

〔註9〕　南朝梁·吳均，《續齊諧記·趙文韶》，《漢魏六朝筆記小說大觀》（上海：上海古籍出版社，1999年12月），頁1009。

〔註10〕　陳玉萍由「嬌弱豐腴的體態美」來探討唐代他界女性形貌塑造時，認為「當女性的豐肌秀骨與纏綿神態橫陳於讀者面前時，如此近距離的女性美描繪，其實隱含了更多的豔情遐想」。另外，他界女性精美之服飾、首飾、化妝、眩人舞姿……等視覺效果，及女體香味之嗅覺效果，隱含了男性作家刻意營造的豔情趣味。同註3，第三章〈唐代小說中他界女性形貌之塑造〉，頁63～80。

〔註11〕　同前註，頁115～118。另外，林雪鈴在女性得道成仙故事之女仙形象分析時，也提到基於此類故事之宣教實用性質，對於無益於宣教之女仙外在形貌，幾

（神）之容顏、體態、妝飾等外在形貌的刻畫，宋代女仙（神）除了繼承傳統女仙（神）之美好容態外，亦具備了精神情性之內在涵養，此特色表現在女仙（神）具有多才多藝的特質，和廣博的知識學問上面。

女仙（神）在宋代文言小說中的整體形象，不論是其外貌妝扮、氣質談吐、智慧能力皆是在眾女性之上，甚至是凌駕於男性之上。女仙（神）的衣飾、妝扮通常都是極為華麗高貴、奇豔耀人的，如《續青瑣高議·賢雞君傳》〔註12〕之西王母「千萬紅妝，珠佩玎璫，星眸丹臉，霞裳人面特秀麗，豔髮其旁」；《括異志·李參政》〔註13〕之二仙，「盛冠服，鳴珮璫」、「容態殊麗，風度婉約」。而伴隨著女仙（神）款款而來的，除了有若干的青衣侍者，就是女仙（神）身上的馥郁馨香，如《投轄錄·曾元賓》〔註14〕中，曾長翰受一青衣的指引，「縈迂行數里，至一林下，異香馥郁，非塵俗比。俄有五女子、二從者擁蓋而出，珠珮盛飾，奇容豔妝，世所稀見，真神仙中人也」，又如《雲齋廣錄·華陽仙姻》〔註15〕之董雙成「眉翠綠髮，丹臉朱脣，光彩射人，芳香襲鼻，宛若神仙」，前者為仙境瀰漫之奇香，後者為仙女董雙成身上所散發之芳香。香味所帶來的直接嗅覺刺激，不僅使仙境和現實環境有了區分，更有著令人目眩神迷的效果，〔註16〕或許也以此象徵著仙（神）女之超凡能力的存在。

宋代女仙（神）容色之殊麗、妝扮之華貴大方，是其外在首要特色，內在則具有極高之文學素養和廣博的知識學問，琴、棋、書、畫是她們精通的才藝，如西華寶懿夫人不僅擁有絕代容色，詩、字、畫亦甚佳，差可與李白媲美；〔註17〕燕華仙善圍棋、書篆，及各式文體，〔註18〕桃源三夫人則隨口

乎是不加著墨的，僅集中於描寫女仙得道升天之情景描繪。見氏著，〈唐人小說中女仙形象析探〉，《中正大學中國文學研究所研究生論文集刊》第2號（2000年9月），頁147〜153。

〔註12〕宋·劉斧，《續青瑣高議·賢雞君傳》，《中國文言小說百部經典》第14冊，頁4891。

〔註13〕宋·張師正，《括異志》卷5〈李參政〉，《中國文言小說百部經典》第13冊，頁4366。

〔註14〕宋·王明清，《投轄錄·曾元賓》，《宋元筆記小說大觀》（四）（上海：上海古籍出版社，2001年12月），頁3886〜3887。

〔註15〕宋·李獻民，《雲齋廣錄》卷8〈華陽仙姻〉，《四庫全書存目叢書》（臺南：莊嚴文化事業有限公司，1995年9月），子部246冊，頁157〜160。

〔註16〕同註3，頁77。

〔註17〕宋·王明清，《玉照新志》卷4〈王綸〉，同註14，頁3956〜3957。

成詩有詩才，[註19] 即便是神座旁之侍女也「好文筆，頗知書」。[註20] 由此可見，廣泛的文藝才華和絕世美色構成了女仙（神）的基本形象，她們以這樣的形象去接近人間男子，或以詩才測試男子是否具有修道之心，以引領人間男子同登仙道，或成為為男性指點迷津之權威女仙（神）。以下即分人仙（神）戀的女仙（神）及人仙（神）戀以外的女仙（神）形象來分析。

一、人仙（神）戀的女仙（神）

宋代文言小説中的人仙（神）戀愛故事可分成兩類，一類的人仙（神）戀只是個幌子，故事的主旨在於引領世人滌淨凡心，具有崇道修仙的宗教目的，故稱此類故事為「變調的人仙（神）戀」，故事裡的女仙（神），正是人間男子仙才點染和仙道指引的引領者；另一類人仙（神）戀以「仙（神）女思凡」為主軸，具體觸及了女仙（神）對人間男子和愛情的依戀與嚮往，甚至刻意去渲染女仙（神）的情欲渴望。

（一）變調的人仙（神）戀——仙道的試煉與引領

在變調的人仙（神）戀愛故事裡，女仙（神）對男性仙才之點染與修道之路的引領為故事主題。美麗女仙（神）對於修道男子而言，是一個頗具鼓舞力量的獎勵，也是修仙長生不老之外，另一個令世間男子無比嚮往的附加價值。因此，具有仙緣的男子，在通過女仙（神）的考驗後，往往能夠和女仙（神）同登仙道，愛情與仙道同修，過著神仙眷侶的生活；而未通過考驗，不能捨離世間人情的男子，愛情和美麗天仙的附加價值也會隨之消失，然有時當女仙（神）成功地引導男子棄世修道，一切女仙（神）精心安排的「誘因」也會功成身退，這兩種短暫緣分的人仙（神）戀，更充分顯示出人仙（神）戀的宗教性目的。

1、同歸仙道

於具有宗教目的的人仙（神）姻緣裡，女仙（神）和人間男性對比之下，女仙（神）似乎總是「高人一等」，在她們身上所有的美好特質都是宛然天成

〔註18〕 宋・黃裳，〈燕華仙傳〉，《搜神祕覽》，程毅中編著，《古體小説鈔》（宋元卷）（北京：中華書局，1995 年 11 月），頁 289～290。

〔註19〕 宋・劉斧，《續青瑣高議・桃源三夫人》，同註 12，頁 4894～4895。

〔註20〕 宋・洪邁，《夷堅支丁》卷 2〈小陳留旅舍女〉，《中國文言小説百部經典》第 18 冊，頁 5978。

的，包括姣好的容貌與身形，以及各種稟賦才華。自她們身上所散發出來的
氣質，亦自然而然地令悅慕的男性不敢貿然相犯，而必須經由女仙（神）重
重的試煉與考驗，才能一親芳澤。巧合的是，以下所舉的兩個文本，女仙（神）
對男性的考驗都是詩才，並且由男子所作之詩中，檢視其是否具有修仙慕道
的仙質。

如《青瑣高議·長橋怨》〔註21〕中，錢忠在水鄉澤國的吳江遇見了水仙，
水仙「方及笄，垂螺淺黛，脩眉麗目，宛然天質。忠雖與遊，卒不敢以異語
相犯」。直到數月以後，兩人漸漸熟稔起來，錢忠也似乎感受到水仙「若眷眷
有意」，再加上喝了點酒壯膽，他才敢向水仙吐露愛慕之情。在郎有情、妹有
意的情況下，水仙認為這還不足以構成美滿姻緣的條件，必須再經過一番考
驗才行，故水仙面對錢忠的表白，答之曰：「吾之志亦然也。家有嚴尊，乃隱
綸客也，常獨釣湖上，尤好吟詠，子能為詩，以動其心，妾可終身奉君箕帚，
不然，未可知也。」水仙這段話，不論是出於自我意識或是真為嚴尊所言，
皆反映出在別有目的的人仙（神）姻緣裡，愛情並非最終的條件，最終的條
件往往是對男性一種才華或特質的試煉，這是人仙（神）能否結合的重要關
鍵。而仙（神）女就是那位試煉者或觀察者，仙（神）女對人間男性的種種
考驗與觀察，為這段姻緣種下了許多變數，也可以說，女仙（神）在愛情關
係中擁有絕對的主導操控權，她可以隨時視情況收放自己的愛情。

水仙要考驗錢忠的不僅是詩才，更是一種精神境界的觀察。錢忠總共作
了三次六首詩歌，前兩次的四首詩皆遭退回，第三次才獲得水仙父親的肯定。
試舉第一次和第三次的詩作比較，即可明白箇中原因。錢忠第一次的詩是：

> 八十清翁今釣客，一綸一艇一漁蓑。
>
> 碧潭波底繫船臥，紅蓼香中對月歌。
>
> 玉膾盈盤同美酒，錦鱗隨手出清波。
>
> 風烟幽隱無人到，俗客如何願一過。

第三次所作之詩是：

> 吳江高隱仙鄉客，衰鬢長髯白髮乾。
>
> 滿目生涯千頃浪，全家衣食一綸竿。
>
> 長橋水隱秋風軟，極浦烟浮夜釣寒。
>
> 因笑區區名利者，是非榮辱苦相干。

〔註21〕宋·劉斧，《青瑣高議》前集卷5〈長橋怨〉，同註12，頁4690～4692。

將錢忠兩次的詩作相互對照，即可發現錢忠第一次的詩，所傳達的境界未如第三次的境界高。由第一次的詩作中，可以知道他對於湖上獨釣客之「風烟幽隱」的生活，並非全然不能體會，不然他不會發出「俗客如何願一過」的感歎，只是他仍停留在幽隱之樂的享受，未對隱居生活有更深層次的體會；而由第三次的詩，則顯然可感覺出錢忠的精神境界已如清翁釣客般，能笑看名利是非榮辱，不為紅塵俗事所擾。水仙透過錢忠之詩，目的在測試錢忠是否具有超脫俗世之「仙心」、「仙質」，如果有，方可為其良匹。錢忠通過了水仙的測試，兩人泛入烟波，過著神仙眷侶的生活，錢忠以詩為證：「水國神仙宅，吾今過此中。長橋千古月，不復怨春風。」

又如《青瑣高議‧書仙傳》〔註22〕之書仙原為上天司書之仙人，以情愛謫居塵寰為長安娼女。書仙謫為凡間女性，其「仙性」雖未能如〈長橋怨〉之水仙般，以飄忽不定的行踪突顯出來，不過亦充分展現在其「姿豔絕倫，尤工翰墨」的特質上。〈書仙傳〉是如此描寫書仙的：

> 曹文姬，本長安娼女也。生四五歲，好文字戲，每讀一卷，能通大義，人疑其夙習也。及笄，姿豔絕倫，尤工翰墨。自箋素外至於羅綺窗戶，可書之處，必書之，日數千字，人號為書仙，筆力為關中第一。……家人教以絲竹，曰：「此賤事，吾豈樂為之！惟墨池筆塚，使吾老於此間足矣。」由是藉藉聲名，豪貴之士，願輸金委玉求與偶者，不可勝計。女曰：「此非吾偶也。欲偶者，請託投詩，當自裁擇。」自是長篇短句，豔詞麗語，日馳數百，女悉阿意。

書仙好文字筆墨的形象極為強烈鮮明，她甚至視絲竹聲樂為賤事，不願學之。書仙強烈主觀的「仙性」，除了展現在其鄙棄絲竹、「惟好筆墨」之事上，對於擇偶亦訂下了自我標準，她對於那些以金玉求偶的豪貴之士不屑一顧，惟願以詩擇偶，然而，亦不是豔詞麗語即能動其意，和水仙一般，書仙要尋找的不僅是一個有賦詩才華的男子，同時更重要的是必須具有「仙才」特質的男性。賦才敏捷之任生，即因此雀屏中選，任生詩云：「玉皇殿前掌書仙，一染塵心謫九天。莫怪濃香薰骨膩，霞衣曾惹御爐烟。」任生彷彿知道書仙之前世，書仙今世遭謫下凡間，雖難免為俗世濃香薰骨，然仍不掩其仙質所散發的光芒。書仙聞任生之詩甚喜，即以任生為夫，雖家人亦不能阻。後來書仙為天帝召歸，任生亦隨之升空歸天。

〔註22〕宋‧劉斧，《青瑣高議》前集卷2〈書仙傳〉，同註12，頁4661～4663。

　　上述〈長橋怨〉之水仙，她出現的目的在於測試錢忠、尋求佳偶，並引導錢忠進入水國仙鄉，故其行踪忽隱忽現，常令錢忠不知其所止，錢忠只得默默等待水仙每一次現身給予的暗示，使得他在和水仙的愛情關係裡，即使他內心有愛慕之意，但實際上也只能被動的等待。〈書仙傳〉之書仙同樣以詩擇偶，任生也是被選擇的，任生因彷若知道書仙之前世今生，而從「日馳數百」之長篇短句中雀屏中選。在人仙（神）之愛情關係中，女仙（神）以尋找具備仙質的男性為前提，扮演著考驗、觀察的角色，表面上是女仙（神）對於選擇婚姻對象的自主與慎重，實際上在女仙（神）的優勢主導下，具有仙緣的男子，在掉入女仙（神）所設的愛情陷阱同時，也一步步邁向了登天修道之路。

2、短暫緣分

　　當然，並非所有遇仙的男子都能通過女仙（神）的測試，在女仙（神）的啟悟下一心修道。這些仍具凡心、未能割捨世情的男子，和女仙（神）的情愛關係也就無法再繼續，故人仙（神）之間的「愛情」只是一個過程，甚至可以說只是女仙（神）引領人間男子修道的一種工具。雖然，對男子而言，和美麗女仙（神）的纏綿愛戀轉眼成空，不過，故事在宣揚道家修仙的主旨下，依然留下了仙（神）女對男子濟助之恩德，讓世人對修仙仍保有一份美麗的想像與嚮往。

　　《夷堅丙志・星宮金鑰》〔註23〕和《西塘集耆舊續聞・李英華》〔註24〕篇中之女仙（神），即是由仙心之考驗者、仙道之引領者，轉而成為濟助男子的角色。〈星宮金鑰〉之女仙（神）以美女的姿態與一男子狎昵，十多日後，即邀男子前往星宮，男子對星宮的一切充滿好奇，時時縱遊它處。時日一久，女仙便試探男子是否有修道之心：

> 女曰：「今日世間正旦也。」生豁然省悟，私自悼曰：「我在此甚樂。
> 當新歲節，不於父母前再拜上壽，得無詒親念乎！」女已知其意，
> 悵然曰：「汝有思親之心，吾不可復留。汝宜亟還，亦宿緣止此爾。」

星宮一切的美好及美貌天仙的陪伴，終究不敵男子思親之心。於是女仙（神）

〔註23〕宋・洪邁，《夷堅丙志》卷18〈星宮金鑰〉，《中國文言小說百部經典》第16冊，頁5497～5498。

〔註24〕宋・陳鵠，《西塘集耆舊續聞》卷7〈李英華〉，同註18，頁500～501。李英華在故事裡被稱為「鬼中之仙」，而其行止與目的乃在於對男子仙心的測試，故其身分以「女仙（神）」視之，放入本節來討論。

以宿緣已盡為由，送男子返回人間，並以金鑰匙贈之，在金錢財物上對男子施以恩惠。又〈李英華〉一篇之李英華，生前為一「慧性過人，聞誦詩書，皆默記之，姿度不凡」的女子，死後為鬼中之仙，「語皆出塵氣象」，「窗壁題染，在在可錄」，有詩百餘篇。李英華接近曹穎的目的，也是為了考驗其是否具有仙才，後來因曹穎「宿緣寡淺，塵業未償，非仙舉之姿」，而與之訣。臨別之前，授予曹穎靈香一瓣，以便有危難之時可焚香告知英華，英華即會暗中相助。女仙（神）對於未通過考驗男子的濟助，雖可視為女仙（神）對男子的情誼，不過以作者的創作目的而言，仍可看出在人仙（神）戀終結時，女仙（神）施恩於男子在宣揚宗教上的用意。

　　對於本有修道之心的男子而言，仙（神）女只是一個輔助性的角色，她只需適時地對男子強調修道的好處與仙界的美好，以鞏固其棄俗修道之心。如《雲齋廣錄・華陽仙姻》為仙女董雙成〔註25〕引故事主人翁蕭防入道的故事。董雙成接近蕭防是有目的的，故其每次現身的時機，恰巧都是蕭防困頓不如意之時，而隨著董雙成現身次數的增加，蕭防對於修道的態度也更為投入與熱衷。如兩人首次相遇，蕭防正值「生事不振」之際，暫時舍於逆旅，擬投於故人。然經過旬餘，故人仍不相聞問，蕭防於是打算打道還府，卻「其如匱乏，不能遽去，乃質衣以餬口」，故董雙成假託為女冠諸葛氏與蕭防為鄰，以卜筮為業，並將筮卦所得，不論多寡，悉奉予資助蕭防。蕭防此時雖然「好黃老書，慕攝生理，然未之有得也」，對於諸葛氏的好意相助，也以為其因慕己而賂之，即以言語挑之，諸葛氏則以正潔自守的態度正色而言曰：「與君交遊，非結朝夕之好，願無及亂。」才打消了蕭防亂之的念頭。第二次相遇，是在董雙成所預言的四十年後，這期間蕭防經歷了「累舉不捷，蹭蹬迨三十餘年」，「因循萍寄，又七八載」的坎坷歲月，兩人相見敘舊，蕭防除訝異諸葛氏料事如神之外，亦對其四十年後「韶顏不謝，無異曩昔」，且「眉翠綠髮，丹臉朱唇，光彩射人，芳香襲鼻，宛若神仙，頓異於前所見」之容貌驚奇不已。接著，蕭防即對道教「餌丹藥」、「默朝之道」、「漱嚥之方」、「一塵」等事與概念，就教於董雙成，董雙成除了向他解釋有關道家身心修養之道的問題，並為蕭防講述蕭防之歷代著於仙籍之祖先，以及其先人董仲君與蕭防之遠祖蕭史有金石之契，故兩人因此宿契而相遇的源由。董雙成假託宿契的原

〔註25〕董雙成相傳為女仙之首西王母之侍女，她於住所煉丹，得道之後，吹著玉笙，駕著白鶴，升仙而去。同註4，頁489。

因，乃在於為了讓蕭防相信自己具有仙分。蕭防在董雙成修養之道的啓悟之下，又見證了董雙成升天情景，便覺「不勝悵然」。蕭防悵然的原因，大概是已對修道之途心嚮往之，然卻仍無門而入，不免感到悵然。第三次見面，蕭防又經歷了科舉不利，其志氣已被消磨殆盡之餘，好不容易以榜尾登第，將赴官之際，又逢喪妻之慟，至此，蕭防已飽嚐人世之悲苦，因此「到官後，塵緣世事，俱不介懷，唯以訪幽尋勝為心」。已滌靜塵心不為俗事所擾的蕭防，被召入仙境，與董雙成於仙境完成了一場華麗盛大的婚禮之後，再回到現實世界。自此之後，蕭防疏棄凡俗，了無仕宦之意，後又易服為道士求道。

〈華陽仙姻〉人仙戀故事背後，顯而易見的有宣揚道家思想的旨意。蕭防本為好黃老之書之人，當然也成為董雙成心目中具有「仙緣宿契」之人，董雙成因此親近他、幫助他，又讓他飲下百花醞，使他感受到「肌體紅潤，如三十許人」的道家長生之道的奧妙，一步步引導他邁向修身養性的得道之途。當董雙成和蕭防成婚之時，蕭防對於這段仙姻充滿了無限嚮往，防鞠躬致辭曰：「俗世從宦，久食腥羶，愁慾之火，燄於胸中。今得攀仙援，脫去塵緣，百生厚幸。」這正代表了蕭防已能充分領會道家修養之道的好處，加上經歷了仙境的美妙之旅，即便回到塵世間，蕭防也能自發地產生棄俗求道的強烈意識。仙女董雙成在文本中扮演的其實是一個引導有仙分宿契之凡人入道的輔助角色，透過一段人仙戀的短暫姻緣，董雙成帶領著蕭防一一體會道教精義與修道的美好，最後，終於引領他進入修道的境界。

同樣的，當蕭防回到現實界繼續他的人生修道之途，也得到了仙女董雙成的黃金饋贈，不過，和前述仍有凡心的男子相較，蕭防將仙女相贈之錢財「分惠貧親」，對身外之物毫不掛念的態度，更加貫徹了故事的宣道旨意。

（二）仙（神）女思凡——女仙（神）的情欲世界

據學者研究，中國古籍中的女神「是一群與愛情絕了緣的女神」，眾多女神如女媧為創世神，西王母是懲罰之神，精衛、天女魃，則是具有戰士的性格，她們以陽剛的形象出現，並且從未享有愛情生活。即便是有過婚姻、生育經歷的女神，如姮娥和女岐，不是選擇捨棄丈夫，就是能無夫而生子，過著純淨無欲的生活，神話裡，處處「透現著一股性壓抑的風格」。〔註26〕然而，

〔註26〕參見謝選駿，〈中國古籍中的女神——她們的生活、愛情、文化象徵〉，收入王孝廉主編、御手洗勝等著，《神與神話》（臺北：聯經出版事業公司，1988年3月），頁190～191。

這樣的情形卻在後世文人創作的大量志怪、傳奇小說中，有了顯著的突破，小說裡人仙（神）婚戀成為女仙（神）故事的大宗，文人作家莫不透過人仙（神）戀故事的寫作，反映世俗人心的渴望。〔註27〕

　　在上述宗教目的性之「變調的人仙（神）戀」中，嚴格說來，幾乎未涉及女仙（神）的情欲問題，如果有，也是以女仙（神）自薦枕席作為吸引凡間男子修道的誘因之一，故並未深入刻畫。然在另一類「仙（神）女思凡」的人仙（神）戀中，仙（神）女對情欲的渴望，則成為她們主動與男子結緣的因素，因此對於女仙（神）的內心世界也有較多的描述。以下依仙（神）女與男子發生愛情的地點，分「仙境仙（神）女」和「下凡仙（神）女」，來討論此類著重女仙（神）情欲問題之人仙（神）戀的結果和意涵。

1、仙境仙（神）女

　　本段主要是以《雲齋廣錄‧盈盈傳》一篇對照古代瑤姬之神話，來探討女仙（神）之情欲，及與女仙（神）在仙境中發生情愛關係之男性背後的心理意識。

　　《雲齋廣錄‧盈盈傳》〔註28〕是較為特別的一篇，特別的是此篇作者採第一人稱，自述於醉夢之中，被召入仙境遇仙女盈盈的奇遇。盈盈生前為娼女，然卻擁有出類拔萃的氣質與才性，她「十四善歌舞，尤能箏，喜詞翰，情思綿緻，千態萬貌，奇性殊絕，所謂魁魁煌煌，出類甚遠」。盈盈與王山（即文本中之「予」）遊，盈盈愛王山之詞，學詞於王山，「每花色破春，老葉下柯，閒幌涼月，青樓夏風，往往沈吟章句，多敘幽怨，流涕不足，久之忘歸，必援箏一彈。么絃孤韻，瞥入人耳，能喜人，能悲人」，盈盈就是這麼一個多愁善感、幽怨至極的女子。盈盈和王山相別後，屢寄傷春感時之詩、詞予王山，然兩人因故不得再見。一日，盈盈醉寢，夢王女命其掌奏牘，並交代母

〔註27〕如在六朝長期分裂、民生動盪不安的情況下，人生必須在另一個世界裡尋求補償，於是在人仙戀愛故事裡，創造出歡愉絢爛的境界，以滿足人類的欲求。同註7，第三章〈六朝異類姻緣故事的內容分析〉，頁119。又在唐傳奇中，唐士人透過人仙（神）戀，彌補或滿足與上流社會貴族女子婚戀的特殊時代心理。參見杜政俊，〈唐代愛情傳奇中的神鬼怪〉，《晉陽學刊》2003年第1期，頁74～75。

〔註28〕宋‧王山，《筆奩錄‧盈盈傳》，收於《雲齋廣錄》卷9，同註15，頁161～163。《雲齋廣錄》所載為原文，此篇亦見《夷堅三志己》卷1〈吳女盈盈〉，然所載經洪邁節略，非原文，且原文用第一人稱「予」，《夷堅志》改為第三人稱。同註2，頁121。

親異日當訪其於東山，不久即卒。王山遊泰山，作詩悼念盈盈，醉夢中，忽
有女奴相召，王山隨之進入仙境，和盈盈及眾仙女們共敘，懷古傷今，女仙
命其賦詩，王山不得辭，便和女仙們飲酒、賦詩相和。和盈盈共宿一夜後，
即與盈盈和眾仙女們泣別離開仙境，回到了現實界。

　　盈盈死後升天成為掌管奏牘的仙女，在仙境中，她召來王山，一了生前
無法和王山相見同遊的憾恨，同時也以詩寄託自己綿綿無窮之情思與幽愁，
盈盈之詩曰：

> 亂山無數水聲東，鶯弄花枝恰恰紅。愁見綠窗明夜月，一場春夢玉
> 樓空。

和王山於仙境的相會雖然稍稍彌補了生前的遺憾，及仙凡兩隔的相思之情，
不過短短一夜的歡愉，當緣盡願了之際，終得別離，到頭來仍是一場空。

　　另外，由王山遊泰山追憶盈盈時所作之詩，及盈盈在王山「昏醉惘然」
之中，召其入仙境以遂生前心願的情節來看，可見其和巫山之女「瑤姬」神
話的淵源。有關瑤姬女神的神話記載如下：

> 赤帝女曰姚姬（姚，瑤之假借字），未行而卒，葬於巫山之陽，故曰
> 巫山之女。楚懷王遊於高唐，晝寢，夢見與神遇，自稱是巫山之女。
> 王因幸之。遂為置觀於巫山之南，號為朝雲。後至襄王時，復遊高
> 唐。〔註29〕

> （瑤姬）曰：我帝之季女也，名曰瑤姬，未行而亡，封巫山之臺，
> 精魂依草，實為莖之，媚而服焉，則與夢期，所謂巫山之女，高唐
> 之姬。〔註30〕

結合以上兩段記載，可以知道瑤姬死亡之前仍是處女，她透過「精魂依草」
的方式，使懷有情欲想像者服下瑤姬之草，便可與瑤姬於夢境中幽合，瑤姬
藉此也實現了「未行而亡」的宿願。學者認為有關瑤姬女神的神話「在中國
神話中，是涉及愛情的珍稀片斷」，瑤姬是「一位多情的少女，只能在死後用
靈魂通過巫術去品味愛情」。〔註31〕然據上舉兩段文字，如果說愛情必須包括
心理情感和生理欲望的話，瑤姬所品味的或許並非是愛情，而是偏向生理欲

〔註29〕南朝梁・蕭統編，唐・李善注，《文選》卷19〈高唐賦〉注「巫山之女」引〈襄
　　　　陽耆舊傳〉之文。見《文選》（二）（臺北：文津書局，1987年7月），頁875。
〔註30〕宋・李昉等撰，《太平御覽》卷399引〈襄陽耆舊記〉，《景印文淵閣四庫全書》
　　　　（臺北：臺灣商務印書館1983年），第896冊，頁607。
〔註31〕同註26，頁183、185。

望的體驗和滿足，故「巫山雲雨」也成為後代男女歡會的象徵。神話中，女神相召，入夢幽會的情境創設，也為後世文人開啓了一條通過臆想的方式，進入仙境，滿足自我，盡享性愛歡愉的道路。〔註32〕

在〈盈盈傳〉中，已升天為仙的盈盈，難以割捨生前和王山相知相惜的情感，而召王山相會，雖然她和瑤姬一樣，也是為了了遂生前願望，不過，顯然在盈盈的願望裡，是以遂「情」為優先的。她的「情」，不僅是再見王山，兩人得以重溫於人間賦詩傳意的知音之情，同時由於王山的到訪，平日仙宮安靜閒逸的日子，終於有了調劑，和王山敘舊也是一個憶念往事、抒發人世情懷的管道。至於女仙（神）生理性欲的部分，文本中並未特別強調。反倒是王山在其憶念盈盈的詩中，用了「巫山神女」的典故，透露了他對與盈盈歡會的渴望，詩曰：「憶昔閑粧淡苧衣，一枝紅拂牡丹微。無端不入襄王夢，為雨為雲到處飛。」果然，王山先是於夢中見盈盈之詩，又被她召入仙境飲酒、和詩，享受眾家仙女的殷勤款待。由此看來，難道不也是作者王山在實現自己「巫山神女」之會的願望嗎？

2、下凡仙（神）女

思凡之女仙（神），除了有如上述把男子召入仙境了遂願望者，還有一類是女仙（神）下凡來，主動向男子自薦枕席者。她們所要滿足的是一時的欲望，更具體的說，女仙（神）下凡的目的，其實是在滿足與實現其本身對於心理和生理情愛欲望的渴望。然這類人仙（神）戀通常是以悲劇作結，學者歸納其原因，大致有三個：

一因「帝命有程」，神女不得不離去；二是「天機」泄露，被人發覺；
三是男子或其家人起了嫌疑，要存心加害。〔註33〕

仙（神）女離開仙界來到凡間，即預示著仙（神）女即將會遭遇到的阻礙與困難，女仙（神）之仙人身分遭受質疑，實是人仙（神）戀悲劇性結局的最主要原因。

凡是仙（神）女主動接近人間男子，而又未如前述之給予人間男子考驗者，男子由於太容易得到美麗天仙，反而會對此自動送上門的仙（神）女感

〔註32〕即如謝選駿先生所言：瑤姬神話的「重點是落在『媚於人』、『夢見人與神通』之類的世俗情感的宣洩上」。同前註，頁 191。

〔註33〕參見楊俊國，〈漢唐人仙戀小說模式的生成及意蘊〉，《安康師專學報》第 13 卷第 2 期（2001 年 6 月），頁 37。

到害怕與懷疑。如〈王子高芙蓉城傳〉〔註34〕之芙蓉城仙子周女來到王子高住處，〔註35〕周女語王曰：「我於人間嗜欲未盡，緣以冥契當侍巾幘，是以奉尋，非一朝一夕之分也。」王子高初懼而避之，不敢與之寢，然周女已脫衣而臥，兩人遂共寢。「天明周既去，衾枕之屬，餘香不散。自是朝去夕至，凡百餘日」。仙女周女自己表明來侍巾幘的目的，即因人間之「嗜欲」未盡，由文中可知，仙女的欲望包含了情欲和性欲，仙女為滿足自身的欲望，只能偷偷摸摸地朝去夕至，彷彿見不得人的鬼魂和妖魅般。後來因為王子高父親以其事奏上，周女唯恐自己的身分被發覺，只得悲傷含淚泣別，臨別前留詩云：「久事屏幃不暫閑，今朝離意尚闌珊。臨行惟有相思淚，滴在羅衣一半斑。」仙女對王子高的濃情密意，化作了點點相思淚，染濕了羅衣，可見多情周女心中被迫分離的苦痛。

　　周女猶恐仙人身分被發覺而暗自離去。然還有一些身分地位不高的小仙（神）女，甚至被誤認為鬼魅、妖異之類，而遭到法僧、道士的懷疑與制伏。如《茅亭客話‧勾生》〔註36〕中，勾生遊大聖慈寺，見寺中唐李洪度所畫之壁畫天女栩栩如生，即言：「但娶得妻如抱箏天女足矣。」並掐壁畫天女項上一片土，吞之以為戲。自是之後，每夜即有一明麗絕代的女子，引生狎昵。勾生因而神志癡散，天女也被當成魅惑勾生的妖怪。勾生家人令其服符藥，並設醮除妖，天女為此悲不自勝，自知不可久留，便說出自己愛慕勾生之情，並贈玉琴爪以為思念之物：

> （天女）曰：「妾本是帝釋侍者，仰思慕不奪君願，託以神契。君今疑妾，妾不可住。君亦不必服諸符藥，妾亦不欲忘情。」於衣帶中解玉琴爪一對曰：「聊為思念之物，君宜保愛之，自此永訣。」生捧之無言酬答，但彼此嗚咽而已。

壁畫天女只是一個帝釋使者，她沒有無邊的神力，以至於連她愛慕勾生，都要託以神契，才能親近勾生，以慰思念之情。天女被當成妖女來對待，使此

〔註34〕宋‧胡微之，〈王子高芙蓉城傳〉，《中國文言小說百部經典》第21冊，頁7605～7607。

〔註35〕蘇軾作〈芙蓉城〉詩，其引云：「世傳王迥子高與仙人周瑤英遊芙蓉城。元豐元年三月，余始識子高，問之信然。乃作此詩，極其情而歸之正，亦變風止乎禮義之意也。」《綠窗新話》卷上有〈王子喬遇芙蓉仙〉一篇，王子高訛作王子喬，仙女則作周瓊姬。然王子高遇芙蓉仙之事宋人頗傳，仙女皆作周瑤英，唯《雲麓漫抄》卷十作周瓊姬，東坡親詢王子高，故當以此為信。同註2，頁86～87。

〔註36〕宋‧黃休復，《茅亭客話》卷4〈勾生〉，《宋元筆記小說大觀》（一），頁423。

段人仙（神）戀愛終究以悲劇告終。天女不忍心勾生為此而神氣耗損、服符藥度日，然又無法忘懷勾生，於是臨走前贈物寄情，天女和勾生皆為此段終究無法結合的愛情悲傷不已。《投轄錄》中還有一篇〈賈生〉，〔註37〕也是神女愛慕人間男子，而為道僧所治的故事。賈生是個風姿美、富才情，又奉佛樂施的才子，賈生至京師為寺廟化緣，京城廟靈慕賈生風姿，即趁機邀約賈生於城西張園小圃置酒款待，而後廟靈即朝暮往來，與賈生於天清寺僧房幽會。賈生因此愈益瘦瘠，家人以為為鬼物所病，後有天臺僧道清以咒土治之，廟靈哭泣求饒，云：「我恃神力，以為無如我何，不知遭此，今得免，當洗心省咎，豈敢再至。」廟靈為道僧所治後，賈生身體亦漸安。

　　和〈勾生〉一篇不同的是，〈賈生〉的故事主旨在於宣揚佛教因果報應的觀念，賈生因奉佛好施而獲得道清為其解災除厄。拋開此一主題思想不談，兩篇中的仙（神）女，一位是帝釋侍女，一位是廟靈，她們在「神仙界」中的位階都不高，所以皆得依恃神力下凡來，才可達成心願。她們不像唐人小說中的后土夫人那樣威勢顯赫，不僅無法降福於愛慕的對象，甚至還因此造成了男子生理上的消弱、耗損，也因而被視為妖類、鬼物一流，遭到僧道術士降伏的命運。唐人小說之人仙（神）姻緣故事中，雖然亦有仙（神）女被疑為妖異，而使人仙（神）姻緣告終的結果，然女仙（神）被疑為妖異的原因和所遭受的對待，較宋代小說合情理，如〈韋安道〉之后土夫人和《玄怪錄・崔書生》之女仙玉卮娘子，皆因其超乎人間女性之美的絕世容色，及其與人間男性不告而娶的婚姻行為，而遭受男方父母的猜疑，最後女仙（神）只好涕泣而別，而故事尾聲總會補述上當男方家人發現婦人真為女仙（神）時，對自己將仙人帶來的好運及飛升成仙的機會白白斷送，而遺憾不已的情節。〔註38〕對照於唐代，宋人小說或許由於疏於情節經營，而造成千篇一律的男子形神消瘦，女仙（神）即被視為妖異遭治的情節，然此亦反映了宋人對人仙（神）姻緣此類浪漫事迹的態度，即宋人對人仙（神）遇合之事，不僅刻意壓抑了幻想與期待，甚至混同了仙（神）、鬼、妖的差別，而對人仙（神）遇合採取強烈的制止手段。〔註39〕

　　上述芙蓉城仙女、壁畫天女和廟靈，對於人間的愛情是充滿熱情與嚮往

〔註37〕宋・王明清，《投轄錄・賈生》，同註14，頁3865～3867。

〔註38〕同註3，頁107～110。

〔註39〕程毅中先生認為《茅亭客話・勾生》一篇，正反映了宋人對此類浪漫事迹的態度。然其未多加闡述。見氏著，《宋元小說研究》（南京：江蘇古籍出版社，1999年9月），頁44。

的，不過，也有女仙（神）只是單純為了追求性欲的滿足，而誘惑男子與之歡合。如《夷堅支庚‧江渭逢二仙》〔註40〕一文敘述建康士人江渭與友人遊於巷陌之中，見兩美人與侍妾五六人，全如內間裝束，美人頻頻視江渭，江渭及友人即尾隨之。二仙邀至杜家園中，二仙與江渭及其友人飲酒歡愜，酒過三巡，藉由二仙及侍女之一搭一唱，揭露了她們的真正目的：

> 一侍女曰：「天上月圓，人間月半，教人似月，正在今宵。不應留連飲酒。歌曲只能動情，未暢真情；酌醴只能助興，未洽真興。與其徒然笑語，何似羅帳交歡？」兩仙大悅曰：「小姬解人意。」即起，同詣一閣，對設兩榻，香煙如雲，各就寢。使妾掩帳，妾曰：「滅燭乎？」一曰：「好。」一曰：「留。」久之，聞雞聲，妾報曰：「東方且明，宜亟起。」倉惶著衣，就榻盥盤。相對傳觴，授以丹兩丸，曰：「服之可辟穀延年，別卜再會。」

二仙引誘江渭二人的目的，是為了與男子歡合，以滿足性欲的需求。由上文可知，二仙和侍女們經驗老到地進行著彷彿妓院般「送往迎來」的流程：飲酒作樂之後是羅帳交歡，交歡時刻，二仙對滅燭與否各有所好，然後，天明即起，授以延年丹藥而別。在身旁侍妾的體貼安排之下，二仙盡歡，而江渭二人自此也不食人間煙火，唯食水果而已。道士劉法師以為江渭二人精神索漠，非遇真仙，乃為之治之。原來此二仙為嘗列陳後主後宮的張麗華與孔貴嬪，道士念其於江渭二人不致深害而釋之。實際上，二仙並無加害江渭二人的行為，贈予的仙丹也只是延年益壽之用，文本中毫無任何跡象顯示江渭二人受到了迫害，只是由道士之口主觀的懷疑二仙的身分，而將二妃視為邪祟。〔註41〕

　　還有一個特別的例子，即《夷堅支庚‧花月新聞》〔註42〕中的劍仙，她的身分雖是女仙，但她亦具有「俠」的特質。故事中的劍仙為一神祠中的捧印女子，其塑容端麗，姜秀才於是戲解手帕繫其臂為定，後來劍仙果然因姜秀才之約而至其家。姜秀才上有母親，下有妻、子，劍仙入其家，不僅對內孝敬姜母至為謹慎，亦曉為妾之道，不離間姜秀才與其妻之情感，並與姜妻

〔註40〕宋‧洪邁，《夷堅支庚》卷8〈江渭逢二仙〉，同註20，頁6209～6210。

〔註41〕楊義先生認為該篇以茅山道士斥責二仙，也許是滲透了作者的歷史道德判斷。見氏著，《中國古典小說史論》（北京：中國社會科學出版社，1995年12月），頁220。

〔註42〕宋‧洪邁，《夷堅支庚》卷4〈花月新聞〉，同註20，頁6174～6175。《玉照新志》卷1〈太廟齋郎姜適遇劍仙〉一篇，故事略有異同，可參看。

和睦相處，歡如姊妹；對外則善於待人接物，經營良好的人際關係，如其於端午節一夕之間製彩絲百副，彩絲繡工了得，上頭之人物花草、字畫點綴歷歷可數，以此分送給族人親友，甚獲得族人的讚賞，稱之為「仙婦」。後來「罹姜母之喪，（劍仙）哀哭嘔血。姜妻繼亡，撫育其子如己出」。至此，劍仙的種種表現其實無異於一般擁有良好婦德、善於持家的「賢妻良母」形象。

不過，小說中「仙」和「俠」的形象融合在一起的特色是明顯可見的，如劍仙之絕色容顏及迅速精湛的製絲技藝，即為女仙的特色，又當劍仙預知自己因情感糾葛將有大厄，欲暫往它處避災，「出門遂不見」，又結尾時作者云女子「靖康之變，不知所終」，即說明了劍仙的神祕行跡，而如此神祕飄忽的行蹤則為「仙」和「俠」共有的特徵。另外，在情感處理方面，劍仙本與一男子綢繆，因遇姜秀才而遽然捨棄前一男子而從之，造成該名男子懷憤欲殺劍仙與姜二人。其在情感上放縱恣意，不受道德禮法規範的行徑，則顯現見出其「俠」的身分特質。

綜上所述，仙（神）女主動親近人間男子的原因，主要是未能忘情人間之嗜欲，於是仙（神）女們紛紛自薦枕席，和男子發生肌膚之親。實際上，此類仙（神）女思凡，並和男子共享雲雨之歡的故事主題，讓人不得不和中國古典詩歌辭賦之遊仙文學，及由遊仙主題向敘事作品之豔遇主題發展的文學傳統作連結。關於遊仙文學的內在意涵，康正果說道：

> 《楚辭》則繼《莊子》之後而添枝加葉……值得我們注意的是，在那些四處尋求神女的旅程中，神遊者反覆鋪陳的景象多為凡人最耽溺的樂事，如動人的音樂和所謂的「玉女」。我們知道，房中術本是眾多成仙術的一種，當房中書的作者許諾說，更多地御女最終可以成仙，遊仙文學同時也極力在快活神仙的生涯中填塞享用女色的荒誕內容。……由此可見，遊仙文學所歌詠的並非完全不食人間煙火的境界，它自始至終滲透了追求享樂的貪欲。〔註43〕

在遊仙文學向小說豔遇主題轉移的過程中，男性作家於作品中所滲透的享樂欲望有增無減，甚至在唐人張文成的〈遊仙窟〉中，性愛的享用即成為主要且唯一的旨趣，成仙得道的目的已不復存在。〔註44〕而在宋代文言小說的人

〔註43〕 見康正果，《重審風月鑑──性與中國古典文學》（臺北：麥田出版社，1998年4月），頁169。

〔註44〕 同前註，頁174。

仙（神）戀故事裡，修仙得道的目的和性愛享受之旨趣並存，使人仙（神）戀故事走出了更寬廣的道路。修仙主題和情欲主題的共存，或許也象徵著宋代文人在清淨恬淡的精神修養中，〔註45〕雖被壓抑，然卻無法忽視之生命最原始自然的性意識。〔註46〕

在男性作家和讀者心目中，和卑微、低賤之鬼、妖美女的主動造訪相較，美麗女仙（神）的青睞更能滿足他們自我肯定的美夢，和仙（神）女的纏綿歡樂，以及仙（神）女所帶來的一切屬於仙境中的美好事物，讓他們自覺擁有帝王神仙般的寵愛對待。在以第一人稱敘寫的〈盈盈傳〉中，更可看出男性作家創造出一個對自己深情款款，又為了遂願召己入仙境的仙女，一方面是附庸風雅、自抬身價，一方面是為滿足自我願望的創作意識。然而，當女仙（神）成為主動投懷送抱的「欲女」，基於男性心中對能力強悍女性的恐懼心理，〔註47〕故作者會刻意強調仙（神）女和男子有了性關係之後，男子形神之消瘦耗損，一方面以此自我警戒，一方面可以合理地懷疑女仙（神）或為鬼、妖的身分，並使之成為道士拷問、法術制伏的對象。這樣一來，她們楚楚可憐、卑微離去的形象，反而向女鬼、女妖靠攏，而和引領男性登仙求道的仙（神）女形象判然兩別。

二、人仙（神）戀以外的女仙（神）——指點迷津的權威者

在非人仙（神）戀愛的小說中，仙（神）女一樣和人間男性有接觸的機會，仙（神）女以其超凡的能力，尤其是在知識學問的涵養和文藝方面的才

〔註45〕唐宋道教在士大夫階層那裡，吸取了佛教禪宗哲理，突出老、莊養生思想，「主張以清淨空寂、修心復性養命，以自我修煉、自我完善來尋得內心平衡與外在理想實現」。見葛兆光，《道教與中國文化》（臺北：東華書局，1989年12月），頁250～251。

〔註46〕俞汝捷先生認為在志怪中的性愛故事，「作者真正關注的是人的欲望、人的命運。不論故事多麼奇詭荒誕，不可思議，實質都是人的性意識的外顯」。見氏著，《幻想和寄託的國度——志怪傳奇新論》（臺北：淑馨出版社，1991年4月），頁52～53。

〔註47〕康正果說道：「父權制的性別策略向來對男女各施行兩種不同的標準，按照男尊女卑的原則，凡在男子身上都被欣然認可的事情，在女人身上就成被禁止的事情。我們知道，房中術是為一夫多妻服務的性技術，因而它從養生學的角度肯定了男人多御女的益處，而對女人與更多的男人性交，則認為是有損於男人的事情。所以對男人來說，最大的性恐懼莫過於接觸性能力超常的女人。」同註43，頁62

華上，扮演一個教導與濟助男性的權威性角色，這樣的女仙（神）形象，和中國原始女神創世育人之權威性，及其所具有之護祐世人的慈母性，可以說是一脈相承的。〔註48〕此外，在宋代「重文」的特殊時代文化下，紫姑神由宋以前民間信仰之廁神，轉變為賦詩立成的文藝女神，並因此成為宋代文人崇敬與精神寄託的對象，紫姑女神的形象格外具有時代代表性。

（一）訓誡、教導的女仙（神）

也許是小說作者皆為男性，故其在創作女仙（神）故事時，與女仙（神）互動的對象也多半是男性，人仙（神）戀的故事固然是如此，接下來要談的女仙（神）教導或降福解禍的對象，也是以男性為主。基於崇拜神靈的心理，女仙（神）降臨，不論是給予嚴厲的訓誡，或是降福祛禍，總之，對人間男子而言，都是一種難得的際遇與福氣。因此，男性作家把故事的主人翁設定為男性，無非也是一種心理願望的反映。

《投轄錄・曾元賓》中，曾元賓有三子，一日幼子曾長翰於山谷間遇蓬萊島真仙，當他正因林間出現此番雍容華貴、宛若神仙的女子感到驚異不已時，真仙即表明欲師授曾家三兄弟的意願：

> 吾於君家有宿緣，不遠萬里而來，君之昆季三人久雖當貴，然未有不
> 學而自成者也。吾等博學談古，無所不至，欲師授汝等昆仲，以未知
> 汝家君可否耳。可以此言白父兄，如其可從，即於汝居之前山頂顛營
> 屋三室，几案之屬亦可略備，吾當擇日自赴。如不願從，亦無固必。

真仙預知曾家昆仲久當富貴，然未有不學而成者，博學多聞的真仙願意教導、督促曾家兄弟，前提是他們必須願意受教，並營室三間，備妥安心讀書學習的空間，如果曾家不願意的話，也不勉強。真仙的口氣和婉中帶有絕對的威權，她的威權展現在對浩翰學問的掌握與傳授上，「知識就是權力」這句話在小說中女仙（神）的身上，得到了最佳的印證。而人間男子面對主動表達欲教導之的女仙（神），自然而然地也會以恭敬學習的態度受教。自此之後，真仙日來夜去，對於曾家兄弟「教導日新，規矩峻整，小有違犯亦加樁楚」，真

〔註48〕過偉先生歸納中國女神之特色，其中提到了原始女神之原始性和權威性，如女媧以黃土造人、以石補天，而少數民族之女神，如密洛陀、薩天巴、阿嫫小貝，她們或以自己神秘的生育力，或以風、蜂、猿、蛤蟆等物質來創世育人，更具有原始性和女性權威性。此外，中國有眾多的母親神，她們兼有「創世女神、母親神、文化英雄神等多種神格」，其主要特色就是盡心盡力地保護子女、保護民族的慈母性。同註4，頁552、560。

仙確實扮演了一個嚴厲教導的角色。眞仙博通古今，又兼有揮翰盈紙的文學才華，舉凡詩、辭、賦、論、策、題皆難不倒她。此外，眞仙不僅作詩訓誡曾家兄弟，勸勉他們及時努力，〔註49〕凡有他人索詩即寓以勉勵、警醒之意，如曾家友人張彥忠大夫不信眞仙之過人才華，而謁之求詩，眞仙即作詩勉之曰：「忠心報國不辭難，竭盡英雄險阻間。孽寇生擒如拾芥，未饒三箭定天山。」眞仙滿腹經綸，在文學創作方面，又擁有極高的才華，其內蘊之精神氣度，更令虛心受教者敬仰不已。眞仙在此篇中的形象，儼然是個神聖的、具有眞才實學的訓誡、教導者。

又如《夷堅支甲・蔡箏娘》〔註50〕之仙女蔡箏娘，以塵緣未盡，而召來三年不食蒜韭與犬的陳道光，目的在警醒有仙材的陳道光，在動亂世局中不可墮落無紀。陳道光作絕句十首，遣詞用語之中對道家及列仙有譏毀之處，蔡箏娘悉令改之，命童子攜詩牌白日：

> 仙子謝君：「……劉、阮、太眞、列仙也。常相往還，君何訾詆之甚？
> 老子爲九天最尊，奈何輒斥其名？今爲易『老聃』二字爲『道家』，
> 『仙格劣』三字爲『苦輕肆』，『皆凡猥』三字爲『那眞實』。」陳悉
> 依其語，童遂去，且行且言曰：「人間文士輕薄，好譏毀人。」

雖然蔡箏娘主要是以道教仙人信奉尊崇道家的立場，對陳道光詆毀道家的部分感到不滿，而令其改之。不過，無庸置疑的是，女仙蔡箏娘正是以訓誡者的態度及形象面對人間男子。

在宗教學的領域中，學者細分道教女仙的兩個來源，一是由人修成之仙，是爲「人仙」；一是由神降生之仙，是爲「神仙」，「人仙」和「神仙」在仙傳中的形象是截然不同的。就女性「人仙」而言，基本上仍是籠罩在一個以男性爲主導的框架中，和凡人世界沒有兩樣；然到了「人仙」和「神仙」有所區別的仙傳裡，女性「神仙」，如老子的母親「聖母元君」成爲道教思想的傳授和規制者，仙界領袖「金母元君」（即爲「西王母」）成爲漢武帝成仙的施

〔註49〕蓬萊島仙女作詩戒曾家三子曰：「東晉生華氣，儒生頗好閒。所居得山堂，楹檻稍虛寬。森羅對草樹，晚暮清陰寒。灑掃布几席，氣體粗可安。圖書雖非多，亦足侈覽觀。望令述事業，細大無不完。高出萬古表，遠竊四海端。於中苟得趣，自可忘寢餐。勉哉二三子，及時張羽翰。母爲玩嬉戲，玩取一笑歡。壯年不重來，光景如流丸。」

〔註50〕宋・洪邁，《夷堅支甲》卷7〈蔡箏娘〉，《中國文言小説百部經典》第17冊，頁5755～5756。

教者，女神仙的地位基本上是崇高的。〔註51〕依此，女性「神仙」和「人仙」之不同，在於女「神仙」施教於男性的形象，使之突破男性框架的束縛，而和「人仙」有了明顯的區別。不過，就本段所舉宋人小說中成爲男性教導者之女仙（神），蔡箏娘本爲蔡眞人之女，故她顯然是「人仙」，然她依然成爲人間男性的「施教者」，這是否意謂著所謂「人仙」和「神仙」的區別在宋代已漸漸消泯，女性「人仙」也不盡然是處於凡間的男性框架裡？

（二）降福解禍的女仙（神）

葛兆光先生於其《道教與中國文化》一書中，談到道教在唐宋時期，在三種發展趨向中，有一支融合了佛教因果輪迴思想與儒家倫理綱常觀念，而發展出對世俗民心具有強大約束力的道教。他說：

> 在世俗民眾面前，道教成爲倫理規範與禮法制度的輔助力量，它與道
> 教原有的純迷信的儀式與方法迅速融匯合流，利用了人們心理上對鬼
> 神的迷狂信仰和倫理綱常觀念，成了束縛民眾的一根繩索。〔註52〕

就此支道教對世間人心的約束力而言，絕大部分是基於人們對鬼神的信仰，而「神仙」即爲道教信仰的產物，神仙因能爲人解禍降福，而獲得世人崇敬的信仰。故小說中濟助失意或落難男子的女仙（神）形象，或許就是因應時代道教信仰而產生。

當然，如果女仙（神）對於世人一律施福祛禍，即無法達到「善惡有報」的警世觀念，故女仙（神）有時得先扮演考驗、測試人性的角色，等到人間男子之品性通過仙（神）女的考驗，仙（神）女才會進一步替其消災解厄，

〔註51〕由人修成之仙，是爲「人仙」，如《列仙傳》和《神仙傳》之女丸、弄玉、毛女、西河少女、程偉妻、樊夫人等女仙，其「成仙過程往往有一個男性的背景」：由神降生之仙，是爲「神仙」，如唐末杜光庭之《墉城集仙錄》和元代趙道一之《歷世眞仙體道通鑑後集》中，對於「神仙」和「人仙」區分得很清楚，其中最重要的「神仙」是老子的母親「聖母元君」和仙界領袖「金母元君」（即爲「西王母」）。於西王母指導漢武帝成仙的情節中，「西王母顯然是主導者。帝王是人間最尊貴的角色，西王母的主導地位決定了她的尊貴是在人間的帝王之上。就西王母與漢武帝對話的形式而言，西王母顯然是施教者，而漢武帝是受教者」。另外，「西王母和她的女兒們的活動，還有其他來源於神的女仙們的活動，才最終創造了一個不受男性框架制約的女仙世界」。以上參見陳靜，〈道教的女仙──兼論人仙和神仙的不同〉，《宗教學研究》2003年第3期，頁33～39、54。

〔註52〕同註45，頁252。

如《括異志》之〈高舜臣〉和〈李參政〉兩篇。〈高舜臣〉〔註53〕一篇敘述仙（神）女降臨至高舜臣家，自願奉巾櫛，原本仙（神）女以為高家乃積善之家，打算降福於其家，然其仙（神）女的身分卻一再遭受高家人的猜疑，加上女仙（神）見其家宴客「烹牛為饌」，「暴惡之如是」。人性的猜忌和暴惡，使他們自己喪失了女仙（神）降福的機會。

而〈李參政〉篇中的主人翁則是通過女仙（神）的考驗，得到女仙（神）的降福。故事敘述李參政年歲已壯，尚為布衣。一夕，夜半讀書著文不寐，有二仙盛裝而來，與李參政飲酒、啜茗，談幽顯之事，如此三載。一日，二仙謂李曰：「與君款奉三年於茲矣，見君居常以禮自持，未省一言及亂，器識洪厚，終當遠到。」於是二仙決定為李參政解禍降福，李參政果得「歷清顯，入參大政，擁旄巨鎮而終」。女仙在考驗李參政之品性，並以其自律甚嚴而決定降福於他的同時，其實也是對世人一種道德化的點醒，這也體現了宋代道教融入儒家倫理觀念而形成約束力的宗教文化。

女仙（神）搭救有宿緣之男性的故事亦時有所見，如《墨莊漫錄・金華神記》〔註54〕即敘述妙齡金華女神於危急之際，替男子免禍的故事。故事中吳生與其姪南遊錢塘，一夕艤舟於岸，吳生獨坐舴上，忽見「有緋衣被髮持刃炬自竹林間出者，後引一女子，冠玉鳳冠，曳蛟綃文錦之衣，顏色甚麗，而年十八九耳」，此女叱緋衣者去，即登舟謂生曰：「見向來緋衣者乎？此君之夙仇也，而索君且數十年矣。乃今方得之，第以我故得免，不然，今夕君當死其手。」原來此女為金華神，與吳生有宿緣，故特來相救，使其免受緋衣者的威脅。金華神為吳生解危後，知吳生驚魂未定，因此故意戲弄之：

> 女子曰：「（略）今事已，我亦當去君矣。」遂去，不復返顧。生以
> 目送，至於林中不見。將掩關，忽睹女子坐其後，生大驚，女子笑
> 曰：「知君怯，故相戲，安有數十年睽索，一得邂逅而遽往者耶？」
> 遂相與入舟中，取酒共飲。其言諧謔，悉如常人。

女子雖為金華神，但她和人間十八、九歲的年輕少女沒兩樣，一樣有活潑俏皮、愛戲耍的性格，她知道吳生正驚魂未定，且懷疑少女不知是神還是鬼，好玩的她即趁機運用其「神伎」，頑皮地作弄了吳生。

〔註53〕宋・張師正，《括異志》卷8〈高舜臣〉，同註13，頁4398。
〔註54〕宋・崔公度，〈金華神記〉，收入張邦基《墨莊漫錄》卷10，同註14，頁4741
　　　　～4742。

金華神的「神性」除了表現在救助吳生免於危難，並於離開前警告吳生「不可終此行，恐復不濟也」的預言之外，其實小說文本中的少女金華神已被賦予了更多人間少女的特質，如上述的俏皮戲弄人，又當吳生由其口中得知自己差點死於緋衣者之手，更加驚駭不安時，金華神善良體貼地爲吳生披上金縷衣安撫他；而當天明，她作詩和吳生道別，詩云：「羅襪香消九九秋，淚痕空對月明流。塵埃不見金華路，滿目西風總是愁。」詩中透露了些許的少女情懷，或許是離愁，或許是情愁，也許是少女的「爲賦新詩強說愁」。總之，金華神並非是一個高高在上的女神，在她身上具有不少親切可人的「人性」。另外，〈金華神記〉中神女搭救人間男子的行爲，其實亦頗有俠女的俠義性格，再加上其活潑俏皮如人間少女，這似乎代表著宋代文言小說中，女仙（神）更具人情味的形象發展。

女仙（神）濟助人，或是預知禍事提醒人的故事還有《夷堅甲志·縉雲鬼仙》〔註55〕之鬼仙李英華以藥救人，並預知齊生之難，授齊生一柱香，焚之即相救；《夷堅乙志·九華天仙》〔註56〕之天仙作詞預知「來歲擾擾兵戈起」的戰爭災禍。這些故事不僅突出了女仙（神）的先知異能，同時也反映了女仙（神）救助、愛護世人的主題意涵。

（三）文藝女神——紫姑神

1、宋代以前紫姑神的悲劇性色彩

宋人筆記小說中，有不少關於「紫姑神」敏捷詩才的記載，以及宋代文人、士大夫請紫姑之事蹟，這是相當值得注意的一個民間女神形象。然而，紫姑神並非至宋代才出現的，早在六朝即見載於南朝宋劉敬叔之《異苑》卷五：

> 世有紫姑神，古來相傳云是人家妾，爲大婦所嫉，每以穢事相次役，正月十五感激而死。故世人以其日作其形，夜於廁間或豬欄邊迎之，祝曰：「子胥不在。」是其婿名也。「曹姑亦歸。」曹即其大婦也。「小姑可出戲。」捉者覺重，便是神來。奠設酒果，亦覺貌輝輝有色，即跳躞不住。能占眾事，卜未來蠶桑。又善射鉤，好則大舞，惡便仰眠。〔註57〕

〔註55〕宋·洪邁，《夷堅甲志》卷12〈縉雲鬼仙〉，《中國文言小說百部經典》第15冊，頁5071～5072。
〔註56〕宋·洪邁，《夷堅乙志》卷13〈九華天仙〉，同註23，頁5266～5267
〔註57〕南朝宋·劉敬叔，《異苑》卷5〈紫姑神〉，同註9，頁638。

原來紫姑本為一地位卑下，又遭主婦嫉妒害死於廁的侍妾，在天帝憐憫和世人的同情下，紫姑成了民間信仰之「廁神」。不過世人祭祀紫姑神依然是在穢臭的廁間或豬欄邊，而且是一年一次，在祭祀者有所求的情況下，為世人「占眾事」、「卜未來」，可見紫姑神的形象在宋代以前，仍舊未脫其悲劇性色彩。或許正如學者所言：「紫姑神話的出現和長期流傳，正是漫長的古代社會夫君、主母、侍妾三位一體的家庭秩序和主母掌握侍妾生死的道德觀念的『正當』證明。」〔註58〕紫姑枉死的悲劇，顯然未能為世人帶來具有正面意義的教訓。

2、宋代文人的寄託對象

宋代以前紫姑神只能視為一世人信仰的民間廁神，在文人眼中，她並不具有獨特豐滿的文學形象。到了蘇軾筆下，始賦予紫姑神一鮮明動人的女神形象。蘇軾《東坡續集》卷十二〈子姑神記〉中，自述和紫姑神見面之情景云：

> 其明年正月，丙又曰：「神復降於郭氏。」予往觀之，則衣草木，為婦人，而置箸手中，二小童子扶焉。以箸畫字，曰：「妾，壽陽人也，姓何氏，名媚，字麗卿。自幼知讀書屬文，為伶人婦。唐垂拱中，壽陽刺史害妾夫，納妾為侍書，而其妻妒悍甚，見殺於廁。妾雖死，不敢訴也，而天使見之，為直其冤，且使有所職於人間。蓋世所謂子（紫）姑神者，其類甚眾，然未有如妾之卓然者也。公少留而為賦詩，且舞以娛公。」詩數十篇，敏捷立成，皆有妙思，雜以嘲笑。問神仙鬼佛變化之理，其答皆出於人意外。坐客撫掌，作《道調梁州》，神起舞中節。曲終，再拜以請曰：「公文名於天下，何惜方寸之紙，不使世人知有妾乎？」余觀何氏之生，見掠於酷吏，而遇害於悍妻，其怨深矣。而終不指言刺史之姓名，似有禮者。客至，逆知其平生，而終不言人之陰私與休咎，可謂知矣。又知好文字而恥無聞於世，皆可賢者。粗為錄之，答其意焉。〔註59〕

在蘇軾筆下，紫姑神搖身一變成為讀書屬文、援筆立成，且又善舞蹈以娛人

〔註58〕見潘承玉，〈濁穢廁神和窈窕女仙——紫姑神話文化意蘊發微〉，《紹興文理學院學報》（哲學社會科學版）第 20 卷第 4 期（2000 年 12 月），頁 41。

〔註59〕宋・蘇軾，《東坡續集》卷 12〈子姑神記〉。見曾棗莊、舒大剛主編，《三蘇全書》（北京：語文出版社，2001 年 11 月），第 14 冊，頁 529～530。

的女神，更重要的是紫姑神以其豁達之生命觀，擺落了之前的苦情形象，成為一個雖有冤怨，而不怒責於人的有禮者，展現了雖有預知天機的神力，卻不輕易道破的智慧，並散發出卓然自信的生命光彩。〔註60〕蘇軾筆下的紫姑神形象，全然扭轉了其爲廁神之侍妾悲苦的文化象徵，且進一步使紫姑神成為宋代文人心目中崇拜的文藝女神。

有關紫姑神事蹟的宋代小說中，極爲一致地描寫其才思敏捷的詩文才華，如《夷堅支乙‧紫姑詠手》〔註61〕云紫姑詠美人之手「信筆而成，殊不思索，頗有雅致也」；《夷堅三志壬‧鄧氏紫姑詩》〔註62〕讚賞紫姑作聯句對「機警敏捷，了不抒思而成」；《夷堅三志壬‧紫姑白苧》〔註63〕之紫姑降世，書〈浪淘沙〉詞，「亦沖澹有思致」。在《夷堅》諸志裡，亦直接記載了紫姑神所作之大量詩詞，如《夷堅丁志‧紫姑藍粥詩》〔註64〕中，江楠以爲紫姑神作詩乃「後生僞爲之而託以惑眾」，故不信，紫姑神即以「藍粥」詩戲之；《夷堅三志壬‧鄧氏紫姑詩》錄紫姑詠物寫景之絕句；《夷堅支景‧西安紫姑》有其詠鵲、僧、紅牡丹之詩詞等。

紫姑神之文學才思因此成為宋代文人信仰、依賴的女神，他們認爲迎紫姑神，將有助於吟詩誦詞之文思、靈感，尤其是欲參加科舉考試的士子，更是誠心祝禱，期盼紫姑神能爲他們指點迷津。如《夷堅支戊‧方翥招紫姑》〔註65〕一篇，即敘述方翥將參加鄉舉，祈求紫姑神預先告知題目，然紫姑神以「天機不可泄」回絕，方翥再三禱請，乃書「中和」二字，雖未完全揭示考題，不過亦指引了方翥考試的方向。亦有紫姑神命中考題之事，如《夷堅三志‧鄧氏紫姑詩》中，鄧氏於科舉將行之前，誠心向紫姑神邀問試闈題目，紫姑答云：「經義賦論，吾悉知之，顧天機嚴秘，不容輕泄。姑爲預言省詩題慰諸君意。」乃書「秋風生桂枝」五字，果爲試題。又有參加科考之士子，

〔註60〕學者分析蘇軾之〈子姑神記〉，認爲紫姑神可視爲蘇軾烏臺詩案前後自我的化身，「蘇軾把民間廣泛流傳的形象不雅的女廁神作了自己移情對象，無意於對其進行一番化醜爲美的形象再塑工作，而著重於開掘其內心世界的厚度」。同註58，頁43。

〔註61〕宋‧洪邁，《夷堅支乙》卷5〈紫姑詠手〉，同註50，頁5832。

〔註62〕宋‧洪邁，《夷堅三志壬》卷5〈鄧氏紫姑詩〉，《中國文言小說百部經典》第19冊，頁6358。

〔註63〕宋‧洪邁，《夷堅三志壬》卷7〈紫姑白苧〉，同前註，頁6376。

〔註64〕宋‧洪邁，《夷堅丁志》卷18〈紫姑藍粥詩〉，同註50，頁5676。

〔註65〕宋‧洪邁，《夷堅支戊》卷2〈方翥招紫姑〉，同註20，頁6073。

向紫姑神請問何時可及第和未來仕途，〔註66〕這些故事皆充分反映了文人對紫姑神的依賴與崇敬。

除了文章詩賦才華以外，沈括《夢溪筆談‧紫姑》〔註67〕一篇所描寫的紫姑神多才多藝，堪稱宋代之文藝女神。如寫其善書法，「其書有數體，甚有筆力，然皆非世間篆隸。其名有藻牋篆、茁金篆十餘名」；又「善鼓箏，音調淒婉，聽者忘倦」；「醫卜無所不能，棋與國手為敵」。在眾多才藝中，作者似乎有意強調紫姑神於書法方面的精湛表現，此和前述〈書仙傳〉之專精書法的書仙形象，成為宋代女仙（神）之獨有特色。

正因為紫姑女神是宋代文人士子文藝才思之寄託、想望對象，而其背後又具有科舉考試之功利目的存在，〔註68〕所以，文人不暇也不敢對心目中崇拜的女神，有任何情欲色彩的非分之想，故紫姑神在小說中，甚少有其形容外貌之具體形象的描繪，如《夢溪筆談‧紫姑》中，王綸家迎紫姑，形容紫姑女神外貌以「頗清麗」一語帶過，「其家亦時見其形，但自腰以上見之，乃好女子；其下常為雲氣所擁」，紫姑神形體為雲氣遮蔽，無法全為人所見的形象，也為紫姑神蒙上了一層神祕面紗。對於紫姑神外貌描寫較多的應是《夷堅志補‧鄭明之》〔註69〕一篇，文中是如此形容紫姑神的：

> （紫姑神）乃娟然一美女子，容儀端秀，衣碧霞之衣，綰堆雲之鬢，
>
> 白玉搔頭，光豔照人，殆不可正視。

這一段敘述，描寫較為清楚的是紫姑神之妝扮，對其具體五官容貌並未詳述，原因即在於紫姑神之神性光芒，使人不可也不敢正視。綜合上述，紫姑神為一面貌清麗之女子，其身旁環繞著氤氳雲氣及四射光芒，具有可望不可即之朦朧神祕美。表示在宋代文人心目中，紫姑神的確是一個能為他們指點迷津，

〔註66〕 宋‧洪邁，《夷堅支乙》卷2〈吳虎臣夢卜〉載吳虎臣奉紫姑神甚謹，紫姑神每言事多驗之事蹟。同註50，頁5804。

〔註67〕 宋‧沈括，《夢溪筆談》卷21〈紫姑〉，同註18，頁129。

〔註68〕 潘承玉認為宋文人崇尚紫姑神的意義代表著其對詩文藝術迷狂之反映，且此種迷狂帶有強烈的功利色彩。同註58，頁44。另外，也有學者提到宋代紫姑神之文士化，和宋代科舉選官制度確立，知識分子熱衷於仕途追求的社會因素有關。文人以求神問卜來預知個人前程是很自然的現象，於是長於占卜之紫姑神也因此受到文士的高度關注，最後並成為才藝俱全的文人理想化形象。參見賈二強，《唐宋民間信仰》（福州：福建人民出版社，2002年10月），頁140～141。

〔註69〕 宋‧洪邁，《夷堅志補》卷13〈鄭明之〉，《筆記小說大觀》8編5（臺北：新興書局，1975年），頁2582～2583。

卻又高不可攀的女神。

漢魏六朝至唐代，對於女仙（神）本身形象的刻畫，主要停留在容貌、妝飾等外在形貌的描寫，然於宋代文言小說中，我們可以發現不論是人仙（神）戀之引人修仙向道之女仙（神），或是人仙（神）戀以外為人指點迷津之女仙（神），在她們身上有一種漢魏六朝及唐代小說中之女仙（神）未曾擁有的特色，就是宋代女仙（神）所獨具的文學才華和學問涵養。宋代女仙（神）之所以會有如此前所未有、獨樹一格的嶄新形象，和宋代崇文尚儒的時代特色有關。宋代科舉取士注重詩賦、策論、經帖等科目，參與科舉的士子必須具有淵博的文化知識，於是他們便從小說的閱讀中，汲取廣博的知識見聞，即如趙維國先生所云：

> 宋人閱讀小說的目的，不僅為了娛情，而且為了從中吸取有用的文化知識。由於宋人過於重視經、史、子、集的學術修養，他們閱讀小說時並不太看重小說是否有「情致」，而是注重其中的內容是否豐富，是否能夠博聞廣見，是否具備知識性。〔註70〕

重視小說文化、知識傳播的閱讀期望，也反過來影響宋人的小說創作，因此小說創作者，除了努力在小說實質內容上達到「資治體、助名教、供談笑、廣見聞」〔註71〕的目的與效果外，也意外地深化了女仙（神）的內在精神層次。將小說中「高人一等」的女仙（神），塑造成具有深厚學術涵養及高超文藝才華的豐富精神內涵，讓女仙（神）在棄俗修道的引領，或是人生仕途的指點、教導，甚至是如紫姑神般，幫助文人士子在腸枯思竭之際，忽然下筆如有神，這對於對知識學問和文藝創作靈感極度渴求的文人士子而言，皆充滿了極大的吸引力與說服力。

此外，值得一提的是女仙（神）在書法方面的突出才華，如書仙、紫姑神、鬼仙李英華等皆是精擅書法的女仙（神），書仙對翰墨的鍾情與熱愛，紫姑神兼擅數體的筆力與才氣，鬼仙李英華「窗壁題染，在在可錄」，這在開展出「尚意」的書法精神，並出現「蘇、黃、米、蔡」等代表書法藝術美學價值的宋代，尤具意義。宋人對本朝書畫感到自豪，文人也大多能鑽研書法藝術，舞文弄墨一番，由此看來，小說中女仙（神）豐厚的文藝、學問素養，

〔註70〕見趙維國，〈論宋人小說的創作觀念〉，《中州學刊》2001 年第 6 期，頁 58。
〔註71〕宋·曾慥，〈類說序〉，曾慥編纂，王汝壽等校注，《類說校注》（上）（福州：福建人民出版社，1996 年 1 月），頁 1。

亦可視為宋代文人對自我內在理想的一種投射，因此，女仙（神）的形象，在宋代也有了「文人化」的趨向。

第二節　宋代文言小說中的女鬼

　　中國古代文化中，始終相信著「死而不亡」的靈魂信仰，「古人是以魂魄來指稱死後的存在」，〔註72〕人死後以「靈魂」或「魂魄」的存在形式繼續「活著」，以各種方式和人世相涉，並且保有生前的感知與需求，甚至具有較生前更強的力量，以禍福人間。〔註73〕因此，宋代有關女鬼的小說中，除了少數無涉女鬼生前的記憶外，多數女鬼則帶著生前未了之恩怨情仇，藉著「鬼魂」這樣一個幻體，繼續在人世間彌縫缺憾，尋求生命出口。

　　本節將有關女鬼的故事，依情節內容分成「亂世與命運的苦難烙印」和「人鬼間的愛恨情仇」兩部分來討論。於「亂世與命運的苦難烙印」一段中，論述在生前經歷五代亂世遭遇，成為「歷史見證的女鬼」所泣訴的歷史悲歌，以及承受命運無情對待、未得善終之「尋求護助的女鬼」；在「人鬼間的愛恨情仇」一段裡，則分為徘徊於情愛糾葛中「難捨前緣的深情女鬼」，為實現個人心願之「亡而復生的女鬼」，和生前受欺、遭人背恩負義，死後挾怨報復的「復仇女鬼」三類來討論。

一、亂世與命運的苦難烙印

　　於亂世中，女性所承受的苦難更是深重，宋代文言小說中有一部分的女鬼，其身上所承載的正是亂世和命運不可磨滅的苦難烙印。生前身世遭遇的悲慘及不得好死的冤屈，在她們身上烙印下歷史及個人深刻的苦難，她們一方面自述亂世悲慘遭遇，成為歷史的見證者；另一方面，女鬼生前之苦難和冤屈愈是深重，使她們愈是渴望重生的自由，然而，原即未能善終的憾恨與冤情，使她們必須尋求男性的護助，才得以申冤和安葬，而女鬼往往在尋求男性護助的過程中，則又再次遭受身心的摧殘。此類故事更是深刻反映了女性在父權社會下，所承受的深沈苦痛。

〔註72〕見康師韻梅，《中國古代死亡觀之探究》（臺北：國立臺灣大學出版委員會，1994年6月，國立臺灣大學文史叢刊），頁154。
〔註73〕關於中國古代死亡觀中死而不亡的靈魂信仰，詳見康師韻梅著作。同前註，第四章〈死而不亡的信仰〉，頁128～180。

（一）歷史見證的女鬼

既然靈魂的存在是一種生命的延伸，人死後，魂魄也仍保有生前的感知與需求，那麼，特別是亂世冤魂，便成爲歷史記憶的載體。通過冤魂口述生前的亂世命運遭際，即是一種歷史的見證。李劍國先生觀察唐、宋傳奇，他注意到此類透過「亡靈」來回憶歷史、批判政治的故事題材，特別把關注的眼光投向了婦女，尤其是皇帝後宮嬪妃等有著特殊身分的女子。〔註 74〕由於小說敘事策略的運作，這些和歷史、政治關係密切的女性，並非全然地被敘述著，有時反而化作鬼的身分，成爲史家的代言者，由她們口中來重構當時的歷史圖景。關於以後宮女鬼來陳述歷史的特殊意涵，學者有深入的論述：

> 后妃嬪御關聯著帝王，帝王關聯著王朝興廢。歷史的書寫從來就是王朝興衰史的書寫，於是她們便成爲唐宋傳奇作家切入帝王政治的一個視角，透過她們深入帝王政治的核心，探尋帝王的腐敗、後宮的罪惡、王朝的敗滅。此間她們的命運受到作家的特別關懷，因爲她們的命運和帝王政治、帝王命運、王朝命運密切相連，在爭寵、爭嗣的殘酷鬥爭中，在帝王和王朝敗滅的歷史動盪中，她們常常成爲犧牲品。……而當遭逢國家喪亂時她們的命運也常常比帝王不幸。……她們的個人悲劇也是王朝悲劇，因而較之普通女子更具悲劇力量。〔註75〕

除了因爲女性於亂世中所遭受的身心磨難更爲深重之外，後宮嬪妃的命運和帝王、國家之興亡是一體的，透過她們的親身遭遇，更能揭發歷史的眞相與悲劇。《青瑣高議》中〈范敏〉、〈西池春遊〉之女鬼是後宮女子，〈越娘記〉之女鬼是平民女子，這些故事內容的一部分，即是透過女鬼自述身世遭遇，來反映五代亂世亂象爲女性帶來的深刻苦痛，並藉此沈痛地批判五代帝王之荒淫亂政。

〈范敏〉〔註 76〕一篇中，范敏夜行失路，遇樵者留館休憩，於樵家見女鬼李氏，李氏「高髻濃鬢，杏臉柳眉，目剪秋水，唇奪夏櫻」，擁有豔麗姿色的她爲後唐莊宗之內樂笛部首。李氏爲范敏吹笛，以笛侑酒，范敏甚愛之，兩人即由後唐莊宗好橫笛的話題切入，由李氏自述於宮中所見，呈現了後唐

〔註74〕見李劍國、美・韓瑞亞，〈亡靈憶往：唐宋傳奇的一種歷史觀照方式〉（下），《南開學報》（哲學社會科學版）2004 年第 4 期，頁 105。

〔註75〕同前註。

〔註76〕宋・劉斧，《青瑣高議》後集卷 6〈范敏〉，同註 12，頁 4784～4788。

莊宗李存勖「縱心歌舞」，以致國家敗亡之史實：

> 妾在宮中六年，備見始末。……（帝）自言：「一日不聞樂，則飲食不美，忽忽若墮諸淵者。」或輒暴怒，鞭箠左右。惟聞樂聲，怡然自適，萬事都忘焉。晝夜賞賜樂人，不知紀極。妾民間有寡嫂，時進宮來見妾，具言官庫皆空，人民饑凍，妻子分散。妾乘暇常具言如此，帝默然都不答。後河北背反，帝大懼，令開府庫賞軍，庫吏奏：帛不及三千疋，他物及寶亦不及萬。乃斂取富民後宮所有，以至宮中裝囊物，皆用賞賜兵馬。其得疋帛，或棄之道路曰：「今天下徨徨，妻子離散，安用此也？」帝知士卒離心，勉強置酒，令妾吹笛。笛音嗚咽不快，帝擲杯掩面泣下。翌日，帝出，兵亂。帝引弓抗賊，郭從謙蔽後，射中帝腰腹。帝拔矢入後宮，殿門隨關。帝急求水飲，嬪謂上腹有箭血，不可飲水。乃取酒進。帝飲酒，復嘔出。帝怒曰：「吾悔不與李源同行。」大慟，有頃，帝崩。兵大亂，入後宮，妾爲一武人挈至此。今思舊事，令人感慟。

李氏於宮中擔任內樂笛部首，和喜好樂聲之後唐莊宗，必然有許多近距離接觸的機會，透過李氏所述莊宗之一言一行，生動眞實地反映了帝王極端享樂無道的行爲。後唐莊宗爲了自身的喜好與享樂，出手大方地晝夜賞賜能帶給自己歡樂的樂人，然而，對李氏口中所述之生靈塗炭的苦難老百姓，卻不聞不問。當官兵叛亂，莊宗企圖亡羊補牢，然爲時已晚，「士卒離心」的結果，終於釀成國禍身亡的悲劇。李氏只是一個微不足道的宮中樂人，然在有機會扭轉歷史的那一刻，她向莊宗陳述民間疾苦的情形，企圖喚起帝王的責任與良知，也算是盡了勸告之力。更重要的是，李氏親身經歷帝王逸樂禍國，導致自身爲武人田將軍挾持爲側室的悲慘命運，最是突出後宮女子於國家喪亂時，無法掌握自身命運的痛苦與不幸。男鬼「巨翁」作詩贈李氏，正是李氏心情的寫照，詩云：

> 一聲吹起管欲裂，竅中迸出火不滅。半夜蒼龍伸頸吟，五湖四海波濤竭。自從埋沒塵土中，玉管無聲寶篋空。今日重吹舊時曲，幾多怨思悲秋風？此意無心伴寒骨，夢魂飛入李王宮。

李氏生前於宮中，想必亦是深受後唐莊宗的寵愛，死後爲鬼，又受到男鬼田將軍的威脅逼迫，不得自由，生前死後的強烈對比，讓人不勝欷歔。而和書生范敏的短暫纏綿，也只有令李氏更加感傷悲痛，恨不得回到往日李王宮中，

那曾經充滿樂舞與歡樂的日子。

《青瑣高議・西池春遊》〔註77〕雖是一篇人狐相戀的故事，然中間有一段侯生向女鬼王夫人詢問五代梁太祖亂倫醜聞事件的插敘，身為當事人梁太祖兒媳的王夫人，即控訴了梁太祖強勢霸佔自己的惡劣行徑。王夫人云：

> 高祖之醜聲傳千古，至於今日，妾一人安能獨諱之？妾自入宮，最承顧遇，妾深抗拒，以全端潔。高祖性若狼虎，順則偷生，逆則速死。高祖自言：『我一日不殺人，則吾日昏思睡，體倦若病。』

據《新五代史》記載，梁太祖朱溫「自張皇后崩，無繼室，諸子在鎮，皆邀其婦入侍。友文妻王氏有色，尤寵之」。〔註78〕性情殘暴荒淫的梁太祖，後來為兒子友生（友珪）所殺，〔註79〕原因和他的荒淫亂倫脫不了關係。〔註80〕王夫人深受其害，梁太祖於其身心所留下的傷痕，想必是令她痛苦萬分的。王夫人親身體驗了梁太祖如狼虎般的兇殘性格，並見證了一段兒子弒父的血腥歷史，因此，她對梁太祖的嚴厲批判更顯得真切有力，王夫人云：

> 吁！高祖本巢賊之餘黨，不識□□度宮□□濁亂□自貽大禍，今日思之，亦陰報也。妾親見逼唐昭宗遷都，皇后乳房方數日，昭宗親為詔請高祖，高祖不從，昭宗竟行。帝所為他皆類此。

王夫人乃一婦人輩也，更何況她是梁太祖兒媳，又深受太祖寵愛，本不該自揭家人瘡疤，若非梁太祖真是暴虐無道、罪大惡極，王夫人不會做出如此沈痛強烈的評判，由其口中道出梁太祖因濁亂而自貽大禍，恐怕是再真切不過的批判了。

上述之曾為後宮女子的女鬼李氏和王夫人，為五代帝王荒亂無道以致禍國殃民的最佳見證者，而〈越娘記〉〔註81〕之民女越娘，則以其悽慘的逃難經歷，反映了五代動盪不安的局勢，以及亂世中，人民所遭受的苦難。小說

〔註77〕宋・劉斧，《青瑣高議》別集卷1〈西池春遊〉，同註12，頁4827～4835。
〔註78〕見楊家駱主編，《新校本新五代史》1（臺北：鼎文書局，1976年11月）卷13〈梁家人傳第一・博王友文〉，頁137。
〔註79〕據史書記載，王夫人之夫為友文，排行第二，為朱溫之養子，朱溫特別喜歡這位養子，打算把王位傳給他。同前註。友文底下則是郢王友珪，即〈西池春遊〉中之友生。
〔註80〕五代・孫光憲著，林青、賀軍平校注，《北夢瑣言》（西安：三秦出版社，2003年1月）卷17〈梁祖張夫人〉云：「（梁太祖）及僭號後，大縱朋淫，骨肉聚麀，帷薄荒穢，以致友珪之禍，起於婦人。」頁268。
〔註81〕宋・錢易，〈越娘記〉，收入《青瑣高議》別集卷3，同註12，頁4843～4848。

裡，透過女鬼越娘和楊舜俞的對話，陳述的不僅是越娘個人的不幸遭遇，更是整個五代不忍卒睹的哀慟歷史：

> 舜俞曰：「子之夫何人也，而使子流落如此？」婦人容色淒愴，若不自勝，曰：「妾非今世人，乃後唐少主時人也。妾之夫奉命入越取弓矢，將妾回。良人爲偏將，死於兵。時天下喪亂，妾爲武人奪而有之。武人又兵死，妾乃髡髮，以泥塗面，自壞其形，欲竄回故鄉。晝伏夜行，至此又爲群盜脅入古林中，執爨補衣。數日，妾不忍群盜見欺，乃自縊於古木，群盜乃哀而埋之於此。不知今日何代也？烟水茫茫，信耗莫問，引領鄉原，目斷平野，幽沉久埋之骨，何日可回故原？」

五代由唐天祐四年（907）朱溫篡唐建梁至後周顯德七年（960），短短的五十多年間，更換了五個王朝，改朝換代之速，天下豈能安定？五代人民實長期處於戰亂逃難的流離生活中。這樣流離失所的社會亂象，對於婦女的磨難最是深重，在動亂局勢的逼迫之下，她們無法做一個安於室的妻子和母親，而是必須和其他人一樣顛沛奔波，甚至得晝伏夜行、易服逃竄，不幸者即如越娘和前述之李氏般，爲武人、盜賊所掠，成爲男性的俘虜，從此失去了人身自由，而如越娘受不了賊人虐待，或爲了全一己之貞節而自縊身亡者大有人在。即使已化爲鬼魂，每憶及過往，對她們而言，仍是身心的劇痛，無怪乎越娘「容色淒愴，若不自勝」，李氏思舊事而感慟哭泣，王夫人「愁慘吁嗟」，而王夫人之侍兒以爲「異代之事言之令人忿恨」，亂世之苦難深深烙印在她們心中，是無法輕易磨滅的。

越娘接著又敘說當時社會民不聊生、朝不保夕的動盪不安狀況：

> 所言之事，皆妾耳目聞見；他不知者，亦可概見。當時自郎官以下，廩米皆自負，雖公卿亦有菜色。聞宮中悉衣補完之服，所賜士卒之袍袴，皆宮人爲之。民間之有妻者，十之二三耳。兵火饑饉，不能自救，故不暇畜妻子也。穀米未熟則刈，且慮爲兵掠焉。金革之聲，日暮盈耳。當是時，父不保子，夫不保妻，兄不保弟，朝不保暮。市里索寞，郊坰寂然，目斷平野，千里無煙。加之疾疫相仍，水旱繼至，易子而屠有之矣，兄弟夫婦又可知也。當時人詩云：「火內燒成羅綺灰，九衢踏盡公卿骨。」古語云：「寧作治世犬，莫作亂離人。」

越娘爲身處大宋盛時的楊舜俞，重構了五代亂世圖景，當時的情況連政府官

員、公卿士族皆衣食不保，更何況民間老百姓，百姓基本生理需求無法維持，自然連帶的倫理道德、社會秩序也蕩然無存，民間易子而食，父子、夫婦、兄弟的關係名存實亡，「天災人禍」造成無止盡的苦痛。對照於楊舜俞向越娘歌詠的大宋治平盛世，越娘所言之古語「寧作治世犬，莫作亂離人」，正是深刻經歷亂世之後，五代人民悲切、無奈的集體吶喊。

　　李劍國先生指出「亡靈憶往」是唐宋傳奇作家對歷史的一種觀照方式，「作家們之所以要假託亡靈，其中一個原因便是爲了自由地陳述、評價歷史，抒發情感」。〔註82〕此爲小說家敘事策略運用的問題，然本論文欲探究的是：小說家假託女性亡魂來評述歷史，對女性形象塑造而言，有什麼樣的意涵？程毅中先生曾提到〈西池春遊〉中，王夫人講往事一段，顯得遊離於故事之外，然他又注意到王夫人敘述往事的內容很像《五代史》講史之話文。〔註83〕的確，王夫人講述友生（即友珪）弑父一段之歷史，幾乎全以梁太祖與其兒子等人的對話構成，王夫人即好似一人分飾多角的說書人，講述起來頗有臨場生動眞實之感。此外，李氏和王夫人在敘說後唐和後梁歷史時，即如皇帝身旁的貼身史官一樣，既記言又記事，甚至連帝王之內心想法、帝王掩面泣下、帝王怒不可遏的細節，都鉅細靡遺地描述出來。作者賦予這些女鬼重述歷史的力量，〔註84〕除了因爲她們本身就是帝王亂政的受害者，由她們敘說親身遭遇更眞實親切外，女鬼成爲帝王貼身的觀察者、記錄者，即意味著以往只有史官才能書寫的歷史，在宋代文言小說家之筆下，地位卑下的女鬼也擁有了如史官般敘述歷史、評價歷史的權力與力量。

（二）尋求護助的女鬼

　　在祖先崇拜的宗教觀念下，人死爲鬼，最終的理想歸宿，就是能夠接受後世子孫繼續祭祀的「祖先」。〔註85〕不過，文言小說中，一些爲人側室、地

〔註82〕同註74，頁103。

〔註83〕同註39，頁95〜96。

〔註84〕就李劍國先生所考察唐宋關於「亡靈憶往」的十二篇傳奇來看，宋代六篇之中，有四篇是以女鬼（即本論文所探討〈范敏〉、〈西池春遊〉、〈越娘記〉）或女仙（秦醇〈溫泉記〉）爲述說歷史的主角，此現象頗值得注意。參見李劍國、〔美〕韓瑞亞，〈亡靈憶往：唐宋傳奇的一種歷史觀照方式〉（上），《南開學報》（哲學社會科學版）2004年第3期，頁3。

〔註85〕呂理政先生說：「完整喪禮的過程乃是鬼靈成爲祖先的轉換儀式。鬼靈是新喪未葬者所處的暫時情境，……喪事告畢，神主進入祖龕，永享子孫祭祀。」見氏著，〈鬼的信仰及其相關儀式〉，《民俗曲藝》第90期（1994年7月），頁

位低下之婢妾，她們因為受到主人寵愛而遭主婦嫉妒殺害，屍體遭到隨意遺棄之事屢見不鮮；另外，在亂世裡，也常常有獨自逃難，慘遭賊人欺負遇害的婦女枉死。令人悲痛的是，不論是受妒遇害或是亂世遭欺，此兩種情形也往往同時發生在下層女性身上。這些冤死又不得安葬的女鬼，由於本身苦難不幸的遭遇，家人親屬也早已流離失所，無法互通信息，當然也就成為無人祭祀的孤魂野鬼。

於是，這些死於非命、不得安葬的女鬼，只能流連於荒郊野外，烙印於其身上的苦痛傷痕，積壓於其心中的深重怨念，使她們必須尋求有力男子的蔽護與幫助，一方面藉此申冤，一方面請求男子為其埋骨安葬，以脫離前世之苦痛，投胎轉世重生。

如《夷堅甲志・解三娘》〔註86〕之解三娘亂世失身、又遭主婦嫉妒虐待而亡，她可以說是廣大命運多舛之下層女子的代表。解三娘鬼魂每夜於館內哭泣，在等待了三十年後，終於遇到地神告知得以申冤的趙豐將軍。趙豐為不畏鬼的正義之士，三娘即夜出散髮立於趙豐面前，向他訴說自己的冤情：

> 妾乃解通判女三娘者也，名蓮奴。本中原人，遭亂入蜀，失身於秦司茶馬李忢戶部家，實居此館。李有女嫁郡守馬大夫之子紹京，以妾為媵，不幸以姿貌見私於馬君。李氏告其父，杖妾至死，氣猶未絕，即命掘大窖倒下妾尸瘞之。今三十年矣。幸將軍哀我，使得受生。

亂世中，落難的美貌女子遭受男子的脅迫、欺凌是屢見不鮮的案例，三娘失身為妾，地位卑下的她只得任人蹂躪，不僅李戶部、馬郡守之子兩位男性輪番凌辱她，即使同樣身為女性的主婦李氏，也為了要捍衛自己的地位，而成為謀殺三娘的共犯。在權力層層相屬的社會階級中，身為女性，又為人妾的解三娘，永遠是威權施展的「眾矢之的」。由三娘所訴之冤屈，反映了亂世中，女性的非人遭遇。在三娘的申訴之下，趙豐為其召僧誦佛書、作荐事，又為其奔走取骨重葬之事，三娘遂得重生。《青瑣高議・葬骨記》〔註87〕亦為類似的故事，女奴謝紅蓮為人側室，為主婦所嫉而殺之，不得往生，紅蓮求助於當時之貴顯正人衛公，衛公為其尋骨安葬，紅蓮感激道謝而往生。

如解三娘和謝紅蓮般尋得正人君子幫助而重生的女鬼，至少能稍稍撫平

156～157。
〔註86〕宋・洪邁，《夷堅甲志》卷17〈解三娘〉，同註55，頁5121～5123。
〔註87〕宋・劉斧，《青瑣高議》前集卷1〈葬骨記〉，同註12，頁4646。

內心的傷痛。然而，尚有許多女鬼的重生之路，既曲折又漫長，其魂魄甚至操控於男性手中，再度落入痛苦的深淵中。即如《青瑣高議・越娘記》之越娘，她因亂世遭欺，自縊而亡，魂魄不得歸故原，遇上楊舜俞，自曝為鬼魂之實，並託楊舜俞為之埋骨改葬。舜俞慕越娘出世之容色，又見其敏慧，隨口占詩有詩才，於是允其所託，如法安葬。原本衣裙襤褸，背燈而坐，臉無鉛華、首無珠翠之飾的越娘，埋骨改葬後，「衣服鮮明，梳掠豔麗，愈於疇昔」，更進一步觸動了楊舜俞的色欲之心，越娘也為感念楊舜俞之恩德，而以身相許。然越娘深知人鬼殊途，陰陽媾合，將有損於舜俞，欲和他道別，可是楊舜俞卻以「吾方眷此，安可議別？人之賦情，不宜若此」的強勢態度強留越娘，並要求越娘每夕必至。可憐的越娘彷彿成為楊舜俞發洩情欲之禁臠，舜俞因此臥病，她依然每夜服侍湯藥，等到舜俞稍安之後，越娘才離去，不復再現。楊舜俞因思念越娘至深，轉而忿恨至切，他自恃對越娘有恩德，以為即有操控越娘的權力，當其權力無法施展產生作用時，便轉而採取另一種「權力」的施展，於是又伐越娘之墓，又和道士作法鞭撻之。越娘受不了楊舜俞的卑鄙行為，由感念之心轉為忿怒之情，於是對楊舜俞大詬曰：

> 古之義士葬骨遷神者多矣，不聞亂之使反受殃禍者焉。今子因其事反圖淫欲，我懼罪藏匿不出，子則伐吾墓，今又困於道者，使我荷枷，痛被鞭撻，血流至足，子安忍乎？我如知子小人，我骨雖在污泥下，不願至此地，自貽今日之困。

越娘生前已多磨難，死後為鬼，尚逃不過身體的折磨。當她未遇楊舜俞之時，雖為孤魂野鬼，或許暫時無法投胎轉世，但至少身心是自由不受拘束的，舜俞愛其才色而為之遷骨，越娘感念其恩德而以身相許，然舜俞「反圖淫欲」的威脅，甚至忿而伐墓鞭笞的惡劣行為，反而使越娘落入了另一個痛苦無比的深淵。越娘的指責與反控，更深刻地揭露了父權社會對女性的壓迫與宰制。

　　《青瑣高議・范敏》之李氏和越娘的遭遇極為類似，只不過李氏死後為鬼，又遭同為鬼魂的田將軍俘擄，李氏雖然身不由己地受制於田將軍，但她仍勇敢地和惡鬼對抗，表現出潑辣、強悍，不畏強權的一面。如李氏吹笛，笛音憶舊充滿了怨憤愁思，激起了男鬼田將軍不悅的情緒，李氏不僅不理睬，且故意一心向著范敏以嘲諷田將軍：

> 將軍見而不悅曰：「巨翁安知李氏憶舊事而無新意乎？」李氏忿然曰：「唐帝有甚不如你這小鬼。」乃回面視敏。既久，將軍曰：「子

之舊情未嘗全替。」乃勸李氏飲，氏不之飲。將軍執杯令李氏歌，
李氏默然不發聲。敏舉杯，李氏不求而自歌。將軍怒，面若死灰曰：
「歌即不望，酒則須勸一杯。」李氏取其酒覆之。敏乃執杯與李氏，
則忻然而飲。將軍大叫云：「今夜一處做血！」李氏云：「小魍魎，
你今日其如何我？有兩個人管轄得你！」李氏引手執敏衣曰：「我今
夜再侍君子枕席，看待如何？」

李氏故意對將軍好意之勸飲、勸歌置之不理，並大膽地怒罵將軍為「小鬼」、
「小魍魎」，然卻以截然相反的熱情逢迎態度對待范敏，以激怒將軍，為的就
是要依恃范敏等人的力量，趁此機會尋求幫助，以脫離長期以來深受惡鬼掌
控的痛苦生活。

　　江寶月認為「鬼的世界反映著人的世界，女鬼的出現正反映著現實漢文
化社會中女性地位的低落」。〔註88〕的確，就上述所分析的故事來看，女鬼生
前之生命所承載的就是無法負荷的沈重，死後成為無人祭祀的孤魂野鬼，有
幸者如解三娘和謝紅蓮，尋得善良男子的協助投胎轉世；不幸者如越娘和李
氏，得繼續遭受男性威權的壓迫，只有在忍無可忍的情況下，女鬼柔弱的身
軀才轉而起身，提出沈痛的控訴與反抗。由女鬼生命所承載的深沈苦痛，更
能深掘出女性在中國父權社會下被壓制、不得自主的生命樣態。

二、人鬼間的愛恨情仇

　　學者探討人鬼婚戀故事的文化意義時，注意到由魏晉南北朝到唐宋時期
主題意涵的轉變，即魏晉南北朝之人鬼婚戀故事大量存在著「生子」和「復
生」的母題，女鬼和男性結合正是為了生命的延續，這也體現了魏晉時期思
索「超越死亡」的深層自覺精神。當然，在此目的下的人鬼婚戀故事，也較
少人鬼情愛和性愛的描寫。不過，到了唐宋時期，女鬼的審美形象和人鬼豔
情的描摹反倒成了主題重點，因此也更體現了「男性話語權力下的兩性關係
模式」。〔註89〕
　　本段主要是以女鬼和男子有愛恨情仇糾葛關係的故事為討論文本。〔註90〕

〔註88〕見江寶月，〈從女鬼的出現談漢文化中女性的地位〉，《宜蘭文獻雜誌》第 26
　　　期（1997 年 3 月），頁 45。
〔註89〕參見洪鸞梅，〈人鬼婚戀故事的文化思考〉，《中國比較文學》2000 年第 4 期，
　　　頁 88～93。
〔註90〕故事情節如只是單純的女鬼害人或自薦枕席者，則不列入討論。女鬼無端害人

以上述學者之觀察，來檢視宋代文言小說裡的人鬼姻緣故事，就人鬼之情愛關
係而言，女鬼的自薦枕席、主動求愛，當然依舊可視爲男性爲滿足自身性欲需
求的反映，不過，本論文也注意到女鬼主動和男性接觸，甚至自薦枕席，並非
毫無任何原因及動機，她們是爲了一份人世間未了之情義，抑或是爲了生前一
段來不及追求的愛情，而和丈夫或情人再續前緣的深情女鬼；還有女鬼與男性
媾合而復生，或是爲了傳達一己之「怨」與「願」而復生的女鬼；另外，在宋
代強調教訓、勸懲的小說觀下，也賦予前世遭負心之女鬼合理的報復力量。以
下即就「難捨前緣的深情女鬼」、「亡而復生的女鬼」和「復仇女鬼」三者來討
論。

（一）難捨前緣的深情女鬼

　　在宋代的人鬼姻緣故事裡，大概有一半的故事是出於女鬼對世間人、事
的牽掛而來，這些女鬼和丈夫或情人再續前緣，其出發點多是爲了一份未了
之「情」，這「情」指的不單只是「愛情」，有時也是一種「親情」與「恩情」。
而這份生前所遭憾未盡之「情」，由於死後爲鬼的身分，除了不必再拘泥於人
間禮法的約束外，同時也擁有了神祕的力量，讓她們得以遂一己之心願。
以下將再分兩部分來論述，於「重情重義的女鬼」一段中，主要討論的是女
鬼之夫妻情義、母女親情和對恩人之恩情，而「追求愛情的女鬼」中，則是
以女鬼勇於追求生前受父母阻撓的愛情故事爲討論文本。

1、重情重義的女鬼

　　先談女鬼因故和丈夫死別，亡後難忘前世之情緣，故以鬼的身分尋訪故
人，再續前緣的故事。如《夷堅丁志・太原意娘》〔註91〕之意娘和丈夫韓師

　　　者，如《括異志》卷4〈曹郎中〉之曹郎中爲女鬼所惑，肌體日瘠，精神恍惚，
　　　而後病卒。同註13，頁4357。女鬼自薦枕席者，如《夷堅三志辛》卷9〈趙喜
　　　奴〉之女鬼於盧生「妄念之深，三更不交睫」之際，與之「共一席之歡」。同
　　　註62，頁6477～6478。此類故事不少，如《夷堅乙志》卷17〈女鬼惑仇鐸〉、
　　　《夷堅乙志》卷18〈趙不他〉、《夷堅丙志》卷17〈大儀古驛〉等皆是。
〔註91〕宋・洪邁，《夷堅丁志》卷9〈太原意娘〉，同註50，頁5593～5594。此故事
　　　又載佚名之《鬼董》卷1〈張師厚〉，然其內容與〈太原意娘〉有出入，如《鬼
　　　董》作者所云：「《夷堅丁志》載〈太原意娘〉正此一事，但以意娘爲王氏，
　　　師厚爲從善，又不及劉氏事，案此新奇而怪，全在再娶一節，而洪公不詳知，
　　　故復載之，以補《夷堅》之闕。」同註18，頁524。《鬼董》主要內容爲敘述
　　　師厚再娶劉氏，劉氏性殘妒，師厚爲劉氏所迫，發取意娘之骨投江，意娘鬼
　　　魂報復兩人的情節。而〈太原意娘〉則將故事之重點放在意娘對丈夫難忘之

厚於宋金對峙之兵荒馬亂之際,避地淮泗,意娘於途中爲虜所掠,賊人相逼,意娘義不受辱,引刀自刎而亡。意娘之鬼魂掛念倉惶永別的丈夫,「念念不能釋」,於是題壁留詞,皆尋憶良人之語。丈夫師厚知意娘深情,欲挈其遺骨歸南,意娘現身曰:「勞君愛念,孤魂寓此,此不願有歸?然從君而南,得常常善視我,庶慰冥漠;君如更娶妻,不復我顧,則不若不南之愈也。」師厚因此誓不再娶。後來師厚因無以爲家而違誓再娶,意娘怨憤至切,於師厚夢中告曰:「我在彼甚安,君強攜我。今正違誓言。不忍獨寂寞,須屈君同此況味。」師厚因此愧怖得病而卒。又如《夷堅支庚・李山甫妻》〔註92〕之李山甫妻亡逾月,以夫妻情深,戀戀不能捨而來,與丈夫如平生之歡,後來,李山甫娶包氏,女鬼妻子則分別向李山甫和其新婚妻子包氏提出警告,要他們善待自己的稚子,不然,若包氏生子,亦將祟之。女鬼意娘和李山甫妻子,她們對丈夫的戀戀深情,終究因人鬼間的隔閡,以及現實生活中丈夫的再娶,而予人情何以堪的傷感。

　　又有夫妻倆因丈夫外出經商分隔兩地,妻子因故而亡,鬼魂往會丈夫的感人故事。如《夷堅三志壬・解七五姐》〔註93〕中,幼習道教法書之解七五姐,其夫施華出外經商,祕密寄書告訴七五姐因不堪岳父母百端凌辱,而出外謀生計之因由,並囑咐七五姐勿萌改適之心,待其遂意,自歸取之。七五姐觀書掩泣,奄奄而亡。七五姐之魂魄遂前往丈夫施華處,「華視其經行霜雪中,衣履破碎,拊之而哭,攜手入房,飽以肉食及買衣與之,遂同處於彼」,夫妻兩人「情甚好洽」。然而,解七五姐的鬼魂身分終究引起法師的懷疑,雖然解七五姐面對法師的考治,一一書符破解之,不過,後來七五姐見到自己埋葬處,彷彿明白了自身已亡之事實,而大笑疾走入山,終究無法和丈夫相守。同卷中還有一篇〈鄒九妻甘氏〉,〔註94〕甘氏之夫也是在外經商,逾期未歸,甘氏不告其家,逕行尋訪其夫下落,半途爲市娼譚瑞誘留,淪爲娼妓而失節,遂抑鬱而亡。後以鬼魂見其夫,其夫不明究理地以其失節相辱而怒罵之。而甘氏之兄以其妹失蹤,正欲告官府,「郡守追逐人赴司來質究問,甘氏於眾中出,倒退數步,化爲黑氣而散,訟事遂止」。解七五姐和甘氏的死亡,

---

　　　　情上,故本論文今以《夷堅丁志・太原意娘》爲討論篇章。
〔註92〕宋・洪邁,《夷堅支庚》卷8〈李山甫妻〉,同註20,頁6207。
〔註93〕宋・洪邁,《夷堅三志壬》卷10〈解七五姐〉,同註62,頁6400～6401。
〔註94〕宋・洪邁,《夷堅三志壬》卷10〈鄒九妻甘氏〉,同前註,頁6397～6398。

皆和顧念夫妻情義相關，她們以鬼魂的身分和丈夫相會，特別是解七五姐，直到見到自己的墳墓之前，她根本不願相信，甚至是沒有意識到自己已亡的事實，而依然和丈夫過著夫妻生活，而甘氏為尋找丈夫，失節抑鬱而亡，既死為鬼，卻又遭丈夫辱罵。即使為鬼，她們仍舊重情重義，一往情深，但是當她們明瞭現實世界的不容於己，還是必須選擇無奈、怨恨地離去。

以上四篇之女鬼妻子因難捨夫妻之情，而企圖以鬼魂身分和丈夫再續前緣。不過，人鬼殊途，女鬼執著人間舊情非但無法促成好的結果，反而使自身遭受更深的傷害。意娘和李山甫妻子因丈夫再娶，使她們由愛而致恨，由深情形象轉變為一報復、警告的角色；而解七五姐和甘氏的女鬼身分，則得不到他人或丈夫的認同，最後也懷著不解與怨恨離去。

除了夫妻情義之外，還有女鬼因難以割捨之母女親情，而回到人間，盡其未了之母責。如《睽車志‧李通判女》〔註95〕是一個已故女子以魂魄附身於李通判之女身上，以完成生前未盡之責任與心願的故事。此篇內容頗為曲折有趣。李通判之女已及笄，時恰巧陳察推至李家通謁，陳喪偶，有二女皆待嫁，言及亡妻，思念至深，悲不自勝。「陳時年逾強仕，瘠黑而多髯，容狀塵垢，素好學，能詩，妙書札」，李通判女不以年之長少、貌之美醜，執意嫁給陳察推，家人頗覺奇怪，不得已乃從之。「女喜甚，既成婚，伉儷和鳴，撫陳之二女如己所生」，並積極為長女謀婚事，不到半年，長女風光出嫁，緊接著又為二女議婚，陳以無錢為二女辦嫁妝為由，勸妻稍緩婚事，然妻未嘗停下腳步。小說中十分生動有趣地刻畫陳妻急於嫁女以完成心願的一面：

> 陳曰：「季女尚可二三年。」妻曰：「不然。」趣之尤力。陳辭曰：「縱得婿，今無以備奩具。」妻曰：「第求婿，吾為營辦。」又數月，亦受幣，亟議嫁遣。陳曰：「奈何？」妻忽謂陳曰：「君昔貯金五十星於小罌中，埋床下，盍取用之？豈於己女而有吝耶？」陳大驚曰：「汝何從知之？」但笑而不言。蓋陳實嘗埋金，他人無知者，因取用之。不期年而二女皆出適。妻謂陳曰：「吾責已塞，今無餘事矣，當置酒相賀。」乃與陳對飲，極量歡甚，各大醉而寢。

於此，我們看到的是一位急於替女兒辦婚事的母親，為了讓二女兒也一樣開心風光地出嫁，不惜要丈夫把密藏的「私房錢」拿出來辦嫁妝，然床下藏錢一事，只有陳和已故妻子知曉，再加上陳妻了卻嫁女兒的責任與心願之後，

〔註95〕宋‧郭彖，《睽車志》卷5〈李通判女〉，同註14，頁4112～4113。

歡喜大醉，酒醒後，全然不知前事，才揭曉陳之亡妻因「繫念二女而魂附李女以畢姻嫁」的實情。又如《清夜錄・夢妻乳兒》〔註96〕敘述李氏生一男一女乃亡，其夫再娶，李氏難捨幼兒，每於其夫夢中與之忿鬩，苦苦哀求其夫，意欲其夫善撫幼兒。這些為人母之女鬼，最放不下的就是骨肉親情，「天下父母心」，女鬼託孤的慈母形象，也充分顯示了「親情倫理」是中國文學作品中，除了「愛情」以外，另一個永恆不變的主題。

此外，尋求蔽護與救助之女鬼，在獲得幫助的同時，也往往會和同情、幫助她的男子發生人鬼戀情，而體現女鬼之重情重義。如《夷堅志補・楊三娘子》〔註97〕之楊三娘子隨丈夫李縣尉赴官途中暴卒，丈夫草草將之葬於崇新之野，恰巧三娘子之表兄韋高路經崇新，淪為孤鬼之三娘子向韋高謊稱丈夫已亡三年，家人不相聞問，自己孀居孤苦之狀，韋高不知實情，聞而惻然憫之，並在同樣也是鬼魂的桑翁和王嫗的鼓吹之下，和楊三娘子完成了一場「冥婚」，兩人以夫妻之禮相處了六、七日。後來，三娘子之兄楊生至崇新欲挈三娘子靈柩回鄉，途中遇到了韋高，才揭發了三娘子已亡，韋高所見為鬼之事實。這一段人鬼戀由韋高懷惻憫之心而起，然並未因楊三娘子的真實身分曝光而告終：

> 高曰：「諺云：『一日共事，千日相思。』吾七日之好，義均伉儷，豈以人鬼為間哉？」為之素服哭奠，與楊生同護其喪。行過嚴州，夢三娘立岸上相呼，高招使登舟，不肯，曰：「生平無過惡，便得託生，感君恩意之勤，今懇祈陰官，乞復女身，與君為來生妻，以答大貺。」泣而別。

韋高即使知道了楊三娘子之女鬼身分，仍然對其有情有義，不以人鬼為間，而三娘子一方面為感念韋高之恩情，一方面亦對韋高產生了感情，便託來生復以女身為其妻，以報答之。果然，三娘子投胎為賣酒家之女，而韋高為官十七、八年，謀娶婦不得為偶，後來，突破了門第觀念，和年齡小他近三十歲的三娘子後身——賣酒家之女——聯姻，不僅應驗了夢中三娘子的深情表白，在官民一般不通婚的社會風氣下，〔註98〕更是突出了女鬼楊三娘子對韋高的感念之情。

〔註96〕宋・沈括，《清夜錄・夢妻乳兒》，同註18，頁131。
〔註97〕宋・洪邁，《夷堅志補》卷10〈楊三娘子〉，同註69，頁2543～2545。
〔註98〕宋代婚姻制度有三個約定成俗的規定，其中一個便是「官民一般不通婚」。宋《戶令》規定「諸州縣官人在任之日，不得共部下百姓交婚，違者雖會赦仍離之。」見張邦煒，〈中國封建婚姻制度的不平等性〉，《宋代婚姻家族史論》

2、追求愛情的女鬼

中國歷代女性對於婚姻對象的選擇是毫無自主權的，宋代女性亦不免於外，於是藉著人鬼戀愛故事，反映出女性對於自由戀愛與婚姻的渴望。

如《夷堅支甲・西湖女子》〔註99〕中，江西士人遊西湖，與西湖女子互相傾心愛慕，士人欲攜女子西歸，女子之父母不許，士人返鄉後，兩人即斷了音訊。五年後，江西士人再訪舊地，忽遇女子於半途，女子遂與士人寓於客邸，狎昵歡會半年之久。及士人將還，女子乃道出一切實情，女子云：

> 自向來君去後，不能勝憶念之苦，厭厭感疾，甫期年而亡。今之此
> 身，蓋非人也。以宿生緣契，幽魂相從，歡期有盡，終天無再合之
> 歡，無由可陪後乘，慮見疑訝，故詳言之。但陰氣侵君已深，勢當
> 暴瀉，惟宜服平胃散以補安精血。

西湖女子以思君感疾而亡，死後又以前緣未了而魂魄相隨，欲盡生前未盡之歡。人鬼相隔，雖然最終亦須慟哭而別，然女子已了卻宿願而無憾，臨去之前仍殷殷叮囑士人保重身體。

而《夷堅甲志・吳小員外》〔註100〕一篇，更是突出女子不滿生前受父母壓抑的愛情，而以死後為鬼的身分，突破障礙與束縛，主動追求愛情的故事主題。故事敘述京師富家子弟吳小員外與趙氏兄弟日日縱遊，一日至金明池上一酒肆飲酒，見當壚女子貌美，乃以言挑之，呼之共飲，女子欣然而應，「方舉杯，女望父母自外歸，亟起」，吳小員外等人遂捨去，然思慕之心，時形於夢寐。明年，重遊舊地，當壚女子已不在，其父母云：「去歲舉家上塚，是女獨留。吾未歸時，有輕薄三少年從之飲，吾薄責以未嫁而為此態，何以適人，遂悒怏不數日而死。」吳小員外後來於途中遇該女子，女子即向吳小員外解釋曰：「我父母欲君絕望，詐言我死，設虛塚相紿。我亦一春尋君，幸而相值。今徙居城中委巷，一樓極寬潔，可同往否？」於是吳小員外與女子共飲，留宿逾三個月。當壚女子因為父母譴責其有輕薄之態悒怏而亡，她和吳小員外的緣分也因此無迹而終，想必她一定心有不甘，然而，當她死後以鬼魂的身分現身，她再也不必擔心人間社會的種種約束和規範，生前遺憾未盡的心願亦可一一達成。她可以主動追求愛情，大膽地與男子飲酒、共宿，甚至她可

（北京：人民出版社，2003 年 12 月），頁 10。

〔註99〕宋・洪邁，《夷堅支甲》卷 6〈西湖女子〉，同註 50，頁 5746～5747。

〔註100〕宋・洪邁，《夷堅甲志》卷 4〈吳小員外〉，同註 55，頁 4994～4995。

能爲情「死而復生」，可惜小說缺乏人物心理的刻畫，〔註101〕本論文無從進一步的探討。不過，其或許爲情死而復生的情節，已成爲話本中勇於追求愛情之女子形象的雛形。

上述之西湖女子以父母不許，而和心儀男子分離，不勝思念之情而亡；〈吳小員外〉之當壚女子以父母責備未嫁而有輕薄之態，悒快而逝。她們的過世，只是間接地和父母對其自由婚戀的阻礙有關，未必清楚地表現出反抗意識。而《夷堅志補・周瑞娘》〔註102〕之周瑞娘，則是直接以犧牲生命的方式，來抗議父母作主的婚姻體制。故事敘述周瑞娘二十一歲未嫁而亡，死後以鬼魂的身分，大膽地叱罵父母，並訴說自己死亡之由，女曰：「去歲九月，林百七哥過門，見我而喜，歸白百五郎，欲求婚聘。及媒人來議，父母不從，林郎因此悒快成病……身亡，憑訴陰司，取我爲妻。」生前未得父母許可不得成就的愛情與婚姻，瑞娘以死亡來求得禮教束縛的解脫，同時也是爲了完成婚姻自主的心願。試舉文中描寫瑞娘鬼魂於父母面前自主婚事，及其堅決告別父母的一段：

> （瑞娘曰）：「記我生時，自織小紗三十三疋、絹七十疋、紬一百五十六疋，速取還我！」父母惻然，如其言搬置堂上，貯以兩大籠。女出呼林郎，洋洋自如，無所畏怯。然後拜別二親曰：「便與林郎入西川作商，莫要尋憶。」隨語而沒。

顯然，瑞娘鬼魂擁有她在生前無法得到的自主力量，她以生前自織之布匹自辦嫁妝，不必承受來自父母對子女的威權壓力，也不必擔心社會大眾的眼光，她勇敢自主的辦妥了自己的婚事，而她的心情也因爲終能和心愛的林郎共結連理，而充滿喜悅、無所畏懼。

以上所舉之人鬼姻緣故事，有許多出自《夷堅志》，學者由洪邁的創作意圖及時代意義來討論《夷堅志》中的人鬼之戀：

> 《夷堅志》中的人鬼之戀及其最終的悲劇結局實質是當時社會青年男女戀愛及其悲劇的折射，相戀相悅是個體情欲的體現，而道士、法師或父母的介入則體現了理學以天理遏滅人欲的基本思想。在創

〔註101〕雖然文本後半部寫得撲朔迷離，究竟女子是人是鬼，令人莫測，不過由皇甫法師命吳小員外以劍刺之，女子「流血滂沱」及後來「發塚驗視，但衣服如蛻，無復形體」的敘述看來，女子似乎已死而復生。由該篇敷演而成的話本《警世通言・金明池吳清逢愛愛》則對女主角的心理有細膩刻畫。

〔註102〕宋・洪邁，《夷堅志補》卷10〈周瑞娘〉，同註69，頁2542～2543。

作意圖上，作者試圖以人間倫理去解説鬼世界的是非善惡，使故事

本身框定爲導邪入正、勸懲世人的模式，彌漫著濃濃的理學氣息。

〔註103〕

人鬼之戀的悲劇結局，放入時代背景來討論，在某方面也許反映了宋代理學

對個人私欲的限制，〔註104〕不過，青年男女不得自由相愛，是中國長久以來

各時代社會的共相，不單只有宋代，這是我們必須注意的。不論是西湖女子、

〈吳小員外〉之酒肆中的當壚女子，或是周瑞娘，她們的共同之處是她們皆

因生前之愛情受阻未嫁而亡，而阻力皆是來自於父母親。她們以生命來換取

愛情、婚姻的自由自主，以女鬼身分衝破了社會禮法不得逾越的高牆，如此

的女鬼形象，在説她們是女性社會地位低下之反映的同時，〔註105〕也應注意

到這些女鬼對社會禮法無端禁錮女性的抗議。

（二）亡而復生的女鬼

在人鬼相戀的故事中，女鬼與男子並非全然地只有短暫的一夜情，或是曉

去夜來，維持著和男子婚外性關係的不明不白身分，〔註106〕亦有所謂「精誠所

至，金石爲開」的人鬼姻緣，即女鬼和男子合而復生，成就美滿姻緣的故事結

局。如《夷堅乙志・胡氏子》〔註107〕中，胡氏之子年方弱冠，聞有通判之女容

色絕美，未嫁而亡，因而心動，故日日備酒奠祭，精誠至極，發於夢寐。兩個

月後，女子感其眷眷之意，乃與胡氏子遇合。自此之後，和所有人鬼戀的故事

情節一般，胡氏子讀書盡廢，精神消損，家人亦疑爲鬼所惑，欲使人治之，所

不同的是，女子久與胡氏子處，已漸漸復生爲人。試舉一段描寫女子形不能隱，

爲胡氏子父母所見，雙方共同確認女子已復生爲人的情節：

　　（胡子）父母從外入。女矍起，將避匿，而形不能隱，踧踖慚窘，

　　泣拜謝罪。胡氏盡室環之，問其情狀，曰：「亦自不能覺，向者意欲

〔註103〕見周榆華、郭紅英，〈理學束縛下的潛抑情欲——論《夷堅志》中的人鬼之戀〉，

　　　　《江西廣播電視大學學報》（2004年第2期），頁36。

〔註104〕宋代理學家對人欲的看法，主要是對流於「偏私自利」的欲望予以制裁，而

　　　　非後人所誤解的一味禁欲或絕欲，甚至是專指基本飲食男女之欲。參見楊菁，

　　　　〈宋代理學家的人欲觀〉，《東吳中文研究集刊》第4期（1997年4月），頁

　　　　25～34。這是我們在理解宋代理學家之人欲觀時，必須特別注意之處。

〔註105〕見註88。

〔註106〕康正果云：「鬼的形象眞切地反映了女人與男人維持婚外性關係時的不明不白

　　　　身分。」同註43，頁210。

〔註107〕宋・洪邁，《夷堅乙志》卷9〈胡氏子〉，同註55，頁5229～5230。

> 來則來，欲去則去，不謂今若此。」又問曰：「既不能去，今爲人邪、
> 鬼邪？」曰：「身在也，留則爲人矣。有如不信，請發瘞驗之。」如
> 其言破塚，見柩有隙可容指，中空空然。胡氏皆大喜，曰：「冥數如
> 此，是當爲吾家婦。」

這段描寫極爲有趣，向來人鬼戀的故事，女鬼爲道術所治，或是男子形神消散而亡的制式化結局，在〈胡氏子〉一篇中已被改寫，加入了新的藝術思想。女鬼因形體不能隱而尷尬窘措的表現，以及其不自覺已復生爲人的意識，在在表明了女鬼並非爲採補男子陽氣，有目的的接近胡氏子，而是在男子的感動之下與之同寢處，與其說女鬼復生是由於採補男子陽氣，倒不如說是人鬼戀之「情」的部分已漸漸被突顯出來了。女鬼復生，並爲胡氏一家歡喜接受，明媒正娶爲媳婦，又爲胡家生兒育女，人鬼相戀至此也算「修成正果」了。不過，這樣圓滿的故事結局，在宋代的人鬼姻緣故事中，尚不多見。

大多數是著重於女鬼因採補男子之精氣而再生的故事，於此類故事中，男性成爲「女性的拯救者，他們的身上充盈著陽氣，女鬼像植物趨光一樣需要他們的溫撫，只要與他們親吻、交歡，就能吸收富有生命力的陽氣」。〔註108〕如《睽車志·馬絢娘》〔註109〕一篇，馬絢娘每夜入所愛慕士人之室，士人疑惑不解，月餘之後，絢娘將得以還生，方對士人自陳姓氏，並提出相助復生的請求，馬絢娘云：「然將還生，得接燕寢之久，今體已蘇矣。君可具斤鍤，夜密發棺，我自於中相助。然棺既開，則不復能施力矣，當懵然如熟寐，君但逼耳連呼我小字及行第，當微開目，即擁致臥榻，飲之醇酒，放令安寢，既寤即復生矣。君能相從，再生之日，君之賜也，誓終身奉箕帚。」得到士人相助復生後，馬絢娘幫助士人辦裝，兩人「轉徙湖湘間，數年生二子」。如馬絢娘之女鬼，其於復生後，似乎不爲家人接受，仍必須和士人過著轉徙流離、遠走異地的生活。

「生子」與「復生」雖然也是〈胡氏子〉和〈馬絢娘〉的情節之一，不過，在宋代，女鬼「生子」或「復生」兩個情節，未必會同時出現，如《夷堅乙志·畢令女》〔註110〕之女鬼與生人合而復生，並未生子，而《夷堅乙志·余杭宗女》〔註111〕和《夷堅支丁·南陵隱仙客》〔註112〕之女鬼與生人合而生

〔註108〕同註43，頁209。

〔註109〕宋·郭彖，《睽車志》卷4〈馬絢娘〉，同註14，頁4106～4107。

〔註110〕宋·洪邁，《夷堅乙志》卷7〈畢令女〉，同註55，頁5211～5212。

〔註111〕宋·洪邁，《夷堅乙志》卷10〈余杭宗女〉，同前註，頁5238～5239。

〔註112〕宋·洪邁，《夷堅支丁》卷6〈南陵仙隱客〉，同註20，頁6020。

子，並未復生，可見在時代背景的差異下，宋人並未如魏晉南北朝時期特意強調「生命繁衍」、「超越死亡」的主題，〔註113〕亦即女鬼之「復生」，並非全然是爲了「生子」以求生命的增殖，這是宋代和魏晉絕不相同之處。那麼宋代之女鬼復生所欲突出的主題又是什麼呢？如《投轄錄·玉條脫》〔註114〕中的孫氏女因張氏以玉條脫爲定，欲娶之爲婦，卻又食言他娶，孫氏遂氣憤而亡。孫氏亡後復生，並以鄭三爲夫，孫氏「積數年無子，每言張氏，輒恨怒忿恚如欲往扣問者」，由此可知，孫氏死後復生，純是爲了替自己討回公道、一吐不平之氣，同時也是爲了尋求一種人情的認同。而上述〈胡氏子〉和〈馬絢娘〉兩篇，前者是女鬼因爲受胡氏子之深情所感動，與之合而復生，並成爲胡家媳婦，後者馬絢娘也是因感激士人相助復生而願奉箕帚，也許女鬼與人間男子的情愛，與未嫁之女鬼尋求妻子身分的認同，是女鬼亡而復生的故事裡，較爲深刻的兩個主題。

　　有關女鬼「復生」，以求爲人妻子身分之認同的文本，還有劉斧已佚之小說集《摭遺》中〈周助〉一篇，不過，該篇之女鬼復生遂願後復亡，和前述幾篇之女鬼復生的情況是不同的。現以趙維國先生據《永樂大典》卷九一三「尸異」引錄之佚文如下：

> 周助，畿邑封丘人，年十七八，風采甚美。父爲助約同邑孫氏爲婦，已問名納采。一夕孫以病，問其母曰：「料不起矣，所不足者，不得待助之中櫛，雖死爲泉下恨矣。」孫卒，助聞其容色絕品，又知其瞑目之說，私心快快，與同里李生善，以情告之。李生庸人無識，但其志銳然敢爲者也。因謂助曰：「此易耳。今方大冬，孫死未數日，尸顔未變，容色如舊，破其棺視之何害。」助然之，與李生極飲，暮出郭，至其窆所，掘之見其柩。李生乃令助自起其蓋，則尸欻然而起，執助曰：「郎眞有情者也。我已化去，而能見遇，夫婦之情盡矣。」乃起與助攜手而行，助初爲之鬼也，又疑其更生，復見其顔色若桃李，亦不懼。乃共逾一垣，助脫袍藉地，與孫合。既已，助復詢之則不語，以手舉之則不動，奄然死矣。助驚，呼李生共舉其尸，復還窆所，蓋棺整窆而去。助不半年亦死。〔註115〕

〔註113〕同註89，頁89～91。

〔註114〕宋·王明清，《投轄錄·玉條脫》，同註14，頁3867～3869。

〔註115〕見趙維國，〈《永樂大典》所存宋人劉斧小說集佚文輯考〉，《書目季刊》第34

孫氏和周助有婚約，並已「問名納采」，故孫氏死前深以不得成為侍奉丈夫之妻子為恨。當周助掀起孫氏之棺蓋，孫氏忽然復生，與周助合，以盡夫妻之情，隨即復死去。孫氏生前和周助並未謀面，當然兩人之間也未產生愛情，可以說孫氏對周助的期待，是以一個妻子的身分在期待著丈夫。由此可見，孫氏復生的目的，是為盡其為人妻子的心願，換言之，既然孫氏生前已許為周助之婦，她復生也正是為了尋求一種人倫情理上的認同，而當她確定自己和周助的夫妻關係後，隨即復亡。孫氏復生又復亡的特殊形象，更加突出其復生尋求妻子身分認同的強烈心願。

（三）復仇女鬼

女鬼禍害於人的故事題材，由六朝志怪至宋代以志怪為主之小說集，如洪邁《夷堅志》、張師正《括異志》、郭彖《睽車志》、佚名《鬼董》等，均有許多此類的故事記載，然有時故事中根本未出現女鬼害人之實，只敘述男子因和女鬼歡好而身體消瘦、精神渙散，後來出現了術士揭發女子身分，以道法降伏女鬼，替男子即時解危的基本情節，諸如此類「道學氣的描寫模式」〔註 116〕不勝枚舉，這是出於男性對於過度縱欲及和女鬼交媾的恐懼心理，而文本中之女鬼也因而一味被塗抹上魅惑害人的形象。本論文將先摒除此類女鬼無端魅惑害人的作品，而將焦點放在有關於女鬼復仇的故事。以下選擇幾個較有代表性的文本來分析。

自唐人〈霍小玉傳〉以來，男子負心，女子死後為鬼復仇的故事情節一直反覆地敷演流傳，雖然霍小玉臨死前誓為厲鬼「使君妻妾，終日不安」，〔註 117〕不過，小玉死後並未真以鬼魂形象出現，禍害負心漢李益，發生於李益及其妻妾身上的悲劇，或許應視為李益猜忌心理作祟的緣故。直到宋人小說，在宋人強調勸善懲惡的因果報應觀念下，癡情女子死後為鬼報復的復仇形象，才真正的落實與定型，特別是王魁負桂英的故事，則成為癡情女子

卷第 4 期（2001 年 3 月），頁 22。

〔註 116〕楊義先生認為《夷堅志》的內容「常常以人間倫理去解說鬼世界的是非，使鬼故事中不乏理學氣」。又說：「宋代志怪中的某類青年男子似乎都帶點閹割性或性功能衰弱，一與妖妹鬼媛相交接，便有羸弱喪生之虞。因此人鬼、人妖之間的戀愛故事，總是以一見鍾情始，以道士介入為轉折，最後是一個悲劇的結局，這已經成為那個時代散發著道學氣的描寫模式。」同註 41，頁 209、213。

〔註 117〕唐·蔣防，〈霍小玉傳〉，收入蔡守湘，《唐人小說選注》（一）（臺北：里仁書局，2002 年 6 月），頁 246。

負心漢的基本敘述模式。

　　《醉翁談錄・王魁負心桂英死報》〔註118〕中，桂英對王魁的癡心與無怨無悔的付出，卻換來王魁對自己的嫌棄與背離，曾經信誓旦旦永不相負的甜蜜誓言，卻因王魁登科顯要而轉眼成空，對桂英而言，情何以堪，又如何能夠接受如此殘忍背棄的結果？愛情對她而言，已經是生命的一部分，情人的負心背叛，等同於生命人格的被踐踏，於是桂英選擇了自殺，並以鬼魂的形象向負心漢王魁索命。以下舉一段桂英鬼魂充滿怨恨、堅決的向王魁索命的情節：

> 桂英既死，數日後，忽於屏間露半身，謂侍兒曰：「我今得報魁之怨恨矣！今以（疑應作「已」）得神以兵助我，我今告汝而去。」侍兒見桂英跨一大馬，手持一劍，執兵者數十人，隱隱望西而去。遂至魁所，家人見桂英仗劍，滿身鮮血，自空而墜，左右四走。桂曰：「我與汝它（「它」字疑衍）輩無冤，要得無義漢負心王魁爾！」……（魁）乃見桂英披髮仗劍，指罵：「王魁負義漢，我上窮碧落下黃泉，尋汝不見，汝卻在此。」語言分辨，魁知理屈，乃嘆之曰：「吾之罪也！我今為汝請僧，課經薦拔，多化紙錢可也。」桂曰：「我只要汝命，何用佛書紙錢！」

桂英因王魁負心，懷恨自殺而亡，死後的她求得神助，跨馬持劍，領數十兵前往王魁處尋仇，桂英復仇的舉動，因為神明的幫助而更顯得王魁之負心為天理所不容。桂英以「冤有頭、債有主」、不殃及無辜，要王魁以命償命的堅決復仇形象深植人心，如此性格剛烈、敢愛敢恨，最後甚至採取強烈報復手段的女鬼，論者認為「鬼魂復仇固然虛幻，卻大快人心」，〔註119〕這似乎也透露了市民階層懲惡揚善的普遍意識。〔註120〕

　　和王魁負心桂英死報相似的故事還有《夷堅志補・滿少卿》〔註121〕一篇。滿少卿於「窮冬雪寒，饑臥寓舍」潦倒之際，鄰叟焦大郎伸出了援手「量力相濟」。接受焦大郎援助的這段期間，滿少卿即為不義之事，他與焦大郎之女焦氏相通，並在焦大郎的斥責下，與焦氏成婚。婚後，滿少卿中進士，此後

〔註118〕宋・羅燁，《醉翁談錄・王魁負心桂英死報》（臺北：世界書局，1958 年 12 月），頁 91～95。

〔註119〕見吳志達，《中國文言小說史》（濟南：齊魯書社，1994 年 9 月），頁 631。

〔註120〕程毅中先生認為桂英堅決要負心的王魁償命，毫無妥協的餘地，這似乎透露了市民階層的意識。同註39，頁 34。

〔註121〕宋・洪邁，《夷堅志補》卷 11〈滿少卿〉，同註69，頁 2553～2556。

官運亨通，則棄焦氏而另娶朱氏為妻，如此二十年，對恩人焦氏父女不聞不問。對於忘恩負義的滿少卿，小說中並沒有直接描述焦氏向滿少卿索命的情節，只是透過側面間接描寫朱氏發現滿少卿口鼻流血而亡，焦氏於朱氏夢中指責滿生負心，自己含恨報復的實情。

若深究以上兩篇女鬼復仇的緣由，表面上是男子負心，然而，遭背棄的桂英和焦氏，心裡最不甘心的其實是男子的「忘恩負義」、「過河拆橋」，由王魁對桂英的盟誓即可明白：

> 魁乃長吁曰：「我客寓此踰歲，感君衣食之用，今又以金帛佐我西行之費，我不貴則已，若貴，誓不負汝。」……魁先盟曰：「某與桂英，情好相得，誓不相負，若生離異，神當殛之；神若不誅，非靈神也，乃愚鬼耳。」

另外，〈滿少卿〉中，則由焦氏之口直接道出滿少卿的忘恩負義，焦氏曰：

> 滿生受我家厚恩而負心若此，自其去後，吾抱恨而死，我父相繼淪沒。年移歲遷，方獲報怨。

由王魁前後之盟誓對照，可以明白其口中所謂「誓不相負」，除了指不負心之外，也包含了不負桂英資助之恩，王魁發下若負桂英將為鬼神所誅的重誓，最後果真應驗，這對於王魁的負心、負恩實充滿了反諷意味；而焦氏則直接指出滿生的負心即是負恩。正如學者所言：「其實，傳統意義上的『負心』並不完全與婚姻感情相聯繫，而是一種恩報觀念的結果，準確地說應該是『負恩』。可以說它的表層意蘊是一種道義責難，而其深層結構卻是一種恩報要求。」〔註122〕而女主角面對男子的「負心」與「負恩」，所採取的犧牲自己或是抱恨而亡之死後為鬼的復仇方式，正是一種典型的「弱者不爭之爭」〔註123〕的復仇。

又《青瑣高議》之〈李雲娘〉〔註124〕、〈陳叔文〉〔註125〕兩篇，篇中的

〔註122〕見楊經建、彭在欽，〈復仇母題與中外敘事文學〉，《外國文學評論》2003 年第 4 期，頁 144。

〔註123〕此為楊經建、彭在欽，〈復仇母題與中外敘事文學〉中之語，作者指出中國古代小說癡心女子負心漢的復仇行為多是通過「冥報」、「魂追」、「天譴」等間接的復仇方式，即「不是主人公自己掌握命運進行積極的抗爭，而是先以自身的毀滅來獲得普遍的社會同情，所謂感天動地，是非自有公論在，讓上蒼、鬼神和代表社會正義的清官來主持公道，帶著明顯的道德警示和善惡勸懲的特徵，這和中國古代文化對正義內核的合『禮』解釋以及文化的中和精神有關」。同前註，頁 140。

〔註124〕宋・劉斧，《青瑣高議》後集卷 4〈李雲娘〉，同註 12，頁 4765

男子利用妓女李雲娘、崔蘭英一心從良的心理，欺騙她們的感情，詐騙她們的錢財，甚至在騙光妓女多年積蓄後，過河拆橋、殺人滅屍，男子泯滅良心的作爲，終於遭到女鬼復仇的報應。另外，如《夷堅甲志‧張夫人》〔註126〕、《夷堅甲志‧鄭畯妻》〔註127〕、《夷堅丁志‧袁從政》〔註128〕等篇，皆爲妻亡，丈夫誓不再娶，而後又背約另娶，妻子亡魂因不甘心而報復的故事。這些女鬼復仇的原因，皆和男子的負心背義相關。

當然，女鬼復仇的原因不光只有男子負心、負恩，婢妾遭到主婦嫉妒與殺害，死後鬼魂報仇的故事，亦時有所見。如《夷堅乙志‧馬妾冤》〔註129〕馬妾遭常氏妒忌殺害，馬妾之鬼魂不但趁常氏懷孕之際杖鞭其腹，使其無法再孕，即使家人請來道士，答應多誦經咒爲冥助，馬妾亦不肯放過常氏，她說：「經咒之力，但能資我受生，而殺人償命，固不可免。」可見其「一命還一命」的復仇決心。又如《夷堅三志己》之〈朱妾眒眒〉〔註130〕和〈趙氏馨奴〉〔註131〕兩篇，前者爲受虐至死的側室，冤魂不散，跟隨著正室；後者是慘遭主婦斷頭分屍的妾，亦「以牙還牙」地以斷主婦之頭報仇。

正如第二章「妒婦」一節所述，主婦虐殺婢妾之狠心惡毒，有時是超乎想像的，在市民情趣的滲透和果報觀的影響下，作家對於生前遭受百般虐待的弱者，死後便使她們成爲一懷有堅定復仇決心的強者，讓她們在另一個世界裡得到公平和正義的支持。基本上，不論何種情況的復仇女鬼，其復仇的形象都是強烈而鮮明的。

綜上所述，宋代文言小說中的女鬼形象，其實就是一個「怨」的化身：幽幽泣訴五代帝王亂政及亂世悲苦遭遇，和帶著前世冤恨尋求男子護助的女鬼們，不論生前、死後，苦難猶如深深烙印在她們身上揮之不去的印記，死亡對她們而言並非解脫，如李氏被男鬼田將軍囚禁，越娘之身心甚至再一次遭受楊舜俞的磨難與凌虐，鞭笞在她身上的痛，是靈魂深處難以癒合的傷口。而徘徊掙扎於人鬼間的愛恨糾葛之中，難捨前緣的深情女鬼，面對人事已非

〔註125〕宋‧劉斧，《青瑣高議》後集卷4〈陳叔文〉，同前註，頁4766～4768。
〔註126〕宋‧洪邁，《夷堅甲志》卷2〈張夫人〉，同註55，頁4975。
〔註127〕宋‧洪邁，《夷堅甲志》卷16〈鄭畯妻〉，同前註，頁5116～5117。
〔註128〕宋‧洪邁，《夷堅丁志》卷18〈袁從政〉，同註50，頁5678。
〔註129〕宋‧洪邁，《夷堅乙志》卷15〈馬妾冤〉，同註23，頁5288～5289。
〔註130〕宋‧洪邁，《夷堅三志己》卷5〈朱妾眒眒〉，同註62，頁6532～6533。
〔註131〕宋‧洪邁，《夷堅三志己》卷6〈趙氏馨奴〉，同前註，頁6538～6539。

的情景，也只能黯然神傷地離去，即使以鬼魂身分得以不受禮法拘束，自由追求愛情的女鬼，面對人鬼殊途的距離，美麗的愛情多半也只是短暫的火花；亡而復生的女鬼，如〈玉條脫〉和〈周助〉之兩位孫氏女，她們復生是爲了求得人倫情理之認同，前者卻因此又遭男子推拉，倒地而亡，後者則是遂願復亡，終究無法成就人鬼戀；此外，因男子負恩抱恨而亡，而挾怨復仇之女鬼，雖然表面上大快人心，然而隱藏在女鬼復仇行動背後的深層苦痛難道就此了結？〔註132〕學者認爲女鬼之「怨女形象」，與婦女地位卑下和戰亂給人們的家庭婚姻生活帶來的苦難有關。〔註133〕的確，亂世苦難和社會禮法對於女性自由婚戀的限制，如實真切地反映在女鬼的怨女形象中。

第三節　宋代文言小說中的女妖

　　他界女性中，妖和仙（神）、鬼之不同，在於仙（神）、鬼本具人形，而妖有其固有之形體，妖幻化爲人形，有一個變化的過程，即如葉慶炳先生對「妖」所下的定義：「凡是人類之外的動物、植物或器物而能變化爲人，或雖未變化爲人而能言語與人類無異者，謂之妖精。」〔註134〕古代中國人普遍相信「物老成精」的傳說，當動、植物或器物之年歲久遠，人們即相信它們已有化成人形的力量。本節所討論的女妖即由動、植物、器物化成的女子，就動物而言，仍以狐妖最具代表性，其次還有蛇妖、燕妖、猴妖等，植物多稱爲草木之妖，器物則有古琴、燈檠等。由動、植物或器物化身而成的女妖，她們多半就是爲了要和人間男子相遇。然若出於天譴或勸懲，而使遭報應的女性化成動物者，如《夷堅丙志·謝七嫂》〔註135〕之謝七嫂因不孝於姑，而遭報化成牛，諸如此類則不視爲妖，〔註136〕不在本節討論範圍內。

〔註132〕范嘉晨先生亦認爲桂英將復仇矛頭指向王魁，「她快刀亂麻地殺了負心人，頗有種快意恩仇的豪氣與霸氣，但在這些決絕的行爲背後卻也流露出難以掩抑的無奈與悲涼」。見氏著，〈《聊齋誌異》中女性情愛的獨特型態——兼與唐宋傳奇小說比較〉，《貴州社會科學》2000年第1期，頁80。

〔註133〕見謝真元，〈人妖戀模式及其文化意蘊〉，《重慶師院學報哲社版》2000年第1期，頁22。

〔註134〕見葉慶炳，《談小說妖》（臺北：洪範書局，1980年2月2版）〈引言〉，頁3。

〔註135〕宋·洪邁，《夷堅丙志》卷8〈謝七嫂〉，同註23，頁5409～5410。

〔註136〕正如葉慶炳先生認爲《齊諧記》中的吳道宗之母親（廣記卷426引）因受天譴而變成老虎，此則不算爲妖精。同註134，〈虎妖〉，頁13。

　　由魏晉六朝以來，傳統女妖幾乎皆是以魅惑害人的形象出現，到了唐人
小說，才出現了如〈任氏傳〉中，狐妖之世俗化的理想女性形象。故本節先
論述承繼傳統女妖形象而來的「魅惑／害人女妖」，〔註137〕其次討論宋代「理
想化女妖」所具有之「正位於內」的賢婦形象，和其「以理制情」的特色，
最後再談魅惑和理想以外的女妖形象。

一、魅惑／害人女妖

　　宋代文言小說中，出現最多的女妖就是狐妖，狐妖由狐狸化身而成，狐
妖的形象是多面向的，即便是在男性創作意識下成為魅惑、害人形象之女妖，
其實也不全然地令人憎惡，她們也是有令人「可愛」之處，不然也不會成功
地引男子入彀。

　　就狐狸精負面形象的發展來看，自古以來，狐由鬼所乘之「妖獸」〔註138〕
到變化為「婦人」、「美女」，〔註139〕隨後又成為作怪害人的「淫婦」化身，〔註
140〕即便是現在，仍以「狐狸精」來稱呼以美艷姿色及高明手段來誘惑男性的女
子。其實，在宋代文人筆下狐狸也經過了一番「醜化」的過程，如蘇舜欽作〈獵
狐篇〉描寫狐遭獵殺的過程，不僅否定狐有死首丘之美德，且認為狐只會逞凶
傷害其他動物，所以它最後的下場是「皮為榻上藉，肉作盤中膾」，〔註141〕詩中
完全對狐神之說嗤之以鼻；又如朱熹註《詩經・邶風・北風》之「莫赤匪狐」
一句云：「狐，獸名，似犬，黃赤色⋯⋯不祥之物，人所惡見者也。所見無非此
物，國將危亂可知。」〔註142〕宋以前之解經者，並未將狐狸和人事吉凶牽扯在

〔註137〕由於有時女妖僅有魅惑男子，而並未有害人之實，為使名實相副，故以「魅
　　　　惑／害人女妖」作為標題。
〔註138〕漢・許慎撰，清段玉裁注，《新添古音說文解字注》：「狐，妖獸也，鬼所乘之。」
　　　　（臺北：洪葉文化事業有限公司，1998 年 10 月），頁 482。
〔註139〕晉・郭璞，《玄中記》：「狐五十歲，能變化為婦人，百歲為美女，為神巫。或
　　　　為丈夫，與女人交接。能知千里外事，善蠱魅，使人迷惑失智。」《中國文言
　　　　小說百部經典》第 2 冊，頁 391。
〔註140〕晉・干寶，《搜神記》卷 18〈阿紫〉結尾引用〈名山記〉：「狐者，先古之淫
　　　　婦也，其名曰『阿紫』，化而為狐，故其怪多自稱『阿紫』。」同前註，頁 583。
　　　　又唐・段成式《酉陽雜俎》：「野狐名紫狐，夜擊尾火出，將為怪，必戴髑髏
　　　　拜北斗，髑髏不墮，則化為人矣。」
〔註141〕宋・蘇舜欽，《蘇學士集》卷 1〈獵狐篇〉，《景印文淵閣四庫全書》（臺北：
　　　　臺灣商務印書館，1983 年），第 1092 冊，頁 9～10。
〔註142〕宋・朱熹，《詩集傳》（一）（臺北：臺灣學生書局，1970 年 10 月），頁 104。

一起，然狐在朱熹眼中，卻成爲預知國將危亂的「不祥之物」，這的確是頭一遭，不僅如此，他還一律以妖媚之獸來解釋狐。總之，在宋代文人的醜化之下，狐狸和「魅惑」人的特質，更進一步地牽繫在一起。〔註143〕

因此，在文人有意的醜化風氣之中，女妖魅惑害人的故事，依然是有關女妖故事的最大宗，特別是在一些篇幅短小的筆記小說裡，女妖無端誘惑男子並禍害之的形象最爲常見。以下依女妖主要的魅惑方式分成「以色誘人的女妖」和「博取同情的女妖」。當然，在小說中，以博取同情的方式來魅惑男性的女妖，容色也是她們所具有的基本條件，只不過小說家書寫的主體放在博取同情的部分，故本論文特別將「博取同情」的女妖和著重「以色誘人」的女妖分開討論。

（一）以色誘人的女妖

古典希臘美女神話的基本命題即「女性美是一種邪惡的力量」，中國古代認爲美女足以禍國，鬼妖美女能夠魅惑害人，同樣體現了這樣的信念。

小說中強調以色誘人之女妖，通常會特別刻畫女妖之誘人美色，及其欲擒故縱的攝人魂魄情態。如《夷堅支庚・王上舍》〔註144〕之女妖一出場，即以從容淡雅的姿態吸引了王上舍的目光，王上舍「見一姬緩步，一女僕隨之，衣不華，妝不豔，而淡靚可喜」。接著描寫女妖和王上舍眉目傳情，王上舍色欲撩動不可耐的情節：

> （姬）顧王微羞，整飾冠，若欲偷避。王逼而窺之，始撒幕首巾，回面而笑。王將與之語，爲友所牽，莫能遂。……王託如廁，抽身相躡，情思飛揚，因就與姬語。姬曰：「我知君雅意，但以寡居一第，無男無女，只小妾同居。蕭索之情，不言可知。君果有心，異日願垂顧。」王曰：「吾方寸已亂，何暇遷延！」攜手將與綢繆，四顧巷陌，燈燭車馬，略無可駐之地。念市橋下礜石處差可偷期，乃野合而別。

女妖欲語還羞、回眸一笑的情態，早已惹得王上舍「情思飛揚」，如何能待異日再會，顧不得環境之不便與簡陋，色欲難耐的他，當下即與女妖野合。自是之後，無日不往姬之居處，王上舍在友人的提醒下，雖亦疑姬爲妖異，「如

〔註143〕以上有關宋、明文人醜化狐狸的討論，詳見李壽菊，《狐仙信仰與狐狸精故事》（臺北：臺灣學生書局，1995年10月）第二章〈中國狐狸觀的歷史演變〉，頁61～64。

〔註144〕宋・洪邁，《夷堅支庚》卷8〈王上舍〉，同註20，頁6205。

醉而醒，強自抑遏」，然在色迷心竅，早已無法抽身的情況下，「王覺氣體不支，思與之絕，……竟病風淫而卒」。女妖的媚態與誘人之姿，及其性態度的開放大方，充分滿足了如王上舍這般腦子裡充滿情色幻想的男性，而在滿足過後，男性亦必須付出慘痛代價。

色誘之女妖多半也成為閉室苦讀、孤寂難耐之書生的最佳伴侶。《夷堅支庚‧蓬瀛真人》〔註145〕即是描寫因一書生祝氏子的妄想，而招來由其家牝豬化成之豬妖，該女妖「容色妍麗，塵世鮮比，但肌體不甚白皙。祝惑之，留與共宿，欣然無難詞。自是每夕必至。經半歲，形軀日削，且厭厭短氣」。豬妖終因祝氏子家人發現而離去。又有《夷堅三志辛‧歷陽麗人》〔註146〕之蛇妖幻化成美容盛服之麗人，色誘夜晚獨行男子，男子芮不疑見之以為「真神仙中人，為之心動」，於是麗人於繡帷甲帳之中邀通衽席之好。「從此每夕輒至，商摧古今，詠嘲風月，雖文人才士所不逮」。然蛇妖終因男子身體「尪瘠」，引起其家人致疑，請道人以術治之而喪命。

無論故事結局是女妖使男子喪生，或是女妖遭道士制伏而喪命，抑或是女妖為人發現真實身分而自行離去，美麗女妖的降臨與色誘，即是為了滿足男性心理之自我肯定和生理欲求，同時男性因難以拒絕女妖之色誘，與女妖縱欲享樂而產生生命受威脅的後果，更是蘊含了男性作者自我警惕的深刻用意。

（二）博取同情的女妖

面對老實正直的男子，幻化為美豔女子之女妖，通常無法一開始即誘引男子上鉤，因為此類型男子多半會對女妖有所警戒，因此，女妖為成功魅惑男子，必須編織悲慘可憐的身世遭遇，以博取男子的同情和憐憫。故相對的，對於博取同情之女妖的容色刻畫，也就較為簡單。如《夷堅支乙‧茶僕崔三》〔註147〕敘述茶肆夜來一「容質甚美」之狐妖，茶僕崔三驚駭，狐妖即假託為鄰人孫家新婦，因怒觸婆婆而被逐出家門，終夜無所歸，求寄宿一宿，並以死哀請。狐妖之苦肉計果然奏效，崔三不得已而收留之。後來女妖以「不慣孤眠」為由，主動與崔三共寢，又時時以金錢援助之，崔三感其恩義，面對兄長對女妖身分的質疑，亦以「義均伉儷」來袒護女妖。女妖逃過崔三兄長的毒手後，未對崔三懷有怨恨之心，遂駐留如初，崔三亦身無異恙。此篇中

〔註145〕宋‧洪邁，《夷堅支庚》卷2〈蓬瀛真人〉，同前註，頁6159。
〔註146〕宋‧洪邁，《夷堅三志辛》卷5〈歷陽麗人〉，同註62，頁6445～6446。
〔註147〕宋‧洪邁，《夷堅支乙》卷2〈茶僕崔三〉，同註50，頁5801～5802。

之狐妖有魅惑人之舉，卻無害人之實，而女妖和男子之間，最終也發展成具有真情真意的人妖戀。

女妖以惹人憐憫的方式魅惑人，而未害人的還有《夷堅支乙・衢州少婦》〔註148〕之狐妖。故事敘述衢州人李五七於官府前見一十八、九歲、「姿態絕豔」的少婦，文本中少婦自述寡居遭鄰里欺負的遭遇，其楚楚可憐的模樣，恰好對了男子的味口：

> （少婦）曰：「我即城東丘秘校妻也。嫁才數月，不幸夫亡。居室一區，遭鄰里凌暴，欺我孀婦不能訴，故不免告官。儻非冒夜以來，必將為所邀阻，於勢當爾。」李正悅其貌，又言語楚楚可聽，四顧無他人，情不能過，試出微詞挑之。欣然相就，攜手入室繾綣。

貌美固然是吸引男子的第一要件，但若再加上一副楚楚可憐、泫然欲泣地訴說悲苦遭遇的模樣，女子的弱勢被欺，一方面會令男子無能推拒，而由衷興起欲保護之的感覺；另一方面，則會使不肖男子興起以強凌弱、想要強行佔有的念頭。然李五七並未因與狐妖交歡而傷身害命，狐妖雖為眾人追捕，但也沒有因此落入人類手中慘遭殺害。

又有女妖和男子各取所需，共享一夜歡愉而別的故事。如《夷堅三志辛・宜城客》〔註149〕之宜城商人劉三客，於「古墓狐精」處遇「顏容嫻雅」的布衣女子，女子誦絕句，其音聲悲切云：「昨宵虛過了，俄爾是今朝。空有青春貌，誰能伴阿嬌？」劉三客聞之，以為女子亡夫婿，傷其怨詞，故上前慰問女子，並以詩挑之，於是狐妖和劉三客共享性愛之歡愉，各盡其意而後分開。

如上所述，以博取同情來誘惑男子的女妖，似乎對男性較無殺傷力，女妖之主動誘惑男子，雖然也是為了滿足男子之性欲需求，然其目的不在於傷其身害其人。而且，通常這類故事中的男主角，並未意識到女妖之身分，故也沒有明知為女妖所惑，仍執迷不悟而造成傷身的結果。因此，以博取同情來誘人之女妖形象，和以色誘人之女妖相較，確實少了警醒世人的意味。不過，若使用苦肉計博取同情的女妖，其面對的男子本身就是個登徒子，男子和女妖接觸後，依然會有生命上的危險，如《夷堅三志辛・香屯女子》〔註150〕之男子平常就「著意聲色」，見由老虎化身的女妖容色美麗，又自言「恰與丈

〔註148〕宋・洪邁，《夷堅支乙》卷4〈衢州少婦〉，同前註，頁5818～5819。
〔註149〕宋・洪邁，《夷堅三志辛》卷2〈宜城客〉，同註62，頁6421～6422。
〔註150〕宋・洪邁，《夷堅三志辛》卷9〈香屯女子〉，同註62，頁6482～6483。

夫忿爭，索要分離，故竄身到此」的遭遇後，男子「即拉令就宿」，和女妖綢繆一個月後，男子果然「尪悴之極，迫於伏枕」。作者在此類故事中，對喜好聲色之樂的男性，依然暗含了警戒的意味。

事實上，女妖之「魅惑」並非可以和「害人」畫上等號，許多時候，文本中並無具體指出男性和女妖接觸之後，生命因而遭受威脅的描述，可以說女妖並未害人，男子生命上所受到的傷害，大部分是出於男性心理對女妖身分的恐懼所導致。如《夷堅支戊・孫知縣妻》〔註151〕之孫知縣知道妻子為蛇妖後，即與妻子分床而睡，然妻子告之勿他疑，冀其歸房共寢，在無可推卻的情況下，孫知縣雖然甚為恐懼，亦「復與同衾，綢繆燕昵如初。然中心疑懼，若負芒刺，展轉不能安席。怏怏成疾，未逾歲而亡」。又如《夷堅三志己・東鄉僧園女》〔註152〕之狐女無害人之實，只不過迷路失途，欲請寺僧指示歸路罷了，篇中全由寺僧法淨之口，及其自我畏懼的心理來塑成狐女形象，淨曰：「汝是何妖孽，入吾園中，以容色作妖怪？我身為僧，披如來三事之衣，日持佛書，齋戒修潔。雖鬼神魔幻，安可害我？」「良久，三人俱化為狐，嗥聲可怖。淨駭懼，執童行手，大呼而奔。徑還舍喘臥，心不寧者累日」。由此可知，男性自我之恐懼心理，無形中往往將害人形象加諸於女妖身上。

不論是以色誘人或是以苦肉計博取同情之女妖，不僅滿足了男性的性幻想與性需求，她們有時也兼具詩、詞、歌、舞才情，或和文人吟風誦月，或以歌舞娛樂男子。如《夷堅志補・懶堂女子》〔註153〕中，由大白黿幻化成的素淡嫵媚女子有才情，能綴詞製歌，惹得舒生「愈愛惑」，女子「遂留共寢，宛然處子爾」，又女子時致珍果異饌，且以嫌帛親為舒生製衣。《夷堅志補・王千一姐》〔註154〕之女狐，「容色美麗，善鼓琴，弈棋、書大字、畫梅竹，命之歌，詞妙合音律」，簡直琴、棋、書、畫樣樣精通，周生悅其貌美且技藝過人，而主動求為側室。〈懶堂女子〉和〈王千一姐〉之女妖，最後皆因道人以法術治之而隕命。《夷堅志補・錢炎書生》〔註155〕之蛇精「雅善謳歌，娛悅性靈」，其更自編不幸流落風塵中的身世遭遇，後來蛇精有孕，被錢炎發現其為蛇精之實，並以法師之符示之，「女默默不語，俄化為二蛇，一甚大，一尚小，

〔註151〕宋・洪邁，《夷堅支戊》卷2〈孫知縣妻〉，同註20，頁6070。
〔註152〕宋・洪邁，《夷堅三志己》卷2〈東鄉僧園女〉，同註62，頁6501。
〔註153〕宋・洪邁，《夷堅志補》卷22〈懶堂女子〉，同註69，頁2709～2712。
〔註154〕宋・洪邁，《夷堅志補》卷22〈王千一姐〉，同前註，頁2714～2715。
〔註155〕宋・洪邁，《夷堅志補》卷22〈錢炎書生〉，同前註，頁2715～2716。

逡巡而出」。《夷堅支丁・劉改之教授》〔註156〕中，有古琴化身之執拍板縱歌侑酒的美女，以慰劉改之之客愁，並陪同劉改之入都城赴試，劉擢第後，古琴美女即因道士作法而恢復原形。諸如上述，女妖的形象對男性而言，其實和人間「招之即來，揮之即去」、能滿足男性性愛和娛樂需求的「妓女」沒兩樣。〔註157〕

二、理想化女妖

唐富齡先生提到狐被引入文學作品有三個發展階段，即由始祖型的狐、妖魅型的狐到世俗型的狐，〔註158〕當然此三階段並非全然可劃分清楚，而是以並行重疊的形象出現於文學作品中。所謂「世俗型的狐」，即以人世間對女性的理想標準來塑造的女妖形象，世俗型的狐至唐人小說已謂發展完成，以沈既濟〈任氏傳〉中的任氏形象爲最佳代表。唐先生進一步分析任氏形象，他說：

> （任氏）雖然也有狐的靈異怪誕之處，但她那無比豔冶的外貌，勇敢機智而又善良，熱情開朗而不輕佻的個性，明明是作者審美觀照中的理想女性形象。這一形象的出現，標志著文言小說中的狐鬼形象已邁進了以世俗生活爲主的領域。作家筆下的狐妖已不是一種用以稱道靈異的對象，而是有意識地借以反映現實生活的載體。我們稱這類作品中的狐爲世俗化的狐。〔註159〕

唐人筆下的狐妖已有了唐代世俗化的理想女性特質，那麼宋人小說中之理想女妖形象又是如何呢？基本上，宋人除了依照世俗典型之完美理想女性來塑造女妖形象，並有更進一步細膩的描寫之外，宋代作家在宋代迥異於唐代的士大夫思想和時代環境之下，特別強調女妖善於治家之「正位於內」的賢婦形象，以及滲透了理性思維之「以理制情」的女妖形象。

（一）「正位於內」的賢婦女妖

《易經・家人卦象辭》云：「女正位乎內，男正位乎外。男女正，天地之

〔註156〕宋・洪邁，《夷堅支丁》卷6〈劉改之教授〉，同註20，頁6018～6019。
〔註157〕學者討論唐傳奇之女妖，認爲她們「實際是現實生活中『美化』和『簡化』了的妓女形象，是唐文人熱烈追求自由戀愛理想的體現者」。同註27，頁76。
〔註158〕唐富齡，《文言小說高峰的回歸——《聊齋誌異》縱橫研究》（武漢：武漢大學出版社，1990年7月），頁177。
〔註159〕同前註。

大義也。」〔註160〕此爲中國傳統對女性社會角色和地位的看法，宋儒依舊秉
持著男女內外之別的觀念，如司馬光《書儀》卷四〈居家雜儀〉云：

> 凡爲宮室，必辨內外。深宮固門，內外不共井，不共浴堂，不共廁。
> 男治外事，女治內事。男子晝無故，不處私室；婦人無故，不窺中
> 門，有故出中門，必擁蔽其面（如蓋頭面貌之類）。男子夜行以燭，
> 男僕非有繕修，及有大故（大故謂水火盜賊之類），不入中門，入中
> 門，婦人必避之，不可避，亦必以袖遮其面。女僕無故不出中門（蓋
> 小婢亦然），有故出中門，亦必擁蔽其面。鈴下蒼頭但主通內外之言，
> 傳致內外之物。毋得輒升堂室，入庖廚。〔註161〕

宋代家法盛行，對於女性的規範亦以家法爲之，〔註162〕司馬光嚴格的以內外
空間來區隔男、女，女性合理的活動範圍只有內室，這對女性之心靈與自由
是一大禁錮與扭曲。既然女性活動空間被侷限於內室之中，因而也就更加肯
定「女正位乎內」、「婦人無外事」的理念。所謂「外事」爲相對於家事之「內
事」而言，即如王珪所言：

> 婦人無外事，其能勤儉以正家，柔愛以睦族，固已謂賢。〔註163〕

勤儉正家，柔愛睦族正是一位賢婦在家必須扮演的角色。由宋代士大夫所作
之女性墓誌銘，也可以發現女性於家中，相對於父母、舅姑、丈夫、子女，
皆有其相應的身分地位和責任義務，如「以孝力事其舅爲賢婦，以柔順事其
夫爲賢妻，以恭儉均一教育其子爲賢母」；〔註164〕又如「在父母家爲淑女，既
嫁爲令妻，其卒有子爲賢母」〔註165〕等。不論是賢婦、賢妻或賢母，總括而

〔註160〕見徐志銳，《周易大傳新注》（上）（臺北：里仁書局，2003 年 10 月），頁 318。
〔註161〕宋・司馬光，《書儀》卷 4〈居家雜儀〉，《景印文淵閣四庫全書》第 142 冊，
　　　　頁 480～481。
〔註162〕家法是維護父權家長制的家族組織，其對於男、女性性別角色的定位和規範，
　　　　更是超越了國家法律規定的範疇。在一切以服從家族利益的前提下，家法對
　　　　女性的規定尤其顯得保守、壓抑和不自由。參見臧健，〈宋代家法的特點及其
　　　　對家族中男女性別角色的認定〉，《唐宋女性與社會》（上冊）（上海：上海辭
　　　　書出版社，2003 年 8 月），頁 294～295。
〔註163〕宋・王珪，《華陽集》卷 56〈魏國夫人陳氏墓誌銘〉，《景印文淵閣四庫全書》
　　　　第 1093 冊，頁 415。
〔註164〕宋・歐陽修，《歐陽文忠公集》卷 36〈渤海縣太君高氏墓碣〉，《四部叢刊正
　　　　編》44（臺北：臺灣商務印書館，1979 年），頁 279。
〔註165〕宋・王安石，《臨川先生文集》卷 98〈楚國太夫人陳氏墓誌銘〉，《四部叢刊
　　　　正編》46，頁 620～621。

言，在宋代士大夫心目中，所謂「理想女性」的特質，即是必須要擁有「正位於內」，掌管一家大小之「內事」的治家能力。家中有一位治家有度的賢婦，不僅讓男子無後顧之憂，得以專心在外工作，同時在宋代整個社會、政治的大網絡下，士大夫期許女性正位於內的努力，正是爲了強化當時社會文化秩序整體過程中的重要一環。〔註166〕

在時代特殊的文化思想背景下，當作家將理想女性之典型投射於女妖形象的塑造時，也會特別強調女妖在人妖姻緣故事中，治理家務及處理人際關係方面的圓融幹練形象。如《雲齋廣錄·西蜀異遇》〔註167〕中的狐女宋媛，可以說是集宋人心目中所有優點的典型理想女妖形象。狐女宋媛有名有姓，和其他女妖相比，其人性化之徹底由此可見端倪，狐妖化身爲一位清純可人的美少女，在李達道眼中，宋媛「緩移蓮步，微嚲香鬟，臉瑩紅蓮，眉勻翠柳，眞蓬島之仙子也」。如此美色當前，李達道也難以不動心了。宋媛不但是個美人，也是個才女，她擅於作詩填詞，作對子的才華亦是一流，連李生也嘆服其「敏捷而律切」。李達道和宋媛兩人眞心相愛，其間雖然有灌口神君託夢揭穿宋媛爲狐女的事實，李生無所畏懼；又有孔昌宗擲書傳授制伏狐妖的方法，宋媛也沒有因此而現出原形，以妖術害人，她只是守候在一旁，默默等待著李達道。由宋媛所作之詞，尤可見其對李達道的深情與專一，宋媛作〈蝶戀花〉詞云：

> 雲破蟾光穿曉戶，欹枕淒涼，多少傷心處，唯有相思情最苦，檀郎咫尺千山阻。莫學飛花兼落絮，搖蕩春風，迤邐拋人去。結盡寸腸千萬縷，如今認得先辜負。

面對周遭的重重阻礙，宋媛不恨也不怒，唯一能引起她情緒波瀾的是相思之

〔註166〕經學者研究，宋代婦人「正位於內」是宋代士大夫對維持理想社會秩序所堅持的一基本理念，但是在現實生活之經濟考量之下，或許難以做到「婦人無外事」的理想，不過，女性「正位於內」的理想形象，依然根深蒂固地存在大部分士大夫的心中。參見劉靜貞，〈女無外事？——墓誌碑銘中所見之北宋士大夫社會秩序理念〉，《婦女與兩性學刊》第 4 期（1993 年 3 月），頁 21～46。又鄧小南先生認爲宋儒對《周易·家人》的闡發，「組接出了一串理想形態下的鏈條：女正——家道正——天下正。而當付諸實踐時，這組鏈條的作用形式實際上是：正女——正家道——正天下；鏈條運轉的推動者，則首先是以『正心誠意修身齊家治國平天下』爲己任的男性士人」。見氏著，〈「內外」之際與「秩序」格局：兼談宋代士大夫對於《周易·家人》的闡發〉，同註162，頁 108。

〔註167〕宋·李獻民，《雲齋廣錄》卷 5〈西蜀異遇〉，同註 15，頁 148～150。

情所帶給她的愁思與痛苦,這愛情的苦果,正是宋媛對李生用情之眞摯與深厚的証明,因此,重重阻礙亦未曾將他倆拆散。當他倆的愛情終於不再受李生父親的阻撓,宋媛也開始扮演起「賢媳婦」的角色,表現出孝順親長、善體人意的一面。爲了讓李生家人對她不再猜疑嫌忌,並接受她作爲家中的一分子,她治癒了李達道母親的重病,又送舅姑禮物討他們歡心,久而久之,李生的家人也漸漸習於宋媛的存在而接受她。〔註168〕當時,李生受業於鄉先生,於僧寺中求學,小說中有一段描寫宋媛潛入寺中,善於待人接物、機靈聰慧的一面:

> 媛每至夜,常潛往與生寢,其同輩悉知之,爭來一見,而媛亦不之避,皆得與語。媛性慧敏,能迎合眾意,人人自以爲媛親己,而莫肯爲先生言者。以故媛常得與生會聚於彼。

宋媛偷偷潛往寺中與李生共寢,可見其性格熱情率眞的一面,但在純粹男性的學堂裡,突然出現一位妙齡女子,怎不引起軒然大波?不過,宋媛面對清一色的男性,她既不害羞也不彆扭,反倒表現出她落落大方、親切和藹的特質,大家深受她的親和力所吸引,慢慢的喜歡她、期待她的出現,故而宋媛得以常常在眾人的幫助下和情郎歡會。

宋媛後來爲李達道生一子,然終以「冥數已盡」而攜子離去。自古以來,人妖戀故事,女妖得以與人終老的結局本來就是少之又少,不過,狐女宋媛細緻人性化的女妖形象,已代表女妖形象在宋代小說中有了進一步的發展,茲再舉宋媛臨別前的一段話以便說明:

> (宋媛曰):「古人謂女爲悦己者容,妾幸得附託君子,歡愛之私,始終無嫌。雖粉骨亡身而無恨矣。昔鵲巢之誓,間闊雖久,仍有後會之期;錦字之詩,哀怨雖深,終有再來之意。妾與君敘別之日甚邇,相見之期無涯,離魂片飛,愁腸寸斷,常爲恨別之人,永作銜冤之物。」言訖而翠黛頻蹙,珠淚滿襟,生亦爲之涕泣。又曰:「昔孔昌宗以無稽之言,見讒於舅姑,而舅姑始終不以賤妾見疑,乃得與君奉枕席,歲再暮矣,情深義重,雖人間夫婦,亦所不及此。恨無以報德,豈肯

〔註168〕宋人極強調家族成員間的敦睦和諧,極忌諱因婦女逞口舌而破壞親族和諧,因此「口舌」也被列爲「七出」之一,由此亦可見宋人對一位媳婦的期許。參見遊惠遠,《宋代民婦的角色與地位》(臺北:新文豐出版公司,1998年6月),頁11。女妖宋媛在李達道家族中,扮演的正是一位賢媳的角色。

賊人之命，傷人之生，使聞之者惡也？彼昌宗腐儒耳，庸詎知我耶？」

又叮嚀復謂生曰：「君方少年，可力學問，親師友，以榮宗族，以顯

父母，則盡人子之道，願勿以妾爲意，余冀自愛。」

宋媛和李生的組合已具有人間夫妻的實質與情感，由宋媛的這一段話，可以知道她和李達道之間的愛情情深義重，即使是人間夫婦亦有所不及。宋媛亦是個知恩圖報之人，女妖魅惑害人，只是如孔昌宗般之腐儒的刻板印象，宋媛譏笑孔昌宗爲腐儒，亦頗有諷刺宋代理學的意味。雖然最終狐妖還是離去了，但小說裡並未交待狐妖離去後的歸屬，對於離開之由亦以「冥數已盡」帶過，或許狐妖依然是回歸青山綠野，然可以清楚知道的是，宋代女妖回歸山林並非如唐人之女妖般，出於強烈的自我意識與原始獸性渴望，〔註169〕宋媛與人間男子有剪不斷的愛戀與深情，由她離去前的悲泣敘別、對於李生在學問功名、爲人處事、親師尊長各方面的殷殷叮囑，甚至放不下甫周歲的孩子，攜子同去之舉，女妖的的確確和人世間所有的「賢妻良母」沒有兩樣。這或許在某些方面也代表了女妖在宋人心目中地位的提升。〔註170〕

此外，《青瑣高議・西池春遊》〔註171〕之狐妖和宋媛一樣，作者也是突出了其重情重義及善於持家的「賢婦」特質。文中透過熟悉此狐妖的老叟道出狐妖「多爲人妻，夫主至有三十載，情意深密。人或負之，亦能報人」的性格，狐妖對於愛情完全是以「情」至上的，她對愛情專一，同樣地她也要求男子專情。而侯生對狐妖的愛戀則是出於對其美色的迷戀，這和李達道知道宋媛是狐精，並未害怕退縮，依然不顧一切、一往情深地追求愛情顯然有別，〔註172〕或許侯生對狐妖的愛，更似〈任氏傳〉中鄭生之「徒悅其色而不

〔註169〕陳玉萍分析人妖姻緣之結局，其中有一類爲爲女妖「自行求去者」，她並從「知識促使思考」、「佛道的出世意識」、「女性的解放意識」三方面來剖析妖怪界女性自行求去、回歸山林的理由。同註3，頁134～141。

〔註170〕學者提到宋媛的狐女形象具有鮮明之特色，一是對狐妖人格化的描寫更細緻；二是宋媛之性格反映了市民化的新型女性特徵「在宋媛的性格中，蘊含著任氏的溫柔與智慧，以及《孫恪》中袁氏的剛烈與果決。這性格的兩個方面，在新興市民意識的薰陶下，融會爲有機的整體，具有時代的典型意義和時代的新鮮感；三是從狐妖宋媛與李達道的愛情關係中，反映了市民拋卻傳統門第觀念、父母之命、媒妁之言，而以才貌與眞情爲婚姻愛情的首要條件」。同註119，頁622～624。

〔註171〕宋・劉斧，《青瑣高議》別集卷1〈西池春遊〉，同註12，頁4827～4835。

〔註172〕程毅中先生認爲李達道對宋媛的愛，已由好色提升到鍾情的層次。同註39，頁113。

徵其情性」〔註173〕的層次。而狐妖則是爲了情，她可以全心全意地奉獻與付出，她的美色滿足了侯生對情色的想像與渴望，侯生將往試第，其「久寓都輦，至起官費用，皆姬囊中物」，狐妖成爲侯生專心考試，無後顧之憂的後盾。此外，她對於治理「內事」，亦具有極佳的手腕與能力，試舉一段爲例：

> 姬隨生之官，治家嚴肅，不喜揉雜，遇奴婢亦有禮法，接親族俱有
> 恩愛。暇日論議，生有不直，姬必折之。生所謂爲，必出姬口，雖
> 毫髮必詢於姬。

由此可知，狐妖治理家務有條不紊，對待奴婢有法度，又愛屋及烏恩愛侯生之親族，家中大大小小的事也幾乎都由她作主。善吟詩、好觀書又「智意過人」的狐妖，想必也滿腹經綸，因此亦能和侯生論議對談，甚至能使侯生折服。上文狐妖治家嚴肅有禮法的描述，頗似宋代士大夫爲女性所作的墓誌銘，〔註174〕可見〈西池春遊〉中，狐妖之賢婦形象，是男性作家有意識的理想化塑造。

在狐妖身上唯一能指出的負面形象是其妒意甚深。先是侯生因見青衣慧麗而色心難耐，侵犯了青衣，狐妖得知後，將青衣逐之海外；後來侯生欲置一嬖妾，以代狐妖之勞，眼裡容不下另一個女人的狐妖，即以口頭警告侯生曰：「子若售妾，吾亦害之。」不過侯生仍以其爲異類而棄之他娶。對此，狐妖義正辭嚴地譴責了侯生的背棄之舉，狐妖云：

> 士之去就，不可忘義；人之反覆，無甚於君。恩雖可負，心安可欺？
> 視盟誓若無有，顧神明如等閒。子本窮愁，我令溫暖。子口厭甘肥，
> 身披衣帛。我無負子，子何負我？吾將見子墮死溝中，亦不引手援
> 子。我唯婦人，義須報子。

狐妖譴責侯生「忘恩負義」的一番話鏗鏘有力，她所要求的不過是愛情裡最基本的「專一」，然這在中國男性威權社會體制中即難以實現，更何況要男性對一妖類忠誠，簡直是天方夜譚。然而，若從侯生「忘恩負義」，連做人之基本道德都缺乏而言，倒是一當頭棒喝，在狐妖身上，我們似乎嗅到了些許「女性非弱者」的味道。不過，狐妖所謂的「報」，除了口頭上的警示與嚇阻，並

〔註173〕唐・沈既濟，〈任氏傳〉，同註117，頁155。
〔註174〕據鄧小南先生研究，宋代士大夫所撰寫的女性墓誌銘，是以撰述者心目中認爲應予肯定的女性品行、行爲主要內容，故所勾勒的女性形象往往「嚴明肅正」，而如此的贊許和推崇，則是來自於「正家」的需要。同註166，頁113～114。

略施小伎，使侯生和新娶的妻子郝氏不得相見，耗盡家產之外，並無實質的殘害生命的舉動。當她再見到侯生時，對侯生曰：「吾已委身從人矣。子病貧如此，以子昔時之事，我得子，顧盡人不能無情。」並以錢財資助侯生。狐妖在此篇中的形象自始至終皆可謂是個有情有義者。

　　上述兩篇之狐妖除了善於治家之外，其餘一切之美好特質，如貌美、專情癡心、重情重義、聰穎敏捷、善詩詞……等，是理想化之女妖所必備的基本特質。如《青瑣高議‧王榭》〔註175〕一篇中，主要突出的是燕子國中之燕子美女的「妖姿多態」，及面對和王榭的別離，動輒「淚眼畏人，愁眉蹙黛」，三番兩次寄詩傳情的癡心多情樣態。另外《青瑣高議‧朱蛇記》〔註176〕中，則特別突出蛇女雲姐順從父命的柔順形象。故事中的雲姐乃南海龍王之女，其兄弟為李元所救，龍王為答謝李元，把雲姐送給李元當女婢，並由雲姐助其考取功名，以替兄弟報答救命之恩。雲姐「精神雅淡，顏色清美」，又「言笑慧敏」，李元甚是寵愛。當雲姐為李元探知科考試題，李元果然因而榮登科第，雲姐報恩任務達成，向李元泣別時，作詩云：「六年於此報深恩，水國魚鄉是去程。莫謂初婚又相別，都將舊愛與新人。」李元時新娶妻，萬般不捨地挽留雲姐，雲姐雖亦難捨，還是遵從父命，拜別李元。雲姐被其父王當成替兒子報恩的禮物，由小蛇化身為一位美麗聰敏的少女，幫助李元一切生活起居上的事情，後來又利用她非人的超能力偷得科舉試題，順利幫助李元中舉，雖然六年的生活相處，她和李元之間或許已產生了超越主僕之間的情愫，但她知道父命不可違，只好放棄自我情感，以達成為兄弟報恩的使命。由蛇化身而成的雲姐，集眾多「理想」特質於一身，她聰慧清美、善解人意、順從父親、友愛兄弟、守分認命，非但早已脫離了令人心生畏懼的蛇精形象，其順從父權的形象，亦為宋人定位理想女性角色的一部分。

　　如上所述之理想賢婦形象之女妖，她們在男性作家筆下近乎完美的女性特質有著什麼意涵呢？或許即如學者所言「男性表面理想化女性乃男性恐懼女性特質」，而男性恐懼的是「那些拒絕放棄自我，跟隨自己意旨行動之女性，有故事可敘述之女性──簡單說，是拒絕父權為她們預備之從屬角色之女性」。〔註177〕既然男性恐懼的是拒絕從屬於父權的自主女性角色，因此，他們

〔註175〕宋‧劉斧，《青瑣高議》別集卷4〈王榭〉，同註12，頁4851～4856。
〔註176〕宋‧劉斧，《青瑣高議》後集卷9〈朱蛇記〉，同前註，頁4816～4818。
〔註177〕見托里‧莫以（Toril Moi）著、陳潔詩譯，《性別／文本政治：女性主義文學

對女性的所有規範也皆必須納入父權體制下來思索，故我們更有理由推論宋代文言小說中「正位於內」的賢婦女妖形象，便是在宋代士大夫「正家——治國——化天下」之社會結構整體格局的期許上而形成的，換言之，理想之「正位於內」的賢婦女妖形象，也是一個順從、依附於父權體制的一個理想範型。

（二）以理制情的女妖

由妖化成的美女，對人類男性充滿了遐思與嚮往，而她們「絕世奪目」的美色，也成為引誘男性的最佳武器。雖然以美色惑人無往不利，但女妖對於伴侶的選擇也是有其喜好與「擇偶標準」，她們「寧缺勿濫」，甚至她們會在自我的理性思索和他人勸說下，放棄魅惑人的舉動。如此進一步人性化的妖精，在她們的形象塑造上，滲透了時代環境的理性色彩，而呈現出「以理制情」的特色，這也成為小說中理想女妖形象的另一個顯著特徵。

宋代女妖並非全然放蕩不拘，亦有堅貞自愛的性格，如《夷堅三志己‧石六山美女》〔註178〕之石六山美女，實為一白獼猴化身而成，其身著布繢，淨白無污垢，男子寧賞見之以為異物，執而訊之，女子即佯稱為山下村婦，「賞已羨其色，又悅其語音儇利，欲加以非義，拒不肯。賞奮怒，令驛卒繫之柱間，殊不懾怖。至曉，始悲告求釋」。由白猴化成的女子，猶如人間的貞烈女子般，無懼於惡勢力的威脅，不肯受辱，雖然後來仍須以「悲告求釋」的方式脫逃，然她拒不讓男子非禮之，即表明了她堅貞的一面。白猴妖精堅拒之的原因，由其從男子手中脫逃後所作之詩可明白，白猴精作詩曰：「桃花洞口開，香蕊落莓苔。佳景雖堪玩，蕭郎尚未來。」由此詩可知，白猴女子有其心嚮往的理想對象，非她心中愛慕的理想對象，她絕不輕易自薦枕席。十年後，白猴妖精遇一少年，邀少年入石室留飲同寢，兩人歡愜無比，數日後，白猴妖精勸少年歸：

> 女曰：「與君邂逅合歡，恨不得偕老。君之家人失君久，曉夕叫呼，尋訪於絕崦孤寂之墟。行且抵此，恐為不便，君宜遽歸。」猶眷戀
> 弗忍，不獲已而行。及家，已三更，妻孥言失之兩月矣。後亦無恙。

妖怪魅惑人的情節依然出現於此文本中，但結局卻大不相同，少年沒有因此而精氣耗損、恍惚喪性，更沒有因此而染疾暴卒，這表示白六朝志怪小說以

理論》（臺北：駱駝出版社，1995 年 6 月），頁 53。
〔註178〕宋‧洪邁，《夷堅三志己》卷 1〈石六山美女〉，同註 62，頁 6492～6493。

來「妖怪禍人」的形象，於宋代，不再是那麼絕對的刻板印象。〔註179〕雖然，白猴妖精和少年顯然已於數日的相處間，產生了濃厚的情感，於情，她恨不得與少年偕老，然而，於理，她似乎也感受到少年家人焦急尋找少年的心情，況且少年家人一旦尋行至此，石室居所與女妖的身分被揭露，對自己亦為不利，於是她決定讓少年平安返家，而白猴妖精自己則繼續過著「洞府深沉春日長，山花無主自芬芳。憑欄寂寂看明月，欲種桃花待阮郎」的日子，這分明是個閨中少女既自憐又期待愛情的心情寫照。

白猴妖精在小說文本中的形象，雖未能如宋媛等狐女擁有充分人性化的親切可愛特質，但她其實可視為此類理想狐妖的前身，在她身上，不僅看不到動物噬人的獸性，亦無妖魅禍害於人的妖性，文本中她是個弱勢受欺的受害對象，她能為理想愛情而堅貞自愛，同時她也在理性思考之下，催促愛慕的少年儘早返家，而獨留石洞中，默默地等待下次愛情的到來。沒有侵略性與殺傷力，白猴妖精猶如一個痴心等待愛情的女子般，其獨自守候在石洞中的美麗影像，已和妖怪噬人、採補精氣的恐怖形象大相逕庭。

此外，女妖魅惑害人的形象，居然也在法師講經勸說之下，遭到了扭轉。如《夷堅丙志·陶象子》〔註180〕之柳妖魅惑陶象之子，陶象子因而得疾，然柳妖卻在法師召說因緣下，受教離去。如此「懂事」又「理性」的女妖，實不多見。還有說道理自我警戒的女妖，如《雲齋廣錄·甘陵異事》〔註181〕中，由燈檠化身而成的女子，每次出場，皆是立於燈下，而其形貌是「纖腰一搦，顏色動人」，每就寢必滅其燈，其形象塑造保留了其為異類的特徵。由燈檠化身的美婦人，突然出現於趙生房裡，自述其為彭城郎之妾，郎久出未還，「寂寞一身，孤眠暗室，其誰我知？近聞君子至斯，無緣展見，適乘月暗，不免踰垣，輒造齋舉，私薦枕席。此誠多幸，願君密之，恐事露即不得來也」。自此後，婦人每夕必至，至則以歌訴衷曲，歌中的意思多為傾訴相思難耐，空閨寂寞之情，但婦人似乎又對自己放縱情欲、無盡宣洩之淫行有所不安，於是說出自我警惕的一番話：

> 妾之為人，性靈而心通，非愚者也。唯恐溺於恩愛，惑於情欲，終

〔註179〕唐代作家已有了「妖非害人」思想的轉變，而此種轉變，也促成了任氏、孫恪妻袁氏等理想女妖形象的產生。同註3，第四章「魅惑形象的平反」一段，頁130～132。

〔註180〕宋·洪邁，《夷堅丙志》卷16〈陶象子〉，同註23，頁5480～5481。

〔註181〕宋·李獻民，《雲齋廣錄》卷4〈甘陵異事〉，同註15，頁147。

必喪身。彼大本之樗，以臃腫而全，不才之木，以拳曲而壽，蓋其
無知而不靈也。

這一段假妖精之口的訓誡，可以看出宋代理學「存天理，去人欲」的興盛背
景。理學家提倡「去人欲」的意思並非是要人盡去欲望、不能有情欲的存在，
而是要在天理之中來滿足欲望之需求，在理學家心目中，顯然是「理」重於
「情」的。燈妖所言「溺於恩愛，惑於情欲，終必喪身」，正是理學家以「理」
制「情」思想的體現。燈妖後來因無法摒棄愛欲雜念，終為火所焚化。燈妖
的下場，究竟是宋代理學的一種宣導，還是一種反諷？此問題亦耐人尋味。

　　宋代強調節操的思想滲入小說創作中，小說家也刻意塑造女妖為「貞烈」
女子的形象，故前述之白猴妖精面對男子的無禮，堅貞自守，無獨有偶，《青
瑣高議・小蓮記》〔註182〕之狐精女奴小蓮，因顏色日益美豔，又能歌舞，「公
欲室之，則趨避。異時誘以私語，則斂容正色，毅然不可犯」。由其拒絕主人
李公之挑逗，亦可見其貞烈自愛的性格。他界女性，特別是在妖界女子身上，
本來就較難見到所謂「人性」的部分，她們通常不受社會法制禮俗的約束，
但在時代理性思維的影響下，小說中的妖界女子形象也變得矛盾扭捏起來，
正如燈妖一般，一面縱情一面擔憂，呈現出「以理制情」的女妖形象。

三、魅惑與理想以外的女妖

　　女妖在唐代小說中的形象呈現了「魅惑」與「理想」天平兩端的表現，
〔註183〕至宋代依舊如此，只不過宋代之「理想」更寄託了其時代意涵，即
前文所論理想化女妖形象表現於「正位於內」的治家能力與「以理制情」的
理性思維傾向。不論是「魅惑」或「理想」的女妖形象，皆可視為男性作家
心理意識的一種反映。康正果如此解釋男性作家形塑女妖形象背後的心理意
識：

女妖在媚術的雙重意義上成為美女的象徵，女人的化妝術和肉體性
全都有了致命的魔力，她既是男人欲望的對象，又令他感到恐懼。
一方面是人間的美人，一方面是現形為美人的女妖，兩者越走越近，

〔註182〕宋・劉斧，《青瑣高議》後集卷3〈小蓮記〉，同註12，頁4754～4756。
〔註183〕陳玉萍指出唐代「作為魅惑害人象徵的女妖依然存在，但更有另一批代理想
　　　　女性的女妖們異軍突起，她們有別於傳統的惑人形象，反而具備了種種唐
　　　　代男性心中理想女性典型的條件」。同註3，頁122。

最後在現實與魔幻的交界點上則合二爲一，亦妖亦人，眞假難分了。
當作者傾向於表達男人的恐懼時，他就用妖狐惑人比女色惑人，從
而強調沉溺女色的危險性，……當作者傾向於表達男人的欲望時，
他又可能極大地美化女妖的形象，賦予她更多的人情味，甚至把她
寫成近乎理想的女性。〔註184〕

上文指出女妖的「魅惑」是由於男性對美色的恐懼與自我警誡；而女妖的「理
想」形象，包括美貌、才情、聰穎賢慧、溫柔體貼等屬於女性的美好特質，
皆表達了男性心理的欲望。在宋代，也許我們更應具體聚焦地指出：女妖的
理想化形象，是宋代理學家、士大夫對社會婦女「正位於內」及「貞潔自持」
的要求與理想。

小說裡當然並非所有女妖皆以魅惑或理想形象出現，在這兩種主要形象
以外，尚有其他形類之女妖，這些女妖形象不一，或乞命、求助於人，或感
念於人，或戲弄於人，但同樣體現的是萬物有靈的意涵。

人的智慧和能力本即超乎萬物之上，因此動物遇到危急時刻，化身爲女
子向人求助者亦時有所見，如《葆光錄・母雞鬥虎》〔註185〕中，一即將被烹
煮之懷孕母雞化身爲黃衣女子向男子乞命，果得保全性命，而母雞生下小雞
後，於男子遇虎危險之際，以身撲虎，捨命相救。由此可見，妖類亦懂得感
恩相報。又人類以愛惜之心善待異類，異類亦以感念之情回報之，如《夷堅
三志己・徐五秀才》〔註186〕記敘徐五秀才行經大槐樹下，見大槐樹根朽而葉
茂，以爲其爲老樹精，於嗟嘆其異之餘，對老槐樹充滿感情地撫嘆再三而去。
秀才對年歲久遠之老槐樹的讚賞與憐惜，感動了大槐樹精，樹精化身爲音韻
楚楚的青衣丫鬟，前往致謝曰：「妾乃槐花巷內大槐之精也。晝日間辱郎君惠
顧，惻然興憐，感恩義殊常，是用致謝。」又如《祖異志・人魚》〔註187〕一
篇，人魚化爲一婦人「擱淺」於沙灘上，查道命人以篙扶於水中莫傷之，「婦
人得水，偃仰復身，望查拜手，感戀而沒」。上述之母雞捨命報恩，大槐樹精
感謝秀才的愛憐，人魚婦人獲救，亦對救命恩人懷著感恩之情，這些故事反
映了人和萬物不僅能和平共處，如能對自然萬物有情，萬物莫不有靈，故亦

〔註184〕同註43，頁202。
〔註185〕宋・陳纂，《葆光錄》卷2〈母雞鬥虎〉，同註18，頁56～57。
〔註186〕宋・洪邁，《夷堅三志己》卷2〈徐五秀才〉，同註62，頁6500。
〔註187〕宋・聶田，《祖異志・人魚》，同註18，頁100。

能感受之而以情相待。

　　還有狐女戲弄人的故事。如《夷堅三志己·劉師道醫》〔註188〕之劉師道
為醫，出診回家途中遇一婦人騎驢邀至其家診視其丈夫，至其家，劉師道細
審其夫，「覺骨節硬如木石，全無暖氣，心怪之。投以湯劑，且施針」。當此
之際，婦人則在一旁鼓掌大笑此病不可醫，旋及在劉師道面前化為狐狸奔出，
劉師道才驚覺為狐狸所戲弄，其所診視者為一朽骸罷了。又如《夷堅三志辛·
蕭氏九姐》〔註189〕中，由綠毛龜化身的蕭氏九姐，以妖之異能料知男子易生
好觀星象之事，並和男子開玩笑。而《夷堅丙志·蜀州紅梅仙》〔註190〕則是
男子李石戲梅仙，反遭梅仙戲弄的故事。這些小說中的女妖，俏皮戲人而不
傷人，亦呈現了女妖的另一面。

　　諸如上述在魅惑和理想形象以外之女妖，展現了人和女妖和平相處，人
不以其為異類而迫害之，妖類亦通人情，不但不會傷害無辜，甚至能夠以感
念之心相報的主題意涵。

小　結

　　本章討論的是宋代文言小說中的女仙（神）、女鬼和女妖，基本上三者皆
有有別於前代的突出特色。就女仙（神）而言，除了下凡主動接近人間男子，
以遂一己之情愛欲望的仙（神）女外，女仙（神）在宋代小說中，依然是高
高在上的，而且不論是人仙（神）戀主題中，引領男性修仙向道的女仙（神），
或是人仙（神）戀主題以外，訓誡、教導男性，或是為人降福解禍的女仙（神），
她們擁有的不僅是美豔絕倫的美貌，同時在宋代崇文、科舉盛行的社會風氣
下，女仙（神）形象也具有知識學問與琴、棋、書、畫、屬文作詩之文藝才
華等內在精神層次的深化，甚至原本於宋代以前被視為苦情廁神之紫姑神，
於宋代文人筆下也搖身一變，成為宋代文人精神崇拜與寄託的文藝女神，女
仙（神）文藝化、文人化的形象，是在宋代獨特的時空文化下所造就的。

　　女鬼方面，在經歷了唐末五代的動亂時期後，宋代小說中的女鬼即承載
了亂世與命運的苦難烙印，她們或是五代帝王之後宮嬪妃，或只是平凡民婦，

〔註188〕宋·洪邁，《夷堅二志己》卷3〈劉師道醫〉，同註62，頁6511～6512。
〔註189〕宋·洪邁，《夷堅三志辛》卷9〈蕭氏九姐〉，同註62，頁6478。
〔註190〕宋·洪邁，《夷堅丙志》卷2〈蜀州紅梅仙〉，同註23，頁5351～5352。小說
　　　　中的紅梅仙，雖名為「仙」，然其身分應該是由紅梅化身的女妖。

但她們同樣見證了五代帝王荒淫亂政的歷史，由女鬼口中所述說的悲苦遭遇，正是對昏庸帝王的沉痛批判。另外，在人鬼間的愛恨情仇糾葛中，「難捨前緣的深情女鬼」是為了了遂生前無法割捨或實現的一份情，其中「追求愛情的女鬼」更是突破了種種社會禮法約束，突顯出女性追求自由婚戀的渴望；而「亡而復生的女鬼」，其復生的目的並非如六朝女鬼復生、生子以求生命延續的意義，而是突出了人鬼愛情，和屬於女鬼個人自我精神之追求的兩個主題，前者如〈胡氏子〉和〈馬絢娘〉兩篇之女鬼與男子合而復生，並結為連理，後者如〈玉條脫〉之孫氏和〈周助〉之孫氏復生，皆是為了尋求一種妻子身分的人倫情理認同；此外，「復仇女鬼」之「殺人償命」的堅決復仇形象，亦透露了市民階層的果報觀念。

在女妖的部分，宋代小說之女妖，除了有承繼傳統並在宋代文人有意醜化狐狸風氣下的魅惑（害人）女妖外，宋人在唐人世俗人性化之女妖基礎上，出現了如宋媛等進一步細膩人性化的理想女妖形象，她們美豔大方、深情重義、聰穎敏捷、兼善詩詞。同時在這些世俗理想女性的特質上，宋代士大夫希冀透過女性「正位於內」以達成維護社會秩序的理想，也反映在女妖形象的塑造上，進一步賦予了女妖治理家務的賢婦形象，以及滲透了理性思維的「以理制情」之女妖形象，這是宋代理想化女妖的時代特色。

此外，有關宋代文言小說中他界女性的身分，有時作者為了故弄玄虛，而不明白說出他界女子為仙、鬼或妖的真實身分，如《雲齋廣錄‧四和香》〔註 191〕一篇，或是篇中未交代清楚，使人無法判斷其為何種身分的他界女性，如《投轄錄》中的〈趙說之〉〔註 192〕和〈沈生〉。〔註 193〕這些小說文本由於無法歸類，故未在本章詳加討論，本論文將於第四章探討敘事手法時再行論述。

〔註 191〕宋‧李獻民，《雲齋廣錄》卷 6〈四和香〉，同註 15，頁 151～152。
〔註 192〕宋‧王明清，《投轄錄‧趙說之》，同註 14，頁 3874～3875。
〔註 193〕宋‧王明清，《投轄錄‧沈生》，同前註，頁 3875～3876。

第四章　宋代文言小說女性形象構設手法與意義

　　「小說就是敘說故事」，〔註1〕這是英國小說家佛斯特（E.M. Forster）對「小說」所做的一個簡單明瞭的解釋。小說既是一種敘事文學，討論小說中女性形象的構設手法，必然會牽涉到小說的敘事藝術。然小說敘事藝術的範圍實在太廣泛了，本論文將擇取和人物形象塑造相關的面向來討論，換言之，本章並非探討宋代文言小說整體的藝術特色，而是以女性人物形象為聚焦點，由此輻射出種種和構成女性形象相關之敘事策略和手法為討論重心。以下即分由「敘事視角」、「敘述語言」、「人物語言」和「小說議論」四個部分，來探討文言小說中，女性形象的構設手法與意義。

　　「敘事視角」是西方和現代小說敘事理論極為注重的小說批評面向，雖然宋代小說家並非自覺地運用敘事視角來創作小說，但由女性人物形象塑造看來，不同敘事視角的運用和轉換，已經在一定程度上成為構設人物形象的必須要素，而且在全知敘事背後，其實也隱含著敘述者對人物、事件的評判，這是相當值得探討的。

　　此外，和人物形象塑造密切相關的就是小說語言的部分。馬振方先生於《小說藝術論》中提到「小說的語言藝術主要就是描摹的藝術」，他並進一步說明何謂描摹的藝術：

　　　　小說的興起和繁榮充分發揮和發展了語言的描摹功能，調動了一切

〔註1〕　見英・佛斯特（E.M. Forster）著，李文彬譯，《小說面面觀》（臺北：志文出版社，2002 年 1 月），頁 61。

語言手段達到描摹的繪聲繪色、窮形盡態、維妙維肖，使每一段文
字都要構成一幅或幾幅活動變化的人生圖畫。這就產生了小說語言
獨具特點的形象性，或稱爲小說語言的浮雕性。〔註2〕

小說語言可分爲「敘述語言」和「人物語言」，「人物語言」爲小說人物的內
心獨白和對話，「敘述語言」則爲除了「人物語言」之外，小說敘述者的語言，
不論何者，皆得具有生動描摹的形象性特色。語言的形象化，對於人物描摹
有直接幫助，而小說語言底下，也透露著作家描寫女性人物的心理意識。

　　最後，將討論「小說議論」對女性形象塑造的作用與意義。「小說議論」屬
於小說「敘述語言」的一部分，然本章之所以將小說「議論」的部分獨立一節
來論述，首先，是因爲「議論」在宋人小說中不僅相當突出，並且具有重要的
意涵，魯迅即注意到宋人小說「多教訓」，「以爲小說非含有教訓，便不足道」，
〔註3〕並認爲樂史〈綠珠傳〉、〈楊太眞外傳〉之「篇末垂誡，亦如唐人，而增
其嚴冷，則宋人積習如是也」，〔註4〕如同其對宋代志怪、傳奇小說貶多於褒一
般，他對宋人小說之議論也是頗不以爲然的。姑且不論宋人小說議論之優劣，
我們不得不承認的是，議論在宋人小說中的作用，是令人無法忽視的。其次，
就一般小說文本而言，議論也是屬於小說敘述語言的一部分，不過，宋人小說
之議論有時並非作者所作，而是小說集之編撰者所附加，那麼，議論內容對於
文本敘述的批評，更是一個有趣而值得深究的問題。就本章所討論的女性形象
構設手法而言，議論和文本敘述中的女性形象是否一致，爲首先必須檢視的部
分，若議論和文本所傳達的意涵一致，那麼就有強化女性形象的效果，反之，
女性形象即遭到了弱化。當然，宋人議論也有以較爲客觀的角度來對女性作評
論，這對於文本中的女性形象，也就沒有強烈而明顯的強化或弱化效果。

　　「敘事視角」、「敘述語言」、「人物語言」及「小說議論」等和宋人小說
之女性形象構設相關的策略與手法，其背後的效果和意義或隱或顯，相較而
言，小說敘述語言和人物語言對於女性形象構設的效果是顯而易見的，而敘
事角度和小說議論對女性人物形象構設的意義則是較隱藏難見的。本章即由
此四個部分來觀察宋人小說女性形象構設的手法和意涵。

〔註2〕　見馬振方，《小說藝術論》（北京：北京大學出版社，2000 年 8 月第 2 版），頁
　　　　152。
〔註3〕　見魯迅，〈中國小說的歷史的變遷〉，《魯迅小說史論文集—中國小說史略其及
　　　　他》（臺北：里仁書局，2003 年 2 月增訂 1 版），頁 524。
〔註4〕　見魯迅，《中國小說史略》，同前註，頁 87。

第一節　敘事視角與女性形象塑造

　　陳平原先生受到西方兩位小說理論家熱拉爾・熱奈特《敘述話語》及茲韋坦・托多洛夫《敘事作爲話語》的啓發，並考慮中國小說的實際發展情形，將中國小說敘事模式的轉變分成「敘事時間」、「敘事角度」、「敘事結構」三方面來討論。〔註5〕三者之中，和小說人物形象塑造關係最爲密切的就是「敘事角度」〔註6〕的運用。楊義先生對敘事視角的意義與功能有一番解釋，他認爲「所謂視角是從作者、敘述者的角度投射出視線，來感覺、體察和認知敘事世界的」，〔註7〕敘事視角的功能「在於可以展開一種獨特的視境，包括展示新的人生層面，新的對世界的感覺，以及新的審美趣味、描寫色彩和文體形態」。〔註8〕簡言之，小說敘事視角的運用，透露出作者、敘述者觀看人、事、物的態度與評價，同時也將深深影響讀者的觀點與看法，即如英國小說評論家洛奇（David Lodge）所言：

> 確定從何種視點敘述故事是小說家創作中最重要的抉擇了，因爲它直接影響到讀者對小說人物及其行爲的反應，無論這反應是情感方面的還是道德方面的。〔註9〕

這一段話不僅指出敘事視角對讀者反應的影響，同時也間接表明了敘事視角和人物形象塑造的關係。本節除了探討小說家在藝術技巧層面上如何運用敘事視角來構設女性形象之外，不同敘事視角的採取使用，亦意味著各種看待女性的方式與態度，因此，本論文也企圖揣摩小說家在運用全知敘事視角背後，對女性的態度與評價。

　　宋人小說大部分採用第三人稱的全知敘事角度，似乎不像唐五代小說般採用豐富多變的敘事視角，〔註10〕不過，亦有敘事視角運用嫻熟的作品，如

〔註5〕　參見陳平原，《中國小說敘事模事的轉變》（臺北：久大文化股份有限公司，1990 年 5 月），頁 3～4。

〔註6〕　在敘事學中，關於「敘事角度」這一概念，理論家有不同的稱呼，「視點」、「觀點」、「角度」、「視角」皆有之。參見李建軍，《小說修辭研究》（北京：中國人民大學出版社，2003 年 12 月），頁 110。本論文爲行文方便，以下若非引用他人言論，則統一以「敘事視角」稱之。

〔註7〕　見楊義，《中國敘事學》（嘉義：南華管理學院，1998 年 6 月），頁 265。

〔註8〕　同前註，頁 212。

〔註9〕　英・D.洛奇著，王峻岩等譯，《小說的藝術》（北京：作家出版社，1998 年），頁 28。

〔註10〕根據程國賦先生之研究，他將唐五代小說的敘事視角分成四種類型，即：第

李獻民《雲齋廣錄》所收錄的小說。本節主要擇取敘事視角和女性人物形象塑造較有相關意義的小說，作爲分析之文本。

一、第三人稱全知敘事

　　小說中的全知敘事，基本上都是以第三人稱的觀點爲之，第三人稱敘事具有「非人格性」的特點，即敘事者「看不見摸不著，如同一個只聞其聲不見其人的幽靈」，〔註11〕故第三人稱敘事者，可以自在地悠遊於被敘述者之間，擁有更寬廣不受拘束的敘述空間。申丹進一步說明「全知敘事」的特點是：

> （全知敘事）其特點是沒有固定的觀察位置，「上帝」般的全知全能的敘述者可從任何角度、任何時空來敘事：既可高高在上地鳥瞰概貌，也可看到在其它地方同時發生的一切；對人物的過去、現在和未來均了如指掌，也可任意透視人物的內心。〔註12〕

由此可知，全知敘事對於女性人物形塑最有幫助的有兩個部分：其一，可以清楚詳細地敘述過去、現在和未來，發生於人物身上的一切事件；其二，能夠透視人物內心想法。就前者而言，也許暗含了敘事者對女性人物「隱蔽的評論」，此爲全知敘事所特有；〔註13〕就後者而言，能貼近揣摩人物內心，設身處地爲女性著想，對於女性心理也就能多一些理解與同情，而能夠較深度地刻畫女性內在心理意識。這兩個部分是以下探討全知敘事對於女性形象塑造意義的主要方向。

（一）對女性命運的嘲諷

　　中國古代小說的發展深受史傳文學影響，史傳的敘事角度爲第三人稱全知敘事，宋代文言小說亦多採用第三人稱全知敘事視角。「全知敘述者通常與

三人稱限知視角、第一人稱限知視角、視點敘事、多視角敘事。參見氏者，〈唐五代小說敘事研究〉，《慶祝卞孝萱先生八十華誕——文史論集》（南京：江蘇古籍出版社，2003 年 1 月），頁 488〜493。

〔註11〕見徐岱，《小說敘事學》（北京：中國社會科學出版社，1992 年 9 月），頁 283。

〔註12〕見申丹，《敘述學與小說文體學研究》（北京：北京大學出版社，2001 年 5 月第 2 版），頁 203〜204。

〔註13〕全知敘事中，有一種隱蔽的評論方式是其所特有的，它的特點是「處於故事外的敘述者居高臨下，通過其敘事眼光或表達方式暗暗地對人物進行權威性的評論，人物對此一無所知。在某種意義上，敘述者是在與讀者暗暗地進行交流」。同前註，頁 212。

人物保持一定的距離，具有一定的權威性和客觀性」，〔註14〕而在宋代文言小說裡，所謂「第三人稱全知敘事者」通常即是文本之外的作者，作者和任何一個作為小說敘述者的小說人物相比，有一種優勢，即「無所不知的權威感」，〔註15〕這種「無所不知的權威感」以居高臨下的態度傲視一切，對於文本中命運坎坷的女性人物彷彿是一種嘲諷。

　　《鬼董・陳淑》以第三人稱全知敘事來陳述女主角陳淑一生奇特的遭遇，小說基本上是以陳淑和富家子劉生、貧窮丈夫黃生、獄卒謝德、盜賊李生四位男性的命運糾葛，來構成曲折複雜的情節。但作者並未刻意用心於小說情節之經營，對於陳淑遭遇種種「不凡」事件之時，也沒有對其心理狀態進行深入、細膩的刻畫，僅以寥寥幾筆帶過，如陳淑嫁給貧窮的黃生後，無以為生，必須質衣於市，恰巧遇上先前愛慕陳淑、有意娶她的富家子劉生，劉生給予她金錢上的援助，並「寖挑謔及亂」。陳淑回家後，即「視夫如讎」。後來丈夫黃生知道妻子和劉生之間的姦淫行為，欲把妻子送至官府治罪，此時「淑恨怒，飲夫醉，殺而析其骸寘甕中」。陳淑因殺夫之罪而被捕入獄，劉生也坐累黥隸澧州。在獄中，獄卒謝德悅其貌，救出陳淑，兩人一同逃竄，後來淑又落入盜賊李生手中，李生是個蓄毒、殺人、掠財無惡不做的大壞蛋，但「淑久亦益習為之」。而三、四年後，陳淑又見到謝德，「懷德恩未替也，瞰無人焉，急走謂德：『僞醉臥於此，我復從君去。』」兩人遂謀殺李生而逃。不料，兩人所宿之旅邸為劉生之舅所有，恰巧旅舍此時正交給以賄賂得免流配的劉生經營，劉生為了擁有陳淑，「攜德出城飲，以鐵擊其腦，推置檀溪中，復納淑而室之」。故事繞了一大圈，原以為陳淑終將結束坎坷的命運，就此和劉生在一起，然而，就在劉生暫匿陳淑於尼寺中，安排攜淑歸鄉之際，劉生獨自一人夜宿旅店，因錢財露白而遭殺害。陳淑後來亦因劉父至尼寺認出其身分而被扭送官刑。

　　陳淑在小說中的形象並非透過心理刻畫或言語對白來突顯，甚至可以說，陳淑在小說裡的形象並不鮮明，她在文本中幾乎是不說話、沒有聲音的，因而讀者也無從瞭解她心裡真正的想法和感受。但陳淑一生離奇的際遇，及其怒而殺夫析骸，又夥同謝德謀殺李生的所作所為，卻是如此震撼人心，讓

〔註14〕同前註，頁 207。

〔註15〕參見陳文新，《中國文言小說流派研究》（武昌：武漢大學出版社，1993 年 9 月），頁 135。

讀者的心為之起伏、糾結。究其原因，應該和敘述者的敘事方法有關。宋代小說重敘述，不重環境細節描寫，這是歷來學者認為小說宋不如唐的原因之一，〔註 16〕不過在〈陳淑〉一篇中，以女主角陳淑之遭遇為主軸的流水帳式的記敘方式，卻意外地帶來特殊的敘事效果，即故事情節是以陳淑的遭遇為主軸來推衍的，敘述者以第三人稱的全知敘事視角，平鋪直述地敘述發生於陳淑身上的事件，每件事的因果關係都在敘述中交代說明清楚，不見敘述者製造任何懸念，也不見多餘的渲染與描寫，只見每一件事都拼貼得相當緊湊，敘述者匆匆的敘述完陳淑的一段際遇，又緊接著開始下一段遭遇，而情節的推展，就是以四位男性為爭奪陳淑而展開。敘述者不帶任何感情地匆匆的敘述完陳淑一生的遭遇，唯一可以嗅出敘述者對人物、事件所發表的看法，是故事末尾以「淑竟論死。嘻！異哉！」作為結語，話中微露輕蔑語氣，透露出敘述者對陳淑一生離奇的戲劇性際遇，感到荒謬與不可思議。

本篇筆法輕描淡寫，匆匆帶過，女主角的命運和故事情節發展綰合在一起，情節發展之緊湊，使得故事主角陳淑毫無思索的餘力和空間，她彷彿是被敘述者，連同文本中和其命運緊緊相繫的四位男性，推架著她走完人生，這正代表著現實人生的殘酷與無情。敘述者全知敘事、流水帳式的敘事手法，彷彿在袖手冷眼旁觀陳淑一生操弄於劉生、黃生、謝德、李生四個男子的悲劇命運，呈現出現實的可悲。〔註 17〕在敘述者口中，她沒有足夠的力量與智慧去決定自己的人生，她只能順著所處的環境去適應生活、做出反應，遇到事情時，她的反應都是最直覺的，沒有太多的思索與心理的掙扎，如她和黃生結婚後，受到劉生金錢上的援助與情感的挑逗，回到家即視夫如仇敵，甚至憤而殺夫；和李生這個大魔頭生活在一起，時間一久亦習以為常；又謝德為了她，殺了李生，劉生又為了她，殺了謝德，二位男子皆為了她枉送性命，但卻不見敘述者對陳淑有任何驚恐、自責或是悲哀的情緒描述。總之，陳淑沒有獨立自主的思索和行動力量，她的貌美使她的命運無奈地和四位男子糾纏在一起，就小說類型人物

〔註 16〕如陳文新先生認為宋人傳奇是「詩向歷史傾斜」，可由三方面看出：一、多托往事而避近聞。二、篇末垂誡，亦如唐人，而增其嚴冷。三、以事件為中心的敘事結構，即少氛圍的渲染、少細節經營。同註 15，頁 400〜405。

〔註 17〕全知視角「在它進行廣泛的選擇來達到行動的有機聯合以及作更直接的（固定的）透視或分析人物形象的同時，它會導致另外一種現實主義」。見美·理查德·泰勒（Richard Taylor）著，黎風等譯，《理解文學要素——它的形式、技巧、文化習規》（Understanding the Elements of Literature）（成都：四川大學出版社，1987 年 7 月），頁 98〜99。

而言，她的確是屬於「譏弄型」〔註18〕的下層人物。敘述者以這樣的方式來陳述陳淑一生際遇，正是對她悲慘命運的一種嘲諷。

（二）透視女性心曲——對女性心理的體貼同感

唐傳奇謹守史傳文學的敘事手法，為取信於讀者，僅描寫人物的外在言行，而較排斥人物內心活動的直接描寫。但宋代說話人說書時，不僅描述人物的外在言行，連人物隱密的內心思慮也摸得一清二楚，〔註19〕如此「內」、「外」兼顧的全新敘事空間，或許也影響了宋代文言小說的創作，而使作家將敘事眼光投向了人物的內心世界。

不透過人物對話，亦非人物以詩詞代言或以驛壁題書的方式獨白，〔註20〕《青瑣高議・溫琬》中，有一大段內容直接描述溫琬內心的想法，這對深受史傳傳統客觀記實觀念影響的文言小說而言，的確是一大突破。此外，作家為女性代言，亦清楚表明了小說的虛構性。試舉一段敘述者深入女性內心，描述溫琬對於是否淪為妓女的內心思索與掙扎：

> （溫琬）竊自為計曰：「吁！吾苟不能自持，入此流不頃刻耳。」嗟念恨不能自翼以避之。又常曰：「人之所以異於禽獸者，以其識禮義，知其所自先也。傳曰：『萬物本乎天，人本乎祖。』詩云：『哀哀父母，生我劬勞，欲報之德，昊天罔極。』則恩之重無過父母，章章明矣。琬之生，凡十有二月而誕，既誕逾年，不幸父以天年終。既無長兄，致母氏失所依倚，食不足飽腹，衣不足暖體。又所逋於人者幾三十萬，苟不圖以養，轉死溝壑有日矣。琬婦人直自謀之善耳，親將誰托哉？豈獨悖逆於人情，天地鬼神臨之在上，質之在旁，琬又安自存乎？當圖以償之。」又思曰：「琬一女子，上既不能成功業，

〔註18〕費萊（Northrop Frye）根據主角的行動力量對敘事文學中的人物型態做分類，有一類為「譏弄」（ironic）型的人物。所謂「譏弄」型人物是指「主角若在能力智慧方面皆遜於我們，使我們有居高臨下之感，對其作為有如觀看一幕表演身心受困、挫折及愚蠢的戲時，他便屬於『譏弄』（ironic）型。」見韓南著，王秋桂編，張保民等譯，〈早期的中國短篇小說〉，《韓南中國古典小說論集》（臺北：聯經出版事業有限公司，1979年9月），頁24。

〔註19〕話本小說摹擬說書人說故事，只能採用全知敘事。陳平原先生分析不少取材於文言小說的話本小說，文言小說採用限知敘事者，在話本小說中則改為全知敘事。同註5，附錄一〈小說的書面化傾向與敘事模式的轉變〉，頁295～297。

〔註20〕有關宋代文言小說中，女性人物語言之對話與獨白，請見本章第三節。

> 下又不能奉箕帚於良家,以活其親。而復眷顧名之榮辱,使老母竟
> 至於飢餓無死所,則琬雖感慨自殺,亦非能勇者也。復何面目見祖
> 宗於地下邪?」

這種直述女性內在思維的全知敘事角度,縮短了讀者和溫琬的距離,易使讀者對溫琬產生感同身受的同理心,到底是自身名譽榮辱,還是奉養、孝順母親重要的問題思索,使讀者彷彿也陷入了和溫琬一同反覆掙扎的情境中。

在敘事學中,全知敘事透視人物心理時,是有選擇性的,往往集中在揭示主要人物或正面人物的內心世界,而有意隱瞞其他人物的內心想法,以達到強化主要人物形象的效果。〔註21〕於〈溫琬〉一篇中,即可發現如此的敘事效果,文本中敘述者以全知敘事的角度,透視主要人物溫琬的心理,並避免對次要人物如溫琬母親和太守的內心活動描寫,僅將次要人物作為所謂「功能性」〔註22〕的人物,這麼一來,則具有集中、突出溫琬自我意識的萌發,及其和現實環境對立的衝突心理。

敘述者透視女性心理,細膩地敘述溫琬內心矛盾掙扎的痛苦,把原本應是隱而不彰的內在思維,因為全知視角的運用而呈現出來,如此不僅更能深化溫琬獨立自覺的形象,同時也讓讀者對女性心理有體貼同感的感受,這對女性形象塑造而言,也是一種創新與突破。

二、第三人稱限知敘事

在宋人傳奇中,最常見的敘述方式,就是以第三人稱全知敘事為主,然為了製造曲折、懸疑的敘事效果,通常會加上限知敘事的穿插運用,限知敘事的運用,多半是為了隱瞞、遮蔽女主人翁的身分。另外,在第三人稱限知敘事之中,有時也會採用小說中某一人物視角的眼光來敘事,因此,會出現敘述者和小說人物雙重有限視角的情形,此則更為女性形象增添了迷離、朦朧的藝術效果。

〈蘇小卿〉一篇即是於第三人稱全知敘事中,視需要靈活穿插限知敘事

〔註21〕同註12,頁213～215。
〔註22〕在西方敘事學的人物觀中,有所謂「功能性」的人物觀,這是和傳統批評之「心理性」人物觀相對立的。「功能性」人物觀將情節視為首要,人物視為次要,人物的作用僅在於推動情節之發展。而「心理性」人物觀,關注的是人物心理或性格獨立存在的意義。同前註,頁51、61。本論文藉此將僅作為推動情節發展,而缺少人物心理描述的小說人物稱為「功能性」人物。

者。如敘述者敘述父母雙亡、家道中落而淪爲娼妓的蘇小卿，和功業有成的雙漸於妓院首度再見時，特別採用第三人稱限知敘事，製造出既神祕又緊張的感覺。敘述者口中先是出現了一個女子，「但見女子立於簾下，眉如柳葉，臉如桃花，玉削肌膚，百端嬌美」，讓讀者誤以爲這名女子即爲小卿。後來，藉由先出場這名女子之口，又引出了一位歌妓，歌妓以青紗罩面，執板於筵前佐樽，更是引起讀者強烈的好奇心，先後出現的兩位女子製造了懸疑的閱讀效果，文本外，「到底那個是小卿」的疑問，激起了讀者繼續閱讀下去的欲望；而文本內，以「女子」代稱「小卿」，則渲染了雙漸和蘇小卿闊別三年，在人事全非的情況下再次相遇，彼此似曾相識，但又不敢遽然認之的既期待又害怕希望落空的複雜氛圍。直到女子（歌妓）求新詞，雙漸成其詞，女子（歌妓）以酒謝之，才慢慢揭曉了謎底：

> 漸於樽前顧盼，見女子容貌若小卿也。心悸魂飛，但忘所措。其女
> 子見漸面，默念之，依稀似雙郎也。心目皆眩，情魂俱失。

之前刻意經營的霧裡看花效果，至此已漸趨明朗，敘述者把鏡頭拉至兩人近距離的對看，讀者和雙漸幾乎同時確定原來眼前這位女子就是蘇小卿。在這一段特殊的限知敘事角度中，蘇小卿的形象由模糊到清晰，而兩位有情人的情感也隨之升溫至最高點，頗有美學的敘事效果。而同樣的敘事視角與效果，則再次運用在下一次兩人於江上相見時：〔註23〕

> （雙漸）忽聞樓櫓呀咿，有一畫舸將近，亦繫垂楊之下，蓬窗相對。
> 漸出視之，但見彼舟中馬門裡一佳人，年約二十餘。對坐一人，必
> 是其夫，約五十餘歲，形貌古怪。明燭舉酒，左右二青衣女子。佳
> 人抱一琵琶，品弄仙音。漸熟視之，即小卿也。

雙漸自舟中望見鄰舟裡的佳人，佳人有一年老且形貌古怪的丈夫，佳人抱著琵琶彈弄仙音，兩人正於舟中對飲。雙漸心頭正感慨如此佳人配一貌寢老頭，仔細一看，原來此佳人正是日夜思慕的蘇小卿。

　　小說於全知敘事中，靈活穿插限知敘事，就蘇小卿形象的塑造而言，意外地創造了和文本內容情意搭配得宜的效果。這可以由兩個方面來說明：其一，當使用第三人稱的限知敘事，小卿以「女子」、「歌妓」或「佳人」代稱

〔註23〕蘇小卿和雙漸兩人自從於妓院重逢後，小卿不忍兩人再次分離，於是把雙漸
　　　　留下來，兩人一起度過了兩年的美好時光。然之後文本即敘述兩人於江上再
　　　　次重逢的情節，中間並無交代兩人爲何又分離，文本此處疑有缺文或漏句。

時，表示敘述者並不熟悉這名女子的背景，當然也無法對人物本身進行過多的直接描述，故人物本身的形象便模糊不清，於是敘述者便改以人物所處之周圍環境爲敘述重點，藉由環境的描述反映女子的處境，於此篇中，反映出來的便是小卿淪落至妓院爲歌妓，後來又無奈地嫁給一位年邁丈夫的心酸遭遇；其二，綜觀〈蘇小卿〉一篇，凡採用限知敘事時，即小卿在文本中被籠統地稱爲「女子」、「歌妓」或「佳人」等稱呼之時，亦即兩人分離又即將重逢的時刻，而敘述者對小卿直稱其名，唯有在雙漸、蘇小卿兩人於妓院相逢而後一起度過的那二年。文本中，敘述者對小卿稱呼的轉換，似乎暗示著唯有小卿和雙漸兩人在一起，小卿才之所以爲「小卿」，名字代表著一個人的獨立自我及其在此世上存在的價值，〈蘇小卿〉描寫小卿和雙漸曲折的愛情故事，文本裡的蘇小卿彷彿唯有回到一生最愛的雙漸身邊，才能突顯她身爲蘇小卿的價值與意義，不然，她也只是芸芸眾生裡的一個「她」。

　　以限知視角來描述他界女性的敘事手法最爲常見。《雲齋廣錄‧四和香》一篇，基本上是採用第三人稱有限視角來敘述故事內容的。故事內容主要是孫敏遇一麗人相邀，兩人於崇夏寺老李師處共享雲雨之歡，之後凡孫敏欲見麗人，即得通過皇建院前賣時菓之張生傳遞音信，然後再相會於李師之院第。籠罩全篇小說的是麗人如迷霧般的身世背景，不僅敘述者交待不清，故事主人翁孫敏從見到麗人那一刻起，心裡即對麗人的身分充滿了疑問、困惑，而且屢不得其解，如孫敏和麗人初次歡好之後，即詰問麗人之居處、姓氏，麗人「但笑而不答」；之後「敏累於張生處窮詰麗人姓氏，則托以他故而不言。生常以此爲不足」；後來又有一老僕送一小盒至，孫敏知是麗人所贈，於是竊問老僕是誰遣其送至此，老僕云是崇夏寺老李師，其他皆不知，「則麗人居處姓氏，生又不可得而知之」。敘述者和小說人物孫敏之雙重有限視角所製造的疑雲，爲的就是模糊麗人的眞實身分，使讀者如墮入五里霧中，看不清亦猜不透，恰巧此種模糊迷離的敘事效果，正好符合麗人或許可能爲他界女子的身分。

　　〈四和香〉在敘述者和人物的雙重有限視角之外，小說中亦穿插了些許有關人物心理思維運作的全知敘事。如敘述孫敏初見麗人的情形：

> 生乃憑欄而坐。久之，見一麗人，衣不尚彩，但淺紅淡碧而已，然而姿色殊絕，生目所未覩也。與一侍妾同行，徐止於生旁，乃憩於坐末。數眄生微笑，與其侍妾竊竊有語。生疑之，以爲所謁貴戚之家耳，然不欲問其故。

上文中「生目所未覩也」和「生疑之，以為所謁貴戚之家耳」，前者涉及孫敏個人的經驗和祕密，後者則屬於其個人內心想法，這兩個部分即可視為全知視角的敘事。而巧合的是，這兩筆全知敘事，也全都和麗人的形象有關，以「生目所未覩」，來強化麗人人世罕見之殊色，以孫敏內心的懷疑與猜測，來暗示麗人可疑的身分。另外，篇中敘述者反其道而行，在故事結尾處，非但不交待故事來源以求真實可信，亦不揭開麗人的真實身分，而再次以有限視角作評曰：

> 孫敏之遇，竟不知其誰氏之家，亦不知其居處何地。暨敏之歸，謂
> 過中秋之後，無復再會，及重陽，敏方抵闕下，則張生失在，李師
> 遽往，麗人之耗，不復聞矣，何言之驗也。然則敏之所遇，人耶？
> 鬼耶？仙耶？此不可得而知也。豈不異哉？

敘述者出面，並未解開迷霧，而是先對孫敏遇麗人整個事件過程作一總論，孫敏因錯過了中秋和麗人相約再會之期，而和麗人斷了音訊，且原本可能是尋訪麗人線索的張生和李師皆不知所往，孫敏終究無法得知麗人的居處、姓氏。之後，敘述者提出了麗人或人、或鬼、或仙的可能性，不過，亦不可得而知，這樣的敘事空白，留下了耐人尋味的空間。〔註24〕從小說中不論採用限知或全知的敘事視角，皆是為了在女主角的身分上故弄玄虛看來，麗人若非他界女子，又何需如此？

　　基本上，凡是描寫仙、鬼、妖的他界女性形象，為了製造懸疑的閱讀感受，除了摒棄史傳開頭以全知視角介紹人物身世背景之外，小說多半會採取有限視角的敘述。如《青瑣高議・長橋怨》也是一篇敘述者和人物雙重有限視角的小說，故事敘述錢忠愛慕一女子，女子讓錢忠作詩以測試他，女子三次往返傳遞父親對其詩的看法，經過前兩次的試驗，最後一次，女子父親終於肯定錢忠的詩作，錢忠以為和女子終可結成姻緣，但女子又不明去向，「忠終不知所止」。後來，女子兩次遣人送詩予錢忠，「月餘，忠別里巷鄰友，泛舟深入煙波，不知所往」。文本以第三人稱的有限視角來敘述，對於女子和錢忠的去處刻意交待不清，以錢忠不知女子的行蹤，敘述者又不知錢忠的去向

〔註24〕楊義先生說：「限知留下某些敘事的空白，但這些空白不應該是平板的，而應該是富有暗示性的；暗示的極致，似乎是呼之欲出了，但它是『千呼萬喚始出來，猶抱琵琶半遮面』，不貿然突破視角的界限，給人們留下尋味的餘地。」同註7，頁233。

來製造懸念，實際上皆是在暗示女子行蹤飄忽不定，似非世間人的身分。

又如〈王子高芙蓉城傳〉是以男主角王子高的視角來敘述的，篇中王子高對於周女自薦枕席的行為始終感到困惑不解，周女既暗示王子高即將朝帝遊仙城，然又「不言其詳」，王子高將夢中遊歷告訴周女，並向她詢問有關夢中之事，面對王子高的詢問，周女亦只告知夢中所遊之處為芙蓉城，其餘之事皆不答。至此，讀者和王子高一樣對於周女身分和其夢中經歷是感到相當疑惑的。直到故事結尾，敘述者才點出周女實為芙蓉城仙女的身分。小說裡，王子高視角中，周女的語焉不詳、沈默以對，似乎是敘述者刻意交待不清的敘事手法，在這種限知敘事中，不僅令人對周女感到好奇，對於所謂的「芙蓉城」亦充滿了無窮想像，成功地營造出一個「鬼仙靈境」〔註25〕的虛幻境地。

三、第一人稱限知敘事

自唐五代以來，小說作品採用第一人稱敘事者即不多見，較著名的作品是唐人之〈遊仙窟〉、〈秦夢記〉、〈周秦行紀〉等，以第一人稱敘事的作品必須注意的是作者和敘述者是否為同一人，如〈遊仙窟〉作者張鷟、〈秦夢記〉作者沈亞之，在其作品中皆擔任敘述者角色，〈周秦行紀〉之敘述者「余」則並非作者韋瓘，而是科考落第返鄉的牛僧孺。〔註26〕以第一人稱敘事的小說，通常整篇的敘事觀點會固定在敘述者「我」身上，而不像第三人稱可以隨意採取小說中不同的人物視角，蘇珊‧朗格（Susanne. K. Langer）對於把敘事視角限制在小說中的某一人物極為肯定，她認為：

> 用一個人物的印象和評價來限制那些事件，就是說：「統一的觀點」就是故事中某個人物的視察角度或經驗。這樣的人物不是在講故事，而是在經歷這些事件，因此，他們都具有對那個人來說應該具有的外表。當然，通過一個人的頭腦來過濾所有這些事件，可以保證它們與人的情感和遭遇相符合，並為整個作品——動作、背景、對話和其他所有方面——賦予一種自然統一的看法。〔註27〕

〔註25〕薛洪勣先生認為「芙蓉城」是宋人新創造出來的一個「鬼仙靈境」。見氏著，《傳奇小說史》（浙江：浙江古籍出版社，1998年12月），頁170。

〔註26〕同註10，頁489～490。

〔註27〕見蘇珊‧朗格（Susanne. K. Langer）著，劉大基、傅志強、周發祥譯，《情感與形式》（Feeling and Form）（臺北：商鼎文化出版社，1991年10月），頁339～340。

以第一人稱來敘事，其優點正如蘇珊・朗格所言，讀者彷彿跟著敘述者一同經歷一切發生的事件，我們會感到親切而真實，而且在第一人稱「我」的限知敘事中，整篇小說都是籠罩在「我」的視野裡，因此讀者閱讀起來，也容易有一種自然統一的感受。不過，第一人稱敘事的優點，反過來說也是一種缺點，即如布斯（Wayne C. Booth）所言：「第一人稱的選擇有時侷限很大：如果『我』不能勝任接觸必要情報，那麼可能導致作者的不可信。」〔註28〕布斯的言論讓我們陷入一種迷惑：我們一方面跟隨著敘述者「我」的眼光而覺得真實可親，一方面又對被侷限的視野感到不安，甚至是因為未知部分的存在，而開始懷疑故事的可信度。這也是第一人稱敘事令人感到弔詭之處。

　　宋代文言小說中，極為少見採用第一人稱敘事者，《雲齋廣錄・盈盈傳》是其中著名的一篇。本篇的敘述方式，即如同唐傳奇王度〈古鏡記〉、張鷟〈遊仙窟〉是採用「無定式」〔註29〕的第一人稱敘述方式。〈盈盈傳〉之作者王山即是文本中的敘述者，王山在文本中以「予」自述和盈盈邂逅交往，兩人以詩詞往來，盈盈亡後，王山於醉夢中遊仙境再遇盈盈的奇遇。故事大致可分為前後兩段，以盈盈之亡逝為界。前半段透過王山自述和盈盈的近距離接觸，以其親眼所見所感，來深化盈盈「奇性殊絕」、擁有細膩綿緻情思的形象，在王山眼中，盈盈多愁善感，用情至極，所作詩詞傷時感世，讓他既愛其才思又憐其敏感易傷之情。在王山自述於王公之所結識妓女盈盈的有限視角裡，反覆強調的是盈盈稟賦殊凡的才與情，這也暗示了盈盈死後為仙的情節發展。後半段則敘述王山夢遊泰山，峰北石上有盈盈題詩，然王山不究其意為何，當夜昏醉之際，有女奴相召，王山遂隨之穿一溪洞，入洞後彷彿來到一仙境，在那裡他遇到了盈盈和二名仙女，四人和詩應答，「諸女被酒，驚離吊

〔註28〕見美・W.C.布斯著，華明、胡蘇曉、周憲譯，《小說修辭學》（北京：北京大學出版社，1989年1月），頁168～169。

〔註29〕馬振方先生將第一人稱敘述方式歸納為「講述式」、「臆想式」、「書寫式」和「無定式」四種。「講述式」是講述者有特定場合和聽講的對象，重要的是內容要適合講述，講的多半是人物的情況、事迹，故事較完整，少有細膩描寫和主觀抒情文字；「臆想式」和「講述式」全然不同，是由敘述者的心理活動構成，敘事不求完整，便於描寫和抒情；「書寫式」是以敘述者的日記、書信等應用文形式呈現，適合夾敘夾議，寄情抒懷；「無定式」顧名思義，即是無一定方式的敘述方式，即「看不出『我』是在說，在想，還是在寫」，這是一種古老而常見的第一人稱敘述方式，與上述三種相較，具有更多的自由性和靈活性，敘述內容也更為廣泛。同註2，頁321～322。馬振方先生所謂的「臆想式」，頗似現代小說中的「意識流」作品。

（弔）往，愁豔幽寂，啼笑玄生，情若不勝致」。王山是夕夜宿，隔曉，盈盈和二女與之泣別。對於此番如夢似真的仙境之遊，文末以第一人稱有限視角說：「至二女之會，目觀之題，仙凡茫茫，精神會通，是邪？非邪？不可致詰，又可怪也。」王山對於自己彷彿進入仙界，與盈盈等女仙仙凡相會之經歷，感到無法理解與不可思議，到底這經歷是真是幻，連他自己也無法明瞭。讀者或許也會因為王山對自己經歷的疑惑，而開始懷疑其於小說中所描述的一切遭遇。

　　蘇舜欽〈愛愛歌序〉一篇也是採用第一人稱敘事視角來敘述，不過敘述者並非故事中的當事人，而是曾經和楊愛愛比鄰而居的鄰居，而此敘述者可能即為作者本人。敘述者以身為愛愛鄰居，其母亦「憐愛愛豔麗，失於人棄置不收，而所為不妄，時往與語」，而和愛愛有所往來。透過敘述者母親和愛愛的交往，及對愛愛的貼身觀察，讀者也可以更深入地瞭解愛愛的性情，和其為了自我和愛情理想，堅守貞節的高尚節操。敘述者以第一人稱的鄰居角色之視角，對楊愛愛做近距離的描述，讀者彷彿也成為愛愛的鄰居，對她的遭遇自然產生了同情憐憫之心。

四、人物視角的轉移

　　以第三人稱敘事，由於敘述者不必在文本中露面，因此，敘事視角也可以視情況需要隨意變換，不但可以居高臨下，俯瞰全局，也可以任意在作品中不同的人物視角間轉換。〔註30〕被敘述者所揀擇的人物視角，該小說人物，李建軍先生稱之為「視點人物」，他認為視點人物有以下的地位與作用：

> 一般來講，視點人物總是處於被肯定的優越的地位，其他人物都要經由他的「過濾」，才能進入小說，因而，相比而言，也就總是處於被審視、被評價的被動地位，只有經由視點人物，我們才能知道他想什麼，他做什麼，以及他到底是什麼樣的人。……更換一個視點人物，便意味著小說的敘述切入點、主題、風格及視境的廣度和深度，都將隨之變化。〔註31〕

由此可見「視點人物」的選擇和人物視角的轉移，對於形塑人物形象的重要性。在宋代文言小說中，雖然宋人並未有自覺地擇取人物視角、轉換人物視

〔註30〕同註2，頁197～198。
〔註31〕同註6，頁107。

角的意識，然我們可以發現，他們是很自然地、甚至是不著痕跡地藉由小說中不同人物的眼光來敘說著主要人物。人物視角的任意擇取與轉變，爲小說中的女性形象塑造帶來極大的方便與自由，作者可藉由不同的人物視角來刻畫主要人物的不同面向，以達到豐富、深化人物形象的目的。〔註32〕

　　《夷堅丁志·太原意娘》一篇基本上是採用第三人稱限知敘事，不過爲了隱瞞意娘爲鬼的眞實身分，製造小說傳奇的效果，在第三人稱限知敘事中，又特別利用了不同人物視角的眼光來敘事。故事由楊從善見壁上所題之姓名字畫，而認出爲表兄韓師厚妻子意娘所爲開始，於是楊從善「細驗所書，墨尚濕」，即向酒家人追問題壁人之去向，急起直追，終於追上了意娘，趁著夜晚，意娘才引楊從善至大宅門外，向他解釋自己因爲虜所掠，義不受辱而引刀自刎不成，爲韓國夫人所救，並跟隨之的遭遇。意娘說這段話時，敘述者採取的是楊從善的視角，因此意娘到底是人或鬼，讀者並不清楚。後來，楊從善見到韓師厚，向他說明意娘所在，此時才由韓師厚口中說出親眼見意娘自刎已亡之事實。二人遂一同至韓國宅，見韓國影堂中繪有意娘畫像，且「衣貌悉曩所見」，這時的人物視角則由楊從善轉移到了韓師厚身上。

　　〈太原意娘〉主要在描述意娘對丈夫深情不渝的亂世夫妻之情，而如此的深情放在意娘爲鬼仍念念不忘丈夫，並題壁抒懷的人物身分和事件看來，更爲深刻感人。故爲了營造故事高潮、凝聚濃郁情感，不能在故事開頭即點明意娘爲鬼的身分，於是敘述者描述意娘，是從故事人物楊從善和韓師厚的角度來看的，在楊從善的視角中，意娘的鬼魂身分是隱的；當視角轉移到韓師厚時，意娘爲鬼的眞實身分，才慢慢被証實而顯露出來。運用人物視角的轉移，使意娘鬼魂形象先隱後顯，成功地達到了意娘情感和形象的凝聚與深化。

　　此外，由不同的人以不同的視角觀察同一人物，也可以增加該人物形象的立體感和眞實感，使人物形象特色有層次地展現出來。〔註33〕例如《青瑣高議·西池春遊》中，關於狐妖的整體形象，是由侯生、老叟、青衣三個不同人物視角所見之相異層面來補足的。侯生基本上是個好色之徒，從他眼中所見之狐妖形象，不外乎是表相的豔麗容貌、輕巧笑語；到了老叟口中，才

〔註32〕人物視角的轉移就是將全知視角轉變爲限知視角，借作品中人物的耳目來觀察所欲刻畫之人物活動，以此展現其個性特點。參見周啓志、羊列容、謝昕，《中國通俗小說理論綱要》（臺北：文津出版社，1992 年 3 月），頁133。

〔註33〕同前註。

透露其為狐妖之實，並道出狐妖重情重義、「人或負之，亦能報人」的個性，以及其「智意過人」、善吟詩、歌唱技藝皆難不倒她的過人才智；另外，也由青衣拒絕侯生非禮之的理由，藉青衣之口說出了狐妖「性不可犯」的妒忌心態。從老叟和青衣的視角，我們看到了狐妖美麗外貌下，更人性化的一面，同時也為下文狐妖治家有法，侯生忘恩負義他娶，狐妖誓言報復的情節發展埋下了伏筆。

亦有從不同的人物視角反覆強調女性人物的主要形象，以加深讀者對人物的印象。如《北窗誌異·黃損》一篇，即透過男主角黃損、薛媼、呂用之三個人物視角，來描寫裴玉娥對黃損永恆堅定的愛情。先是由黃損的視角，看見了玉娥心志堅決地表明願與黃損相隨，「倘不如願，有相從地下耳」的堅毅形象；接著玉娥舟流被薛媼救起，敘述者的敘述視角則轉移至薛媼，由薛媼眼中見到的玉娥是「修容不整，扃戶深藏，刺繡自給，思生之念，寢食俱廢，或夢呼生名而不覺也」的為情神傷之憔悴模樣；後來玉娥為呂用之刼歸為其姬妾，敘事視角則由薛媼轉移到呂用之身上，透過呂用之視角，讀者見到的是玉娥「布素縞衣，雲鬟不理」，「出綦組紈綺，命易妝飾，女啼泣不已，擲之於地」，呂用之欲為玉娥解衣非禮之，「女力拒不得脫」，又以死要脅，表現了她毫不妥協、絕不向惡勢力屈服的一面；接著敘述者再度回到薛媼視角，敘述玉娥之所以仍在呂用之手中勉強度日的原因，是為了期盼再見黃損一面，以了兩人之宿盟。

若單純由黃損視角來看裴玉娥，雖然讀者也能正面強烈地感受到玉娥對愛情的堅貞與專一，不過因為視角的單一，人物特質也不能充分突顯，因此讀者對玉娥的印象雖然強烈但卻不夠深刻。恰巧配合故事情節的發展，出現了男女主角以外的薛媼、呂用之等人物，通過這兩人的視角，讀者可以從反面看到玉娥因思念黃損而幽閉內心，足不出戶，精神憔悴的一面，也能感受到玉娥為守護自己的愛情，勇於對抗惡勢力，甚至不惜犧牲性命的堅貞節度。透過薛媼、呂用之的視角，既補足又深化了玉娥堅守愛情的形象，讓讀者對人物形象擁有更真切的感受。

第二節　敘述語言——女性形貌描寫與環境氛圍烘托

小說語言可分為「敘述語言」和「人物語言」。所謂「敘述語言」即為「人

物語言」以外敘述者的敘述文字。「敘述語言」的基本功能大致是敘述故事、描寫人物以及交代環境，〔註 34〕其中，後兩者和人物形象塑造密切相關。小說中以敘述語言來刻畫人物形象的手法，有所謂的正面描寫和側面烘托，正面描寫即直接描述形容人物主角之身世背景、形容外貌，側面烘托即不正面描寫，而是透過環境景物的描繪及氣氛的渲染，間接襯托出女性之身分與形象。以下將以敘述語言刻畫人物形象的手法分成「女性形貌描寫」和「環境氛圍烘托」來討論。

一、正筆刻畫──女性形貌描寫與意義

在正筆刻畫女性形貌方面，男性作家無法避免地會以女性之細緻五官和纖纖「玉」體為凝視焦點，在男性專注的凝視眼光中，我們可以發現女性身體非但是男性欲望的投射，在男性的欲望中，更是蘊含著對女性純潔貞靜之「完璧之身」的渴望與監視。此外，本論文注意到宋代小說家描寫女性外在淡雅妝飾，並關注女性於淡雅妝飾之中，所散發出來的內在精神姿韻，那是對女性天真自然氣質的掘發與進一步認識，這是有別於唐代而值得深究之處。

（一）女性身體的凝視

美國學者波利・揚・艾森卓（Polly Young-Eisendrath）在分析女性是如何成為男性的欲望對象時說道：

> 我們都有意無意地、不由自主地注意女人的形體，打量她的眼睛、口唇、胸部、臀部、腿部的大小及形狀，揣測她皮膚、頭髮、肌肉的質地，評判她的身體各處的苗條程度。在這種近於宗教儀式化的體形分析過程中，女人是一個客體；在他人眼中和她自己眼中她都是一個被動的評價對象，而不是主體。〔註35〕

這意思是當他人或女性自己以嚴格犀利的眼光打量女性身體的每一部分時，女性身體已經成為一個被評價的客體。小說家在描寫女性形貌時，想必也正對女性身體進行著嚴格仔細、絲毫沒有缺漏的審視、分析過程，而「女性身

〔註34〕參見陳果安，《小說創作的藝術與智慧》（長沙：中南大學出版社，2004 年 1月），頁 294、297。

〔註35〕美・波利・揚・艾森卓（Polly Young-Eisendrath）著、楊廣學譯，《性別與欲望：不受詛咒的潘朵拉》（Gender and Desire：Uncuring Pandora）（北京：中國社會科學出版社，2003 年 1 月），頁 105。

體」這個被評價的客體，也會在不斷被評判的過程中，漸漸形成評判人眼中想像的模樣，亦即成為男性心中欲望的投射對象。以下透過宋代文言小說家對女性「細緻五官的雕塑」與「纖纖『玉』體的遐想」，來分析男性作家描寫女性形貌的手法和意涵。

1、細緻五官的雕塑

宋代文言小說家多半以整齊的駢語句式來描寫女性容貌，由於駢文本身「駢四儷六」的句式，即有整齊、精緻、華麗之感，故小說家以整齊之駢語句式，來雕塑宋代女性細緻精巧的五官，形式和內容可謂搭配得恰到好處。

宋代文化在文學、繪畫、雕塑、書法各方面所呈現出來的整體風格，是崇尚纖柔、細膩的審美觀，同樣的，對於女性的審美觀亦復如此，由出土之宋代女性塑像，可知「柳葉眉、丹鳳眼、櫻桃小口、鴨蛋臉，體態婀娜而動人」是宋代婦女的審美理想。〔註 36〕小說家在描繪女性容貌時，無不依照此標準，一筆筆精雕細琢女性之眉、目、唇、齒等小巧精緻的五官。如《青瑣高議》中，〈瓊奴記〉之瓊奴「修目翠眉，櫻唇玉齒，紺髮蓮臉」；〈張浩〉之李氏「新月籠眉，秋蓮著臉，垂螺壓鬢，皓齒排瓊，嫩玉生光，幽花未豔」；〈范敏〉之李氏「高髻濃髮，杏臉柳眉，目剪秋水，唇奪夏櫻」；〈長橋怨〉之水仙「垂螺淺黛，修眉麗目」；〈驪山記〉之楊貴妃「眉若遠山翠，臉若秋蓮紅」；《雲齋廣錄》中，〈雙桃記〉之蕭娘「眉掃春山之翠，目裁秋水之明」、「垂螺縮黛」、「雲鬢堆鴉，月眉斂黛」；〈西蜀異遇〉之狐女宋媛「臉瑩紅蓮，眉勻翠柳」；〈華陽仙姻〉之仙女董雙成「眉翠綠髮，丹臉朱唇」。宋代婦女重視眉式，反映在小說中，男性作家在描寫女性容貌時，也會注意到女性纖細、修長、如春山之翠的柳眉、新月眉，眼睛則如秋水般的清澄、明亮，嘴唇是鮮嫩欲滴的櫻桃小口，牙齒則是晶瑩潔白又整齊，如完美無瑕的瓊玉般，如此小巧細緻的五官搭配在一張杏臉上，是宋代男性心目中最完美理想的容貌。這樣的一張臉，如秋天的一朵蓮花，散發著幽淡的光芒，不是那麼的光彩奪目，但卻有一種羞斂、淡雅的吸引力。在上舉諸例中，特別值得注意的是，小說家屢次以「蓮臉」、「秋蓮」、「紅蓮」等來比擬女性之容顏，蓮花在唐、宋文人心目中含有佛教「出污泥而不染」的高潔人格象徵，〔註 37〕小說

〔註 36〕見陳炎，《中國審美文化史‧唐宋卷》（濟南：山東畫報出版社，2001 年 6 月），頁 362、364。

〔註 37〕參見劉開明、王穎，〈佛性、人性、靈性──中國藝術中的蓮花意象〉，《中國

家把女性容貌比喻爲一朵蓮花，〔註38〕是否代表了在作家潛意識中，也暗自呼應了宋代士大夫對女性節操日趨嚴格的要求？

　　男性作家除了描寫女性的細緻五官，以蓮花來寄寓對女性純潔的期望之外，我們也可以注意到他們形容女性的眉毛、頭髮，除了樣式以外，如上述之髮型有「垂螺」、「高髻」，他們也會特別描寫出女性毛髮的質性與顏色。由於從人身上的毛髮可以看出其身體健康情況，因此，女性的青春生命力，也在作家筆下濃稠烏密的「翠眉」、「綠髮」中展現出來，這在若干方面也反映了男性在生理欲望方面對年輕健康女性的渴望。

　　此外，再談到男性作家描寫女性容貌時，對於「蓋頭」這種首服的隱藏或忽略之意涵。宋代婦女服飾中，出現一種首服叫做「蓋頭」，「蓋頭」和唐代的帷帽類似，不過除了遮擋風塵外，也強調其遮蔽顏面的功能。北宋司馬光主張女子出門，必遮蔽其面；到了南宋，統治階級以理學思想來管治人民更爲嚴厲，朝中官吏甚至明令婦女上街必以「蓋頭」遮面，如朱熹任泉州同安縣主簿和漳州知府時，即有此令。〔註39〕然而，就本論文所分析的小說中，小說家描寫男女主角見面時，完全不見「蓋頭」這種首服的出現與作用，所以男主角可以毫無阻礙地直接仔細端詳女主角的容顏，而爲其美麗容貌所吸引，並在心中埋下了愛苗。

　　小說裡對當代女性「蓋頭」這種服制的忽略或隱藏，其實是耐人尋味的。思索箇中原因，大致有二：其一是法令制度和社會實際情形的不必然關係，亦即法令制度雖規定婦女出門必須以「蓋頭」遮面，但在社會上婦女的施行狀況並不普遍，這點雖未能有直接的資料來証明，然此問題即如有關宋代婦女貞節觀的研究顯示，雖然理學家以「餓死事極小，失節事極大」的貞節觀企圖規範婦女，不過由《宋史・列女傳》中，列女的人數僅三十八人的記載來看，宋代婦女的貞節觀並未因此而急遽轉嚴，可見士大夫對婦女節操的期許，和民間婦女守節的實踐與落實，是存在著相當的差距的。〔註40〕近來研

文化月刊》第 199 期（1996 年 5 月），頁 113～114。

〔註38〕薛克翹先生注意到《青瑣高議》〈長橋怨〉、〈驪山記〉、〈張浩〉等篇重複以「垂螺」、「秋蓮」 來比喻女子的頭髮和臉，他認爲這和印度佛教傳入中國之蓮花崇拜有關。見氏著，〈讀《青瑣高議》雜談〉，《南亞研究》1998 年第 2 期，頁 67、82。不過他並未進一步探究以蓮花比喻女性容顏的意涵。

〔註39〕參見趙聯賞，《服飾史話》（臺北：國家出版社，2003 年 6 月），頁 138。

〔註40〕參見朱曉娟，《程朱學派與宋代婦女貞節觀之研究》（臺北：政治大學國文教學碩士論文，2004 年 7 月），頁 136～137。

究宋代婦女史的大部分學者，也都認爲宋代婦女地位低落的問題，是就和唐代婦女比較而言，並非是絕對性的，因此，我們不能一味地以刻板印象來看待宋代婦女。由此或許也能推知婦女「蓋頭」實際上並未嚴厲實行的原因，如或有，可能也只是區域性的地方法令規定。其二是就男性作家的撰作心理而言，由於宋代文言小說家皆爲男性，他們在文本中刻意忽略女性「蓋頭」的存在，表示他們直接撥開了遮蔽女性顏面的「蓋頭」，象徵他們對女性擁有特殊的決定權。〔註41〕少了「蓋頭」的遮蔽，便得以對女性臉部進行專注的凝視，女性容貌細膩精緻的刻畫，正是由此專注的凝視而來，而這種專心過度的凝視，有可能讓男性一看到女性臉部，即想像到她衣服包裹下的身體，而透露了「男性凝視的色情性」。〔註42〕換言之，男性作家在對女性容貌一筆一筆的精雕細琢之中，亦滲透了他們對女性身體的情色想像。

2、纖纖「玉」體的遐想

男性作家對女性身體的凝視，除了已經反映在女性臉部五官的細緻雕琢外，也表現在對其纖纖「玉」體的想像。在此之前，得先談談宋代女性服飾的整體風格。

宋代社會崇尚纖瘦、修長的女性身材，這反映在宋代婦女服飾的整體風格上。宋代婦女以「窄身合體」的衣著爲原則，有別於唐代婦女裙子喜歡束在胸部，宋代婦女裙子多半束在腰上，以展現苗條身段的自然美。在髮型上，最受歡迎的是雙蟠髻、小盤髻、雙髻、雙鬟髻、三鬟髻、朝天髻等高放型、流線型的髮式；在冠飾上，有一叫「重樓子」的冠飾，其形狀宛如一座寶塔落在女子頭上，以映襯出戴冠者身形之修長。另外，城市中的婦女還流行披

〔註41〕陳炎先生提到宋代婦女遮「蓋頭」的風俗，到了明、清，新婚女子在婚禮上仍保有「揭蓋頭」的傳統儀式。這似乎意味著，婦女容顏不僅不能任意袒露，且必須要由特定身分的男子來決定。同註36，頁329。

〔註42〕高榮禧先生分析比利時畫家馬格利特（Rene Magritte）一幅題名爲「強暴」的畫，「畫中的臉孔是由一女人的身體各部位所組成；胸部取代了眼睛，肚臍取代了鼻子，性器官變成了嘴巴。值得注意的是，馬格利特故意誇張了畫面主角脖子的長度，再加上兩側像著火般彎翹的頭髮，似在模擬陽具伸入陰戶的性交動作」。就文化層面而言，此幅畫彷彿在「諷刺男性『過度』的凝視女體，以致本是凝視的『對象』，卻換置或挪移到觀者的臉上」。另一種解釋就是看到女性臉部，即想到女性衣服之下的身體，這貼切地表達了男性凝視女性的色情意味。見氏著，〈凝視下的女性身體——從佛洛依德到傅柯〉，《當代》第166期（2001年6月），頁82～83。

帛，也叫領巾，女性身上披上披帛長巾，更能顯出體態之輕盈與婀娜。整體而言，宋代婦女服飾追求的是「秀雅頎長」的審美風格。〔註43〕

不論是女性體態或衣飾，纖瘦、修長、輕盈的樣態是一致的標準。因此，小說家也會刻意突出宋代女性輕盈之體態，如《醉翁談錄‧梁意娘》之梁意娘「體態輕盈」；《青瑣高議》〈西池春遊〉之狐妖有「飛燕之腰肢，笑語輕巧」；〈王榭〉中，由燕子化成之女子，更是「俊目狹腰，杏臉紺鬢，體輕欲飛，妖姿多態」，「雨洗嬌花，露沾弱柳，緣慘紅愁，香消膩瘦」，一副嬌弱不禁風的樣子。當然，有時也會透過衣服輕薄質地及裙襬曳地、衣裙飄然的描寫，來襯托女性纖弱輕盈的身形，如《北窗誌異‧黃損》之裴玉娥「衣杏紅輕綃」；《雲齋廣錄‧盈盈傳》之兩位女仙，一位「玉冠黃帔，衣絳綃曳地」，另一位「衣淡黃輕綃」；〈丁生佳夢〉之崔氏「單帔曳霞，羅裙繡鳳，飄飄然若神仙中人」；《青瑣高議‧西池春遊》之狐妖「風袂泛泛，宛若神仙中人」，為風吹動飄然飛揚的衣裙，不僅突顯女性的纖腰弱骨，更是予人一種體輕欲飛入天上仙宮的美麗想像。

小說裡女性的纖弱體態表現如此，然還有一點值得注意的是，男性作家對沐浴中或是赤裸的女體想像，充滿了以「玉」來比擬女性身體的意象。如《青瑣高議‧趙飛燕別傳》中，以「蘭湯灩灩，昭儀坐其中，若三尺寒泉浸明玉」來形容昭儀沐浴的情景；〈溫泉記〉裡，楊貴妃入浴，在張俞眼中是「蓮浮碧沼，玉泛甘泉」，又張俞夢醒，事後作詩，詩云：「昨夜過溫湯，夢與楊妃浴。敢將豫讓炭，卻對卞和玉」，詩中也以「玉」來比喻貴妃；〈西池春遊〉之侯生在與狐妖有親密肉體接觸前，眼中所見的狐妖是「玉軟花羞，鸞柔鳳倦」，與狐妖盡享性愛歡愉之際，所見所感的「骨秀目麗，異香錦衾，下覆明玉」，「明玉」正是用來形容狐妖光滑潔亮的肌膚；〈蘇小卿〉中形容蘇小卿則是「瑩玉肌香，宮腰難比」。如此一再反覆使用「玉」的意象來比擬女性半裸的身體，〔註44〕到底有什麼涵義呢？中國傳統向來有一股強大的「崇玉文化」，中國人喜愛玉的溫潤、晶瑩、潔淨特質，且許多以「玉」字組合的詞彙，

〔註43〕同註 39，頁 135～136。另參見李春棠，《坊牆倒塌以後——宋代城市生活長卷》（長沙：湖南出版社，1993 年 3 月），頁 217、215。

〔註44〕李劍國先生提到「從『三尺寒泉浸明玉』到『玉泛甘泉』再到『卞和玉』，秦醇腦海中始終浮現的是浴池豔妃們的玉體」。見氏著，〈秦醇《趙飛燕別傳》考論——兼議《驪山記》《溫泉記》〉，《固原師專學報》第 22 卷第 1 期（2001 年 1 月），頁 8。

如玉人、玉顏、玉容、玉體、金玉情、金玉緣、金玉滿堂……等，都有「美好」、「高貴」、「堅貞」、「永恆不朽」的象徵與涵義。〔註45〕由此可知，上舉之以「明玉」、「卞和玉」、「瑩玉」等來形容女性身體，代表著女性身體在男性心中明亮潔淨、高貴無瑕的象徵，以「玉」來比擬女性身體，就如以「蓮花」來形容女性容顏，同樣都寄寓了對女性美好節操的理想與期待。

然而，小說中所展現的男性意識，畢竟和道貌岸然的士大夫思想有所區別。以在宋代士大夫文化型塑過程中，極有代表與影響力的歐陽脩為例，歐陽脩在女性墓誌銘的撰寫中，對宋代女性形象的書寫，是依社會對女性「正位於內」的規範與理想來塑造的，這和他以遊戲筆墨寫作的詩、詞中「綺年玉貌」、陷溺於「情愛相思」的女性形象截然不同。〔註46〕本論文舉歐陽脩在墓誌銘及其詩、詞中對於女性形象書寫的不同，目的在於說明小說這種娛樂及虛構意識極高的文學類型，男性作家對小說女性形象的書寫期待，絕對不會只有簡單的向士大夫或理學思想之社會理想婦女形象靠攏的意義，也許男性作家以「玉」來象徵女性純淨無瑕的身體，和他們對女性處女貞節的要求有關。

陳東原先生在《中國婦女生活史》中，提到宋代男性對婦女的貞節觀念，經歷一個由寬鬆到逐漸緊縮的過程：

> 到了宋代，我發現對於婦女的貞節，另有一個要求，便所謂「男性之處女的嗜好」了。古代的貞節觀念，很是寬泛，漸緊漸緊，到了宋代，貞節觀念遂看中在一點——性慾問題——生殖問題的上面，從此以後，女性的摧殘，遂到了不可知的高深程度！〔註47〕

陳先生認為宋人女性貞節觀，漸漸集中於女性婚前是否為處女的觀念上，其背後主要原因乃在於男性本身的性慾問題，結合宋代開始漸漸推廣的女性纏足陋習一併來看，〔註48〕女性纏足的作用，除了可以限制她們的行動，還有

〔註45〕參見鄧淑蘋，〈中國古玉之美——由故宮玉器展覽談起（下）〉，《故宮文物月刊》第17卷第5期（1999年8月），頁80。

〔註46〕參見劉靜貞，〈歐陽修筆下的宋代女性——對象、文類與書寫期待〉，《臺大歷史學報》第32期（2003年12月），頁57～76。

〔註47〕見陳東原，《中國婦女生活史》（臺北：臺灣商務印書館，1970年10月臺3版），頁146。

〔註48〕有關宋代婦人纏足之記載，如宋・張邦基，《墨莊漫錄》卷8云：「婦女纏足，起於近世。」收入《宋元筆記小說大觀》（五）（上海：上海古籍出版社，2001年12月），頁4723。又《宋史》卷65〈五行志〉載理宗朝「宮妃……束腳纖

一個最主要的原因，就是供男性欣賞、把玩和發洩性欲。〔註 49〕限制女子行動，說穿了即是要預防女性隨意接觸男性，以保有處女貞節，可以說女性婚前貞節的強調和纏足陋習，最後要滿足的都是男性意識下的性需求。因此，本論文認爲小說家對女性纖纖「玉」體的遐想，不僅只有表面上如士大夫理想中對女性完美操守的期待，其實深蘊其中的意涵，仍然指向男性對女性「完璧之身」的欲望投射。

高榮禧先生認爲父權文化以「異樣眼光」凝視女體本身，不只是單單染指女性肉體，其實男性無遠弗屆的「凝視」，早已滲透到女性的精神層面，對女性心理造成不同程度的壓力，即如傅柯詮釋邊沁的「圓形監獄」（Panopticon），那是一種無所不在的權力規範。〔註 50〕就上文所論宋代小說家對女性身體的凝視（gaze），是否也能視爲男性對女性身心所施之無所不在的規訓壓力？

（二）精神意態美的觀照

小說家在描寫女性形貌時，一方面專注於女性身體的凝視，而在凝視之中，表露出對女性「完璧之身」的渴望與規訓；另一方面，他們也能夠細細品味女性在淡雅妝飾下的內在精神意蘊，以一種精神觀照、意會的方式，來欣賞女性整體所散發出來的精神意態之美。

宋代以程、朱、陸、王爲代表的宋代理學，雖然標榜爲儒家道統之繼承者，然其實已吸收、雜揉了佛家、道家的思想。不僅哲學如此，宋代美學思想，亦體現了道家的審美精神。〔註 51〕如邵雍提出「觀物」方式的「精神觀照」說云：

夫所以謂之觀物者，非以目觀之也。非觀之以目，而觀之以心也。

　　直，名『快上馬』」。見楊家駱主編，《新校本宋史》3（臺北：鼎文書局，1978
　　年 9 月），頁 1430。
〔註 49〕參見劉達臨，〈中國性文化從開放到禁錮的轉折〉，《歷史月刊》第 151 期（2000
　　年 8 月），頁 40。
〔註 50〕同註 42，頁 79。傅柯認爲邊沁的「圓形監獄」是一個權力無所不在以及權力
　　如何有效運作的監督機制。有關傅柯「圓形監獄」的「權力」論述，可參見
　　休伯特·德雷福斯（Hubert L. Dreyfus）、保羅·拉比諾（Paul Rabinow）著，
　　錢俊譯，《傅柯——超越結構主義與詮釋學》（臺北：桂冠圖書，2001 年 1 月），
　　頁 242～253。
〔註 51〕參見崔大華等著，《道家與中國文化精神》（鄭州：河南人民出版社，2003 年
　　12 月），頁 313～314。

　　　　非觀之以心，而觀之以理也。〔註52〕

邵雍認爲觀物並非只是用眼睛來欣賞物之外表，而是要用心之「理」來體會。
而心之「理」所要觀察體會的是什麼呢？於是他以人之賞花來做比喻，進而
提出「妙在精神」的觀念：

　　　人不善賞花，只愛花之貌；人或善賞花，只愛花之妙。花貌在顏色，

　　　顏色人可效；花妙在精神，精神人莫造。〔註53〕

只愛花貌之人人可仿效的外在顏色，不算善賞花者，善賞花者是喜愛、專注
於每朵花之獨一無二的精神，精神正是「花之妙」的部分。邵雍以「賞花」
來說明觀物重在精神，這樣的思想觀念也體現在男性作家觀看女性之上。

　　如前所述，宋代文言小說家在描寫女性外在形貌時，對於女性之美貌與
身體，在細膩的凝視中，依然充滿了想像與渴求，然而，更可貴的是他們也
將目光穿透女性外在的容飾，而去貼近、體會女性的內在精神情性層面。最
突出的例子莫如〈李師師外傳〉裡，宋徽宗喜愛李師師的是他人無法仿擬，
在「色容之外」的「幽姿逸韻」。因此，小說家描寫女性外在衣服妝飾，除了
爲襯托其身分外，如寫《投轄錄・曾元賓》之女仙「珠珮盛飾，奇容豔妝」，
其中「珠」、「盛」、「奇」、「豔」這類字眼均透露了女仙的非凡高貴身分，寫
商人之女亦強調其華貴衣飾的妝扮，如《北窗誌異・黃損》之裴玉娥「衣杏
紅輕綃，雲鬟半軃，燃蘭膏，焚鳳腦」，其餘多半描寫宋代女性的淡雅妝扮，
以烘托女性內蘊之脫俗氣質，故李師師「淡妝不施脂粉，衣絹素，無豔服」，
依然「嬌豔如出水芙蓉」；又如〈梅妃傳〉之梅妃，「淡妝雅服，而姿態明秀，
筆不可描畫」，所謂「筆不可描畫」的正是梅妃的氣質精神層面，而其「淡妝
雅服」則是她內在情性的外顯，宋人重視女性的內在情蘊精神由此可見。有
學者指出：「盛唐文化的形象化代表是楊妃；宋明文化的理想化標本是梅妃。」
〔註54〕以楊妃和梅妃分別來代表唐、宋女性的理想化形象，似乎也蘊含了唐、
宋人看待女性角度的不同，以宋人筆下的李師師和梅妃爲例，雖然也寫她們
的容貌妝扮，但宋人更在意的是她們身上所無法描繪的精神與姿韻。

〔註52〕宋・邵雍撰，王從心整理，李一忻點校，《皇極經世》（北京：九州出版社，
　　　　2003 年 9 月）卷 62〈觀物篇內篇之十二〉，頁 462。

〔註53〕宋・邵雍，《伊川擊壤集》卷 11〈善賞花吟〉，《四部叢刊正編》43（臺北：臺
　　　　灣商務印書館，1979 年），頁 78。

〔註54〕見張乘健，〈《長恨歌》與《梅妃傳》：歷史與藝術的微妙衝突〉，《文學遺產》
　　　　1992 年第 1 期，頁 55。

　　宋代男性作家看女性的目光，能拋卻女性之肉體和衣飾，而深入內在精
神層面，這或許和宋代女性服飾之淡雅、能襯托女性自然美的審美風格，以
及文人尚雅的審美精神有關。怎麼說呢？首先，必須和唐代之婦女服飾作對
照。唐人審美特徵以豐滿爲美，以開放爲尚，婦女服飾妝扮也以濃裝豔抹、
半露胸乳的華麗、開放服飾爲美，〔註55〕男性對於女性那種胸乳半露於外，
以輕紗爲裙之質地，於披紗中露肩裸背，透出細膩光滑肌膚的婦女服飾充滿
肯定與讚美。〔註56〕唐代婦女豐滿的女體、裸露開放的服飾，直接刺激著男
性感官知覺，加上婦女華豔妝飾對於男性本身即有眩惑迷人的「豔情趣味」，
〔註57〕怎不令男性意亂情迷？唐代的豔美、豐腴、性感女體如此。反過來看
宋代，前已述及宋代女性服飾以「秀雅頎長」爲主要風格，和唐代婦女服飾
相較，明顯地趨向樸素、保守，宋代女性外在素雅的妝飾，較難如唐代婦女
般，能夠給予男性直接、強烈的感官刺激，再加上宋代整體「陰柔、細膩、
內向、儒雅」〔註58〕文化風氣的薰陶，宋代男性理所當然地較能欣賞女性的
精神意態之美。

　　總之，宋代男性作家凝視女體，所透露出來的男性情色欲望，是男性意
識下的想像，而他們對於女性精神意態美的體會與欣賞，則和宋代「內向」
的思想精神修爲，以及女性淡雅、秀美的服飾風格有關。「女體凝視」和「精
神觀照」在宋代男性作家的創作意識中，是不相衝突的。

　　宋代文言小說裡，時時可見如梅妃這般理想類型的女性，如《青瑣高議‧
孫氏記》之孫氏「容雖不修飾，然而幽豔雅淡，眉宇妍秀，回顧精彩射人」，又
「孫薄妝，雖有首飾，衣服無金翠，豔麗絕天下，語言飄飄然宛神仙之類也」，
作者一再強調孫氏之美，非以妝扮修飾而來，而是出於天生自然散發出來的「幽

〔註55〕初唐時，裸露胸乳者尚不多，到了盛唐之後，袒胸露乳的風氣日盛，宮中如
　　　　此，民間婦女也紛紛仿效，並把以前貼身之抹胸棄置一旁，皆以能展現女性
　　　　體態美的袒胸服飾爲尚。同註39，頁96。
〔註56〕參見李怡、潘忠泉，〈唐人心態與唐代貴族女子服飾文化〉，《中華女子學院學
　　　　報》第15卷第4期（2003年8月），頁57～58。
〔註57〕陳玉萍分析唐代他界女性的妝飾是以貴族仕女的妝飾爲指標，並且在他界女
　　　　性服飾妝扮背後，流露出濃厚的豔情趣味。見氏著，《唐代小說中他界女性形
　　　　象之虛構意義研究》（臺南：成功大學中國文學研究所碩士論文，1999年7
　　　　月），頁70～80。
〔註58〕陳炎先生由政治、文化、意識形態三方面來分析宋代迥異於唐代的整體文化
　　　　風格。同註36，頁317～319。

豔雅淡」氣質；又如《摭青雜說・夫妻復舊約》之邢春娘，「體態容貌清秀，舉措閑雅」，小說家連春娘的服飾都忽略不寫，直接從女性本身之容貌、體態、舉止來描繪，並以「清秀」、「閑雅」點出春娘的淡雅之美。不僅人間女性如此，仙、鬼、妖等他界女性，除了某些女仙（神）或女妖必須以華麗妝飾來襯托身分之外，他界女性依然呈現著淡雅的精神意態美。如《雲齋廣錄》中，〈華陽仙姻〉之女仙諸葛氏「衣著不甚鮮華，亦無膏澤之飾」，然卻「光彩射人」，此處之「光彩」，可做兩種解釋，或可作為女仙身上的神仙光芒，或是女仙散發的特殊吸引人的氣質；〈盈盈傳〉之兩位女仙同樣以淡妝為雅，一位是「長眸映容，多髮而不妝」，另一位是「薄妝」，「長娥多態，時復好謦」，特別點出女仙之眼神神韻；〈四和香〉不知為仙或鬼之麗人，「衣不尚彩，但淺紅淡碧而已」，然卻「姿色殊絕」，麗人之樸素的衣著，仍舊難掩其天生麗質。女鬼則如《青瑣高議・越娘記》之越娘，「臉無鉛華，首無珠翠，色澤淡薄，宛然天真」；女妖即如《青瑣高議・朱蛇記》之蛇妖，「精神雅淡，顏色清美」；《雲齋廣錄・西蜀異遇》之狐妖「標韻瀟灑，態有餘妍」。可見在小說家筆下，為有意識地突出女性的天真自然與精神意態之美。又如《青瑣高議・溫泉記》描寫楊貴妃之仙妃形象，「高髻堆雲，鳳釵橫玉，豔服霞衣，瓊環瑤珮，鸞姿風骨，仙格清瑩」，即便是極力描寫女仙華麗高貴妝飾，仍要突顯妝飾底下的風骨與仙格。

二、側筆刻畫——環境景物的烘托

討論完人物形塑中，女性容貌身體、精神意態的正筆刻畫，接下來要討論的是側筆刻畫的運用。側筆刻畫人物主要又可分為「視點轉移」、「環境襯托」和「以虛寫實」等技巧，〔註59〕「視點轉移」由於牽涉到敘事角度的問題，故已在第一節先行討論；而「以虛寫實」之「虛筆」，即是在人物上場之前先進行一番鋪墊，使人物形象由模糊到清晰，等到正面實寫時，只要簡單幾筆，即可達到畫龍點睛的效果。〔註60〕不過，此種以虛筆鋪陳刻畫人物的手法，以長篇章回小說較常見，短篇小說礙於篇幅，較不適合以此技巧來刻畫人物。因此，以下我們主要聚焦討論小說中，以環境景物來襯托人物形象的手法。〔註61〕

〔註59〕同註32，頁133。
〔註60〕同前註，頁134。
〔註61〕小說中的環境描寫包括社會環境和自然環境，「前者指一定歷史時期社會制

（一）人間女性的環境刻畫

1、環境與人物心理的映襯

人類生活於自然和社會環境之中，因此，環境對於人物之性格和命運通常有著決定性的作用，環境是如此影響著人物，反過來看，人物也能創造、改變環境，環境和人形成了一種「雙向輻射的建構關係」。〔註62〕因此，小說裡描寫和人物相關的環境景物，有時候是具有意義的，因爲它可能是「對人性、人心、人的命運一種深刻的、內在的、詩性的闡釋」。〔註63〕簡言之，優秀的環境景物描寫可以間接襯托人物的性格特徵和心理狀態，即如學者所言，景物「是人物形象的一個補充，甚至可以說是人物形象的一部分，往往是某種性格特徵的外化……景物除了與性格特徵的對應，深入一步還可達到與心理狀態的對應」。〔註64〕

人物和環境關係的和諧表現，正是一種環境正面襯托人物性格、心理，環境和人物相得益彰的表現方式。如〈李師師外傳〉中，師師起居之小軒「棐几臨窗，縹緗數帙，窗外新篁，參差弄影」，環境佈置充滿了幽趣，不僅正面襯托了師師的幽逸姿韻和脫俗氣質，見軒如見其人，我們彷彿也能看到師師於小軒中臨窗讀書、賞竹的身影。又如《青瑣高議‧譚意歌》裡，意歌之「門戶瀟灑，庭宇清肅」，短短兩句環境描寫，即反映出意歌善於理家、自律甚嚴的優點與個性，而清幽肅靜的庭宇也象徵她不容他人非議、沈靜、堅毅的心境。

當然，優秀的環境氣氛描寫是會隨著人物心境、故事主題發展而轉換的，如以人狐戀愛爲故事主軸的《雲齋廣錄‧西蜀異遇》中，環境描寫映襯的正是宋媛的愛情與心理狀態。〔註65〕如李達道與宋媛是在「花陰柳影之中，聞撫掌輕謳，其音韻清婉可愛」的浪漫美麗環境之下相遇，在美景和音韻的襯托之下，

度、政治結構、經濟形態、文化狀態、風俗習性以及在此基礎上形成的時代氣圍，後者指人物活動的具體場所，包括人物活動的時間、地點、方位、場景以及自然界的季節、天氣、色彩和光線變化等」。同註34，頁165。本論文所探討的「環境」，主要是指主要人物活動之場景。

〔註62〕同前註，頁171。
〔註63〕同前註。
〔註64〕見金健人，《小說結構美學》（臺北：木鐸出版社，1988年9月），頁76。
〔註65〕宋媛雖屬他界女性，然小說中環境景物的描寫並非爲了烘托其爲他界女性的身分，而是和她的愛情心理相映襯的，和下段欲討論的「他界女性的環境刻畫」有所不同，而較接近「人間女性的環境刻畫」情形，再加上宋媛又是個充分人性化的女妖，故納入本段論述。

兩人的美好愛情漸漸萌芽,而撫掌輕歌的正是女主角宋媛,其心情當然也是輕快喜悅的。接著,兩人第二次見面,彼此皆已心有所屬,正熱烈期待著與對方共度春宵,此刻的情景是「紅日西下,碧雲暮合,鍾動盡□□□樓古木,而星斗燦然」,黃昏時刻紅日西下,彩霞片片的天空渲染著美好的氣氛,轉眼間天空已拉上了黑色簾幕,在寧靜的夜空中有星斗燦然,象徵著宋媛對李達道明亮而篤定的愛情。然而,當宋媛和李生的愛情受到李生父母和巫師的阻礙,此時的環境也變成「怪變大作,有群猴數百,攀緣屋舍,百術不可止,但累累然懸於戶牖之間」,連續多日「又現怪百端,鷹犬所不能制」,這些連日來無法可治的怪異現象,正是作者藉此表現宋媛愛情受阻的憤怒、煩躁心情。

宋人寫女性對於愛情的大膽追求,當然也無法避免對男女主角性愛歡愉場面描寫,然宋人小說畢竟並非如明、清之時的色情小說,對於男女性愛的描寫,不在於直揭露骨的性愛場面,乃著重於環境氛圍的渲染,如《青瑣高議·張浩》中張浩和李氏燕好前之氛圍描寫是「街鼓聲沉,萬動俱息,輕幕搖風,疏簾透月」;〈譚意歌〉裡意歌和張正宇第一次見面約會,兩人在環境氛圍的感染下,發生了親密的肌膚之親,當時的環境氣氛描寫是「於時亭高風怪,江空月明;陡帳垂絲,清風射牖,疏簾透月,銀鴨噴香;玉枕相連,繡衾低覆;密語調簧,春心飛絮」,諸如此類的環境描寫,除了營造寧靜浪漫的氛圍之外,其實也把人物之心境情景化了。李氏和譚意歌兩位主動追求愛情的女性,朝思暮想的就是眼前的這位意中人,因此,在明月高掛、清風拂面的夜晚,在情景中的視覺、聽覺、嗅覺之感官刺激皆達到恰到好處的時刻,如同當下飽和的浪漫氣氛,她們也是懷著浪漫感性的情懷,滿心期待著與情郎繾綣相擁、美夢成真的親密接觸。如此盈滿浪漫的美好情境,和她們感性求愛的心理,以及融化於濃情密意中的美好愛情滋味是一致的。

2、環境景物的側面烘托

當然並非所有的環境描寫都是人物心理的投射,有時環境景物的刻畫只是為了突出、烘托人物某一特殊形象而來,這種側面烘托人物形象的手法,反而能夠達到極佳的效果,給予讀者鮮明而深刻的印象。

如《清尊錄·狄氏》開頭就以正筆描寫狄氏生於富貴之家與其「明艷絕世」之美貌,然為了讓狄氏之美更有說服力,作者接著借側筆描寫都城士女宴集之景,來烘托狄氏的絕世美色:

> 每燈夕及西池春遊,都城士女讙集,自諸王邸第,及公侯戚里中貴

人家，帟幕車馬相屬，雖歌妹舞姬，皆飾璫翠，佩珠犀，覽鏡顧影，
人人自謂傾國。及狄氏至，靚粧却扇，亭亭獨出，雖平時妬悍自衒
者，皆羞服，至相忿詆，輒曰：「若美如狄夫人邪？乃相凌我。」其
名動一時如此。

此段描繪的是宋代社會每逢燈節及春遊時節，熱鬧非凡的都城景觀。宋代元
宵燈節幾乎是傾城出動，不論男女老少皆沈醉於一片歡樂氣氛中，而此時更
是都城權貴們競相展現、誇耀自家財勢、權勢的最佳時機。〔註66〕權貴之家
不僅以華麗裝飾之車、馬競炫爭奇，每戶貴家婦女和歌舞姬妾更是打扮得花
枝招展、爭奇鬥豔，成為節日中最惹人注目的焦點，構成了一幅貴家婦女們
的「競美圖」。而在這一幅「人人自謂傾國」的「競美圖」中，最突出的就是
狄氏，她一現身，便讓眾家自視甚高的美女都自嘆弗如、甘拜下風。作者藉
由側寫燈節時，城市美女用盡心思妝扮，卻仍不敵狄氏而自覺羞愧、忿詆的
一面，簡單輕鬆卻又令人印象深刻地烘托出狄氏的絕色容貌。

　　以側筆描寫環境氣氛，來烘托人物形象的還有《夷堅志補‧解洵娶婦》
中，有關俠婦殺人的刻畫。俠婦因解洵忘恩負義又藉酒發怒毆打之，於是決
定殺解洵報仇。然作者並未正面描述俠婦殺解洵的方式和過程，而是著筆於
當下環境氣氛的渲染：

　　婦翩然起，燈燭陡暗，冷氣襲人，有聲。四妾怖而仆，少焉，燈復
　　明，洵已橫尸地上，喪其首，婦人并囊橐皆不見。

在俠婦翩然而起之後，整個屋內隨即陷入一片漆黑，因此，俠婦到底要做什
麼，成為故事中最懸疑、高潮的部分。此時作者描寫的是屋內一股襲人的冷
氣和黑暗中的聲響，人在黑暗中的觸覺和聽覺感受格外敏感，這股冷氣令人
有不寒而慄的感覺，突然間「有聲」，然不知到底是什麼聲音，又使人陷入未
知的恐懼中，而黑暗中，彷彿可見四妾蜷縮在屋內一角。作者在黑暗中的環
境描寫，成功地營造出懸疑、恐怖的氣氛，並以燈暗和燈亮的環境場面作對
照，燈亮之後屋內的景物是失去頭臚的解洵橫尸於地，俠婦和其囊橐皆已不
在，原先燈暗時的緊張、恐怖氛圍，至此則變成了令人震驚的畫面。俠婦整
個殺人過程，讀者只見其翩然躍起，接著全是環境的描述與氣氛的渲染，藉
著燈暗和燈亮晃眼間環境氣氛的刻畫與對照，烘托出俠婦高超的武藝，及其

〔註66〕有關宋代節慶京城中熱鬧歡愉的慶祝活動與場景，可參見李春棠先生的著
　　　作。同註43，頁193～204。

迅雷不及掩耳的怪異殺人行徑。

（二）他界女性的環境刻畫

本論文第三章探討他界女性形象時，曾經提到女鬼形象和女仙（神）、女妖形象最大的差別是鬼魂是人死後的存在，所以女鬼的整體形象基本上仍符合人間女性的要求，而女仙（神）、女妖形象則有較多的虛構張力。因此，在他界女性的環境景物描寫中，女鬼出現之處，不外乎是暗夜無人的道路或小屋中、死後埋葬處，或是生前常出現的地方，並無突出的特色。然而，女仙（神）和女妖所處環境的描寫，不僅是作者藉以烘托其特殊身分的手法，兩者的環境景物刻畫，某些部分還有一致的效果與意涵。

1、他界環境的渲染

依照常人對女仙（神）的想像，她們多是來自天上，從天緩緩而降，因此在描寫女仙（神）時，便很自然地會刻意描繪自然大氣變幻莫測的壯麗奇景，及色彩繽紛的雲霧光影。如《續青瑣高議・賢雞君傳》中形容西王母所居住之瑤池「藍波烟浪，瀲灩萬頃；珠樓王閣，玲瓏千疊。紅光翠靄間，若虹光挂天」，大自然界顯現之壯麗神奇異象，正襯托了西王母之呼風喚雨，「主陰靈之氣，理於西方，……母養群品，天上、天下、三界、十方女子之登仙得道者，咸所隸焉」〔註67〕的仙界領袖身分與地位。此外，仙樂、仙桃、仙鶴等代表仙界之物，也是仙界背景之必要點綴，如〈賢雞君傳〉之仙女奏仙樂〈鸞鳳和鳴曲〉、〈雲雨慶先期曲〉，而洞中則是「碧桃豔杏，香凝如霧」；《青瑣高議・書仙傳》之書仙同任生飛升登天時的情景是「仙樂飄空，異香滿室」，「雲霞爍爍，鸞鶴繚繞」。霞光雲影、仙樂鸞鶴、碧桃凝香，成為烘托仙（神）女身分的最佳代表。

此外，在仙界環境景物的描繪之中，也會格外營造金碧輝煌、富麗堂皇的感覺，如《雲齋廣錄・盈盈傳》之仙宮「飛樓連閣，帷幕珠翠，燈燭明列」，而《青瑣高議・溫泉記》中，張俞遊歷太真妃所居住的蓬萊仙宮，沿途所見之建築與陳設，更是令人目不暇給：

> 道左有大第，朱扉屼立，金獸銜鐶，萬戶生烟，千兵守御。入門則
> 台殿相向，金碧射人，簾挂瓊鈎，砌磨明玉，金門瑤池，彩楹瑣窗，
> 幕捲輕紅，甃浮寒碧，……逶邐見絳旌見驅，翠幢雙引，赭傘玲瓏，

〔註67〕唐・杜光庭，《墉城集仙錄》卷1，收入張繼禹主編，《中華道藏》（北京：華夏出版社，2004年1月），第45冊，頁196。

仙車咿軋，彩仗鱗鱗，紋竿裊裊，霞光明滅五色雲中。

黃金打造之金獸、台殿，嵌有明玉之台階等極盡豪華的建材使用，朱門、彩楹、絳旌、翠幢、赭傘、彩仗、五色雲等美麗繽紛色彩，以及精雕細琢之擺飾與器物，共同構成了一個即使是人間帝王宮殿，也無法企及的天上仙宮，此無非就是要烘托楊貴妃的高貴仙妃形象。

女妖所處之環境，也和仙境一樣，會刻意渲染豪華富貴之居處環境，如《夷堅三志辛・歷陽麗人》中，蛇妖麗人居住於「金碧璀璨」之「華屋」中；《青瑣高議・西池春遊》之狐妖所居為「高門大第，回廊四合，若王公家」，曲室中「盃皿交輝，寶蠟並燃，簾垂珠線，幕捲輕紅」。不過，同樣著墨於環境景物之氣派豪華，妖境和仙境所欲渲染的效果卻是不同的，即仙境的金碧輝煌、氣象萬千是用來正面烘托天上女仙（神）之尊貴身分；而妖境之如王公貴族般的豪華氣派，則主要是用來反襯女妖之「妖」術與「異」能。因此，女妖為魅惑男子，幻設出來的豪門宅院，似乎特別強調奇異、難得一見之珍貴物品的陳列，如《雲齋廣錄・四和香》中，麗人居處「其珍品異菓，皆殊方絕域所有，與其器皿什物，逈遠塵俗」，和《夷堅三志己・石六山美女》之猴妖石室中有「奇葩仙卉，不可彈述」，這些奇珍異物的擺設，也暗暗透露了女妖之神通廣大的奇幻妖術。

然而，隨著情境的需要與轉換，襯托女仙（神）和女妖身分的環境景物，並非是一味的富麗堂皇，而是密切配合他界女性每次出場的時機。如《青瑣高議・西池春遊》中，侯生熟寐樹下，既起，則「日沉天暗，宿鳥投林，輕風微發，暮色四起」，之後，狐妖即從林中現身，女妖出現之前，昏暗俱寂之中，唯有微風輕吹的情境渲染，營造出烘托女妖的陰森詭異氣氛。又如《雲齋廣錄・華陽仙姻》裡，由董雙成化身而成之民女諸葛氏，四十年後現身市肆與蕭防再相見，蕭防訪其居處，入一小坊「皆荒榛野蔓，人迹不到之地」，而室中「唯有土榻，弊蓆破薦相覆」，「榻之東有茶鐺酒榼，陶器數事而已」。仙女下凡，避免為人發現，必然選擇人迹罕至的荒涼之地，另外，室中簡陋破敗的陳設與器物，亦暗示著此處並無人居住，只是仙女為隱瞞真實身分而臨時尋找的權宜居所。

2、洞穴意象的運用

學者曾經分析構成「仙鄉」的必要條件，其中即包括了以「洞穴」來區隔仙界和現實界的要素。〔註68〕其實「洞穴意象」的運用，不僅在仙界，它

〔註68〕參見小川環樹著，張桐生譯，〈中國魏晉以後（三世紀以降）的仙鄉故事〉，收入瘂弦、廖玉蕙主編，《中國古典小說論集》第一輯（臺北：幼獅文化公司，

已經普遍成爲小說中，人間和他界區隔、分別的必要元素。

　　仙境以溪洞、山洞和人間作區隔，並且往往主人公在入洞進入仙境時，皆有一個漸進式的歷程或象徵，如《雲齋廣錄・盈盈傳》以溪洞來區隔仙界和現實之別，故事描述王山於昏醉恍惚之際，有女奴相召，王山與之偕行十許里，乃至一溪洞，「洞門重樓，綵檻雕楹。橋環溪水，花木繁麗，風香襲人」。王山進入仙界的過程是走了十多里慢慢進入的，且洞門有重樓，在主人公進入的過程中，得一層層推進，彷彿慢慢揭開仙界的神祕面紗，進入一個精雕細琢、有著小橋流水及繁麗花木的美麗仙境。對照於進洞前，主人公視覺、聽覺、嗅覺愉悅享受的感官之旅，出洞的過程是迅速而忽然的，而洞外「但蒼蒼古木，水聲山色，皆非向來所歷」，和洞內細膩精緻、富有生命力的景象相較，則有蕭索淒涼之感。又如《雲齋廣錄・華陽仙姻》之蕭防爲一青童所引，出玉晨觀後門，「煙靄蔥蒨，景色妍媚，與觀前甚殊」，之後進入華陽洞，又經過了重重的樓、門、殿、閣，才見到仙境中之人；蕭防與董雙成完婚後，在恍惚之中，由仙境回到現實，「但見深林茂草，飛禽噪集」，飛禽鳴噪之聲，把蕭防喚回到現實之中。此篇洞內、洞外之仙境和現實界的對比，和〈盈盈傳〉予人的感受是一樣的。

　　事實上，小說中仙境和現實界之間，未必皆以「洞穴」來作區隔，亦有非洞穴，然卻同樣具有「洞穴」效果的景物象徵。如《夷堅支庚・揚州茅舍女子》〔註69〕描寫一士人偶然間進入一虹暈中之情景：

　　　揚州士人，……因天氣融和，縱步出城西隅，遙望百步間有虹暈燁然，如赤環自地吐出。其中圓影，瑩若水晶，老木槎枒，斜生暈裏，下有茅舍機杼之音。試徐行入觀，瀟灑佳勝，了非塵境。有機數張，皆經以素絲。白皙女子四五輩，綰烏雲丫髻，玉肌雪質，各衣輕綃，朱衣揎腕，交梭組織白錦。……迨出虹暈，回頭注目，蕩無所睹。

自地平線上吐出的一環虹暈，具有區隔現實和仙境的「洞穴」效果，虹暈中的水晶圓影、槎枒斜生、茅舍機杼、玉肌雪質、朱衣白錦，構成了非塵俗間可見「光色感極強」〔註70〕的佳境。然而，這些人物景象，卻在士人出了虹

　　　1975 年 12 月），頁 88。

〔註69〕宋・洪邁，《夷堅支庚》卷 9〈揚州茅舍女子〉，《中國文言小說百部經典》（北京：北京出版社，2000 年 3 月），第 18 冊，頁 6217。

〔註70〕楊義先生認爲這段話「以光色感極強的語言描繪出的幻想本身，便是一匹鮮豔的織錦」。見氏著，《中國古典小說史論》（北京：中國社會科學出版社，1995

暈之後，如夢似幻般地消失不見。此篇中的虹暈雖具有「洞穴」意象，但屬於自然奇景，而隨時可消失的虹暈，卻比實在的「洞穴」更具有虛實如幻的感覺。而虹暈內、外景象的鮮明對照，以及主人公入、出虹暈前後的心情落差，實皆爲暗示洞中女性的非「凡」身分。

不僅仙界如此，凡是他界女子所在之處，必然和人間現實環境有對照性的明顯區別，因此，爲了襯托出他界女子的特殊身分，小說家也會刻意描寫他界和人間那一門之隔的強烈對比，如《投轄錄·趙詵之》中，趙生隨一老尼來到荒穢不治之處，只見廢屋數間及一殘缺之石碑，「生試以手撫之，碑忽洞開若門宇。生試入，視之則皆非世所睹也。樓觀參差，萬門千戶，世所謂玉宇金屋者皆不足道」。又如同部小說中的〈沈生〉，沈生至一委巷中，有小宅一所，「門宇甚卑陋，入戶則堂宇極雄壯」。荒郊野地之廢屋石碑中，竟暗藏著萬門千戶，豈不怪哉？小巷陋宅之內，竟是雄壯堂宇，亦爲不可思議。諸如此類的極端對比，皆暗示著他界女性的怪異、虛幻身分。

第三節　人物語言──獨白與對話

小說刻畫女性形象，除了透過「敘述語言」描寫女性形貌、妝扮、姿韻、動作、行爲，或是以環境景物的描寫，來襯托人物之身分、地位或心理、性格之外，讓女性自己說話，其實是最直接的一種突顯人物特色的方式。

中國古典小說作者呈現「人物語言」，基本上採取「直接引語」的方式，「直接引語」有「直接性」和「生動性」的特點，對於人物性格塑造有相當大的作用。〔註71〕「直接引語」又可分成「獨白」與「對話」，「獨白」可以說是人物的自言自語，「對話」則有一個對談的對象存在。宋代文言小說中，除了《青瑣高議·溫琬》一篇，作者採用全知視角，讓溫琬自己直述心曲之外，幾乎不見女性「自言自語式」的「獨白」，而是以詩詞文章之書寫，或是

〔註71〕　年 12 月），頁 211。

〔註71〕「直接引語」，即以引導句和引號的方式直接轉述小説人物之話語，「直接引語」有學者又稱「直接轉述」。「直接引語」之外，還有「間接引語」，即以敘述者自己的話來轉述小説人物話語之內容。在中國古典小說中，「間接引語」極少見的原因，「是因爲當時沒有標點符號，爲了把人物話語與敘述語分開，需要頻繁使用『某某道』，還需盡量使用直接式，以便使兩者能在人稱和語氣上有所不同」。另外，講故事之説書人喜好摹仿人物原話，亦對「間接引語」的使用有所影響。同註 12，頁 286、290。

驛壁題書的特殊方式，來替代直接的口頭自白；另外，在人物對話部分，女性在和他人充滿口語化、個性化的對話中，較以詩詞代言的內心獨白，更能展現女性當下細膩曲折的情感變化。

一、女性的內心獨白

在女性的內心獨白方面，由於史傳文學較少人物心理層面刻畫的影響，宋代文言小說也極少讓小說人物之口直述心曲，自我剖析內心思維想法，較多的是透過詩、詞代言來傳達一己之情志。儘管宋代文言小說裡，作為人物代言之詩、詞已更淺白直露，透過詩、詞，讀者也能感受到女性熱烈大方的情感傳遞，不過，和口語的直接表達相較，畢竟仍有不直說的含蓄委婉意蘊。以詩、詞代言的女性內心獨白，她們大多有一個明確的寄情、表志對象，傳達的也是屬於個人私我之情志。另外，還有一群有苦無處傾吐的女性，她們在奔波遷徙的旅途中，則藉題書於驛壁的另類獨白話語表現形式，一傾身世際遇之感，而引起往來過客之回響與共鳴，於是，驛壁題書之內容，便承載著屬於女性共同之心理、精神方面的深厚文化意蘊。

（一）詩詞代言以表情志

古典小說基本上是以散文為敘述主體，而韻文則居於輔助地位，小說中駢散間雜的敘述模式以及韻文的使用，在重視文采、詩筆的唐傳奇裡，已達到極高的藝術表現，駢儷文字之使用，使唐傳奇之文本彌漫著詩韻的浪漫情調。宋代文言小說大致可分成摹擬史傳的紀實派和注重詞章的言情派，[註72]重詞章的言情派即承襲唐傳奇之風格，較為重視詩筆、講究文采，雖然在宋代整個文學風潮的影響下，有些作家之詩筆過於質樸、淺俗，然亦不乏如《雲齋廣錄》中，某些傳奇的詩詞穿插，也有華麗清新之作。[註73]

關於韻文在古典短篇小說中的敘述功能，不論是在傳奇或話本，韻文作

〔註72〕紀實派如史官樂史所作之〈綠珠傳〉和〈楊太真外傳〉等，言情派如劉斧《青瑣高議》所收之愛情婚姻題材的單篇傳奇〈流紅記〉、〈孫氏記〉、〈譚意歌〉、〈王幼玉記〉、〈張浩〉……等，及李獻民《雲齋廣錄》中收錄之傳奇，這些作品大都穿插詩歌、注重詩筆，尤其《雲齋廣錄》之傳奇所穿插之詩詞多「才子之筆」，文字華麗、富於情采，上承唐傳奇又有新的藝術創造。參見程毅中，〈宋代的傳奇小說〉，《文史知識》1990 年第 2 期，頁 12～15。
〔註73〕程毅中先生又稱李獻民《雲齋廣錄》中之作品為「小說中的詞章派」，見氏著，《宋元小說研究》（南京：江蘇古籍出版社，1999 年 9 月），頁 126。

為小說人物「言志抒懷」的代言體絕對是主要特色之一。〔註74〕有別於唐傳奇之韻文形式多為詩歌，宋人小說中之韻文在詩歌以外，則增加了「詞」這一在宋代繁榮發展的文學體裁。小說裡穿插女主角所作之詩、詞，一方面藉以展現女性的文學才華，一方面亦透過詩、詞代言，委婉地言志抒情。

　　本論文第二章分析女性人物形象時，特別注意到宋代妓女強烈渴望回歸正常自由生活的自覺意識，如譚意歌、王幼玉、嚴蕊、溫琬等娼妓，她們有的亦透過詩、詞表露從良志向。在《齊東野語‧嚴蕊不屈》中，御使岳霖命嚴蕊作詩自陳，蕊不假構思，即口占成詞，詞云：「不是愛風塵，似被前緣誤。花落花開自有時，總賴東君主。去也終須去，住也如何住。若得山花插滿頭，莫問奴歸處。」嚴蕊於詩中表達了誤落風塵的無奈心情，並寄託了欲脫離妓女生活之堅定意志，此番自白，感動了主管營妓之地方官，即成全嚴蕊心願，判她從良。同樣身不由己淪為官妓之溫琬亦作〈香篆〉詩為自己爭取自由，詩云：「一縷祥煙綺席浮，瑞香濃膩繞賢侯。還同薄命增惆悵，萬轉千回不自由。」身為名妓的溫琬擁有極佳的物質生活，所接觸的人物亦多豪門貴士，然而，這種表面看來光鮮亮麗的日子，卻愈發使她既嘆薄命又惆悵縈心，因為，她深深意識到自由的身心才是人生快樂、富貴的泉源。

　　另外，《青瑣高議‧孫氏記》中，有夫之婦孫氏面對鄰人周黙的熱烈追求，委轉地以書信回拒之，信中附一詩表達她內心之情志，詩云：「雨集枯池時漸滿，藤籠老木一翻新。如今且悅目前景，妝點亭臺隨分春。」前兩句既寫景又表達了婉轉情思，意思是「妾心匪石」，周黙對她的深情厚意她並非毫無感覺，只是她對自己的丈夫有情有義，「如今且悅目前景」，她滿足於目前的婚姻生活，而不作非分之想，後兩句傳達了她堅定的心志。這首詩以雙關意涵表志，詩情、詩意兼顧。還有《夷堅三志壬‧懶愚道人》〔註75〕之懶愚道人，本名何師韞，五十歲寡居，端靜不與人相往來，年過六十始見親友，因為懶愚樹「外堅內虛，不中繩墨」，故名其室為「懶愚」以自表，並賦〈古風〉一

〔註74〕根據許麗芳之研究，韻文在唐傳奇中的敘述功能有六，即「表明人物身分」、「強調事出有據」、「逞才言志抒懷」、「凸顯關鍵情節」、「渲染場面氣圍」、「遊戲酬答筆墨」；韻文在話本小說中的敘述功能有：「總述全篇故事」、「人物述懷言志」、「描繪人物形象」、「刻畫鋪敘場景」、「作為對話內容」、「作者評述論斷」。見氏著，《古典短篇小說之韻文》（臺北：里仁書局，2001年3月），頁29～50、82～111。

〔註75〕宋‧洪邁，《夷堅三志壬》卷2〈懶愚道人〉，《中國文言小說百部經典》第19冊，頁6330～6331。

－199－

首，詩中表述欽慕南岳懶殘師「佯狂啖殘食，鼻涕任垂頤，懶爲俗人拭」的率眞性情，愚溪柳宗元「堂堂古遺直」的美好德行，以及願效懶愚樹之自在瀟灑、不受世俗眼光規範、約束的生活。

表志之外，以詩詞代言抒情爲多。有抒幽怨之情，亦有抒相思之情的。《青瑣高議‧流紅記》〔註76〕之宮人韓氏，以紅葉題詩抒發深宮幽怨之情，詩云：「流水何太急？深宮盡日閑。殷勤謝紅葉，好去到人間。」《醉翁談錄‧林叔茂私挈楚娘》之楚娘亦是抒發隱忍已久之怨情，然而，其怨非如韓氏之怨，而是對於委身爲林叔茂側室，不能爲主婦李氏所容之怨，楚娘以詞寓怨，題〈生查子〉云：「去年梅雪天，千里人歸還；今歲雪梅天，千里人追怨。鐵石作心腸，鐵石鋼猶軟；江海比君恩，江海深猶淺。」表達了自己因恩忍怨之情，因而軟化李氏之心，「遂相與並衾而臥」。又如譚意歌寄給張正宇信中所附的「短唱兩闋」，一首爲〈極相思令〉，一首爲〈長相思令〉，抒發相思之情，試舉〈長相思令〉如下：

> 舊燕初歸，梨花滿院，迤邐天氣融和。新晴巷陌，是處輕車轎馬，禊飲笙歌。舊賞人非，對佳時，一向樂少愁多。遠意沉沉，幽閨獨自顰蛾。正消黯無言，自感凭高遠意，空寄烟波。從來美事，因甚天教兩處多磨？開懷強笑，向新來寬却衣羅。似凭他人懷憔悴，甘心總爲伊呵！

再舉《青瑣高議‧張浩》李氏之詞〈極相思〉如下：

> 紅疏翠密晴暄，初夏困人天。風流滋味，傷懷盡在，花下風前。後約已知君定，這心緒盡日懸懸。鴛鴦兩處，清宵最苦，月甚先圓。

以上兩首都是女子以詞自述兩地相思之情，譚意歌對美景佳時歎幽閨獨處之情懷，即使人前強顏歡笑，日漸寬鬆之衣帶也掩飾不了相思憔悴之苦，此和桂英久盼王魁不至，所書之「誰知憔悴幽閨客，日覺春衣帶系長！」的比喻是相同的；李氏亦是如此，在初夏月圓之清宵，感歎月圓人不圓，鴛鴦分離兩處，反覆思念之心緒最是困苦。而《雲齋廣錄‧盈盈傳》之盈盈則是以詞傷春感時。〔註77〕另外，《醉翁談錄》中所收之小說，即有許多以詩詞向男子

〔註76〕宋‧張實，〈流紅記〉，收入《青瑣高議》前集卷5，《中國文言小說百部經典》第14冊，頁4687～4690。

〔註77〕盈盈贈王山兩首詞，其一云：「芳菲時節，花壓枝折，蜂蝶撩亂，欄檻光發。一旦碎花魂，葬 花骨，蜂兮蝶兮何不來？空餘欄檻對寒月。」其二云：「枝上羌羌綠，林間薇薇紅。已歎芳菲盡，安能縛俎空？君不見銅駝茂草長安東，

吐露情思的女子，如〈靜女私通陳彥臣〉之靜女作詩云：「牛郎織女本天仙，隔涉銀河路杳然，此夕猶能相會合，人間何事不團圓？」靜女藉詩大膽地表明了對陳彥臣的愛意，並向他提出見面的邀約；而〈梁意娘〉之意娘則作〈秦樓月〉云：「春宵短，香閨寂寞愁無限！愁無限，一聲窗外，曉鶯新囀。起來無語成嬌懶，柔腸易斷人難見！人難見，這些心緒，如何消遣？」意娘抒發的是濃厚的思念之情，以及無由排遣的閨愁，同時在詞中也可感受到她對李生聲聲呼喚的深情厚意。

　　他界女性亦多能詩善詞者，特別是妖怪界女性，她們往往以詩、詞表露她們複雜曲折，對人間男子既愛又怕的心情，如《雲齋廣錄‧甘陵異事》之燈檠女子每至必歌詩，共吟唱了五首詩，以下舉其中三首：

> 一自別來音信杳，相思瘦得肌膚小。
>
> 秋夜迢迢更漏長，守盡寒燈天未曉。
>
> 獨倚柴扉翠黛顰，傷嗟良夜暫相親。
>
> 如今且伴才郎宿，應為才郎喪此身。
>
> 向晚臨鸞拂黛眉，紅粧妖豔照羅幃。
>
> 不辭夜夜偷相訪，只恐傍人又得知。

燈檠女子因彭城郎久行不歸，孤單一人難耐漫漫長夜，於是藉故接近貧窮書生趙生。詩意在抒發寂寞孤枕之情以外，亦透露了自己以妖怪的身分和人間男子相戀，只能偷偷相會，又恐性命遭受威脅的擔心害怕感受。又如〈西蜀異遇〉狐女宋媛以〈蝶戀花〉訴相思之情：

> 雲破蟾光穿曉戶，欹枕淒涼，多少傷心處。唯有相思情最苦，檀郎咫尺千山阻。莫學飛花兼落絮，搖蕩春風，迤邐拋人去。結盡寸腸千萬縷，如今認得先辜負。

　　狐女宋媛面對近在咫尺卻為千山橫阻不得親近的心上人李達道，是既傷心又痛苦的，本身妖怪的身分，可能使她永遠不為人們接受，故被拋棄、被辜負的擔心與恐懼，無時不存在她心中，正因為宋媛對李達道的愛是真摯又深厚的，相對的所承受的相思之苦和擔憂之情也是等比的。既然無法見面親口向李達道表明真摯的愛意，僅能藉詞傳情，希望對方能感受到她的情意。

> 金轡玉勒雪花驄。二十年前是俠少，累累昨日成衰翁。幾時滿引流霞鍾，共君倒載夕陽中。」兩首皆是面對春日美景，而生傷春之情，感歎青春美好時光之匆匆易逝。

果然，宋媛之深情獨白感動了李達道，即使明知其為異類，仍不顧一切地與她相守，於是李達道毀棄原本護身之符，而再與宋媛合。

上述小說之女性或以詩、或以詞代言表達情志，不過，顯然可見的是，詞的表現形式，更能細微且深刻表達女性情思。學者研究宋代女性文學，發現宋代女作家雖然詩、詞並作，然受傳統詩歌具有反映社會、批判時政的功能，及「詩莊詞媚」等觀念的影響，女作家詩作題材多樣，反映的社會生活面也較廣，和她們的詞作相較，確實有更深刻的社會性和思想性。雖然，宋代女性之詞也不乏反映廣泛社會生活的作品，如寫國破家亡之悲慟、對故國家園的思念、譴責官場是非不分的黑暗等內涵，然而，「閨怨」、「閨情」依然是女性詞作的主旋律。〔註78〕這是傳統文學觀念對詞之題材內容的一種無形規範。而就詞本身之特質而言，詞是以女性口吻來書寫，又是以歌妓來傳唱的婉約文學樣式，詞之用語較為淺白通俗，並具有委婉雋永、迂迴曲折、一唱三嘆之女性陰柔美的特質，適於表現女性敏感細膩、深邃淒婉的感情世界，因而也成為宋代女性文學最理想的一種抒情寫意的文學樣式。〔註79〕詞的特質可以極度貼近女性細膩婉曲的情感世界，加上詞的用語淺白直切，最適合文言小說中大膽示愛、勇於追求愛情的女性。宋詞的全面興盛，使得詞也成為小說中為女性代言的最佳文學類別。

（二）驛壁題書尋求知音

隨著宋代社會經濟繁榮，婦女因生活或戰時避亂所需，也有了更多遠程遊歷、遷徙的機會，因此，在文言小說中，我們也發現不少女子於輾轉遷徙的旅途中，興發身世之感，於驛壁題書抒懷的情形。王子今先生於〈驛壁女子題詩：中國古代婦女文學的特殊遺存〉一文中，也注意到中國古代婦女驛壁題詩是一種普遍的文化存在，他深入探討婦人女子驛壁文學作品的形成與內容，並提出女性此類作品的價值與意義：

> 驛壁題詩是中國古代特殊的文學發表方式和信息傳遞方式。題寫於驛壁的女子詩作，是值得重視的文化遺存。其中所表露的真情和真

〔註78〕參見蘇者聰，《宋代女性文學》（武漢：武漢大學出版社，1997年11月），頁33、48。

〔註79〕參見舒紅霞，《女性審美文化——宋代女性文學研究》（北京：人民出版社，2004年7月），頁294～304。第六章〈俗：宋代女性文學的審美形式〉，其中對詞作為宋代女性文學的審美範型有細緻的論述。

趣，值得關心中國歷史文化的人們珍愛。這類作品與一般閨閣詩不同，曾經有更爲廣泛更爲直接的社會影響。討論驛壁女子題詩這種文化存在，可以幫助我們理解古代婦女精神世界的豐富內涵。而對於古代婦女由藝術欣賞和文學寫作所體現的生活質量，由社會交往以及遠程遊歷所實現的生活空間，由此也可以得到比較眞切的認識。〔註80〕

驛壁題書的形式成爲宋代文言小說裡，女性內心獨白的特殊表現方式，以此種形式所呈現的內心獨白話語，確實如上文所述，和抒發女性個人之幽情閨怨有所不同，它反映的是一種關於女性心理普遍而深厚的社會文化底蘊。驛壁題書的內容在一再的傳誦、應和之中，起了更爲廣泛的社會回響，故題於驛壁的女性內心獨白就不再只是獨白，在多少過客的題壁應和中，女性也在她們的精神世界裡，尋得了知音陪伴與心靈慰藉。

　　宋代文言小說中，女性題書於壁的情形不算少，〔註81〕這些女性的共同特點是她們都有一段難以言盡的悲苦際遇。如《青瑣高議‧瓊奴記》之瓊奴本爲官宦家之女，不幸家道中落、父母雙亡，又遭兄嫂惡意遺棄，終不得已而嫁給富室趙奉常爲偏室。然卻屢遭主婦之鞭打毀辱，在丈夫趙奉常儒弱無能、不能庇護之的情況下，其身心所遭受的痛苦更是難以言喻的。於是在隨丈夫赴官途中，瓊奴重遊曾經和父親一同遊歷過的淮山驛，往事歷歷在目，令人心傷，於是她「感舊無所攄發，悶書驛壁，使有情者見之傷感稱道」，以文章記述兼感歎困苦遭際。小說敘述者對於瓊奴題壁之文，以「其題於壁曰」作引導語，瓊奴之文結尾有署名「太原瓊奴謹題」，這樣的「直接引語」〔註82〕形式，使讀者彷彿可以想見瓊奴題壁之文。瓊奴題壁文中，最令人心驚的悲痛獨白是「每欲殞命，或臨其刀繩二物，則又驚歎不敢向」，受主

〔註80〕見王子今，〈驛壁女子題詩：中國古代婦女文學的特殊遺存〉，《重慶師範大學學報》（哲學社會科學版）2004年第3期，頁3。

〔註81〕王子今先生所舉女子驛壁題詩的例子，大多出自宋人筆記中，如宋人周煇《清波雜志》、彭乘《墨客揮犀》、吳曾《能改齋漫錄》、馬純《陶朱新錄》……等。同前註，頁4～11。此情形不知是否爲巧合，若女子驛壁題詩果眞大量出現於宋代，確實是值得深究的問題。不過，必須注意的是，女子驛壁題書或許爲當時實有之情形，不過，在文人筆記小說中，女子驛壁題書的內容應該或多或少經過文人的想像與潤飾，若以此作爲歷史研究的分析資料，仍要善加擇用。

〔註82〕有關「直接引語」的說明，請見註71。

婦鞭箠排斥、生不如死的日子，使她幾度欲以殘害自己的方式來結束此生的痛苦，然而，面對生死交關之際，死亡的驚恐和心中的歡怨，又使她陷入矛盾掙扎的複雜情緒之中，無法輕易下決定。

瓊奴的獨白代表了被遺棄之孤女、遭欺負之婢妾的共同悲苦心聲。而楊柔姬的獨白則代表了寡婦身無所託的孤寂與淒涼。《搜神祕覽‧楊柔姬》〔註83〕之寡婦楊柔姬，於丈夫過世後，獨自歸鄉途中題壁自述，前段敘述童年不知愁的歡樂生活，中段則述離親去國、遠嫁他鄉的美滿婚姻生活，後段轉而敘述新婚半歲，丈夫傾亡，身無所歸之哀苦，和之前的幸福歡樂生活成了強烈對比。試舉後段，楊柔姬云：

> 不幸居未半紀，而良人傾亡，家宗無親，身將安託。由是飄然南歸，每臨當時留食寓宵之地，逝而復甦者數矣。鄉關千里，欲到未能。上無以副父母之望，中不得盡良人之情，哀哀此心，非可述矣。

夫妻兩人喜悅幸福的新婚生活，頓時成了孤單一人的流離失所。身無所託的恐懼、害怕，使她決定展開歸鄉的旅程，而歸鄉之途迢迢千里，一路上又都是當時新婚和丈夫一同經歷過的風景，只是景物依舊，人事已非，更令她輾轉反側，每一步歸鄉步伐都顯得那樣的沉重和辛酸。這篇自白，是在楊柔姬喪夫後，獨自歸鄉之半途所題，喪夫之痛尚未撫平，又得踏上孤寂的漫漫歸鄉之路，辜負了父母的深切期望，夫妻情誼又正當濃厚恩愛，柔姬心中鬱結的痛苦情感，只能透過題書於壁稍稍抒解。

還有《夷堅甲志‧南陽驛婦人詩》〔註84〕記載南陽縣驛有女子留題一詩曰：「流落南來自可嗟，避人不敢御鉛華。卻憐當日鴛鴦事，獨立春風霧鬢斜。」由此詩內容雖然無法得知女子的真實遭遇為何，然大抵亦不脫為負心漢所棄，孤獨流離，又為了避人耳目，而費心偽裝「不敢御鉛華」的際遇，總之，也是一個落難女子的心情自白。又《夷堅丁志‧太原意娘》之意娘於戰亂時代，與夫驟別，即使已化為鬼魂，亦「感而書壁」，皆是尋憶良人之語，可見文言小說之女子題壁抒懷已成為一種普遍的獨白形式。

〔註83〕宋‧章炳文，《搜神祕覽》卷下〈楊柔姬〉，《古體小說鈔》（宋元卷）（北京：中華書局，1995年11月），頁290～291。

〔註84〕宋‧洪邁，《夷堅甲志》卷8〈南陽驛婦人詩〉，《中國文言小說百部經典》第15冊，頁5034～5035。

不論是瓊奴、楊柔姬、意娘還是南陽驛之婦人，促使她們以題書於壁這樣的獨白形式來抒發情感，最主要的原因，即她們皆是處於孤立無援、無人能傾吐的情境中，而旅程中的孤寂之感，令人更覺悲苦，於是驛壁題書便成爲她們當下選擇的一種特殊的情感宣洩管道。壓抑許久的痛苦，讓她們企圖尋求一個可以對話的對象，即便是一個可以同情憐憫之的陌生人也好，如瓊奴之題文末尾云：「痛惜嗟嘆，其誰我知也？因夜執燭私出，筆墨書此，使壯夫義士見之，哀其困苦若是。」她們的內心獨白以題書於壁的方式來呈現，就像是設想一個隱形對話者的存在，殷殷期盼著知音者的回音。於是瓊奴有王平甫爲之作〈詠瓊奴歌〉，楊柔姬有作者及杜儼仲作詩歌同情之，南陽驛婦人之詩，次韻者滿壁。太原意娘題壁，獲得了丈夫韓師厚及師厚表弟楊從善的回應。試舉王平甫〈詠瓊奴歌〉之一段文字：

> 哀哀瓊奴何戚戚，翻作長歌啾唧唧。弟兄可戮郎可誅，奉常家法妻
> 凌夫。儻知瓊奴出宦族，忍使無故受鞭撲？我願奉常聞此歌，瓊奴
> 之身猶可贖。千金贖去覓良人，爲向污泥濯明玉。

王平甫之歌充滿了對瓊奴遭遇之深切同情與憤慨不平，他譴責了拋棄瓊奴的兄嫂與未婚夫，亦對爲妻所凌、無能護瓊奴的趙奉常深感不恥，並期盼趙奉常見到此歌，能讓瓊奴贖身，還其本爲明玉之身，重新尋覓人生的幸福。我們可以發現王平甫對瓊奴之遭遇，不僅是同情和憐憫，更重要的是他是站在女性的立場，設身處地爲瓊奴著想，可以感受到他眞誠期盼瓊奴能脫離痛苦難捱的日子，回歸本應屬於她的正常生活。瓊奴於內心悲苦之吶喊，終於獲得了回響，王平甫對瓊奴的憐憫與抱不平，也間接地撫慰了瓊奴內心之傷痛。此外，瓊奴題壁之悲切訴說，也成爲同病相憐女子仿效、抒解悲情的一種方式，宋人陳師道有〈題柱〉詩并序云：

> 永安驛廊東柱有女子題五字云：「無人解妾心，日夜長如醉。妾不
> 是瓊奴，意與瓊奴類。」讀而哀之，作二絕句：「桃李催殘風雨春，
> 天孫河鼓隔天津。主恩不與妍華盡，何限人間失意人。」「從昔嬋
> 娟多命薄，如今歌舞更能詩。孰如文雅河陽令，不削瓊如柱下題。」

〔註85〕

由陳師道之詩序中，可以知道於永安驛廊東柱題詩之女子，可能和瓊奴有類

〔註85〕宋·陳師道，《後山集》卷8〈題柱〉并序，《景印文淵閣四庫全書》（臺北：臺灣商務印書館，1983年），第1114冊，頁587。

似的遭遇，她內心的痛苦與悲悽，身旁無人能體會，於是她選擇透過「瓊奴」來抒發內心之悲苦。由此可見，題書於壁的瓊奴，已經成為本為名家而不幸淪為人妾，命運乖舛的女性代表，女子不僅仿效瓊奴的方式，更希望以題書於壁的形式尋求情感、精神之相通與慰藉。而陳師道「讀而哀之」所作的兩首詩，詩中歎惋女子之「命薄」、「失意」，充滿了淒婉語調，似乎也是對女子「無人解妾心」的體貼回應。

再舉杜儼仲讀畢楊柔姬自述之文，為柔姬所作之歌。以下略去前半重述柔姬生平之處，直接舉其回應柔姬的部分。杜儼仲為柔姬作歌曰：

> 君不見三鄉寺，昔時弄玉嘗題字，今日柔姬歸故鄉，悲愁更過當時事。婦人無非亦無儀，賦筆雖留隱名氏，卒章飲恨令人哀，吟誦拂拂悲風來。想君題時翠眉促。彤管纖纖指如玉，行雲往矣無復尋，寂寂洞天三十六。噫！噓戲！楊柔姬未亡人，何用歸。多情既如此，有色將安施？儻能節死同遷穴，猶勝風月長相思。

對照王平甫之〈詠瓊奴歌〉，杜儼仲之歌雖然亦充滿了感染柔姬之悲哀的氛圍，不過，相較之下，他吟誦之際，想像的是柔姬題書的美好形貌，對於這樣一個有色的美貌婦人，他完全是站在男性本位的立場來看待，最後竟發出了倘若柔姬能為丈夫守節而死，亦勝過風月長相思的感歎。他對柔姬的憐憫，顯然和王平甫對瓊奴之設身處地著想，是極不相同的。

小說中，這些題書於壁的女性，不論是以文章或詩、詞自述遭遇和抒發情感，其際遇和情感往往具有普遍之代表性，她們透過深刻於石的銘記，記錄下不僅是她們個人的，更是屬於廣大婦女的共同精神苦痛，有別於閨閣作品所表達的個人情思和志意，婦女驛壁題書的內容，承載著更為廣泛而深厚的文化意蘊。而透過公開於驛壁的獨白話語表現形式，以及往來過客的同理回音，她們也由此獲得了心靈上的慰藉。

二、女性和他人對話

小說中的人物對話可以用來反映人物之思想、心理和願望，也可以突顯人物之性格特徵與身分地位。不過，對話的功能是多方面的，除了可以展現說話者的特色外，還能評論人物、敘述事件、描繪情景……等。〔註86〕宋代

〔註86〕同註2，頁185。

文言小說家似乎並未刻意以人物對話來形塑女性形象，只是無意識地偶一為之，故小說中偶然出現的女性主要人物和其他人物的對話多半無法持續，最常見的是一來一往的簡短對話，這樣的簡短對話，推動故事情節發展的功能往往大於人物刻畫的意義。如《夷堅乙志‧俠婦人》一篇，董國慶和俠婦人的對話：

> （董國慶）言：「我故南官也。一家皆處鄉里，身獨飄泊，茫無還期，每一深念，幾心折欲死。」妾曰：「如是，何不早告我？我有兄，喜為人謀事，旦夕且至，請為君籌之。」

透過兩人對話，雖然也刻畫了董國慶飄泊異鄉、無力還鄉的痛苦，並突顯了俠婦人行俠仗義，積極為人謀事、解決困難的俠義性格。然而，細究作者安排兩人對話的目的，即可明瞭作者之用意，乃在於引出俠婦人義兄虯髯客這一人物，並推動接下來虯髯客護送董國慶返鄉的情節發展。

　　諸如此類的對話不勝枚舉，如果對話內容簡短又無法持續，當然也就難以以對話突顯人物形象。即便如此，在文言小說中，還是可以找到有效刻畫人物性格與心理的人物對話，尤其是「口語化」和「個性化」的對話，及在對話中女性細微心理的展現，也漸漸有了話本小說的色彩。

（一）「口語化」和「個性化」的人物對話

　　學者討論小說的人物語言或對話藝術時，也許意見略有不同，然人物對話的「口語化」和「個性化」為必然會被提及的兩個要點。〔註87〕所謂「口語化」，即人物日常生活使用之少有修飾的自然、俚俗用語，和作家敘述語言所使用之書面語是明顯有異的；而「個性化」就是人物語言必須符合人物的身分、地位、教養、經歷、思想、性格，以及當下的心理狀態和環境，也就是什麼人在什麼環境下該說什麼話的問題。〔註88〕「口語化」是一切人物對話的前提，想要在對話中展現人物性格特徵、心理狀態，首先必須達到

〔註87〕如馬振方先生提到小說的人物語言必須注意的三個特點是「靈活性」、「口語化」和「個性化」。同前註，頁166～186。陳炳熙先生也認為「古典小說中成功的對話，用的雖是文言，表現的卻是口語的內容和語氣，讓人讀著，如聞人語」。他又以《聊齋誌異》為例，說明人物對話一個重要特徵是「性格化」。見氏著，《古典短篇小說藝術新探》（上海：華東師範大學出版社，1991年9月），頁141、144。

〔註88〕馬振方特別提及人物語言的描寫必須注意到人物性格與環境的關係。同前註，頁183。

口語化的要求。《摭青雜說》在這方面表現尤爲突出，作者不僅注重細節的真實性，並在對話中加入一些口語俗字，以增加人物性格的表現力。〔註89〕以下舉〈守節〉一篇中，呂氏父親迫其改嫁，而呂氏不肯從的父女對話：

> 父罵曰：「今汝從人，文官未可知，武官可必有也。縣君不肯做，尚戀戀爲逆賊之妻，不忍拋耶？」呂氏曰：「彼名雖曰賊，其實君子也。彼是讀書人，但爲宗人所逼，不得已而從之。他在賊中常與人作方便，若有天理，其人必不死。兒今且奉道在家，作老女奉事二親，亦多快活，何必嫁焉？

對於父親因其不肯改嫁而氣惱不解地冷嘲熱諷，呂氏回答話語中如「作方便」、「作老女」、「快活」等口頭俗語使用，不僅予人親切自然的感覺，同時也表達了呂氏在從容輕鬆態度背後，堅持守節的一顆心。這是一個對話口語化和個性化達到極佳融合的一個例子。

又如《鬼董・裴端夫》〔註90〕篇中，作者集中筆墨以對話的形式，將一位年齡十餘歲的緋衣女鬼刻畫得活靈活現：

> 端夫問女何人，曰：「緋衣爹爹，綠衣叔叔也。媽媽、姐姐、養娘、妳妳輩，三四十口，在宅堂後，避嫌不敢相見，都教傳語先生。」
> 問何姓何官，女曰：「奴奴小孩兒，都不理會得。」……他日陳招飲，女將一數歲兒，翳身屏後揶揄之。端夫顧笑，陳力扣詰，乃言其狀。
> 陳怒，屬聲叱之，兒驚而啼，女頳怒曰：「我去說與爹爹。」

以上這一段雖然形式上是裴端夫和緋衣女鬼的對話，但裴端夫的話卻以敘述者代爲轉述的「間接引語」呈現，這樣的手法非但加快了敘述的速度，〔註91〕同時和裴端夫的「間接引語」並列之下，對話中緋衣女鬼的「直接引語」顯得更爲突出，由這樣的話語表現形式，也暗示了作家欲藉對話刻畫緋衣女鬼的用意。結合女鬼的話語和行爲，充分展現了十幾歲女孩兒未經世事、活潑調皮又天真無所畏懼的個性，而在對話裡，口語疊字用語的重覆使用，也十分精確地抓住了女孩的純稚可愛特質。

口語化的語言和現實生活是零距離的，是一種生動活潑的市民生活語言，所謂的「生動活潑」，其實即表示於對話中，我們也可想見人物的表情、

〔註89〕同註73，頁176。
〔註90〕宋・佚名，《鬼董》卷5〈裴端夫〉，同註83，頁532。
〔註91〕有關「間接引語」的功用，可參見申丹之作，同註12，頁290〜291。

動作和心理活動。〔註92〕最直接的方式便是於對話中加上人物動作的描述，如《青瑣高議・范敏》一篇中，女鬼李氏和挾禁她之男鬼田將軍的爭吵對話，即給了讀者一幅生動具體的爭吵畫面：

> 將軍大叫云：「今夜一處做血！」李氏云：「小魃魃，你今日其如何我？有兩個人管轄得你！」李氏引手執敏衣曰：「我今夜再侍君子枕席，看待如何？」將軍以手批李氏頰，復唾其面。將軍走入室持劍而出，李氏云：「范郎不要驚，引頸受刃，這鬼不敢殺我。」

上文中李氏與田將軍和范敏的對話，如直呼田將軍為「小魃魃」、「這鬼」，即充滿了口語化的特徵，而對話裡穿插的人物動作，在在突顯了李氏潑辣無懼的個性與心理。如將軍「大叫」威嚇李氏，李氏非但不受驚嚇，反而以手拉著范敏上衣以示心向范敏，在動作和言語上都展現了反擊、挑釁的意味，將軍此時以批頰、唾面、持劍的連續動作代替實際言語來污辱、威脅李氏，然李氏並未因這突然的激烈舉動而害怕退卻，她依舊鎮定且強悍地指導范敏接招。對話中言語和動作的穿插使用與配合，使李氏潑辣強悍、無畏無懼的性格躍然紙上。

亦有透過人物對話之對比，以呈現對話中兩個人在態度、性格上之迥異，進而襯托出主要人物的性格特徵。如〈李師師外傳〉中，李師師和李姥的對話即呈現了明顯的對比。試舉一段以便說明：

> 姥私語師師曰：「趙人禮意不薄，汝何落落乃爾？」師師怒曰：「彼賈奴耳，我何為者？」姥笑曰：「兒強項，可令御史里行也。」而長安人言籍籍，皆知駕幸隴西氏。姥聞大恐，日夕惟涕泣。泣語師師曰：「洵是，夷吾族矣！」師師曰：「無恐。上肯顧我，豈忍殺我？……若夫天威震怒，橫被誅戮，事起俠遊，上所深諱，必不至此，可無慮也。」

由上文可知，李姥和李師師兩人面對由宋徽宗假扮而成的商賈趙乙，態度是截然不同的。李姥唯利是圖，商人的闊氣大方、殷勤送禮，正投其所好，因此她對於師師刻意冷落趙乙的態度，有不解亦有些微的責備，於是以透過「私語」的方式企圖勸醒師師。不過，師師卻因李姥之語，而把先前壓抑的怨怒一股腦兒發洩出來，她把商人貶低為「奴」，正反映出其清高不屑與之為伍的人格，師師的怒氣和簡短的兩句話，即充分展現出其人格特色。當宋徽宗親臨李姥妓院

〔註92〕陳炳熙先生提到理想的對話境界，是可以讓讀者由對話裡想見人物的表情、動作、心理活動。同註87，頁150。

的實情傳開後，李姥和師師的態度又再次成了對比，李姥驚恐涕泣，以為得罪了當今聖上，必死無疑，對照於李姥的膽小怕事，師師口中說出「無恐」兩個字，即代表了她的理性鎮靜，接下來她推論無須擔憂的一段話，則又突出了她的清晰思緒與聰敏睿智。李師師之高尚、倔強、理性、聰穎等個人特色，透過和李姥的對話充分突顯出來，而李姥所說的話也有了反襯的作用。

（二）對話中女性細微心理的展現

前文提到宋代文言小說中，女性的獨白鮮少以自言自語的方式表現，而是以詩、詞代言，有時更以題書於壁的方式呈現。雖然內心獨白也能反映女性的心理世界，然詩、詞代言不免含蓄隱晦，題書於壁反映的則是婦女普遍深沈的悲痛，皆不若在一來一往的對話中，所能展現之女性當下、真實、細膩的情感變化。

如《雲齋廣錄‧西蜀異遇》之狐女宋媛是一個女妖充分人性化的代表，其人性化的特色即透過對話，表現得更為傳神與細膩。試舉宋媛和李達道於後花園中初見時的對話：

> 生謂之曰：「娘子誰氏之家，而獨遊於此地？」曰：「妾君之近鄰也，……適因蘭堂睡起，選勝徐行，睹麗景和風，暖烟遲日，流鶯并語，紫燕交飛。妾乃春思蕩搖，幽情拂鬱，攀花折柳，誤踰短垣，入君之圍。不為從者在茲，豈勝羞愧。」……生復詢之曰：「汝還有所適否？」媛逡巡有赧色，乃謂生曰：「妾未嘗嫁也。然則君嘗娶乎？」生應之曰：「方議姻連，而未諧佳匹。」媛乃微笑，顧謂生曰：「如妾者，門閥卑微，容質鄙陋，還可以奉蘋蘩者乎？」生曰：「某屏弱之軀，幸無見戲。」媛曰：「第恐兔絲蔓短，不能上附長松，安敢厚說君子？」生竊自喜，遂與過亭之西，欲與之合。則曰：「寧當款曲，容妾歸舍，近晚復來於此。君無他往。」

宋媛一開始以整齊的四字句回應李達道，在談吐之間，展現其不凡的才情。稍後，在宋媛與李達道的應答中，刻畫的是一位熱情大方的少女對愛情的勇敢追求，然而在主動大方表明願為李生妻子的心意中，卻以自身之微鄙，而略帶少女的羞怯與矜持。在對話裡，將一位少女的複雜細微情思刻畫的恰到好處，而隨著話題的轉移，宋媛臉上也出現不同的表情，如時而「逡巡有赧色」，時而「微笑」的表情，將宋媛天真自然的性情表露無遺。

人物對話表現得尤為突出者為《摭青雜說》中的小說。薛洪勣先生提到

《摭青雜說》中的幾篇小說，具有文筆通俗順暢以及口語對白的優點，且純用散筆敘事，情節曲折有致，好像後世的純散筆小說。〔註93〕其中〈守節〉和〈夫妻復舊約〉則是以大篇幅的人物對白來推動情節、突顯人物性格與心理的佳篇。〈守節〉一篇裡，范希周爲建州兇賊范汝之親黨，范希周於陷賊之中得呂監之女呂氏，范希周見呂氏顏色清麗又性情和柔，於是娶之爲妻。然時當朝廷派韓郡王率大軍討捕賊黨之危亂時刻，夫婦倆隨時有可能因此死別。小說裡以呂氏和范希周的對話，來刻畫呂氏之貞烈性格：

> 呂氏謂希周曰：「妾聞貞女不事二夫，君既告祖成婚，則君家之婦也。
> 孤城危逼，其勢必破，則君乃賊之親黨，必不能免。妾不忍見君之
> 死。」引刀將自刎。希周止之曰：「我陷在賊，雖非本心，無以自明，
> 死有餘刑。汝衣冠宦族兒女，擄劫在此，爲大不幸。大將軍士，皆
> 是北人，汝既是北人，或語言相合，宛轉尋著親戚骨肉，又是再生
> 也。」呂氏曰：「果然，妾亦終身不嫁人。但恐爲軍人將校所擄，吾
> 誓不再辱，唯一死耳。」希周曰：「我萬一漏網，得延殘生，亦終身
> 不娶，以答汝今日之心。」

呂氏作爲對話的開啓者，她首先表明「貞女不事二夫」的立場與心願，在衡量了孤城危急的局勢，明白身爲賊之親黨的丈夫可能因此性命不保，她因不忍見丈夫之死，而決定先赴黃泉。雖然在此時呂氏已有犧牲性命的堅決態度和行爲，不過，我們僅能臆測呂氏之引刀自刎的原因，或許出於「不忍見君之死」的悲痛情緒要多些。接著范希周向呂氏分析對呂氏有利的情勢和理由，以勸止呂氏自殘的舉動，范希周這一番話雖然暫時使呂氏打消了自殺的念頭，然而，卻也因爲這番話，使呂氏更加堅定其終身不嫁人的意志，並誓言若爲軍人將校所擄，將是自己以死明志的時刻。在呂氏回應丈夫的話語中，才使呂氏爲守節而終身不嫁，甚至必要時欲以犧牲生命來保全貞節的形象愈顯鮮明。另外，在范希周的勸說下，呂氏原本充滿不忍之情的悲傷語氣轉而愈加理性與堅決，可見在對話一來一往的推波助瀾效果下，人物語氣的轉變，正透露了人物微妙、細膩的心理變化，呂氏由情緒性的悲傷不忍見丈夫之死，到理性誓言堅決不改嫁、不受辱，代表呂氏對未來已做好了心理準備，若真的不幸被擄，她會從容地以犧牲性命的方式來保全節操。而在兩人的對話之中，也描寫了亂世中，夫妻雙方互誓不再嫁娶的堅貞情操。

〔註93〕同註25，頁191。

〈夫妻復舊約〉之邢春娘的整體形象，除了外貌的描繪及精絕的才藝是由敘述者的敘述語言來呈現外，可以說全篇幾乎是以春娘和他人的對話來刻畫其心理特徵和人格思想的，小說裡大篇幅的人物對話在宋代文言小說中，格外引人矚目。全篇總共出現六段春娘和他人的對話，每一次的對話不僅交待情節的發展，更重要的是，人物對話呈現「剝筍式」的效果，層層揭開春娘的內心世界，讓讀者可以隨著每一段對話，一步步地深入了解春娘之待人處世態度和其人格特質。

在多次的對話中，作者也注意到春娘身分由娼妓到從良的轉變，故當春娘還是娼妓時，以楊玉為名，從良後，則以本名示之。第一次對話的主角是楊玉和男主角單符郎，楊玉羞愧地向符郎泣訴自身本為宦族，幼年曾許婚於舅之子（即單符郎），後因雙親遭賊殞命，自己被掠賣至妓戶的遭遇，符郎聞之，知楊玉即為幼年議婚之邢春娘，然尚不動聲色地試探她為何不喜今日鮮衣美食的娼妓生活，楊玉即向符郎吐露願嫁一小民、為人媳婦的心願。第二次楊玉和符郎在宴席場合相遇的對談，則讓楊玉有機會再一次重申從良的心願：

> （符郎）好言正問曰：「汝前日言為小民婦亦嫁甘心。我今喪偶無正室，汝肯嫁我乎？」玉曰：「豐衣足食，不用送往迎來，此亦妾所願也。但恐新孺人歸，不能相容。若有孺人，妾自去稟知，一言決矣。」

學者提到，人物對話之言語其實存在著兩個層次，「其一是語言表面的含義，其二是讀者與作家暗中交流的層次」。〔註94〕上文符郎佯言自己正喪偶無室的試探性話語，即包含著這兩個層次，符郎表面上是以自己喪偶無妻，因此向楊玉詢問嫁給他的意願，然而，實際上讀者深諳符郎謊稱自己喪偶來試探楊玉真實心意的目的，這就是在人物對話表面語義之外的含義。符郎的話引出了楊玉厭惡風塵、願嫁人為婦的真誠意願，心思細膩她甚至考慮到萬一不為君家所容，或是符郎已有孺人，自己亦願自行離去的情形，由此可見其從良的強烈意願。

〔註94〕參見格非，《小說敘事研究》（北京：清華大學出版社，2002 年 9 月），頁105。格非先生又提到言語有「敞開」和「遮蔽」所構成的言語空間，他說：「從人物言語的動機來分析，言語的目的在於『敞開』，也就是說它向讀者或聽眾袒露自己的思想、情感和心理活動，但實際上語言往往只起到了某種『遮蔽』作用，作家一旦明白了這一點，他就能充分利用『敞開』和『遮蔽』所構成的言語空間。」所謂語言的「遮蔽」作用，是指當人物對話言不由衷、有所隱瞞時，語言即對人內心的真實情感起了「遮蔽」作用。頁103～104。

前兩次的對話在強調楊玉欲離開風塵的堅定心意，第三、四次的對話則透過他人對楊玉從良之阻撓，來刻畫她待人處世的態度。先是太守謂玉曰：「汝今爲縣君矣，何以報我？」玉答曰：「妾一身皆明府之賜，所謂生死而骨肉也，何以報德？」楊玉面對太守以爲自己對楊玉有恩，無賴欲強佔之的嘴臉，以謙遜無以報德之語回應之，既表達了感恩的心意，同時也聰明地避開和太守的正面衝突。而後又有娼嫗號哭不甘用盡心力栽培的楊玉捨之而去，春娘（楊玉）則論之曰：「吾夫婦相尋得著，亦是好事。我年雖蒙汝恩養，所積金帛亦多，足爲汝養老之計。」春娘的這幾句話，表達了希望娼嫗成全這椿好事，並理直氣壯地對娼嫗說明自己爲嫗所積之金帛，已足夠她終養此生，表明自己並非忘恩負義之人。從她的話語中，也再次讓人感受到她不爲他人所動、堅決從良的堅毅個性。

第五次爲春娘和符郎的對話，春娘向符郎表達欲少具酒食與翁嫗和昔日姊妹話別，由此可知春娘亦是個重情重義之人，她並未因即將脫離賣笑之妓女生涯，而忘卻昔日娼嫗的愛育和姊妹之情誼。在春娘邀約的聚會上，春娘和李英這對感情極佳的姊妹對話甚爲感人，試舉如下：

> 有李英者，本與春娘連居，其樂色皆春娘教之，常呼謂姨，情極相得，忽起持春娘手曰：「姨今超脫出青雲之上，我沉淪糞土之中，無有出期。」遂失聲痛哭，春娘亦哭。李英鍼線妙絕，春娘曰：「我司戶正少一鍼線人，但吾妹平日與我一等人，今豈能爲我下卯？」英曰：「我在風塵中常退步，況今日有雲泥之隔，嫡庶之異。若得姨爲我方便，得脫此一門路，也是一段陰德事。若司戶左右要鍼線人，姨得我爲之，則索相詣，委勝如生分人也。」

李英自喻「沉淪糞土之中」無有出期之自覺，春娘正是過來人，怎不感同身受？身體的沉淪和心理的自覺呈反方向拉鋸著，李英心中的痛苦，春娘深深體會過，兩人也在失聲痛哭中，達到了心靈的相通與慰藉。春娘有幸跳脫火坑，她也不忍繼續讓好姊妹身陷苦海，於是她欲安排李英和她一同到司戶家做些針線粗活，然又恐委屈了李英，不過，恰好李英也表明了極高的意願，兩人遂得一同歡喜從良。這一段風塵姊妹的對話，刻畫的不僅是兩位女性相知相惜的情感，同時也個別突出了兩人的特色，春娘既重情義又善良體貼，李英則是能深刻自我省覺，其力爭上游的高度自覺，和春娘相較，亦有過之而無不及。

第四節　小說議論對女性形象塑造的作用與意義

　　宋人趙彥衛曾提到唐代傳奇小說具有「史才」、「詩筆」、「議論」等文備眾體的藝術特色，〔註95〕其實宋代文言小說也是朝著「文備眾體」的目標來發展，如史官樂史〈綠珠傳〉、〈楊太眞外傳〉之作，史才和議論兼有，《青瑣高議》和《雲齋廣錄》中的作品，也有不少展現詩筆和議論的特色，而宋人小說中亦不乏三者兼而有之，如〈梅妃傳〉的佳作出現。我們可以發現，不論是偏史才或偏詩筆的作品，議論似乎是宋人小說普遍而重要的特點，這也是本章專門獨立一節討論小說議論之用意所在。當然，議論並非宋代小說所專有，議論是由唐傳奇作家借鑑史傳作法，於篇末對人物發表褒貶評論而來。關於議論對於小說的重要性和作用，美國學者布斯於其《小說修辭學》一書中即有所論述，其中有一點是「塑造信念」，即以議論去「灌輸」或「強加」作者所欲傳達給讀者的價值觀，〔註96〕也就是在議論者評述故事、褒貶人物當中，背後還有一個更高層次的「創作意旨」，〔註97〕這也是探討宋代文言小說之議論所須深究之處。

　　宋代文言小說鮮少以單篇行世者，多半倚賴小說集之編錄而傳世。如劉斧編著之小說集《青瑣高議》，不僅統一對各篇故事加了七個字的副標題，也於部分小說末尾附上劉斧個人之「議」或「評」，以表達對該篇故事的看法。〔註98〕然不論是單篇行世之作者本身對於小說的評論，或是小說集編者所附加的評議，皆可顯示宋人於小說篇末評述議論風氣之盛行，特別是如《綠窗新話》、《分門古今類事》等具有類書性質之小說集，小說集之編者對於小說的收錄編纂，為有意識地進行整理分類，為了彰顯小說集編撰之主體性，編纂者會採取各種改易前代小說的「敘述策略」，其中，最引人矚目的是大量議論的刪改和增附，

〔註95〕見宋·趙彥衛，《雲麓漫鈔》（臺北：新文豐出版股份有限公司，1984年6月）卷8，頁222。

〔註96〕布斯認為議論的作用除了「塑造信念」以外，還有「提供事實、『畫面』，或概述」、「把個別事物與既定規範相聯繫」、「昇華事件的意義」、「概括整部作品的意義」、「控制情緒」、「直接評論作品本身」等。同註28，頁189～233。

〔註97〕小說議論的特點是「從具體的形象描寫中抽象出哲理來，明確表達作者的創作意旨」。見孟昭連、寧宗一，《中國小說藝術史》（杭州：浙江古籍出版社，2003年10月），頁140。

〔註98〕《青瑣高議》加「議」者有21篇，加「評」者有4篇，此為書名「高議」之由來。參見李劍國，《宋代志怪傳奇敘錄》（天津：南開大學出版社，1997年6月），頁186。

以突出編者的撰作意識，如皇都風月主人《綠窗新話》篇末之評述，乃緊扣男女、歌舞風月之情事來抒發，而委心子之《分門古今類事》則在故事篇末附有發揮命定觀的議論，二書皆具有強烈的主題色彩。〔註99〕宋人小說議論之作用由此可見其一。

　　小說中之議論是作者或是編者跳脫文本之外來書寫的，具有自覺的創作意識，其「創作意旨」各有不同，未必是盡是一味的垂訓教化，〔註100〕有時反倒是以較為開放的態度來接受、評論故事。〔註101〕因此，本論文將檢視小說家篇末評議，對於小說中女性形象之形塑意義，也就是將議論之內容，和除了議論以外之小說文本中的女性形象，放在一起作對照、觀察的工作，找出宋人小說議論相對於文本敘述，對於女性形象塑造的作用與意義。如議論和文本之女性形象一致，或是在作者別有用意的情況下，女性的正面形象通常會受到再次的強化；而當議論和文本之女性形象落差太大者，原本於文本中的女性形象即遭到了弱化。我們發覺在宋人勸懲觀念的影響下，議論對於文本之女性形象塑造產生了「弱化」和「強化」的相反作用，而在這兩種不同作用的背後，由於議論之手法和目的差異，也反映出作家複雜的創作旨意。另外，當然也有以客觀態度來作評論，以表達對女性的同情與讚賞。

一、女性形象的弱化——勸懲觀念影響之一

　　從漢代《毛詩·序》以來，文學和政治教化即牢牢地繫結在一起，然而，對娛樂性質較強的小說而言，實在難以板起臉孔，張舉起嚴肅的政治教化旗幟。於是，地位本即低下的小說，為了尋求繼續生存發展的空間，便選擇了

〔註99〕康師韻梅從敘事策略的角度探析《綠窗新話》和《分門古今類事》中，大量改寫唐五代小說的敘述面貌，致使撰作主體呈現強烈的主題色彩。在康師條理、細緻的分析中，皆提到了編者以議論闡釋、抒發主旨對於明晰該小說集編纂之主題意識的重要性。見氏著，〈《綠窗新話》中唐五代小說的改易探析〉，《臺大中文學報》第20期（2004年6月），頁41～86，及〈《分門古今類事》的敘事策略〉，《漢學研究》第22卷第1期（2004年6月），頁97～130。

〔註100〕魯迅認為「宋時理學極盛一時，因之把小說也多理學化了，以為小說非含有教訓，便不足道」。見氏著，〈中國小說的歷史變遷〉，同註3，頁524。

〔註101〕康師韻梅分析《綠窗新話》中之議論，認為其議論的部分，除了偶涉教化外，多半只是客觀的評述，就其所記皆為男女風月情事來看，「這是非常可貴的，畢竟他沒有以所記作為教化的工具，反而以一個較為開放的態度去接納、評論，以抒發一己之見」。同註99，頁79。

和教化相近但又不盡相同的「勸善懲惡」觀念，來作為小說創作的價值標準。
〔註 102〕特別是宋代文言小說和話本小說在一定程度上的合流、交融狀態下，
大量的市井細民題材湧入文言小說，使得文言小說的藝術風格漸趨通俗化、
市井化，因此，小說裡所謂的「善」與「惡」，更多是以市民意識及世俗社會
的價值觀為評判標準的，其背後不必然得扣上統治者政治教化的大帽子。

於小說中賦予勸懲意涵，可以說是宋人對小說本身的觀念使然，如張齊
賢〈洛陽搢紳舊聞記序〉表示該書為「約前史之類例，動求勸戒」；〔註 103〕
章炳文《搜神秘覽》以「搜神纂異」、「博采妖祥」為主之小說集，「則造詭怪
之理者，亦屬於勸懲之旨焉」；〔註 104〕郭象《睽車志》「其大旨亦主於闡明因
果，以資勸戒」。〔註 105〕另外，段庸生先生分析宋人傳奇之勸懲，認為宋人於
勸懲之中，展現了對「歷史教訓的重視」及對「題材價值意義的追求」，由此
也可看出宋人之勸懲是其重視小說社會意義的表現。〔註 106〕魯迅先生認為宋
代理學極盛一時，小說中含有的「教訓」正是受到理學影響的結果，他並將
此種現象稱為小說的「理學化」。〔註 107〕本論文認為魯迅所謂的「教訓」，應
是指宋人小說中較為嚴肅深刻的社會意義，如段庸生所言之值得深思的歷史
教訓，而勸懲的內容或許有些和宋代理學思想有關，然亦有不少小說家只是
就事論事，以客觀立場來揚善棄惡，我們不該對此做過度解讀，而把所有宋
人小說之勸懲皆視為理學思想的註腳。〔註 108〕

跳脫魯迅認為宋人小說理學化的既定觀念，來看宋人小說中之議論，可
以發現重視勸懲的社會意義，對於小說女性形象塑造會產生或「弱化」或「強
化」的不同影響。本段將先討論勸懲觀念對女性形象的弱化。

〔註 102〕同註 32，頁 82。

〔註 103〕宋・張齊賢，〈洛陽搢紳舊聞記序〉，收入於侯忠義編，《中國文言小說參考資
料》（北京：北京大學出版社，1985 年 4 月），頁 336。

〔註 104〕宋・章炳文，《搜神秘覽・序》，《續修四庫全書》（上海：上海古籍出版社，
1995 年，據民國 24 年涵芬樓續古逸叢書影印宋刻本影印），1264 冊，頁 594。

〔註 105〕《四庫全書總目・睽車志》，同註 103，頁 451。

〔註 106〕參見段庸生，〈勸懲與宋人傳奇〉，《重慶師院學報》（哲社版）2000 年第 4 期，
頁 31～37。

〔註 107〕見註 100。

〔註 108〕張邦偉先生也認為理學並非官方主要的統治思想，且理學在宋代並未取得「匹
夫而為百世師，一言而成天下法」的地位。見氏著，〈宋代婦女的再嫁問題和
社會地位〉，鮑家麟主編，《中國婦女史論集》第三集（臺北：稻鄉出版社，
1993 年 3 月），頁 89。

何滿子注意到宋代以後的短篇小說「小說中的道德教訓和因果報應的思想顯著地增加，有時甚至和小說形象表述是唱反調的」。〔註109〕宋人小說議論受到勸懲觀念的影響，雖然不見得和小說文本全然唱反調，然就女性形象而言，議論和文本產生嚴重落差的情形是時而可見的，而這樣的情形往往會使文本中女性形象遭到某種程度的弱化。依議論者評論的標準和態度，及其對女性形象弱化的影響，又可分成四種情況：一是當文本中的女性形象原本即相當飽滿、豐富時，議論者若對女性採單一的道德理想標準作評價，則會使女性飽滿形象遭到扁平化；二是當議論者作出褒貶雜揉的矛盾評價時，女性原本突出鮮明的整體形象也會受到某種程度的削弱；三是原本文本中只是陳述有關女性的行為或事件，然在議論者採取主觀的片面評價時，有關女性之負面形象即遭到刻意的批判、醜化，影響了其他可能的解讀空間；四是當議論並未緊扣故事主題，或是議論者別有目的時，女性主要人物形象即可能遭到忽略或扭轉。

（一）女性飽滿形象的扁平化——單一的道德理想標準

所謂「女性飽滿形象的扁平化」，即受到小說議論者囿限於單一婦人女子道德理想標準的影響，原於文本敘述中飽滿、豐富的女性形象，卻在議論中被簡單地歸於某一理想道德的肯定，使女性形象受到了扁平化的對待。例如《青瑣高議・孫氏記》篇末針對孫氏行止的評論云：

> 婦人女子有節義，皆可記也。如孫氏，近世亦稀有也。爲婦則壁立
> 不可亂，俾夫能改過立世，終爲命婦也，宜矣。

議論開頭表明女子之「節義」是其關注的焦點，孫氏的事跡之所以能被傳述，主要在於她有爲婦不可亂的「節操」，以及扮演好妻子輔助丈夫的「賢婦」特質。實際上，就評論的觀點來看，這分明是男性對爲人婦之女性「正位於內」的最終期待與關懷。然而，就本論文第二章所分析之孫氏形象，孫氏本身就是一個情、色、才、德、智完美結合的女性，特別是她安分守己、進退得宜背後所展現的智慧光芒和條理清晰的思辨能力，以及關心丈夫在外從官情形，深明大義地規勸丈夫不得居官好賄之理，在她身上，我們看見了市井婦女的眼光首次拓展到以男性爲主的政治舞臺。〔註110〕然孫氏之有別於傳統婦

〔註109〕見何滿子，《中國愛情與兩性關係——中國小說研究》（臺北：臺灣商務印書館，1995年8月），頁96。
〔註110〕薛洪勣先生提到寫婦女關心政治約首見於此篇。同註25，頁166。

女的特別形象，卻受到評論者的忽略，而仍從賢婦輔助丈夫的角色來肯定她。侷限於男性對女性片面而單一的評判標準，不免扼殺了文本中女性飽滿、豐富的形象。

又如《青瑣高議‧譚意歌》之女性形象，也是一個於議論中，女性飽滿形象被扁平化的例子。文本裡譚意歌人格獨立意識的形象是獨特又鮮明的，然而在小說最後一段夾敘夾議的文字中，卻是如此評判意歌：

> 意治閨門，深有禮法。處親族皆有恩意。內外和睦，家道已成。意後又生一子，以進士登科，終身為命婦。夫妻偕老，子孫繁茂，嗚呼！賢哉！

這一段話倒是類似宋代士大夫為治家有法的婦女所寫的墓誌銘，由此可知作者評價婦女的標準和上述〈孫氏記〉相同，乃在於婦女是否能「正位於內」，於是兒孫有成就，家庭內外和睦，便成為意歌被頌揚、肯定為「賢婦」的主要原因。反之，在「賢婦」框架以外，意歌形象的諸多特色則完全視而不見。同樣的情形也發生在《夷堅志》中，〈晁安宅妻〉一篇之晁安宅妻子所得到的評價是「婦人不忘故夫於丐中，求之古烈女可也」，對於文本內，晁妻暗中安排與丈夫團聚過程中，所展現的機智和廉德也隻字未提。

議論者陷入對於女性唯一的道德理想框架之中，使得小說中諸多性格獨立鮮明、形象飽滿特出的女性人物，在篇末的評價議論中，一律被歸劃為「貞」、「節」、「烈」、「賢」等單一而扁平的形象與意義，不僅造成了女性人物形象在文本敘述和議論中的嚴重落差，更重要的是，原本鮮明飽滿的女性藝術形象，卻因圍限於評論者淺陋的道德價值觀而慘遭無情的弱化、扁平化，實在可惜！

王小琳分析唐傳奇的創作動機時，也注意到唐傳奇描寫女性人物的故事中，如〈李娃傳〉、〈謝小娥傳〉、〈任氏傳〉出現審美態度和道德觀念自相抵捂的情形。她認為唐傳奇作者「圍於對小說的教化觀念，表現在創作中的已是趣味與審美的充分呈現，卻不知如何在創作動機上認同這樣的價值，只能回到最簡單的道德評價上，又特別是對女性人物，節與貞便是最容易比附的價值了」。[註111] 然本論文以為同樣的情形出現在宋代文言小說中，這並非在創作動機上不知如何認同這種價值，所以只能回到道德評價上的問題，而是

〔註111〕參見王小琳，〈論唐代傳奇創作活動的特徵及其對傳奇敘事的影響〉，《中山人文學報》第 9 期（1999 年 8 月），頁 88～89。

議論者根本是把文本敘述和議論的部分割裂來看，特別是有些小說篇末的議論並非原作者所爲，而是小說集的編者所加，所以如《青瑣高議》和《綠窗新話》中，文本敘述和篇末議論不相關，或是議論偏離主題的情形時有所見。故文本是文本，議論是議論，儘管文本敘述中的女性形象是多麼的突出鮮明，一旦落入評論者的手中，就必須納入道德勸懲的框架裡來重新審視，合乎道德框架中的標準女性形象，才有機會被肯定與強化；反之，文本裡不合道德評價標準，卻深刻飽滿的女性形象，只好被忽略，或是在評論者的嚴格檢視中，被吹毛求疵一番。

（二）女性整體形象的削弱——褒貶雜揉的矛盾評價

在某些小說的議論中，可以發現評論者對於文本之女性，於褒揚中帶有缺憾的複雜心理，由此體現出的是：評論者已非如前一段所述之完全一味地以女性道德理想標準來作評判，不過，他們雖能以更開放的態度來看待女性，但仍擺落不了小說勸懲的社會意義，故會有褒貶雜揉的情況發生。

先舉《雲齋廣錄·雙桃記》爲例。文本敘述蕭娘愛上有婦之夫李生，然她的家人卻逼迫她嫁給劉氏之子，蕭娘爲了忠於自己對李生的愛情而自縊身亡。作者對此故事作出以下的評論：

> 嗚呼！人之有情，至於是耶！觀其始與李生亂，而終爲李生死，其
>
> 志操有所不移也。使其不遇李生，以適劉氏之子，則爲貞婦也明矣。

由以上這一段對蕭娘「以身殉情」行爲的評論，可見議論者在評論時的態度是矛盾糾葛的，怎麼說呢？且看這一段話的前半段，作者從「情」的觀點出發，認爲蕭娘自始至終鍾情於李生一人，後來迫於父母之命，許婚於劉氏之子，但卻在結褵之日自縊於室，因此，評論者認爲蕭娘以身殉情是其志操不移的「至情」表現；但是後半段的評論卻話鋒一轉，轉而以「貞婦」的標準來評判蕭娘，而對她略有微詞，認爲蕭娘若是不和有婦之夫李生交往乃至於「亂」，而是以明媒正娶的方式，光明正大的嫁給劉氏之子，便可保全其「貞婦」之名節，由此可見，議論者對於蕭娘無法全其「貞」，多少帶有歉惋和譴責的成分。議論者搖擺於情感與道德之間，於人情方面，既不免要肯定蕭娘在愛情世界裡的純情、專一，但又爲了要寓含勸懲的意義，於是得暫時拋開對蕭娘專情的讚許與同情，而以凌駕於情感之上的道德標準，來看待蕭娘和有婦之夫李生的不倫之戀，因而在議論中，對蕭娘的個人道德略有微詞，以示勸戒。蕭娘的整體形象則在勸懲觀的影響下，蒙上了一層淡淡的陰影。

評論中褒貶不一的矛盾現象也出現在《青瑣高議‧溫琬》一篇。〈溫琬〉
篇末作者清虛子之評論曰：

> 溫琬區區一娼婦人耳，少嗜讀書，長而能解究其義，亦可愛也。且
> 觀其施設措置，是非明白，誠鮮儷於天下。惜其生不適時，丁家之
> 多難而失身，亦不幸矣。惜哉！使其身歸於人，得或全其節操，天
> 下稱道在史策也，豈特言傳之所能盡耶！

這一段對溫琬的評價，也是可分為前後兩段來看。前半段讚賞溫琬在學問知識
上及其明辨是非道理的突出表現；後半段又轉以感歎的口氣同情溫琬不幸的身
世遭遇，並為其不得「全其節操」以稱道於史傳而感到惋惜。然實際上妓女本
來就不太可能成為史傳主角，作者又何必「明知故說」的重申史傳入傳的嚴格
標準，而以「使其身歸於人，得或全其節操」的觀點來為溫琬感到惋惜呢？若
非作者心中仍隱藏了度量女性節操的一把尺，不然實不須再對如此一位深具內
省自覺意識的妓女感到可惜，因為溫琬鮮明的獨立人格意識，不就是他最初為
溫琬作傳的目的嗎？可見在小說勸懲觀念的籠罩下，清虛子以「得或全其節操」
這樣的話語來作評論，無意中仍然隱含了對世俗的勸戒。當然，以是否「全其
節操」的角度來看，對於小說中溫琬的藝術形象是有損的。

（三）女性負面形象的醜化——主觀的片面評價

　　文言小說裡，某些文本僅是客觀地敘述女性的某一行為或和其相關的事
件，對於該如何詮釋、解讀文本，其實見仁見知，尚有發揮的空間。不過，
議論者為了達到社會勸懲目的，對於女性形象則容易流於主觀片面的評斷，
尤其是針對女性負面形象的部分，刻意加以醜化。如《夷堅丁志‧蔡郝妻妾》
內容以二段故事組成，第一段敘述蔡某有妻、有子，舉家赴官之際，妻、子
同處一舟，而蔡某則私挾外舍婦人另乘一艇，蔡妻對此既妒且怒，故憤而殺
子，並向丈夫獻上二兒之首後亦自刎。第二段故事敘述郝生之妻亡，一妾有
子，一日，郝生招人飲酒，酒酣耳熱之際，有人半開玩笑地指著郝生家某處
之牆，認為該處之牆無瓦又光潔，恐怕是有人趁夜逾垣入內，「郝信以為然，
日夕訶責其妾，疑忌百端，雖小故不捨」。後來，妾在不堪無故蒙冤的忿恨情
緒之下，殺了自己的小孩，又藏刀衣下，欲殺郝生，然妾知不可奈，亦自戕。
對於這兩個憤而殺子又自我結束生命的婦人，作者的評論是：

> 婦人天資驚忍，故殺子隕身而不憚，傳記中所載或有之。

作者直云婦人天性兇猛殘忍，所以即使做出殺子又自殘的舉動亦不感到害

怕。評論把婦人天性兇殘和殺子、自盡的行為，視為互為因果的關係，即作者認為因婦人天性兇殘，因此「殺子隕身而不憚」，抑或是因為文中之婦人做出如此駭人聽聞之事，而認為她們「天資鷙忍」。不論評論所指何者為因、何者為果，對上述婦人形象而言，都只是主觀片面的評斷。

首先，第一句話即是以偏概全的武斷評論，並非所有婦人都是天性殘忍的，若有的話也只是個案；其次，評論時只論果不看因，對於二位婦人都是不公平的。暫且拋開蔡妻和郝生之妾的極端行為不談，我們要看的是，她們為什麼會有如此強烈而極端的反應。第一段故事裡，蔡某拋下妻子和一對幼小兒女，和外舍婦人另乘一艇同歡，這代表蔡某拋下的不僅是蔡妻，而是對一個家庭的責任，這是引發蔡妻傷心、失望轉而嫉妒不能忍，甚至以殘殺一雙兒女來報復丈夫的原因；第二個故事中，郝生因他人一句戲言，產生強烈的疑心病，並對妾窮追猛打地日夕苛責，郝妾在「不勝冤忿」的情形下，也許她早已被郝生逼得精神耗弱失常，才做出如此喪失理性的事情。蔡妻和郝妾失去理性的瘋狂、殘忍行為當然不可取，以此勸警世人，這是作者短短兩、三句評論最主要的目的，然而，為達成此目的，而做出割裂故事的片面評斷更是值得注意的。若完整的看待這兩段以悲劇結束的故事，可以發現文本敘述中，即流露出沈重哀痛的筆調。其實被評判為天性兇殘的「妒婦」，蔡某之妻和郝生之妾，都是令人同情的受害者，蔡某拋下妻、子不顧，公然作樂，郝生對妾無端的強烈猜忌、懷疑，這些男性加諸於女性精神上的痛苦和壓力其實才是罪魁禍首，難道他們就無須接受譴責嗎？作者主觀選擇性和勸懲目的性的評議，並扣上「婦人天資鷙忍」這樣的大帽子，對於小說中的女性形象是極端不公平的評論。

小說家對「妒婦」之負面形象採取嚴苛的批判，其實是有其時代背景的。宋代「不論是朝廷策略或是社會大眾輿論都傾向壓抑妒婦」，而且不僅妒婦本身遭受處罰，對於「治家無狀，不能制悍妻」〔註112〕的士大夫亦會遭到貶官的處分。〔註113〕不過，宋人對於妒婦實則採取儘量容忍的方法，除非妒婦的行為已違害到他人生命安全，才施以道德性制裁，以此而休妻的情形並不多

〔註112〕見宋・李燾撰，清・黃以周等輯補，《續資治通鑑長編》一（上海：上海古籍出版社，1986年2月），卷65，「真宗景德四年六月條」，頁568。
〔註113〕以上參見大澤正昭，〈「妒婦」、「悍妻」以及「懼內」──唐宋變革期的婚姻與家庭之變化〉，《唐宋女性與社會》（下）（上海：上海辭書出版社，2003年8月），頁842～844。

見。〔註114〕因此，藉由小說中對妒婦的嚴加苛責，爲的是達到遏止婦女妒忌的社會勸懲目的。

除了妒忌的負面形象外，議論者也會特別關注女性的放蕩行爲，如《綠窗新話‧楚兒遭郭鍛鞭打》〔註115〕一篇。此篇爲出於唐孫棨《北里志》中的故事，故事內容大致是楚兒爲郭鍛所納之姬妾，楚兒與鄭光業相遇並招之，楚兒此舉慘遭郭鍛以馬箠擊毆。事後，楚兒依然使人傳語鄭光業，並作詩贈之，以表達內心之冤屈。皇都風月主人對此事的評論是：

> 女子之薄劣，出於天性，有不可得而矯揉也。楚兒招光業，既而遭郭鍛鞭擊。及鄭再過門，已在窗下弄琵琶。復使人挑以詩，亦其天性然耳。

宋代婢妾地位卑下，說婢妾是主人的私有財產亦不爲過，在這樣的前提觀念下，凡是婢妾如楚兒這般做出違逆或有損主人顏面的事，主人對婢妾施以嚴厲之處罰，似乎已被視爲理所當然的事情。皇都風月主人此番評論，彷彿就是站在男性主人郭鍛的立場，來醜化楚兒的天生放蕩形象，〔註116〕以爲主人鞭打婢妾之事合理化。楚兒當街向男性示好的行爲，在當時固然是一種大膽開放的舉動，不過，郭鍛對楚兒處罰的意義，表面上看來是不允許楚兒有如此招引男性的放蕩行爲，實際上他是把楚兒視爲自己的所有物，楚兒只要有絲毫違叛的行爲，主人都是可以任意處置的，這是一種男權主義之上對下的權控。皇都風月主人認爲楚兒在主人的嚴酷鞭打之下依然故我，這是因爲她那不得矯揉的薄劣、放蕩天性，如此之評論非但片面，更是合理化主人得以任意傷害婢妾身體的幫兇。

就本段所舉之兩篇有關於女性負面形象的批評，不論是女性之妒忌、殘忍或放蕩形象，議論者爲達勸懲目的，或是爲合理化某些男性的行爲，千篇一律地把女性的負面特質歸咎於女子之天性，而不以客觀的態度去看待事情發生的原因和過程，議論者對女性如此拙劣的負面評論模式由此可見。

〔註114〕參見游惠遠，《宋代民婦的角色與地位》（臺北：新文豐出版股份有限公司，1998年6月），頁14。

〔註115〕宋‧皇都風月主人，《綠窗新話》卷下〈楚兒遭郭鍛鞭打〉，《中國文言小說百部經典》第20冊，頁6811。

〔註116〕康師韻梅由此篇對原作改易的考察，發現皇都風月主人以「對女主角楚兒水性楊花的批評，取代原作中對故事兩位男主翁鄭光業和郭鍛在性情上或疏縱、或兇殘的評價」，評論的焦點不僅由男主人翁轉向女主人翁，更充滿了譏諷女性的意味。同註99，頁61、75。

（四）女性形象的忽略與扭轉——主題意涵的偏離

在以勸懲爲前提的評論之中，評論者當然會選擇小說中具有勸懲意義的對象加以發揮，因此便會發生議論並未緊扣小說主題意涵，對於主要人物形象也會有所忽略，甚至是造成女性人物形象遭到扭轉的情形。

小說家依其議論目的，而選擇小說中可資勸懲的人物來評論，若此人物並非小說中主要角色，則會予人突兀的感覺。如《醉翁談錄・林叔茂私挈楚娘》一篇，故事主題是士人林叔茂和妓女楚娘不渝的愛情，女主角當然是楚娘無疑，然醉翁之評並未涉及主題和兩位主要人物，而是把評論重心放在直至篇末才出現的林叔茂原配李氏身上，醉翁之評曰：

> 忌克者，婦人之本性也。今也，楚娘題其詞而寓其怨，李氏觀其詞而並其衾。江有妃謂嫡亦自悔，其李氏之謂乎。昔裴有敬，人相之謂：「當娶二妻，可置寵以厭之。」妻曰：「寧可死，此事莫問也。」卒不許，而果見尅。使其視此，寧無愧耳？嗚呼！若李氏，可謂賢乎哉！

醉翁之評顯然未把重點放在林叔茂和楚娘的愛情故事上，林叔茂登第後，仍能依其對娼妓楚娘之誓約，歸挈其返家，這和王魁、滿少卿等負心漢相較，實爲難能可貴。而醉翁不僅對信守承諾之愛情不感興趣，對於故事中的女主角楚娘也未加理會，反倒把評論的焦點指向婦人之「德性」。首句話即武斷地將忌克視爲婦人之本性，接著又以裴有敬妻子態度堅決強烈地不許丈夫置妾，而後果然遭尅一事來勸戒婦女，並頌揚林叔茂之原配李氏，認爲其能容之美德，可謂賢婦。有學者認爲媵妾制度是男性「公開的多偶制」，而娼妓制度則是男性「秘密的多偶制」，〔註117〕不論如何，中國一夫一妻的婚姻制度，向來都只是單方面針對女性，婦女之妒性因此多半是因爲丈夫置妾或嫖妓而來，這是有緣由的，怎能說妒忌是婦人本性呢？醉翁之評完全是站在男性威權的角度，來對世俗婦女曉以「勸懲」之意，以忌克爲婦人天性本即荒謬，又把李氏能容之美德，放在能容丈夫置寵妾的事件上來褒揚，並以之爲「賢」，分明是男性話語的威權表現，這更是令人無法苟同。醉翁爲了要寄託勸善懲惡的意涵，於是選擇性的擇取小說中可以「勸善」或「懲惡」的代表性人物，來做爲評論之主角，不僅偏離了故事主題，也忽略了女主角楚娘的形象。

又如有既定的編撰意識，強調因果報應勸懲觀念之《分門古今類事》，其

〔註117〕見張邦煒，〈中國封建婚姻制度的不平等性〉，《宋代婚姻家族史論》（北京：人民出版社，2003 年 12 月），頁 17、19。

卷五引《翰府名談・文叔遇俠》一篇，編撰者委心子所附加之評議，明顯的
和故事主題意涵斷裂，完全忽略了主要人物俠婦之俠義助人、為故夫復仇的
部分，而是截取故事結尾俠婦完成復仇之舉，臨別之前勸戒林文叔歸隱故鄉、
莫慕功名利祿，而文叔依其言而歸，果然壽八十而終之事加以發揮，故議曰：
「以此知祿薄而貪冒僥倖，壽必不永。錄之可為浮躁者之戒。」議論完全和
俠婦的故事主題不相干，當然俠婦的形象也被全然忽略了。

　　然亦有為達到勸勉的目的，雖於評論中總結了文本中的女性形象，但卻
未能作更深刻的闡發，並有偏離主題之嫌的議論。如《洛陽搢紳舊聞記・張
相夫人始否終泰》〔註118〕一篇，文本內容在敘述張相之繼室夫人一生否極泰
來的際遇。女主角先是十四、五歲時失身於軍校為側室，因患病「形骸骨立，
臭穢狼藉」，而遭軍校厭惡，棄之於道途，「不食者數日」，又「衣服悉為暴客
所裸，但以敗葉亂草蔽形而已」。後來有一老嫗接濟她、照顧她，使她顏色日
漸恢復，並嫁給一士子。沒想到士子卻因財物遭叛軍覬覦而慘遭殺害，她為
亂兵所得，因有殊色而被獻給都監張相。張相共獲婦女十餘人，然獨獨厚愛
於她，後來張相正室亡，以她為繼室，她「善治家，尤嚴整，動有禮法」，受
封「郡夫人」，後又封「大國夫人」，得以善終。通篇其實就是在描述張相夫
人困苦而堅強，最後得以善終的生命形象。篇末之議論即以張相夫人始否終
泰的人生際遇，來勉勵眾多空有才幹卻困不得志的讀書人，云：

> 吁！婦人女子，何先困而後遇，險阻艱難，備嘗之矣。前有失身求
> 句之厄，終享富貴大國之封。則古之賢人君子，當未遇也，則困風
> 塵、蒙集色（案蒙集色三字未詳），有呼天求死而不能。一旦建功業，
> 會雲龍，爵位通顯，恩寵稠疊，功業書之史策，令名播之不朽者，
> 何可勝數哉？因書之者，有以知婦人微賤者，豈可輕易之乎？況有
> 文武才幹，困布衣及下位者歟？

由評論之內容看來，作者的用意是借張相夫人的遭遇，來勉勵有文武才幹卻未
遇伯樂賞識，而鬱鬱寡歡之「呼天求死」者，千萬不要因一時之不得志而輕賤
自己，同時提醒人們不能因此而輕視婦人或困於布衣及下位者。如此之評論，
雖然不至於和篇中內容全然背道而馳，不過作者託以勸勉的意涵，並轉而以未
得志之布衣才俊為訴求對象，是顯而易見的。如此的意義訴求，實未能真切關

〔註118〕宋・張齊賢，《洛陽搢紳舊聞記》卷3〈張相夫人始否終泰〉，《筆記小說大觀》
　　　　21編5（臺北：新興書局，1978年），頁3012～3013。

注女性在亂世中的身心靈磨難，及女性困境求生的堅強生命力。〔註119〕

　　因議論內容和文本敘述主題的明顯背離，而導致女性形象被扭曲的情形，則如《青瑣高議・越娘記》，其篇末之議曰：

　　　愚哉舜俞也！始以遷骨爲德，不及於亂，豈不美乎？既亂之，又從
　　　而累彼，舜俞雖死亦甘，惑之甚也。夫惑死者猶且若是，生者從可
　　　知也。後此爲戒焉。〔註120〕

〈越娘記〉之內容以人鬼遇合爲主軸，同時，亦道出了亂世婦女在世及死後所遭受的苦難。論者認爲本篇寫人鬼遇合，以「『人鬼殊途，相遇而不利』的宗教意味，壓倒了對世俗情欲的肯定和宣洩」，頗受儒家倫理道德之約束，由劉斧之議論更可明白其宗旨。〔註121〕姑不論小説作者錢易和劉斧之議論，是否同樣站在倫理道德觀點來創作或評論這篇小説，由女性形象之形塑意義而言，劉斧之議論非但未觸及文本中亂世婦女遭受苦難的主題，〔註122〕同時亦有模糊越娘形象的嫌疑。就小説文本敘述來看，楊舜俞此種惡行豈只是「愚」？根本就是極端惡劣的行爲。一開始越娘爲報答楊舜俞遷骨之恩德，而主動與之發生肌膚之親，此時兩情繾綣，本無可厚非，後來越娘深明人鬼殊途，陰有害於陽，欲離開楊舜俞，被情欲沖昏頭的他，此時即以強勢的口吻云：「吾方眷此，安可議別？人之賦情，不宜若此。」越娘逼不得已，只好「每夕至矣」。然而，楊舜俞眷戀的真的是「情」嗎？恐怕「欲」的成份還多些吧！由楊舜俞在越娘墓前所作之詩即可明白，詩云：「香魂妖魄日相從，倚玉憐花意正濃。夢覺曲幃天又曉，雨消雲歇杳無踪。」「香魂妖魄」指的是越娘誘人的軀體，「雨消雲歇」暗指雲雨之歡，雖說男女愛情中，心靈情感和肉體欲望是

〔註119〕學者認爲以張相夫人「始否終泰」的遭遇來告誡人們富貴非天生，因此更不應輕視微賤者，這種思想雖有一定的借鑑意義。但文本中更重要的意涵是張相夫人的不幸遭遇，客觀反映了動亂年代帶給人民，尤其是婦女們的深重災難。參見薛洪、牟青、李實、馬蘭選注，《宋人傳奇選》（長沙：湖南人民出版社，1985 年 10 月），頁 41。可見學者亦有本篇之議論並未眞正抓住主題意義的體會。

〔註120〕此段引文中「舜俞雖死亦甘，惑之甚也」，《中國文言小説百部經典》本作「舜俞雖死，亦甘惑之甚也」，本論文今從程毅中先生而改。同註73，頁 72。

〔註121〕同註98，頁 59。

〔註122〕程毅中先生認爲〈越娘記〉篇末作者的議論，只批評楊舜俞之愚，未能抓住主題。同註73，頁 72。陳文新先生也認爲作者作此篇的目的是爲反映唐末五代戰亂帶給人民莫大的苦痛與陰影。見氏著，《文言小説審美發展史》（武昌：武漢大學出版社，2002 年 10 月），頁 416。

密不可分的，不過，當越娘要離開之時，楊舜俞對於越娘，顯然生理欲望的部分已膨脹到超越了原本的情愛，這首詩即暗示著楊舜俞對男女歡好之事的耽溺。楊舜俞施人以恩，卻要越娘這個可憐的弱女子以身體作爲回報，滿足其淫欲，越娘不順其意，即憤而伐其墓，甚至默許道士作法箠撻越娘，越娘死後所遭遇的苦痛，絕不亞於在生之時。然而，劉斧篇末議論針對楊舜俞之「亂」，僅淡淡地以「愚」譴責之，接著再以舜俞受惑於鬼魅告誡世人，似乎有要以女色爲戒之意。於此，越娘在文本中深受磨難、身上深深烙印著「亂世痕迹的悲怨情懷」〔註123〕的苦難形象，到了議論者口中，反倒成了惑人之罪魁禍首。越娘的形象在篇末之議論有了一百八十度的扭轉。

二、女性形象的強化——勸懲觀念影響之二

在勸懲觀念的影響下，小說之議論者有時展現更爲強烈的企圖心，希望藉由歷史教訓，達到懲戒敗亂無道君王的目的，因此，向來被視爲亡國禍水之帝王身旁的女性形象，議論者由將勸戒的矛頭指向帝王本身的方式，從反面爲女性亡國禍水形象作了平反，抑或是直接正面強化女性的忠貞愛國形象，作爲朝廷叛亂之徒的反諷。另外，當議論者有意以文本中女性的美好特質，作爲世人之理想典範時，在文本敘述和議論和諧一致的狀況下，即再次強化女性的正面形象。

（一）女性亡國禍水形象的平反

如第二章所論，歷史題材表面上寫皇帝和后妃間的香豔情事及后妃之間的明爭暗鬥，其實蘊藏於背後的意涵，正是對當朝統治者荒淫亂政的一種反諷。宋人〈楊太眞外傳〉、〈梅妃傳〉和〈李師師外傳〉在篇末的議論中，拋卻了傳統的「女禍」思維，重新對歷史教訓作一番痛定思痛的思索，而將懲戒的對象明確地指向了帝王本身。

如樂史〈楊太眞外傳〉篇末之評論曰：

> 史臣曰：夫禮者，定尊卑，理家國。君不君，何以享國？父不父，何以正家？有一於此，未或不亡。唐明皇之一誤，貽天下之羞，所以祿山叛亂，指罪三人。今爲外傳，非徒拾楊妃之故事，且懲禍階而已。

〔註123〕同前註，頁 416。

樂史直至篇末才揭示寫作本篇的目的在於「非徒拾楊妃之故事，且懲禍階而已」。因此文本中對楊家兄妹恃寵而驕的描述，可以說都是在爲合理有力的訓誡作鋪陳，亦即「重點不是言情寄情，而是重在描寫唐明皇『恣行燕樂』、『衽席無別』，導致朝綱已壞，以及楊氏兄妹恃寵怙恩，驕奢淫逸。……皇帝與后妃的宮廷生活也就不是愛情所可言之的，而是有了警示於人的穢行」。〔註 124〕楊貴妃的驕奢淫逸並非是作者所要苛責的，他點出禍亂的根本在於唐明皇本身的逸樂荒誕行爲，因此，不論楊貴妃的負面形象是寫實也好，是虛構也罷，文本對楊妃形象的刻畫是爲了反映唐明皇的荒淫，雖然未有正面對「女子禍國」形象的平反，然已有罪不在楊妃的意涵存在。

在〈梅妃傳〉中，同樣將懲戒的矛頭對準了唐明皇，明白指出明皇種種敗國的惡行及殘忍的性格，並平反了「女子禍國」的觀念。〈梅妃傳〉之贊曰：

> 明皇……享天下之奉，窮極奢侈，子孫百數。其閱萬方美色眾矣。晚得楊氏，變易三綱，濁亂四海，身廢國辱，思之不少悔。是固有以中其心，滿其欲矣。江妃者，後先其間，以色爲所深嫉，則其當人主者，又可知矣。議者謂或覆宗，或非命，均其媢忌自取。殊不知明皇耄而忮忍，至一日殺三子，如輕斷螻蚊之命。奔竄而歸，受制昏逆，四顧嬪嬙，斬亡俱盡，窮獨苟活，天下哀之。傳曰：「以其所不愛及其所愛。」蓋天所以酬之也。報復之理，毫髮不差，是豈特兩女子之罪哉！

〈梅妃傳〉文本寫楊貴妃和梅妃兩個女人之間的爭寵妒忌，以及唐明皇夾在當中的懦弱無能，所欲反映的正是連「齊家」都做不到的唐明皇，又如何能夠展現「治國」的能力呢？宮廷中兩個女人的爭戰是作者刻意杜撰的，目的在突顯「亂自上作」〔註 125〕的主題意義，同時也以「豈特兩女子之罪」糾正了自漢代以來一再發揮的「女禍」觀念。〔註 126〕再看《綠窗新話・漢成帝服謹恤膠》〔註 127〕一篇，漢成帝因昭儀醉，誤進過量的壯陽藥而駕崩，然而評論卻一字不及昭儀，而是對成帝任意聽信他人之言，一味追求延年、壯陽之

〔註 124〕同註 106，頁 32。

〔註 125〕同前註。

〔註 126〕中國古代「婦人言色亡國」之理論是抵定於漢代的，後世女禍論在內容上雖有所發揮，但大體仍本漢人之說。見劉詠聰，《德・才・色・權：論中國古代女性》（臺北：麥田出版社，1998 年），頁 103～104。

〔註 127〕宋・皇都風月主人，《綠窗新話》卷上〈漢成帝服謹恤膠〉，同註 115，頁 6772。

術予以勸戒。《綠窗新話‧唐明皇咽助情花》﹝註128﹞一篇之評論，同樣也是把重點放在唐明皇因個人耽溺嗜欲而寵妃召亂的後果。

　　以上議論中這些口徑一致的說法，把問題根本對準皇帝本身，反映了宋人漸漸淡化的女禍觀，同時，對於長久以來遭受莫名抹黑之后妃亡國禍水形象，也有了平反的作用。雖然文本敘述中的后妃，如楊貴妃等人，似乎仍保有紅顏禍水的形象，不過，此爲作者刻意爲之，用意在於藉此批判帝王本身，故而在議論中有平反「女禍」的意涵存在，就這個角度而言，雖然議論和文本的女性形象並非一致，但是議論在平反女性亡國禍水形象時所做的努力，即有了扭轉女性形象的強化效果。

　　眞正在文本敘述和評論中，女性形象達到和諧一致，且於議論時得到正面強化的當爲〈李師師外傳〉。作者刻意將一位卑賤的妓女，塑造成一位擁有高潔靈魂、忠貞氣節的俠烈女子，和文中揮霍無度的宋徽宗、臨危叛變的朝廷厚祿高官成了鮮明對比。即如李劍國先生所言：

> 作者擺脫開「禍水亡國」的老套，不肯肆意貶損師師，著力描寫她好靜尚儉的「佛弟子」天性和「色容之外」的「幽姿逸韻」，並寫她捐資助餉、不事敵寇和壯烈自盡的忠君愛國行爲，可謂集淑女、俠士、烈婦於一身。作者立意爲師師翻案，取得一定預期效果，塑造出一個性格內涵較爲複雜而又比較生動詳明的形象，在宋代眾多的妓女形象中自見特色。﹝註129﹞

作者爲李師師翻案的立意更是簡單扼要的於其議論中傳達出來，〈李師師外傳〉之論曰：「李師師以娼妓下流，猥蒙異數，所謂處非其據矣。然觀其晚節，烈烈有俠士風，不可謂非庸中佼佼者也。道君奢侈無度，卒召北轅之禍，宜哉！」將師師的形象定位爲「烈烈俠士」，並勇於斥責當朝皇帝因「奢侈無度」而召禍，可見女子亡國禍水的負面形象不僅被平反了，亦重新賦予並強化女性忠貞俠烈的正面形象。

　　將〈李師師外傳〉和張端義《貴耳集》中，有關李師師事件的記載一併來看，雖然《貴耳集》記載的是宋徽宗、李師師和周邦彥二男一女的三角關係，然其議論也是把批判的對象指向宋徽宗君臣，云：「當時李師師家有二邦彥，一周美成，一李士美，皆爲道君狎客，士美因而爲宰相。吁！君臣遇合

﹝註128﹞宋‧皇都風月主人，《綠窗新話》卷上〈唐明皇咽助情花〉，同前註，頁6773。
﹝註129﹞同註98，頁392。

於倡優下賤之家，國之安危治亂，可想而知矣！」〔註130〕這些大膽正面批評本朝皇帝的言論，在題材意義的開拓上遠勝唐代。〔註131〕由此更值得稱道的是，小說家終於突破了「女禍觀」的既有框架，而以全新的思維來形塑當權者身旁的女性形象，雖然翻案後的李師師形象未免「過分理想化、道德化，削弱了形象的眞實感」，〔註132〕但和前朝相較，李師師的形象，的確令讀者有耳目一新的感受。

（二）理想典範的樹立

在勸懲觀念的支使下，議論者於評議之中再次正面強化女性理想形象，似乎有爲普天下樹立理想、勸勉標竿的意味，尤其是這些標竿典範爲「男尊女卑」觀念下的婦人女子，其中有許多更是婢妾、娼妓等下層女性，突出這些地位卑微女性的理想特質以示勸戒，言下之意頗有婦人女子尚能如此，大丈夫何不能爲的政治批判意涵，以圖達到激勵的目的。〔註133〕

〈綠珠傳〉篇中夾敘夾議，由於作者旨意在於勸懲訓誡，故非但缺少人物的心理刻畫，亦無環境、氛圍的烘托，充分顯示了史家重概敘而輕細節描寫的風格。〔註134〕議論的部分強調的是石崇侍女綠珠之貞節，及石崇之敗是咎由自取的結果，樂史顯然把石崇的不義行止和綠珠的效忠分開來看，儘管綠珠不辨是非的愚忠並不可取，然作者極力渲染、強化的是，身爲侍兒的綠珠對主人的忠誠之心，這點在作者說明本篇立意時表達得很清楚：

〔註130〕宋・張端義，《貴耳集》卷1，收入周光培編，《宋代筆記小說》（石家莊市：河北教育出版社，1995年2月），第14冊，頁462。

〔註131〕學者提到〈李師師外傳〉中「本朝人寫本朝政事，敢於正面斥責皇帝，這在唐宋傳奇中乃至文學史上也可算作第一次（在這以前，即使是唐人傳奇也沒有正面反映並暴露本朝皇帝的昏庸腐朽）」。「這表明作者在題材的開拓方面明顯地超過了前代」。見徐子方、孫巧琳，〈「庸中佼佼者」──評〈李師師外傳〉兼及宋人傳奇〉，《南京理工大學學報》（社會科學版）第12卷第6期（1999年12月），頁8。

〔註132〕同註98，頁393。

〔註133〕吳燕娜也提到中國古典文學寫奇女子或節烈婦女時，作家常將自己的理想寄託在女性身上。作品中勝於男性的巾幗英雄和節烈女子形象，具有對社會和政治狀況的批評，以使男性讀者意識到政治人物的腐敗與無能。見氏著，《中國婦女與文學論集・序論》，吳燕娜編著，《中國婦女與文學論集》第一集（臺北：稻鄉出版社，1999年5月），頁9～10。

〔註134〕參見談鳳梁主編，《歷代文言小說鑑賞辭典》（江蘇：江蘇文藝出版社，1991年7月），頁637。

綠珠之沒已數百年矣，詩人尚詠之不已，其故何哉？蓋一婢子，不知書，而能感主恩，憤不顧身，其志烈懍懍，誠足使後人仰慕歌詠也。至有享厚祿，盜高位，亡仁義之性，懷反覆之情，暮四朝三，惟利是務，節操反不若一婦人，豈不愧哉？今為此傳，非徒述美麗，窒禍源，且欲懲戒辜恩背義之類也。

樂史歌頌綠珠對主人的知恩圖報，其訴求對象正是享有厚祿高位的官員們，那些以利忘義，朝三暮四，節操完全禁不起考驗的辜恩背義者，見綠珠之舉，怎不羞愧自省呢？作者把綠珠推崇為忠貞典範，期許士大夫以此為學習榜樣，其背後具有深刻批判現實政治的意味。此外，《綠窗新話・歌者婦拒姦斷頸》〔註135〕一篇之評曰：「古之大丈夫，富貴不能淫，貧賤不能移，威武不能屈。杜子美嘗怪朝廷之士勵名節以自矜，一旦為利所縛，則親仇向背，頓改於平日矣。孰謂鄭小娘之赴江，歌者婦之斷頸，而非有古烈士之遺風哉？一婦人女子，尚知以節操自持，為大丈夫者當何如？」也是以強化女性之節操烈行來勸戒、激勵朝廷士大夫。

又有極力頌揚女性美好事蹟，足堪女性典範者。如《洛陽搢紳舊聞記・李少師賢妻》〔註136〕篇末云：

且婦人之悋財與妒忌，悉常態也。以不妒忌疎財者皆難事，況非治世，叩馬面數權貴，推陳古昔，傾陷良善，禍不旋踵，報應之驗。雖大丈夫負膽氣輕生者，亦憚為之，況婦人女子者歟？不獨雪夫罪，而能免全家之禍，則昔之舉案如賓者何人哉？不其賢乎？不其賢乎？與夫飾粉黛、弄眉首，蠱惑其金夫，竊魚軒之貴者，豈同日而道哉？夫人事跡，可為女訓母儀者甚多。

作者之所以寫作此篇，是因為李少師妻子的行為事蹟可供「女訓母儀者甚多」，頗有教導女性如何成為一位士大夫「賢妻」的意味。雖然在述說了李少師妻子種種「於內」、「於外」的賢慧事蹟之後，作者仍不脫由妻子該如何輔助丈夫的角度來評論人物，但難能可貴的是，評議中強調的並非文本中李少師妻子「治家甚嚴」，服侍丈夫體貼用心，「未嘗敢失色於前」的士大夫理想

〔註135〕宋・皇都風月主人，《綠窗新話》卷下〈歌者婦拒姦斷頸〉，同註115，頁6782～6783

〔註136〕宋・張齊賢，《洛陽搢紳舊聞記》卷2〈李少師賢妻〉，同註118，頁2999～3002。

妻子該有的「本分」，而是突出其爲丈夫當街攔官，「叩馬面數權貴，推陳古昔」，爲夫申冤雪罪的勇氣與膽識，這是一般養尊處優的官家夫人無法與之並列相較的。李少師妻子被塑造成「女訓母儀」之典範，然這典範已非傳統狹隘的婦人「正位於內」的意義，李少師妻子展現的是女性的智慧、學問與膽識，作者顯然已對這婦女典範賦予了新的期許和意涵。〔註137〕

三、女性形象的客觀評論——對女性的同情與讚賞

由於評論者過於主觀、道德化的勸懲宗旨，文本中的女性形象會遭到某種程度的弱化或強化，也因此無法呈現出文本原有女性形象的多面向解讀意義，如果能擺脫勸懲的沈重包袱，以客觀態度來作評論，或許更能反映女性面對的各種處境，同時也能更深入女性內心世界，而給予同理與肯定的評議。

以下即舉《綠窗新話》中，客觀評議女性人物的篇章爲例。〈陸郎中媚娘爭寵〉一篇之余媚娘爲才婦，年十九夫亡，「以介潔自守，誓不再嫁」。極欣賞媚娘的陸希聲使媒遊說之，並允諾不置側室和女奴，媚娘才答應嫁給他。後來陸希聲背叛媚娘，與名妓柳舜英相好，媚娘因而在盛怒之下，手刃情敵柳舜英。皇都風月主人對此事評曰：

> 孫遠稱媚娘守志妙年，不思再適，頗近於貞。既遭誘言，遽然心動，晚污素節。余既邀其誓盟，陸實背其終始。遂使忿不顧身，手刃美人。引詞不及其夫，自持厥咎。哀哉！

對於媚娘的故事，若以勸懲角度作評論者，肯定對媚娘未守貞節、好妒又殘忍等行爲，予以嚴厲的苛責與撻伐，以達警世目的。然本篇之評顯然不見對女主角媚娘的苛刻指責，取而代之的是客觀的陳述意見，及對發生於媚娘身上的悲劇，流露出的悲哀感歎之情。可見皇都風月主人關懷的焦點並不在媚娘的「貞節」問題，對於媚娘先是能守貞，後污素節之事，他只是引錄他人的意見，再次陳述事實而已，並未表達其看法與意見。然而，對於媚娘殺害柳舜英一事，他卻能縱觀整件事的前因後果，注意到陸希聲背棄媚娘誓約一事，使原本堅守節操、誓不再嫁的媚娘情何以堪，媚娘自我嚴謹的規範約束，卻遭陸希聲的漠然踐踏，氣憤與痛苦交雜的情緒，導致她「忿不顧身」地做

〔註137〕雖然仔細説來，文本中李少師妻子的智慧和膽識，仍是在爲丈夫申冤雪罪的過程中才得以展現，不過向來以婚姻和家庭生活爲主的中國婦女，能透過這樣的方式展現個人智慧，並爲人所肯定，已屬難得。

出殺害他人之事。而最後媚娘在面臨判決時，訟詞不提及陸希聲背棄誓言之事，並一肩攬下所有罪過的舉動，更是令評論者由衷興起一股悲哀之情，評論中流露出的哀感，代表的是評論者對媚娘不幸遭遇的同情，與對其內在心理的深切理解。拋開了道德勸懲觀，於此，我們看到的是更人性化、更貼近女性心理的開放評論。

此外，皇都風月主人於評論中，也能高度肯定妓妾等下層女子的才學、識見。如〈趙才卿點慧敏詞〉〔註138〕一篇讚賞如趙才卿之有才學的妓女，云：「以一妓之識，而能承意順旨，而推賞如此。若才卿者，誠不易得也。」又如〈黨家妓不識雪景〉〔註139〕中，陶谷以雪水烹茶，並對著來自黨太尉家之故妓揶揄黨家應不識此趣，黨家之妓即以委婉的態度反諷陶谷，令陶谷羞愧其言。對於此事，篇末之評曰：「由是觀之，陶學士雪水烹茶，亦可謂塵俗矣，其視黨太尉之家風氣象爲如何？妓者之對，言婉旨深，聞者愧焉。」對黨妓「言婉旨深」的讚美，肯定的不僅是其說話的態度和技巧，更是言語背後黨家妓所展現的聰明智巧。

其實，一旦突破了以道德標準來批評女性的框架，評論者尤其容易發現女性的優點與特質，而給予正面的肯定與強化，這非關勸懲意涵的強化女性形象，也是別具意義的。如《青瑣高議·王幼玉記》之評議即是如此：

> 議曰：今之娼，去就狗利，其他不能動其心，求瀟女、霍生事，未嘗聞也。今幼玉愛柳郎，一何厚耶？有情者觀之，莫不愴然。善諧音律者，廣以爲曲，俾行於世，使繫於牙齒之間，則幼玉雖死不死也。吾故敘述之。

上述議論歸結了幼玉有別於今之娼妓的獨特美好特質，一是不狗名就利的高尚純潔人格；一是對柳富眞摯而深厚之愛情。這兩個特色爲王幼玉在文本中的主要形象，議論的功能不僅再一次強化了讀者對王幼玉的印象，同時由議論中我們亦可看出論者的企圖，即希望透過有情者和善諧音律者之傳頌，使幼玉之高潔、深情形象常存世人心中，幼玉的精神也將因而成爲一種象徵性典範。透過議論，更進一步將王幼玉深化爲文學中不同流俗的妓女形象。

另外，由於評論者恣意選擇評論的角度與層面，過於天馬行空的結果，有時也會發生主題思想和女性形象完全被忽視的情形。如《雲齋廣錄·丁生

〔註138〕宋·皇都風月主人，《綠窗新話》卷下〈趙才卿點慧敏詞〉，同註115，頁6792。
〔註139〕宋·皇都風月主人，《綠窗新話》卷下〈黨家妓不識雪景〉，同註115，頁6793。

佳夢》〔註140〕之丁生與新婚妻子崔氏分別，赴太學參告。兩人平日如膠似膝，「每臨風對月，更相酬唱，同以爲樂。其眠食坐臥，未嘗相捨」。驟然相別，丁生孤單索寞，因而對妻子更加思念不已，於是丁生夢見妻子揮淚寄書，「其辭悽惻，其情周至」，又有詩一絕。丁生夢醒，唯記其詩。後來，丁生果然收到崔氏之信和詩，書信和詩之內容一如丁生夢中所見，而崔氏寫信之日期正巧是丁生所夢之期。故事以「以是知丁生之夢乃神往矣，何其異焉！」做結尾，評論的部分則順此闡述「神往」之不誣：

> 評曰：《易》之語「神」，有曰：「不疾而速，不行而至。」非若萬物
> 滯於形體，疾而後能速，行而後有至也。故其俯仰之間，可以再撫
> 四夷；惚恍之際，足以經緯萬方，神之妙物，有如此者。丁生一念，
> 瞬息千里，所記短章，悉合符節，非神往焉，曷以臻此？乃知華胥
> 之夢，化人之遊，不誣矣。

末段之「評曰」轉而闡述《易》之「神」，並把焦點放在討論丁生「神往」之可能性上，使本篇情愛的主題思想削弱了。丁生夢妻子爲書作詩以寄相思之情，正是所謂「日有所思，夜有所夢」，丁生念妻至深而致，後來夢中所見和現實事件一一相符，作者爲了達到以「清新奇異之事」，「用廣其傳，以資談讌」，〔註141〕而將整個故事帶往「神往」的討論上。然細究該篇之主題內涵實不離男女之情愛和欲望，而作者卻於評論中轉而討論「神往」之不誣，除了淡化丁生因思念至極而神往的愛情主題，除此之外，也忽略了崔氏於丁生離開前後，由理性到「淚濕」〔註142〕之複雜矛盾的內心世界。

小　結

　　本章由「敘事視角」、「敘述語言」、「人物語言」，及在宋人小說中特別重要的「小說議論」四部分，來討論宋代文言小說中，女性形象構設手法和意義。在敘事視角方面，第三人稱的全知敘事如《鬼董‧陳淑》一篇，敘述者以居高臨下的態度，冷眼旁觀地匆匆敘述陳淑操弄於男性手中的悲劇命運，

〔註140〕宋‧李獻民，《雲齋廣錄》卷5〈丁生佳夢〉，《四庫全書存目叢書》子部246
　　　　冊（臺南：莊嚴文化事業有限公司，1995年9月），頁150～151。
〔註141〕李獻民〈雲齋廣錄序〉自云創作小說的由來與目的是「嘗接士大夫緒餘之論，
　　　　得清新奇異之事頗多。今編而成集，用廣其傳，以資談讌」。同前註，頁139。
〔註142〕崔氏寄丁生之詩曰：「淚濕香羅袖，臨風不肯乾。欲憑西去鴈，寄與薄情看。」

實暗含了對女性命運的嘲諷；同時，全知敘事突破史傳敘事之排斥人物心理描繪的敘事傳統，透過全知視角透視女性心理，體現了男性作家對女性心理之體貼同感，也更深入地刻畫女性內心世界。而隨著故事情節的發展，限知敘事的適時穿插運用，不僅製造了懸念，對於他界女性的真實身分，也產生了惝恍迷離的敘事效果。另外，敘述者透過不同人物視角的轉移，不僅補足了不同面向的女性形象，更增強人物形象的立體感，同時利用不同人物視角反覆強調女性人物之某一特質，也深化了女性人物的主要形象。

以「敘述語言」來刻畫女性形象，又可分為正筆對女性形貌的描寫及側筆的環境景物烘托。男性作家對女性形貌之描寫，透露了其在仔細凝視女性身體背後的欲望和規訓。他們以細膩的筆觸來雕塑女性的五官，以高潔的蓮花來比擬女性容顏，並刻意突出女性的纖纖「玉」體，以「玉」、「明玉」來比喻女性潔淨無瑕的身體，凡此，非但暗示對女性美好節操的期待，其實深蘊其中的意涵，仍指向男性對女性「完璧之身」的欲望投射。此外，宋代理學吸收了道家審美觀，提出「精神觀照」的觀物說，再加上時代整體細膩、內向、儒雅的文化風氣，作家對於女性之美，除了身體外貌妝飾的凝視以外，也能深入欣賞、體會女性內蘊之精神情性，而梅妃和李師師正是宋人筆下，所塑造出來之女性精神意態美的理想範本。而在側筆描寫環境景物以烘托女性形象的手法中，人間女性的部分，主要是以環境景物和人物心理作映襯，如〈李師師外傳〉、《青瑣高議‧譚意歌》篇中女主角居住環境和其性格、心境正好相襯，而《雲齋廣錄‧西蜀異遇》之環境描寫，則是隨著宋媛的愛情心理而轉變。他界女性的環境景物刻畫，尤其是女仙（神）和女妖，仍是著重以豪華富麗的環境，及洞穴意象的運用來烘托其異類的身分。

在「人物語言」方面，女性的內心獨白方式，除了以詩、詞代言表達個人情志以外，更引人注意的是驛壁題書的獨白話語。宋代女性於遠遊、遷徙的旅途中，興發身世遭際之感，於是透過公開的驛壁題書方式，以及往來過客的題書應和、傳頌，驛壁題書之內容即承載了屬於女性精神、心理的深厚意蘊，而女性藉由公開的話語獨白，也尋得了知音相伴與心靈上的慰藉。在人物對話部分，文言小說如《青瑣高議》和《摭青雜說》的某些篇章，已能利用「口語化」和「個性化」的對白，來刻畫女性之性格與心理，並使用較長篇幅的人物對話，展現女性細微心理的變化，這些特色則反映了文言小說話本化的傾向。

　　小說議論是宋代文言小說極爲突出且重要的特色，宋人比唐人更爲自覺的運用議論來表現其創作旨意，尤其在勸懲觀念的影響下，議論對於文本敘述中之女性形象，即產生了弱化或強化的作用。女性形象的弱化主要有以下幾種情形：一是議論者如以貞節、賢德等單一的女性道德理想標準來作評論，原於文本中飽滿豐富的女性形象，如《青瑣高議》裡，〈孫氏記〉之孫氏和〈譚意歌〉之譚意歌，即在評價之中被歸於單一的節婦或賢婦形象，而遭到了扁平化的對待；二是當議論若爲褒貶雜揉的矛盾評價時，女性整體形象即會遭到某種程度的削弱；三是在議論者主觀的片面評價中，除了抹殺了文本其他的解讀空間外，針對女性殘妒、放蕩等負面形象的一味嚴苛批判，也呈現出議論者拙劣的醜化女性形象模式；四是當議論內容完全偏離主題意涵，女性形象也可能遭到全然的忽略與扭轉。而議論對於女性形象的強化，一類情形是議論者在評論中寓涵深刻的歷史教訓，將國家衰敗的矛頭指向帝主本身，故對向來被指爲亡國禍水的女性形象，即有了平反的作用；另外，在議論和文本敘述之女性形象達到和諧一致的情況下，爲了樹立世人理想典範，在議論時，則會將女性忠貞節烈的形象，再一次地推崇、強化。當然，宋人小說之議論，也有拋開勸懲觀念，以客觀的評論，表達了對女性的同情與讚賞。

第五章　結　論

　　本論文主要以三個部分來討論宋代文言小說中的女性群像，分別是文言小說中的人間女性、他界女性，以及女性形象的構設手法與意義。

　　在人間女性方面，「權威者身旁的女性」，其「色藝雙全」的共同特色，是以能滿足男性權威者其「肉體愉悅」和「權力象徵」的欲望原型來塑造的；另外，如趙飛燕姊妹和楊貴妃，在宋人刻意的改寫之下，呈現為權、色欲望爭奪的妒悍、淫蕩形象，其背後實寓涵反諷帝王荒淫無能的歷史意義；而在宋代特別提倡重視節義的道德觀下，綠珠和李師師的「忠貞節烈」形象則具有典範意義。除了「權威者身旁的女性」以外，「獨立人格的女性」是文言小說中一群獨特而精彩的平民女性群像，她們普遍具有獨立精神的人格特質，其中包括了閨秀、民婦、妓女、婢妾等各階層女性，她們勇於追求愛情，婚姻生活獨立自強，且無畏惡勢力威脅，展現出自我生命的覺醒，以及永不妥協的生命意志。「情、色、才、德、智兼融的女性」是宋人小說中，特別重視的女性形象，代表宋人描寫女性，已由唐代的情、色、才，拓展至內在的德行和智慧，注意到不同層面的女性特質。此外，還有「妒妻淫婦」和「節婦烈女」她們在面臨生命轉折處的自我抉擇，「妒婦」在小說中呈現的是封閉的內心世界，小說家一味地將妒婦和狠心惡行畫上等號，而缺少內在複雜心理的描述，這或許是男性為合理化一夫多妻生活的有意識運作；而「淫婦」面對本身欲望對象的缺乏，不論是在婚外戀中尋求情愛欲望的滿足，或是走向淫蕩的性欲追逐，在不為所容的社會環境及作家勸善懲惡的觀念下，她們踏上的都是一條情欲追逐的不歸路；而節婦烈女們在面臨被迫改嫁時堅持守節，或是亂世遇賊威脅時，選擇義不受辱而犧牲生命，在貞節觀念並不嚴格

的時代裡，皆是她們自明心志的表現。最後，還有一群在平凡中展現不凡行為與技藝的「俠女」與「奇婦」，「俠義愛國的俠女」雖然無法真正和馳騁於江湖中的男性俠客相比，但她們為國除害、營救落難官兵的俠義之舉，和國家及社會有了進一步的聯繫，就此層面而言，宋代俠女和男性俠客之落實於人世社會力量的「人間化」特質更為接近了；而「任真率性的俠女」則是以其個人血性之氣凌駕一切家庭倫理觀念，於斷然拋卻倫理親情的事件處理方式中，呈現其異於常人的行事軌轍；此外，身懷奇術異能的奇婦異女，她們在小說中展現了兩種相反的形象，一是以奇術成為取悅男性的對象，一是以特殊技能降服、戲耍男性，後者則頗有顛覆向來「男強女弱」的社會觀念。

在他界女性部分，首先，有關女仙（神）的故事，依然可分為人仙（神）戀和人仙（神）戀以外的主題。在人仙（神）戀中，一類的故事在愛情的包裝下，其實隱含著仙（神）女引領男性修仙向道的宗教目的，女仙（神）於此類故事中，擔任的是仙道的試煉、引領角色；在另一類刻畫女仙（神）情欲世界的人仙（神）戀中，女仙（神）的自薦枕席，以及下凡女仙（神）與男子合之後，被當成鬼、妖來對待，其實反映的是，男性藉女仙的主動來訪以滿足自我願望，然又對能力強悍之女性感到恐懼的複雜心理。在人仙（神）戀的主題以外，女仙（神）擁有掌握學問知識，以及身懷各種文藝才華的特質，於是她們扮演的是為男性指點迷津的權威者角色。其次，關於文言小說中的女鬼，有一部分為經歷了五代亂世，不幸喪生的宮中嬪妃或平民女子，身上烙印著生前苦難的她們，以女鬼的身分沈痛地控訴帝王亂政為人民帶來的苦痛，格外具有悲切的批判力量；而尋求護助的女鬼，不幸者則再次受到男性威權的迫害，女鬼於生前、死後所承載的苦痛，深刻反映了女性在父權社會中，不得自主的生命樣態。此外，在人鬼間的愛恨情仇故事中，有難捨前緣的深情女鬼，為了夫妻之情、親情、恩情與生前受阻的愛情，而回到丈夫或情人身邊，特別是追求愛情的女鬼，她們突破生前的禮法約束，反映了追求自由婚戀的渴望；而「亡而復生」的女鬼，她們復生是屬於個人精神的追求，和六朝文化中，女鬼復生、生子之生命延續主題不同；「復仇女鬼」對負心漢強烈而堅決的報復手段，則反映宋人強烈的勸懲觀念。最後，在女妖方面，除了承繼傳統女妖之魅惑害人形象以外，宋人在人性化的理想女妖身上，更進一步賦予了「正位於內」和「以理制情」的時代意涵。

於女性形象構設手法和意義方面，可分「敘事視角」、「敘述語言」、「人

物語言」和「小說議論」四部分來談。在「敘事視角」部分，宋人不僅突破史傳敘事較少描繪人物心理的傳統，而以全知敘事來透視女性心理之外，並能靈活運用全知和限知視角的穿插與轉換，及不同人物視角的移轉，來補足或深化女性形象。而在小說家的「敘述語言」中，男性作家對女性容貌、身體的凝視與描寫，其實暗含了他們對女性「完璧之身」的欲望與規訓，而對於女性精神意態美的描繪，則又表達了宋人有別於唐人，對女性內蘊之精神姿韻美的觀照與期待；此外，側筆刻畫環境景物的筆法，對於人間女性之心理、性情有了相互映襯的作用，而他界女性仍著重在可烘托其異類身分的環境渲染，如女仙（神）出現時，自然界變幻莫測的壯麗奇景，女仙（神）和女妖居處的富麗堂皇，及分別人間和他界的洞穴意象等。在小說的「人物語言」部分，女性的內心獨白，除了以傳統的詩、詞代言以表情志外，亦以驛壁題書的公開方式抒發身世遭遇，並因此獲得同病相憐之女性，及同情憐憫之的男性應和，女性也藉由此種特殊獨白話語，尋得知音相伴和情感上的慰藉；另外，作家也運用口語化、通俗化及較長篇幅的人物對白，對女性性格與內心有更傳神、細膩的刻畫。在「小說議論」部分，宋人議論在勸懲觀念的影響下，針對不同的創作旨意與目的，在議論之中，對文本敘述的女性形象產生了不同程度的弱化與強化現象；而拋開勸懲觀念，採取客觀態度作評論的議論者，則多半對女性表達了同情與讚賞之意。

　　上述的研究成果將回歸到緒論所談的兩個面向來檢視，一是有關宋代文言小說在小說史之地位的問題。本論文透過宋代文言小說中，女性群像整體之歸納與分析，以及女性形象構設手法及其意義的探究，為向來被小說研究者所忽略和貶視的宋代文言小說，作一仔細、深度的掘發，並肯定其在承繼唐人小說之外所拓展的部分，及其開啟後世話本小說的獨特價值與地位。二是在宋代婦女研究方面，本論文由文學的角度切入，有別於歷史學家的史學觀點，藉由文言小說中女性群像之探究，和現有之宋代婦女研究相互對照，發現文學面向和史學面向之宋代婦女形象的異同，並以本論文之研究成果，為宋代婦女研究提供參照與補充。

一、由宋代文言小說女性群像特色論其在小說史上的意義

　　整體而言，宋代文言小說之藝術成就雖然不如唐代小說，然由宋人小說女性群像的探究中，我們發現了屬於該時代獨特的精神樣態。不論是在女性

形象方面，或是有關於小說敘事藝術的形象構設方面，可以看出宋人在承繼唐人小說之外，已獨立發展出屬於自己的獨特風格，這讓它和唐人小說有了明顯的區隔，而呈現出一嶄新的風貌。這嶄新的風貌，可分別由「宋代文言小說『理想化』女性形象及其構設與唐代小說的差異」及「宋代文言小說女性形象及其構設手法與話本小說的融通」兩方面來談。前者爲宋人文言小說獨特而有別於唐人小說之處，後者即印證了文言小說通俗化、市井化的問題，兩者剛好也反映出宋代文言小說承繼唐人小說，在承繼之中又有所拓展，進而開啓話本小說的橋樑地位。

（一）宋代文言小說「理想化」女性形象及其構設與唐代小說的差異

宋代文言小說在承繼唐人小說的脈絡中，仍可見其受到唐人影響的部分，不過，宋人卻也賦予了推陳出新的時代意涵。此由文言小說中的他界女性，及小說議論對女性形象塑造的強烈干涉之中，尤可見宋人小說有別於唐人的獨特意義。

宋人在他界女性中的女仙（神）和女妖形象的塑造上，格外突出屬於宋代文人士大夫心目中「理想化」的女性形象。如在宋代尚文的社會風氣下，女仙（神）的形象也呈現文藝化、文人化的特質，〔註1〕女仙（神）非但擁有華貴雍容的外貌妝飾，同時更具有知識學問與琴、棋、書、畫、詩文創作等精神內涵的深化，而紫姑神由宋以前之苦情廁神，躍升成爲宋代文人心目中精神寄託的文藝女神，更是宋代女仙（神）文藝化的最佳代表，而伴隨此特質而來的是女仙（神）在引人修仙向道，或是爲人指點迷津時，更具權威性的形象。在女妖方面，「理想化」的女妖形象，實反映了宋代文人士大夫對理想女性的期待，一是在女妖充分人性化的基礎上，進一步成爲「正位於內」、治家有度的「賢婦」，另外，在時代環境的影響下，女妖形象也滲透了理性思維，亦即向來不受社會禮法約束的女妖，在宋人筆下，顯得既「懂事」又「理性」，甚至她們也能護守節操，以「理」制「情」來自我警惕。女仙（神）的文藝化和女妖的賢婦、理性特質，是爲宋人小說他界女性形象的獨特特色。

〔註1〕 張健先生提到宋代男性俠客有「文人化」的特質。見氏著，〈試論豪俠小說在宋代的新走向〉，《南開學報》（哲學社會科學版）2004年第1期，頁101～103。同樣的，宋代女仙（神）亦有「文人化」的傾向。不過，兩者「文人化」的原因不盡相同。

在小說議論的運用上，唐人傳奇的議論形式由史傳史家之論贊借鑑而來，雖然唐人也於議論中寄寓倫理道德思想，表達褒貶傾向，不過，相較之下，宋人顯然更自覺而有效地運用小說議論來傳達創作意旨。由女性形象之文本敘述和小說家之議論對照來看，在勸懲觀念的影響下，女性形象一方面因為小說議論者囿限於女性道德理想的價值判斷，以女性該有之「貞」、「節」、「賢」，不該有的「妒」、「悍」、「淫」，為議論時唯一的評論標準，造成原本於文本中具有豐富意涵的女性形象，在議論者筆下遭到了削弱、扁平化，或是一味片面的醜化，甚至是對女性形象完全的忽略與扭轉，而呈現出以議論來弱化女性形象的現象；另一方面，當議論者的目的在於寄寓更深層次的歷史訓誡，主旨在反諷帝王的荒淫亂政時，雖然小說文本之女性形象尚保留了紅顏禍水的意義，然在議論中女性「亡國禍水」的形象不僅獲得了平反，甚至還以女性之美好節操，來為世人樹立理想範型，如綠珠和李師師，在議論者筆下則進一步被塑造為宋人忠貞節烈之典範，可見，女性形象受到強化，也是在勸懲目的下達成的。由此可知，不論是以議論強化或弱化女性形象，皆隱含著在男性作家「理想典範」女性形象塑造背後，強烈而鮮明的價值判斷與思想意旨。

除了上述女仙（神）、女妖獨具的形象特色，和透過議論來樹立男性意識下的理想女性形象之外，由小說敘述語言對女性形貌的描寫，亦可見宋代文人獨特的心理文化意識。宋代文人經由對女性身體的凝視，而以「蓮花」來比擬女性容顏，以「明玉」來形容女性之纖纖「玉」體，表面上似乎是暗示著對女性純潔美好節操的期待，其實仍不脫男性對女性「完璧之身」的欲望需求，與其在凝視之下對女性的規訓壓力。然而，宋代文人也並非全然地把女性當作欲望投射之客體來對待，他們也能以精神觀照的方式，去意會、欣賞女性內在之精神意態美，那「筆不可描繪」的情性、姿韻，成為宋代文言小說家格外著力之處。把宋代小說家對女性精神層次的觀照，和小說裡對女性人格覺醒的描繪，及如《綠窗新話》中，以開放的客觀態度，在議論時表達對女性深切的同情與肯定等宋人小說特色一併來看，宋代小說家對於女性的描寫，在某種程度上，已不是男／女、主／客、上／下等二元對立式的關係與態度，而是有了兩心之同理與輝映的部分。〔註2〕

〔註2〕 學者也認為「宋代的小說家不僅寫出了她們的覺醒，而且能夠尊重她們的人格，在一定程度上把她們視為與自己平等的人」。見薛洪、牟青、李實、馬

（二）宋代文言小說女性形象及其構設手法與話本小說的融通

宋代文言小說除了承繼唐人小說而又有所拓展以外，另一方面，也向現實生活靠攏，其市井化、通俗化的特點，漸漸有了話本小說的味道。

凡是討論宋代話本小說者，很難不注意到一群具有獨特鮮明性格的市民女性群像，即如論者所言，「她們有強烈的欲望，對愛情大膽地追求，爲擺脫苦難的處境而與命運進行頑強的搏鬥，而且爲了達到目的可以義無反顧，不擇手段」。〔註3〕其實，這樣的市井女性形象，早已在文言小說中有所呈現。

在文言小說裡，女性人物的身分，雖然也有如唐傳奇中，以閨秀和妓女爲主之情、貌、才兼備的「佳人」，然而，她們在愛情和婚姻中的表現，不再是被動、依附於男性的，而是在她們勇敢主動的情愛追求中，充分展現出獨立人格的自我意識，如妓女譚意歌、王幼玉、邢春娘之淪落風塵的人格覺醒，以及對於回歸自由、正常生活的強烈渴望與決心；又如《青瑣高議・張浩》之李氏、《雲齋廣錄・雙桃記》之蕭娘及蘇小卿等閨秀，面對愛情，她們不再掙扎與矛盾，不再爲社會禮法所約束，主動追求靈肉合一的愛情價值，在她們身上，我們見到的是勇於表達並追求個人欲望的「女性主體性」。由此可見，即便是愛情小說中的閨秀和妓女，也注入了新的內涵，有別於唐傳奇，其性格與行爲顯然和話本小說中的市井女性沒兩樣。

此外，宋代文言小說中，一批屬於社會中下階層的民婦、民女、婢妾、妓女，則躍升成爲小說中的主角，她們在小說中的形象別具時代特色，讓人耳目一新。如女性在婚姻生活中，面對丈夫離棄，獨立堅強生活，不容踐踏的人格尊嚴，及被親長逼迫改嫁，堅決不從的自主精神，展現了市井女性在婚姻生活中獨立自主的一面。而王瓊奴、溫琬、嚴蕊、長安李妹等身爲娼妓、婢妾之下層女子，她們在困苦、惡劣的環境中，依然保持著高度的自我覺醒，不向命運低頭、不同惡勢力屈服，在她們身上流竄著一股強烈而永不妥協的

蘭選注，《宋人傳奇選・前言》（長沙：湖南人民出版社，1985 年 10 月），頁 10。又如《青瑣高議・王幼玉》一篇，作者不僅於篇中藉由夏噩之口讚賞名妓王幼玉曰：「眞宰無私心，萬物逞殊形。嗟爾蘭蕙質，遠離幽谷青。清風暗助秀，雨露濡其泠。一朝居上苑，桃李讓芳馨。」在篇末的議論中，也傳達了對幼玉的同情和她重情義不狥私利的讚賞。而《雲齋廣錄》所收之〈盈盈傳〉，作者王山亦對盈盈也懷有既肯定其才情又憐惜其沒身於娼的同理情感。

〔註 3〕 見謝桃坊，《中國市民文學史》（成都：四川人民出版社，1997 年 10 月）第三章〈中國早期市民文學〉，頁 102。

生命意志。

　　話本小說對於已婚婦女的情欲世界有深刻的描摹，〔註4〕其中已婚婦女面
對丈夫外出經商，空閨難守而發展出婚外戀情，和蕩婦全然枉顧禮法地追逐
性欲的滿足，皆可在文言小說中，找到相仿的女性處境。前者如狄氏和熊小
娘，她們在實質的婚姻關係中，得不到心理情感和生理欲望的滿足，於是藉
由婚外戀來灌溉日漸乾枯的情欲生命，這和話本小說《喻世明言・蔣興哥重
會珍珠衫》中，因丈夫外出經商逾期未歸，而難耐深閨寂寞，投入他人懷抱
的三巧兒，其處境豈不雷同？而文言小說裡更多的是真正荒淫放蕩，為了追
求個人性欲滿足，愚昧到近乎無知地步的淫婦，她們往往在丈夫已察知，自
己卻仍深陷欲望深淵，毫無警覺的情況下，和奸夫一同斷送了性命；更有甚
者，如《綠窗新話・李少婦私通封師》之李少婦和《鬼董・陳淑》之陳淑，
則不惜使出卑劣、殘忍手段，膽大妄為地殺害丈夫，走向了一條欲望追逐的
不歸路。如此耽溺於肉體欲望的淫婦，在話本如《警世通言・蔣淑真刎頸鴛
鴦會》之蔣淑真，和《喻世明言・任孝子烈性為神》之梁聖金身上，則有更
露骨的細微刻畫。

　　在他界女性的女鬼形象中，不論是死後大膽追求愛情、實現心願的女鬼，
如《夷堅志・吳小員外》之酒家女和《夷堅志補・周瑞娘》之瑞娘，或是對
負心漢堅決索命復仇的女鬼，如《醉翁談錄・王魁負心桂英死報》之桂英和
《夷堅志補・滿少卿》之焦氏，在她們身上，所體現的依然是屬於市井女性
獨立積極、義無反顧的人格特質。

　　隨著宋代文言小說家對現實生活投入更多的關注，小說中女性人物的身
分向平民、下階層轉移，連帶的對於女性形象的塑造也更具現實色彩，因此，
除了情、色、才以外，對於女性內蘊之德行和智慧形象也有所拓展。於是，
日常生活中展現美德與智慧的民婦、在危難中以智巧解危的妓妾，抑或是在
婚戀故事裡，情、色、才、德、智兼融的女性，德與智形象的融入與著重，
使她們成為一群更具有社會現實與生活意義的女性群像。另外，在宋代社會
背景下產生的女性形象，還有於戰亂中，展現俠義愛國義舉的愛國俠女，及

〔註4〕　康師韻梅對於《三言》中已婚婦女的情欲世界，分成「怨婦的空閨難守」、「寡
　　　　婦的春心難捺」和「淫婦的衒色情放」三者來討論。詳見氏著，〈《三言》中
　　　　婦女的情欲世界及其意蘊〉，《古典文學與性別研究》（臺北：里仁書局，1997
　　　　年9月），頁249～257。

在城市遊藝活動興盛之中，身懷特殊技藝、善於施展幻術的奇婦異女。

以上文言小說中所見之具有社會現實感，不受社會禮法約束，勇於追求個人情感和欲望，展現獨立人格意識，還有情、色、才之外，兼重德行與智慧的女性形象，的確印證了文言小說市井化的問題，而且不少具有突出特色的女性形象，也成爲話本小說更進一步細膩描繪的女性人物。〔註5〕

除了由女性之身分、性格和行爲特質，可印證文言小說通俗、市井化的趨向外，由女性形象構設手法，亦可發現其和話本小說的融通之處。論者多以爲話本小說在細節和人物心理描寫的細緻入微，及語言方面的口語、通俗化是其顯著的藝術特色，〔註6〕其實，這樣的特色也出現在文言小說構設女性形象的手法當中。在女性細膩心理的刻畫方面，文言小說家以全知敘事視角來透析女性內在思維，如《青瑣高議・溫琬》一篇，敘述者透視女主角溫琬之內心世界，將她內心之問題思索與矛盾衝突，詳盡而細微的描繪下來。此外，經由人物獨白與對話，也是文言小說刻畫人物細微心理的方式，女性的內心獨白方式，除了有傳統委婉含蓄的以詩詞代言表情志之外，隨著宋代城市經濟繁榮及戰爭避亂的需求，女性遷徙人口也大幅增加，女性於長途跋涉的旅途中，興起個人身世之感，於是產生了驛壁題書的獨白話語形式，原本女性獨白的話語，在驛壁這個公開場域中，一再地被體貼同感的過客傳頌與應和，於是，驛壁題書的內容便具有屬於女性心理普遍而深厚的文化底蘊，

〔註5〕 就現存可考證之宋代話本小說而言，即有多篇是敷演、改篇自宋代文言小説而來，其中話本小說之女性主要人物形象大體依文言小說，而有進一步細膩刻畫者如《警世通言・宿香亭張浩遇鶯鶯》之李鶯鶯，由《青瑣高議・張浩》之李氏及《綠窗新話・張浩私通李鶯鶯》之李鶯鶯而來；《警世通言・金明池吳清逢愛愛》之酒家女愛愛由《夷堅甲志・吳小員外》中的當壚女而來；《醒世恆言・鬧樊樓多情周勝仙》之周勝仙爲情生死的情節，和《夷堅支庚・鄂州南市女》、《清尊錄・大桶張氏》、《投轄錄・玉條脫》相類似，《喻世明言・楊思溫燕山逢故人》敷演《夷堅丁志・太原意娘》而成，《喻世明言・單符郎全州佳偶》由《摭青雜説・夫妻復舊約》而來。這些在話本小說中形象鮮明的女性人物，很明顯的是以文言小說之女性形象爲藍本，而進行改造描繪的。有關宋代話本小說之考證及其本事來源，詳見胡士瑩，《話本小說概論》（北京：中華書局，1980年5月）上冊，頁200～234。

〔註6〕 如胡士瑩先生認爲宋元話本小說的藝術特色有「人物描寫的細緻和眞實」、「故事情節的豐富和曲折」及「群眾語言的生動和通俗」。同前註，頁325～332。又如孟昭連、寧宗一先生也提到話本小說的藝術特徵在語言上「口語化」的特色和「細節與心理」描寫的細緻入微。參見氏著，《中國小說藝術史》（杭州：浙江古籍出版社，2003年10月），頁231～234、236～240。

驛壁題書的獨白話語表現形式，因而也呈現出更具廣度和深度的女性內心世界。而在如《青瑣高議・范敏》和《摭青雜說》中之小說裡，不僅以兼具口語化和個性化的人物對話，來呈現女性生動自然的音容笑貌及思想、性格，尤其在《摭青雜說》之〈守節〉、〈夫妻復舊約〉等篇，更出現大幅人物對話的表現形式，藉著對話內容的層層推進，來描摹女主角呂氏和邢春娘微妙、細膩的心理變化和人格特質。凡此均可見宋代文言小說和話本小說愈來愈靠近之藝術特徵。

　　此外，在分析文言小說文本時，也可發現於婚戀故事中，男性對愛情的態度，及故事末尾「有情人終成眷屬」的完美團圓結局，體現的也是市民階層的意識。宋代男性和唐代男性之不同，正在於「愛情」已成為宋代男性生命中重要的部分，愛情有時反而凌駕於男性個人富貴、功名之上，社會上對男性功成名就的價值觀，對他們而言，不再有絕對的吸引力。如《北窗誌異・黃損》中，黃損為尋找被水沖走的裴玉娥，而「若醉若狂，功名無復置念」，並有「富貴吾所自有也，佳人難再得」之「愛情重於麵包」的思想意識。還有不少深陷相思之情的癡情男子，如《青瑣高議・流紅記》之儒士于祐，無意間得到宮人韓氏所題之紅葉詩，「自此思念，精神俱耗」；更有甚者則為情而亡，如《夷堅丁志・孫五哥》〔註7〕之孫五哥，因愛慕表妹，思念成疾而亡；《雲齋廣錄・西蜀異遇》之李達道，在狐女宋媛攜子離開後，「不勝感恨歎息，臨風對月，每想芳容豔態，竟絕耗焉」；《夷堅三志己・暨彥穎女子》〔註8〕之暨彥穎，因思念女鬼京娘，「憶念成疾，竟致淪喪。臨終，猶眷眷稱京娘不已」。諸如上述棄富貴功名於不顧，全心全意投入愛情世界中，甚至因思念成疾而喪命的癡情男子，在宋代以前是少見的。而如《青瑣高議・流紅記》、《摭青雜說》之〈守節〉、〈夫妻復舊約〉、《夷堅志補・徐信妻》，〔註9〕以及《醉翁談錄》中〈張時與福娘再會〉〔註10〕、〈錢穆離妻而後再合〉〔註11〕等有情人

〔註7〕　宋・洪邁，《夷堅丁志》卷4〈孫五哥〉，《中國文言小說百部經典》（北京：北京出版社，2000年3月），第16冊，頁5547～5548。

〔註8〕　宋・洪邁，《夷堅三志己》卷4〈暨彥穎女子〉，《中國文言小說百部經典》第19冊，頁6519。

〔註9〕　宋・洪邁，《夷堅志補》卷11〈徐信妻〉，《筆記小說大觀》8編5（臺北：新興書局，1975年），頁2557。

〔註10〕　宋・羅燁編，《醉翁談錄・張時與福娘再會》（臺北：世界書局，1958年12月），頁117～119。

〔註11〕　宋・羅燁編，《醉翁談錄・錢穆離妻而後再合》，同前註，頁119～122。

終成眷屬、男女離而復合的團圓結局,同樣也是市民審美情趣的反映。〔註12〕

宋代文言小說趨向通俗、話本化的整體傾向,為學界之普遍共識,〔註13〕本論文專由女性群像與其形象構設手法切入,來觀察並印證文言小說通俗、市井化的問題。就女性形象而言,在話本中不少突出、鮮明的女性形象,其實在文言小說中,已可找到相似性格與行為的女性,換言之,文言小說也為話本小說提供了不少創作題材與靈感。在形象構設方面,諸如細緻心理的刻畫與口語化的語言,在文言小說中也有所呈現。而文言小說之婚戀故事中,男女對愛情的態度及團圓完滿的結局,莫不是市民意識的體現。由此可見,宋代文言小說和話本小說的交流與融通。

李劍國先生雖然也提到宋代文言小說承繼唐傳奇及其對後世小說的影響,但他對於如何看待宋代文言小說,卻似乎仍有許多保留,他說:

> 總的說來,宋人小說有所成就,成就不算太高,三百多年間有所變
> 化,變化也不算太大。……相對唐人小說尤其是唐傳奇來說它有退
> 步也有進展,它的歷史命運既有悲劇性也有喜劇性,它對宋代及後
> 世的小說影響趕不上唐小說但也不能小覷。這兩重性格太難為人,
> 使我們討論它很感吃力,不得不經常調整評論的角度和參照系,結
> 果時不時露出捉襟見肘的尷尬。〔註14〕

李先生指出了評論宋代文言小說的困難處境,本來,一旦確立了評論的角度,即可能顧此失彼,尤其宋代文言小說又是處於如此尷尬的地位,在尚未有更深入與全面的探究之前,實在難以作出整體而公允的評論。然我們仍應試圖

〔註12〕市民的婚戀觀是「有情人終成眷屬」,《青瑣高議·流紅記》中,于祐和韓氏
的結合頗有自由戀愛的意味,正符合此一市民觀念。參見吳志達,《中國文言
小說史》(濟南:齊魯書社,1994 年 9 月),頁 617。薛洪勣先生也提到《摭
青雜說》寫婚姻、愛情的〈守節〉、〈夫妻復舊約〉兩篇,「都歷經磨難而歸以
大團圓式的結局,而且出現了一夫雙美式的模式,父母也表現得通情達理。
這些內容與唐人的佳話型言情傳奇相比,都具有新的時代特點」。見氏著,《傳
奇小說史》(浙江:浙江古籍出版社,1998 年 12 月),頁 191。

〔註13〕李劍國先生認為宋代文言小說突出的是它「通俗化」、「市井化」的特色。見
氏著,《宋代志怪傳奇敘錄·前言》(天津:南開大學出版社,1997 年 6 月),
頁 8。程毅中也提到宋代小說的整體發展方向是語言平易通俗,重寫實、求形
似,愈來愈向現實生活靠攏。見氏著,《宋元小說研究》(南京:江蘇古籍出
版社,1999 年 9 月),頁 162。薛洪勣先生則是認為宋代言情小說,高雅和通
俗兩種風格並存,然通俗化的傾向較明顯。同前註,頁 162。

〔註14〕同前註,頁 20。

給予它在小說史上該有的價值與地位。文學的發展是環環相扣的，唐傳奇和宋話本成為小說學界的寵兒，現在應把關注的焦點轉移到文言和話本小說之間欠缺關懷的「斷層」上，事實上，那並非斷層，而是文言小說向話本小說發展的一段轉折、過渡時期，而於此過渡期，宋代文言小說即扮演著搭起文言和白話小說間之橋樑的重要角色。

二、對於宋代婦女研究的補充

歷史學界關於宋代婦女的研究，其關注的核心是在宋代的社會體制下，婦女;在社會和家庭中的角色與地位，如美國學者伊沛霞於其《內闈——宋代的婚姻和婦女生活》一書中，探討宋代婦女生活中，為人女、為人妻、為人妾、為人母的各種角色，並由與女性一生密切相關的婚姻、嫁妝、家庭、經濟生產等事件與經歷，來探索宋代女性的成就。而張邦煒的《宋代婚姻家族史論》和遊惠遠有關宋代婦女的兩本論著《宋代民婦的角色與地位》和《宋元之際婦女地位的變遷》，同樣也是由女性之婚姻和家庭相關的問題來切入討論。總之，研究宋代婦女史的學者，他們努力地透過女性婚姻自主權、財產繼承權、家庭角色、經濟活動、法律地位、社會階層身分等變化的評判，企圖更接近事實地還原宋代婦女生活。〔註15〕

鮑家麟先生曾經提到中國婦女史有兩重意義,「一是中國女性的歷史，一是由女性或女性主義的觀點來看中國歷史及婦女生活」，而現今以性別理論觀點之研究正在迅速發展。〔註16〕本論文雖然並非全然以女性主義的觀點來探究宋人小說中的女性群像，然在女性主義文學理論中，「女性形象批評」的啟發下，本論文有意識地去探究在宋代特殊文化及文人眼光底下，於小說中呈現出來的女性形象及其形塑意義。因此，在小說中，文人所創造的女性形象和正統史書中的女性形象有何不同，本論文或許可提供作為對照比較。就小說和史書中之節

〔註15〕 有關近幾十年來宋代婦女的研究概況與評述，可參見盧建莘,〈近十年來宋代
婦女研究〉,《史學月刊》1996 年第 1 期，頁 109～112。李華瑞,〈宋代婦女
地位與宋代社會史研究〉,《唐宋女性與社會》(下冊)(上海：上海辭書出版
社，2003 年 8 月)，頁 905～916。以上兩篇論文的評述對象，以大陸地區之
研究為主。而美國和臺灣的宋代婦女研究概況，可參見鮑家麟,〈美國及台灣
的中國婦女史研究〉(代序)，《中國婦女史論集》六集 (臺北：稻鄉出版社，
2004 年 2 月)，頁 I-VIII。
〔註16〕 同前註，頁 I。

－247－

烈婦女而言，小說中節婦烈女的節烈行為，多半出於自我意願，是她們自明心志的表現，較少受到倫理道德的規範，這顯然有別於《宋史‧列女傳》中，特別挑選出來的從一而終、為丈夫守貞的貞節教化楷模，也許，小說中婦女守節或再嫁出於自主意願的情形，更能反映宋代貞節觀的實際狀況。

此外，對照歷史學家的研究成果，可以發現史家之婦女研究所關注的焦點，確切而言，是屬於整個社會體制的問題，亦即他們欲重建的是在當時的社會環境下，婦女的生活經驗及社會地位，基於此更複雜而艱深的問題意識，或許他們還無暇顧及宋代女性的內在精神、心靈層面。然而由文學觀點切入的小說研究，對於女性內在心理層面，始終投以較高的關懷，而在文本細讀的分析之中，本論文也探討了宋代女性獨立人格意識的覺醒，和宋人筆下女性細膩心理的呈現，雖然無法避免地仍須放在男性作家的創作意識下來討論，然在宋代小說家之身分更為接近市民階層，他們的取材來源也趨向以社會現實生活為主的創作現象下，小說對於女性的刻畫，畢竟仍有一定的現實依據，以此而描寫的女性心理活動，或可作為宋代婦女心靈圖像的補充，這也是本論文對宋代婦女研究所提供的參照部分。

本論文透過宋代文言小說女性群像之探究，掘發出其在承繼唐人小說之外，展現出有別於唐代小說的獨特時代風貌，同時也印證了文言小說「市井化」的特色，與其對話本小說的影響與開啟作用。凡此，均說明了宋代文言小說在中國小說史上的地位與意義。

參考書目

壹、傳統文獻

1. 徐志銳，《周易大傳新注》（上），臺北：里仁書局，2003 年 10 月。

2. 袁珂校注，《山海經校注》，臺北：里仁書局，1995 年 4 月。

3. 漢・班固，〈漢武帝內傳〉，史仲文主編，《中國文言小說百部經典》，北京：北京出版社，2000 年 3 月。

4. 漢・班固撰，唐，顏師古注，《漢書》，臺北：鼎文書局，1986 年 10 月 6 版。

5. 漢・許慎撰，清段玉裁注，《新添古音說文解字注》，臺北：洪葉文化事業有限公司，1998 年 10 月。

6. 漢・伶玄，〈趙飛燕外傳〉，《中國文言小說百部經典》本。

7. 晉・葛洪，《西京雜記》，《中國文言小說百部經典》本。

8. 晉・郭璞，《玄中記》，《中國文言小說百部經典》本。

9. 晉・干寶，《搜神記》，《中國文言小說百部經典》本。

10. 南朝梁・蕭統編，唐・李善注，《文選》，臺北：文津書局，1987 年 7 月。

11. 南朝宋・劉敬叔，《異苑》，《漢魏六朝筆記小說大觀》，上海：上海古籍出版社，1999 年 12 月。

12. 南朝宋・劉義慶，《幽明錄》，《中國文言小說百部經典》本。

13. 南朝梁・吳均，《續齊諧記》，《漢魏六朝筆記小說大觀》本。

14. 唐・段成式，《酉陽雜俎》，《中國文言小說百部經典》本。

15. 唐・李肇，《唐國史補》，《中國文言小說百部經典》本。

16. 唐・姚汝能，《安祿山事蹟》，《百部叢書集成》第 184 冊，臺北：藝文印

書館，1967 年。

17. 唐・鄭棨，《開天傳信記》，《筆記小說大觀》8 編 1，臺北：新興書局，1975年。

18. 唐・沈既濟，〈任氏傳〉，蔡守湘選注，《唐人小說選注》，臺北：里仁書局，2002 年 6 月。

19. 唐・蔣防，〈霍小玉傳〉，《唐人小說選注》本。

20. 唐・陳鴻，〈長恨歌傳〉，《唐人小說選注》本。

21. 唐・杜光庭，《墉城集仙錄》，張繼禹主編，《中華道藏》，北京：華夏出版社，2004 年 1 月。

22. 五代・孫光憲著，林青、賀軍平校注，《北夢瑣言》，西安：三秦出版社，2003 年 1 月。

23. 五代・和凝等人撰，明・張景補撰，《疑獄集》，《景印文淵閣四庫全書》第 729 冊，臺北：臺灣商務印書館，1983 年。

24. 宋・李昉等撰，《太平御覽》，《景印文淵閣四庫全書》第 896 冊，臺北：臺灣商務印書館，1983 年。

25. 宋・吳淑著，《江淮異人錄》，程毅中編著，《古體小說鈔》（宋元卷），北京：中華書局，1995 年 11 月。

26. 宋・樂史，〈綠珠傳〉《中國文言小說百部經典》本。

27. 宋・樂史，〈楊太真外傳〉，《中國文言小說百部經典》本。

28. 宋・陳纂，《葆光錄》，《古體小說鈔》本。

29. 宋・張齊賢，《洛陽搢紳舊聞記》，《筆記小說大觀》21 編 5，臺北：新興書局，1978 年。

30. 宋・黃休復，《茅亭客話》，《宋元筆記小說大觀》，上海：上海古籍出版社，2001 年 12 月。

31. 宋・上官融，《友會談叢》，《古體小說鈔》本。

32. 宋・蘇舜欽，〈愛愛歌序〉，《古體小說鈔》本。

33. 宋・轟田，《祖異志》，《古體小說鈔》本。

34. 宋・蘇軾，《東坡續集》，曾棗莊、舒大剛主編，《三蘇全書》，北京：語文出版社，2001 年 11 月。

35. 宋・胡微之，〈王子高芙蓉城傳〉，《中國文言小說百部經典》本。

36. 宋・沈括，《清夜錄》，《古體小說鈔》本。

37. 宋・沈括，《夢溪筆談》，《古體小說鈔》本。

38. 宋・沈遼，〈任社娘傳〉，《雲巢編》，《景印文淵閣四庫全書》第 1117 冊，臺北：臺灣商務印書館，1983 年。

39. 宋・歐陽修著，徐無黨注，《新五代史》，臺北：鼎文書局，1985 年 1 月。

40. 宋・歐陽修，《歐陽文忠公集》，《四部叢刊正編》，臺北：臺灣商務印書館，1979 年。

41. 宋・王安石，《臨川先生文集》，《四部叢刊正編》本。

42. 宋・蘇舜欽，《蘇學士集》，《景印文淵閣四庫全書》第 1092 冊，臺北：臺灣商務印書館，1983 年。

43. 宋・劉斧，《青瑣高議》，《中國文言小說百部經典》本。

44. 宋・劉斧，《翰府名談》，《古體小說鈔》本。

45. 宋・劉斧，《續青瑣高議》，《中國文言小說百部經典》本。

46. 宋・張師正，《括異志》，《中國文言小說百部經典》本。

47. 宋・李獻民，《雲齋廣錄》，《四庫全書存目叢書》子部 246 冊，臺南：莊嚴文化事業有限公司，1995 年 9 月。

48. 宋・章炳文，《搜神祕覽》，《古體小說鈔》本。

49. 宋・佚名，《北窗誌異・黃損》，《情史》，臺北：廣文書局，1982 年 8 月，影印民國元年上海書局石印本。

50. 宋・廉布，《清尊錄》，《古體小說鈔》本、周光培編，《宋代筆記小說》，石家莊市：河北教育出版社，1995 年 2 月。

51. 宋・王明清，《投轄錄》，《宋元筆記小說大觀》本。

52. 宋・皇都風月主人，《綠窗新話》，《中國文言小說百部經典》本。

53. 宋・郭彖，《睽車志》，《宋元筆記小說大觀》本。

54. 宋・王明清，《摭青雜說》，《古體小說鈔》本。

55. 宋・洪邁，《夷堅志》，《中國文言小說百部經典》本。

56. 宋・洪邁，《夷堅志補》，《筆記小說大觀》8 編 5，臺北：新興書局，1975 年。

57. 宋・佚名，《鬼董》，《古體小說鈔》本。

58. 宋・羅燁，《醉翁談錄》，臺北：世界書局，1958 年 12 月。

59. 宋・佚名，〈李師師外傳〉，《中國文言小說百部經典》本。

60. 宋・陳鵠，《西塘集耆舊續聞》，《古體小說鈔》本。

61. 宋・陳正敏，《遯齋閒覽》，《古體小說鈔》本。

62. 宋・張邦基，《墨莊漫錄》，《宋元筆記小說大觀》本。

63. 宋・佚名，〈梅妃傳〉，《中國文言小說百部經典》本。

64. 宋・朱熹，《詩集傳》，臺北：臺灣學生書局，1970 年 10 月。

65. 宋・張端義，《貴耳集》，《宋代筆記小說》本。

66. 宋・羅大經，《鶴林玉露》，《中國文言小說百部經典》本。

67. 宋・孟元老著，鄧之誠注，《東京夢華錄注》，北京：中華書局，1982 年 1 月。

68. 宋・周密，《齊東野語》，《古體小說鈔》本。

69. 宋・周密，《武林舊事》，《叢書集成初編》，北京：中華書局，1991 年。

70. 宋・邵雍撰，王從心整理，李一忻點校，《皇極經世》，北京：九州出版社，2003 年 9 月。

71. 宋・邵雍，《伊川擊壤集》，《四部叢刊正編》本。

72. 宋・陳師道，《後山集》，《景印文淵閣四庫全書》第 1114 冊，臺北：臺灣商務印書館，1983 年。

73. 宋・司馬光，《書儀》，《景印文淵閣四庫全書》第 142 冊，臺北：臺灣商務印書館，1983 年。

74. 宋・王珪，《華陽集》，《景印文淵閣四庫全書》第 1093 冊，臺北：臺灣商務印書館，1983 年。

75. 宋・晁公武，《郡齋讀書志》，臺北：臺灣商務印書館，1968 年 3 月。

76. 宋・趙彥衛，《雲麓漫鈔》，臺北：新文豐出版股份有限公司，1984 年 6 月。

77. 宋・錢功，《澹山雜識》，《說郛》，臺北：臺灣商務印書館，1972 年 12 月。

78. 宋・王明清，《玉照新志》，《宋元筆記小說大觀》本。

79. 宋・曾慥編纂，王汝壽等校注，《類說校注》（上），福州：福建人民出版社，1996 年 1 月。

80. 宋・李燾撰，清・黃以周等輯補，《續資治通鑑長編》，上海：上海古籍出版社，1986 年 2 月。

81. 元・宋本，〈工獄〉，《中國文言小說百部經典》本。

82. 元，蘇天爵編，《國朝文類》，《四部叢刊初編》集部 424，臺北：臺灣商務印書館，1965 年。

83. 元・脫脫，《宋史》，臺北：鼎文書局，1978 年 9 月。

84. 明・胡應麟，《少室山房筆叢》，《景印文淵閣四庫全書》第 886 冊，臺北：臺灣商務印書館，1983 年。

85. 《五朝小說大觀》，《筆記小說大觀》38 編 5，臺北：新興書局，1984 年。

86. 清・李漁，《閒情偶寄》，臺北：明文書局，2002 年 8 月。

87. 清・周中孚，《鄭堂讀書記》，北京：中華書局，1993 年 1 月。

88. 清・紀昀，《四庫全書總目》，臺北：臺灣商務印書館，1983 年。

貳、近人論著

一、專　書

1. 王書奴，《中國娼妓史》，臺北：萬年青書店，1971 年 4 月。

2. 王立，《偉大的同情——俠文學的主題史研究》，上海：學林出版社，1999 年 2 月。

3. 申丹，《敘述學與小說文體學研究》，北京：北京大學出版社，2001 年 5 月第 2 版。

4. 李春棠，《坊牆倒塌以後——宋代城市生活長卷》，長沙：湖南出版社，1993 年 3 月。

5. 李壽菊，《狐仙信仰與狐狸精故事》，臺北：臺灣學生書局，1995 年 10 月。

6. 李劍國，《唐五代志怪傳奇敘錄》，天津：南開大學出版社，1993 年 12 月。

7. 李劍國，《宋代志怪傳奇敘錄》，天津：南開大學出版社，1997 年 6 月。

8. 李建軍，《小說修辭研究》，北京：中國人民大學出版社，2003 年 12 月。

9. 李新燦，《女性主義觀照下的他者世界：中國古代小說中的女性問題研究》，北京：中國社會科學出版社，2001 年 12 月。

10. 何滿子，《中國愛情與兩性關係——中國小說研究》，臺北：臺灣商務印書館，1995 年 8 月。

11. 吳禮權，《中國筆記小說史》，臺北：臺灣商務印書館，1993 年 8 月。

12. 吳禮權，《中國言情小說史》，臺北：臺灣商務印書館，1995 年 3 月。

13. 吳志達，《中國文言小說史》，濟南：齊魯書社，1994 年 9 月。

14. 吳燕娜編著，《中國婦女與文學論集》第一集，臺北：稻鄉出版社，1999 年 5 月。

15. 周啓志、羊列容、謝昕，《中國通俗小說理論綱要》，臺北：文津出版社，1992 年 3 月。

16. 周建渝，《才子佳人小說研究》，臺北：文史哲出版社，1998 年 10 月。

17. 金健人，《小說結構美學》，臺北：木鐸出版社，1988 年 9 月。

18. 孟昭連、寧宗一，《中國小說藝術史》，杭州：浙江古籍出版社，2003 年 10 月。

19. 胡士瑩，《話本小說概論》（上冊），北京：中華書局，1980 年 5 月。

20. 苗壯，《筆記小說史》，浙江：浙江古籍出版社，1998 年 12 月。

21. 侯忠義編，《中國文言小說參考資料》，北京：北京大學出版社，1985 年 4 月。

22. 俞汝捷，《幻想和寄託的國度——志怪傳奇新論》，臺北：淑馨出版社，1991 年 4 月。

23. 袁行霈、侯忠義,《中國文言小說書目》,北京:北京大學出版社,1981
    年 11 月。

24. 馬振方,《小說藝術論》,北京:北京大學出版社,2000 年 8 月第 2 版。

25. 徐岱,《小說敘事學》,北京:中國社會科學出版社,1992 年 9 月。

26. 唐富齡,《文言小說高峰的回歸——《聊齋誌異》縱橫研究》,武漢:武漢
    大學出版社,1990 年 7 月。

27. 孫康宜,《古典與現代的女性闡釋》,臺北:聯合文學出版社,1998 年 4
    月。

28. 格非,《小說敘事研究》,北京:清華大學出版社,2002 年 9 月。

29. 崔大華等著,《道家與中國文化精神》,鄭州:河南人民出版社,2003 年
    12 月。

30. 陳東原,《中國婦女生活史》,臺北:臺灣商務印書館,1970 年 10 月臺 3
    版。

31. 陳炳熙,《古典短篇小說藝術新探》,上海:華東師範大學出版社,1991
    年 9 月。

32. 陳文新,《中國文言小說流派研究》,武昌:武漢大學出版社,1993 年 9
    月。

33. 陳文新,《文言小說審美發展史》,武昌:武漢大學出版社,2002 年 10 月。

34. 陳炎,《中國審美文化史‧唐宋卷》,濟南:山東畫報出版社,2001 年 6
    月。

35. 陳平原,《中國小說敘事模事的轉變》,臺北:久大文化股份有限公司,1990
    年 5 月。

36. 陳果安,《小說創作的藝術與智慧》,長沙:中南大學出版社,2004 年 1
    月。

37. 康來新,《發跡變泰——宋人小說學論稿》,臺北:大安出版社,1996 年
    12 月。

38. 康正果,《女權主義與文學》,北京:中國社會科學出版社,1994 年 2 月。

39. 康正果,《重審風月鑑——性與中國古典文學》,臺北:麥田出版社,1998
    年 4 月。

40. 康韻梅,《中國古代死亡觀之探究》,臺北:國立臺灣大學出版委員會,1994
    年 6 月,國立臺灣大學文史叢刊。

41. 張邦煒,《宋代婚姻家族史論》,北京:人民出版社,2003 年 12 月。

42. 許麗芳,《古典短篇小說之韻文》,臺北:里仁書局,2001 年 3 月。

43. 程毅中,《宋元小說研究》,南京:江蘇古籍出版社,1999 年 9 月。

44. 曾永義,《俗文學概論》,臺北:三民書局,2003 年 6 月。

45. 游惠遠,《宋代民婦的角色與地位》,臺北:新文豐出版股份有限公司,1998
    年6月。

46. 游惠遠,《宋元之際婦女地位的變遷》,臺北:新文豐出版股份有限公司,
    2003年1月。

47. 舒紅霞,《女性審美文化——宋代女性文學研究》,北京:人民出版社,2004
    年7月。

48. 褚柏思,《理學與心學》,洛杉磯:柏雪文化事業公司,1990年8月。

49. 賈二強,《唐宋民間信仰》,福州:福建人民出版社,2002年10月。

50. 楊義,《中國古典小說史論》,北京:中國社會科學出版社,1995年12月。

51. 楊義,《中國敘事學》,嘉義:南華管理學院,1998年6月。

52. 葛兆光,《道教與中國文化》,臺北:東華書局,1989年12月。

53. 葉慶炳,《談小說妖》,臺北:洪範書局,1980年2月2版。

54. 過偉,《中國女神》,廣西:廣西教育出版社,2000年12月。

55. 趙聯賞,《服飾史話》,臺北:國家出版社,2003年6月。

56. 談鳳梁主編,《歷代文言小說鑑賞辭典》,江蘇:江蘇文藝出版社,1991
    年7月。

57. 魯迅校錄,王中立譯注,《唐宋傳奇集》,天津:天津古籍出版社,2002
    年8月。

58. 魯迅,《魯迅小說史論文集——中國小說史略及其他》,臺北:里仁書局,
    2003年2月增訂1版。

59. 劉葉秋,《歷代筆記概述》,臺北:木鐸出版社,1987年7月。

60. 劉詠聰,《德‧才‧色‧權:論中國古代女性》,臺北:麥田出版社,1998
    年6月。

61. 鄧小南主編,《唐宋女性與社會》(上、下冊),上海:上海辭書出版社,
    2003年8月。

62. 鮑家麟編著,《中國婦女史論集》,臺北:稻香出版社,1988年4月再版。

63. 鮑家麟編著,《中國婦女史論集》第三集,臺北:稻鄉出版社,1993年3
    月。

64. 薛洪、牟青、李實、馬蘭選注,《宋人傳奇選》,長沙:湖南人民出版社,
    1985年10月。

65. 薛洪勣,《傳奇小說史》,浙江:浙江古籍出版社,1998年12月。

66. 謝桃坊,《中國市民文學史》,成都:四川人民出版社,1997年10月。

67. 顏慧琪,《六朝志怪小說異類姻緣故事研究》,臺北:文津出版社,1994
    年5月。

68. 蕭相愷，《宋元小說史》，浙江：浙江古籍出版社，1997 年 6 月。

69. 蘇者聰，《宋代女性文學》，武漢：武漢大學出版社，1997 年 11 月。

70. 黨聖元、李繼凱，《中國古代道士生活》，臺北：臺灣商務印書館，1998 年 12 月。

71. 佛洛姆（Erich Fromm）著，孟祥森譯，《愛的藝術》（The Art of Loving），臺北：志文出版社，1984 年 10 月 9 版。

72. 美·理查德·泰勒（Richard Taylor）著，黎風等譯，《理解文學要素——它的形式、技巧、文化習規》（Understanding the Elements of Literature），成都：四川大學出版社，1987 年 7 月。

73. 美·W.C.布斯著，華明、胡蘇曉、周憲譯，《小說修辭學》，北京：北京大學出版社，1989 年 1 月。

74. 瓦西列夫著，趙永穆、陳行慧譯，《愛情論》，臺北：聯合文學出版社，1990 年 4 月 2 版。

75. 蘇珊·朗格（Susanne. K. Langer）著，劉大基、傅志強、周發祥譯，《情感與形式》（Feeling and Form），臺北：商鼎文化出版社，1991 年 10 月。

76. 托里·莫以（Toril Moi）著，陳潔詩譯，《性別／文本政治：女性主義文學理論》（Sexual／Texual Politics：Feminist Literary Theory），臺北：駱駝出版社，1995 年 6 月。

77. 英·D.洛奇著，王峻岩等譯，《小說的藝術》，北京：作家出版社，1998 年。

78. 休伯特·德雷福斯（Hubert L. Dreyfus）、保羅·拉比諾（Paul Rabinow）著，錢俊譯，《傅柯——超越結構主義與詮釋學》，臺北：桂冠圖書，2001 年 1 月。

79. 英·佛斯特（E.M. Forster）著，李文彬譯，《小說面面觀》，臺北：志文出版社，2002 年 1 月。

80. 美·波利·揚·艾森卓（Polly Young-Eisendrath）著，楊廣學譯，《性別與欲望：不受詛咒的潘朵拉》（Gender and Desire：Uncuring Pandora），北京：中國社會科學出版社，2003 年 1 月。

81. 美·伊沛霞著，胡志宏譯，《內閫——宋代的婚姻和婦女生活》（The Inner Quarters：Marriage and the Lives of Chinese Women in Sung Period），南京：江蘇人民出版社，2004 年 5 月。

二、論　文

（一）學位論文

1. 朱美蓮，《唐代小說中的女性角色研究》，臺北：政治大學中國文學研究所碩士論文，1989 年 6 月。

2. 朱曉娟,《程朱學派與宋代婦女貞節觀之研究》,臺北:政治大學國文教學碩士論文,2004 年 7 月。

3. 余定中,《宋代小說中的困境情節之研究》,嘉義:中正大學中國文學研究所碩士論文,2002 年 6 月。

4. 邱芳津,《宋代果報小說研究》,臺北:中國文化大學中國文學研究所碩士論文,1999 年 12 月。

5. 徐秀芳,《宋代士族婦女的婚姻生活——以人際關係為中心》,臺北:臺灣師範大學歷史研究所博士論文,2001 年 6 月。

6. 陳美偵,《青瑣高議研究》,臺北:中國文化大學中國文學研究所碩士論文,1997 年 6 月。

7. 陳妍妙,《稽神錄故事研究》,臺北:中國文化大學中國文學研究所碩士論文,1998 年 6 月。

8. 陳玉萍,《唐代小說中他界女性形象之虛構意義研究》,臺南:成功大學中國文學研究所碩士論文,1999 年 7 月。

9. 陳昱珍,《唐宋小說中變形題材之研究—以太平廣記與夷堅志為主》,臺北:中國文化大學中國文學研究所博士論文,2001 年 7 月。

10. 陳美玲,《夷堅志之民間故事研究》,臺北:中國文化大學中國文學研究所碩士論文,2004 年。

11. 游秀雲,《宋代傳奇小說研究》,臺中:東海大學中國文學研究所碩士論文,1993 年 6 月。

12. 廖文君,《宋元話本中的愛情故事研究》,臺北:中國文化大學中文研究所碩士論文,1999 年 6 月。

(二) 期刊論文

1. 丁峰山,〈宋代小說在中國小說史上歷史地位的重新估價〉,《福建師範大學學報》,2003 年第 6 期。

2. 王秀惠,〈夷堅志佚事輯補〉,《漢學研究》第 7 卷第 1 期,1989 年 6 月。

3. 王齊洲,〈論歐陽修的小說觀念〉,《齊魯學刊》,1998 年第 2 期。

4. 王小琳,〈論唐代傳奇創作活動的特徵及其對傳奇敘事的影響〉,《中山人文學報》第 9 期,1999 年 8 月。

5. 王國良,〈魯迅輯校整理古籍的成績與影響——以《古小說鉤沈》、《唐宋傳奇集》、《嵇康集》為例〉,《東吳中文學報》第 7 期,2001 年 5 月。

6. 王子今,〈驛壁女子題詩:中國古代婦女文學的特殊遺存〉,《重慶師範大學學報》(哲學社會科學版),2004 年第 3 期。

7. 尹福佺,〈「一見鍾情」與中國傳統文化〉,《貴州社會科學》,2000 年第 1 期。

8. 江寶月，〈從女鬼的出現談漢文化中女性的地位〉，《宜蘭文獻雜誌》第 26 期，1997 年 3 月。

9. 宋東俠，〈試論宋代的「女使」〉，漆俠、胡昭儀主編，《宋史研究論文集》，保定：河北大學出版社，1996 年 1 月。

10. 余貴林，〈宋代買賣婦女現象初探〉，《中國史研究》，2000 年第 3 期。

11. 李世珍，〈從宋人小說看宋代婦女地位的轉變〉，黎活仁等主編，《女性的主體性：宋代的詩歌與小說》，臺北：大安出版社，2001 年 10 月。

12. 李怡、潘忠泉，〈唐人心態與唐代貴族女子服飾文化〉，《中華女子學院學報》第 15 卷第 4 期，2003 年 8 月。

13. 李劍國，〈秦醇《趙飛燕別傳》考論——兼議《驪山記》《溫泉記》〉，《固原師專學報》第 22 卷第 1 期，2001 年 1 月。

14. 李劍國、美·韓瑞亞，〈亡靈憶往：唐宋傳奇的一種歷史觀照方式〉（上）、（下），《南開學報》（哲學社會科學版），2004 年第 3 期、第 4 期。

15. 呂理政，〈鬼的信仰及其相關儀式〉，《民俗曲藝》第 90 期，1994 年 7 月。

16. 杜改俊，〈唐代愛情傳奇中的神鬼怪〉，《晉陽學刊》，2003 年第 1 期。

17. 周榆華、郭紅英，〈理學束縛下的潛抑情欲——論《夷堅志》中的人鬼之戀〉，《江西廣播電視大學學報》，2004 年第 2 期。

18. 林保淳，〈中國古典小說中的「女俠」形象〉，《中國文哲研究集刊》第 11 期，1997 年 9 月。

19. 林雪鈴，〈唐人小說中女仙形象析探〉，《中正大學中國文學研究所研究生論文集刊》第 2 號，2000 年 9 月。

20. 季曉燕，〈論宋代列女的特質〉，《江西師範大學學報》（哲學社會科學版）第 30 卷第 2 期，1997 年 5 月。

21. 范嘉晨，〈《聊齋誌異》中女性情愛的獨特型態——兼與唐宋傳奇小說比較〉，《貴州社會科學》，2000 年第 1 期。

22. 洪鶯梅，〈人鬼婚戀故事的文化思考〉，《中國比較文學》，2000 年第 4 期。

23. 紀德君，〈「春濃花豔佳人膽」——論宋代話本小說的女性形象〉，《海南大學學報》（社會科學版）第 14 卷第 2 期，1996 年 6 月。

24. 段庸生，〈勸懲與宋人傳奇〉，《重慶師院學報》（哲社版），2000 年第 4 期。

25. 徐子方、孫巧琳，〈「庸中佼佼者」——評〈李師師外傳〉兼及宋人傳奇〉，《南京理工大學學報》（社會科學版）第 12 卷第 6 期，1999 年 12 月。

26. 高榮禧，〈凝視下的女性身體——從佛洛依德到傅柯〉，《當代》第 166 期，2001 年 6 月。

27. 陶晉生，〈北宋婦女的再嫁與改嫁〉，《新史學》第 6 卷第 3 期，1995 年 9 月。

28. 康韻梅，〈〈鶯鶯傳〉的情愛世界及其構設〉，《文史哲學報》第 45 期，1996 年 12 月。

29. 康韻梅，〈《三言》中婦女的情欲世界及其意蘊〉，洪淑苓等人合著，《古典文學與性別研究》，臺北：里仁書局，1997 年 9 月。

30. 康韻梅，〈《綠窗新話》中唐五代小說的改易探析〉，《臺大中文學報》第 20 期，2004 年 6 月。

31. 康韻梅，〈《分門古今類事》的敘事策略〉，《漢學研究》第 22 卷第 1 期，2004 年 6 月。

32. 張健，〈試論豪俠小說在宋代的新走向〉，《南開學報》（哲學社會科學版），2004 年第 1 期。

33. 張乘健，〈《長恨歌》與《梅妃傳》：歷史與藝術的微妙衝突〉，《文學遺產》，1992 年第 1 期。

34. 張祝平，〈論洪邁的小說觀〉，《淮陰師範學院學報》（哲學社會科學版），2001 年第 5 期。

35. 張祝平，〈論宋代小說的「由虛入實」〉，《中國文化月刊》第 275 期，2003 年 11 月。

36. 梁鳳榮，〈宋代婦女的獨立意識〉，《鄭州大學學報》（哲學社會科學版），1995 年第 5 期。

37. 許軍，〈論宋代文言小說中女性形象演變的文學史意義〉，《雲南社會科學》，2004 年第 1 期。

38. 陳萬益，〈評「趙飛燕外傳」〉，柯慶明、林明德主編，《中國古典文學研究叢刊》「小說之部」（一），臺北：巨流圖書公司，1977 年 10 月。

39. 陳曉林，〈問世間，情是何物？兼介《愛情論》與《愛情續論》〉，瓦西列夫著，趙永穆、陳行慧譯，《愛情論》，臺北：聯合文學出版社，1990 年 4 月 2 版。

40. 陳靜，〈道教的女仙——兼論人仙和神仙的不同〉，《宗教學研究》，2003 年第 3 期。

41. 舒紅霞，〈宋代理學貞節觀及其影響〉，《西北大學學報》（哲學社會科學版）第 30 卷第 1 期，2000 年 2 月。

42. 程毅中，〈宋代的傳奇小說〉，《文史知識》，1990 年第 2 期。

43. 程國賦，〈唐五代小說敘事研究〉，《慶祝卞孝萱先生八十華誕——文史論集》，南京：江蘇古籍出版社，2003 年 1 月。

44. 楊菁，〈宋代理學家的人欲觀〉，《東吳中文研究集刊》第 4 期，1997 年 4 月。

45. 楊俊國，〈漢唐人仙戀小說模式的生成及意蘊〉，《安康師專學報》第 13 卷第 2 期，2001 年 6 月。

46. 楊經建、彭在欽,〈復仇母題與中外敘事文學〉,《外國文學評論》,2003 年第 4 期。

47. 潘承玉,〈濁穢廁神和窈窕女仙——紫姑神話文化意蘊發微〉,《紹興文理 學院學報》(哲學社會科學版)第 20 卷第 4 期,2000 年 12 月。

48. 趙維國,〈《永樂大典》所存宋人劉斧小說集佚文輯考〉,《書目季刊》第 34 卷第 4 期,2001 年 3 月。

49. 趙維國,〈論宋人小說的創作觀念〉,《中州學刊》,2001 年第 6 期。

50. 趙章超,〈宋代志怪傳奇小說研究百年綜述〉,《社會科學研究》,2002 年 第 5 期。

51. 樂蘅軍,〈浪漫之愛與古典之情〉,葉慶炳編,《中國古典小說中的愛情》, 臺北:時報文化出版企業有限公司,1987 年 8 月。

52. 鄧淑蘋,〈中國古玉之美——由故宮玉器展覽談起(下)〉,《故宮文物月刊》 第 17 卷第 5 期,1999 年 8 月。

53. 劉靜貞,〈女無外事?——墓誌碑銘中所見之北宋士大夫社會秩序理念〉, 《婦女與兩性學刊》第 4 期,1993 年 3 月。

54. 劉靜貞,〈從損子壞胎的報應傳說看宋代婦女的生育問題〉,《大陸雜誌》 第 90 卷第 1 期,1995 年 1 月。

55. 劉靜貞,〈歐陽修筆下的宋代女性——對象、文類與書寫期待〉,《臺大歷 史學報》第 32 期,2003 年 12 月。

56. 劉開明、王穎,〈佛性、人性、靈性——中國藝術中的蓮花意象〉,《中國 文化月刊》第 199 期,1996 年 5 月。

57. 劉達臨,〈中國性文化從開放到禁錮的轉折〉,《歷史月刊》第 151 期,2000 年 8 月。

58. 蔡祝青,〈中國古典文學中的性別研究〉,《婦女與兩性研究通訊》第 58 期, 2001 年 3 月。

59. 諸葛憶兵,〈宋代士大夫的境遇與士大夫精神〉,《宋代文史考論》,北京: 中華書局,2002 年 11 月。

60. 盧建華,〈近十年來宋代婦女研究〉,《史學月刊》,1996 年第 1 期。

61. 鮑家麟,〈美國及台灣的中國婦女史研究〉(代序),《中國婦女史論集》六 集,臺北:稻鄉出版社,2004 年 2 月。

62. 薛洪勣,〈《李師師外傳》應是明末作品〉,《明清小說研究》,1990 年第 3、 4 期合刊。

63. 薛克翹,〈讀《青瑣高議》雜談〉,《南亞研究》,1998 年第 2 期。

64. 謝選駿,〈中國古籍中的女神——她們的生活、愛情、文化象徵〉,王孝廉 主編、御手洗勝等著,《神與神話》,臺北:聯經出版事業公司,1988 年 3

月。

65. 謝眞元，〈人妖戀模式及其文化意蘊〉，《重慶師院學報哲社版》，2000 年第 1 期。

66. 蕭相愷，〈宋元小說理論的新貢獻〉，《明清小說研究》，2000 年第 3 期。

67. 小川環樹著，張桐生譯，〈中國魏晉以後（三世紀以降）的仙鄉故事〉，瘂弦、廖玉蕙主編，《中國古典小說論集》第一輯，臺北：幼獅文化公司，1975 年 12 月。

68. 韓南著，王秋桂編，張保民等譯，〈早期的中國短篇小說〉，《韓南中國古典小說論集》，臺北：聯經出版事業有限公司，1979 年 9 月。

附錄——篇目一覽表

【說明】

本表所列為本論文引用篇目，篇目擇取以女性形象較鮮明的小說為主。引用篇目純屬個人主觀抉擇，未盡周全之處，還請各方指教。

本表大致以李劍國先生之《宋代志怪傳奇敘錄》、程毅中先生之《古體小說鈔》（宋元卷）等書所列之小說時代先後，作為排列順序。

本表「本論文主要出現章節及頁碼」一欄中，章節的標註方式如「2-1.1」，即指第二章第一節的「一、天下無雙的色藝」；括號中的數字，則為本論文之頁碼。

以下表格中，《中國文言小說百部經典》簡稱《百部》，《四庫全書存目叢書》簡稱《四庫存目》。程毅中先生之《古體小說鈔》為「宋元卷」，表格中不再標註。

表一：宋代文言小說中的人間女性

標號	書名、篇名	主要女性人物	身分	本論文主要出現章節及頁碼	版　　本
1	《江淮異人錄·耿先生》	耿先生	閨秀	2-5.2 奇婦異女（頁83）	《宋元筆記小說大觀》（一），頁255
2	《江淮異人錄·張訓妻》	張訓妻	俠女	2-5.1 俠女（頁80～81）	《宋元筆記小說大觀》（一），頁257
3	〈綠珠傳〉	綠珠	婢妾	2-1.3 忠貞節烈的典範（頁28、30） 4-4.2 女性形象的強化（頁211～212）	《百部》20 冊，頁6911～6915

4	〈楊太眞外傳〉	楊貴妃	后妃	2-1.1 天下無雙的色藝（頁 19） 4-4.2 女性形象的強化（頁 209）	《百部》20 冊，頁 6919～6936
5	《洛陽搢紳舊聞記・李少師賢妻》	李少師妻子	官婦	4-4.2 女性形象的強化（頁 212～213）	《筆記小說大觀》21 編 5，頁 2999～3002
6	《洛陽搢紳舊聞記・張相夫人始否終泰》	張相之繼室	官婦	4-4.1 女性形象的弱化（頁 206～207）	《筆記小說大觀》21 編 5，頁 3012～3013
7	《茅亭客話・女先生》	游氏	女道人	2-5.2 奇婦異女（頁 85）	《宋元筆記小說大觀》（一），頁 422。
8	《茅亭客話・盲女》	鄰婦	民婦	2-3.2 德、智形象的拓展（頁 55～56）	《宋元筆記小說大觀》（一），頁 439～440
9	《友會談叢・張生》	某官之婦	官婦	2-4.1 妒妻淫婦（頁 70）	《古體小說鈔》，頁 86～87
10	〈愛愛歌序〉	楊愛愛	妓女	2-4.2 節婦烈女（頁 72～73） 4-1.3 第一人稱限知敘事（頁 163）	《古體小說鈔》，頁 91～92
11	《雲巢編・任社娘傳》	任社娘	妓女	2-3.2 德、智形象的拓展（頁 58～59）	《景印文淵閣四庫全書》1117 冊，頁 608～609
12	《青瑣高議・瓊奴記》	王瓊奴	姜	2-2.3 永不妥協的生命意志（頁 48） 4-3.1 女性的內心獨白（頁 186～187、188）	《百部》14 冊，頁 4670～4672
13	《青瑣高議・遠煙記》	王氏	民婦	2-2.2 婚姻生活的獨立自主（頁 46～47）	《百部》14 冊，頁 4686～4687
14	《青瑣高議・流紅記》	韓氏	後宮女子	5-1 由宋代文言小說女性群像特色論其在小說史上的意義（頁 225）	《百部》第 14 冊，頁 4687～4690
15	《青瑣高議・驪山記》	楊貴妃	后妃	2-1.1 天下無雙的色藝（頁 18） 2-1.2 權色欲望的爭奪（頁 23～24、26～27）	《百部》14 冊，頁 4693～4698

16	《青瑣高議・溫泉記》	楊貴妃	后妃	2-1.2 權色欲望的爭奪（頁 24～25） 4-2.2 環境景物的烘托（頁 178）	《百部》14 冊，頁 4699～4702
17	《青瑣高議・孫氏記》	孫氏	民婦	2-3.3 情、色、才、德、智的結合（頁 60～61） 4-3.1 女性的內心獨白（頁 183） 4-4.1 女性形象的弱化（頁 200）	《百部》14 冊，頁 4705～4708
18	《青瑣高議・趙飛燕別傳》	趙飛燕、趙合德	后妃	2-1.1 天下無雙的色藝（頁 16～17） 2-2.2 權色欲望的爭奪（頁 21～22）	《百部》14 冊，頁 4708～4713
19	《青瑣高議・王幼玉記》	王幼玉	妓女	2-1.1 勇敢主動的情愛追求（頁 35） 4-4.3 女性形象的客觀評論（頁 214）	《百部》14 冊，頁 4728～4731
20	《青瑣高議・龔球記》	李太保家青衣	奴婢	2-2.3 永不妥協的生命意志（頁 51～52）	《百部》14 冊，頁 4769～4770
21	《青瑣高議・溫琬》	溫琬	妓女	2-2.3 永不妥協的生命意志（頁 48～49） 4-1.1 第三人稱全知敘事（頁 156～157） 4-3.1 女性的內心獨白（頁 183） 4-4.1 女性形象的弱化（頁 202）	《百部》14 冊，頁 4791～4797
22	《青瑣高議・譚意歌》	譚意歌	妓女	2-2.1 勇敢主動的情愛追求（頁 35～36） 2-2.2 婚姻生活的獨立自主（頁 44～46） 2-3.3 情、色、才、德、智的結合（頁 61） 4-2.2 環境景物的烘托（頁 175～176） 4-4.1 女性形象的弱化（頁 200）	《百部》14 冊，頁 4836～4842

23	《青瑣高議‧張浩》	李氏	閨秀	2-2.1 勇敢主動的情愛追求（頁 38～39） 4-2.2 環境景物的烘托（頁 175～176）	《百部》14 冊，頁 4849～4850
24	《翰府名談‧明皇》	楊貴妃	后妃	2-1.2 權色欲望的爭奪（頁 25）	《古體小說鈔》，頁 197
25	《翰府名談‧玄宗遺錄》	楊貴妃	后妃	2-1.2 權色欲望的爭奪（頁 27）	《古體小說鈔》，頁 206～207
26	《翰府名談‧文叔遇俠》	林文叔妻	俠婦	2-5.1 俠女（頁 79、80） 4-4.1 女性形象的弱化（頁 206）	《古體小說鈔》，頁 208
27	《雲齋廣錄‧丁生佳夢》	崔氏	閨秀	4-4 小說議論對女性形象塑造的作用與意義（頁 214～215）	《四庫存目》子部 246 冊，頁 150～151
28	《雲齋廣錄‧雙桃記》	蕭娘	閨秀	2-2.1 勇敢主動的情愛追求（頁 39～40、41） 2-3.3 情、色、才、德、智的結合（頁 61～62） 4-4.1 女性形象的弱化（頁 201～202）	《四庫存目》子部 246 冊，頁 152～153
29	《搜神祕覽‧楊柔姬》	楊柔姬	民婦	4-3.1 女性的內心獨白（頁 187、189）	《古體小說鈔》，頁 290～291
30	《北窗誌異‧黃摃》	裴玉娥	民女	2-2.1 勇敢主動的情愛追求（頁 37） 4-1.4 人物視角的轉移（頁 164～165） 5-1 由宋代文言小說女性群像特色論其在小說史上的意義（頁 225）	清‧澹澹外史輯，《情史》卷 9「情幻類」（臺北：廣文書局，1982 年 8 月，影印民國元年上海書局石印本），頁 12～13
31	《遯齋閒覽‧劉喜焚妻》	劉喜之妻	民婦	2-4.1 妒妻淫婦（頁 70～71）	《古體小說鈔》，頁 297
32	《清尊錄‧大桶張氏》	孫氏	民女	2-2.3 永不妥協的生命意志（頁 49～50）	《古體小說鈔》，頁 318～319
33	《清尊錄‧狄氏》	狄氏	貴家少婦	2-4.1 妒妻淫婦（頁 66～68）	《宋代筆記小說》18 冊，頁 105～107

				4-2.2 環境景物的側面烘托（頁 176～177）	
34	《投轄錄·百寶念珠》	丫髻女子	民女	2-5.2 奇婦異女（頁 85）	《宋元筆記小說大觀》（四），頁 3858～3859
35	《鶴林玉露·韓璜》	王鈇之妾	妓妾	2-3.2 德、智形象的拓展（頁 59）	《百部》22 冊，頁 7581
36	《齊東野語·吳季謙改秩》	吳季謙之妻	民婦	2-3.2 德、智形象的拓展（頁 56～57）	《古體小說鈔》，頁 548
37	《齊東野語·台妓嚴蕊》	嚴蕊	妓女	2-2.3 永不妥協的生命意志（頁 50） 4-3.1 女性的內心獨白（頁 182～183）	《古體小說鈔》，頁 550
38	《綠窗新話·陳吉私犯熊小娘》	熊小娘	富家少婦	2-4.1 妒妻淫婦（頁 68）	《百部》20 冊，頁 6739
39	《綠窗新話·李少婦私通封師》	李業保之妻	官婦	2-4.1 妒妻淫婦（頁 69）	《百部》20 冊，頁 6745
40	《綠窗新話·陸郎中媚娘爭寵》	余媚娘	民婦	2-4.1 妒妻淫婦（頁 64～65） 4-4.3 女性形象的客觀評論（頁 213～214）	《百部》20 冊，頁 6771
41	《綠窗新話·漢成帝服謹恤膠》	趙合德	后妃	4-4.2 女性形象的強化（頁 210）	《百部》20 冊，頁 6772
42	《綠窗新話·唐明皇咽助情花》	楊貴妃	后妃	4-4.2 女性形象的強化（頁 210）	《百部》20 冊，頁 6773
43	《綠窗新話·姚玉京持志割耳》	姚玉京	民婦	2-4.2 節婦烈女（頁 72）	《百部》20 冊，頁 6780～6781
44	《綠窗新話·歌者婦拒姦斷頸》	善歌婦人	民婦	4-4.2 女性形象的強化（頁 212）	《百部》20 冊，頁 6782～6783
45	《綠窗新話·趙才卿點慧敏詞》	趙才卿	妓女	4-4.3 女性形象的客觀評論（頁 214）	《百部》20 冊，頁 6792
46	《綠窗新話·黨家妓不識雪景》	黨太尉之家妓	妓女	4-4.3 女性形象的客觀評論（頁 214）	《百部》20 冊，頁 6793
47	《綠窗新話·楚兒遭郭鍛鞭打》	楚兒	妓妾	4-4.1 女性形象的弱化（頁 204～205）	《百部》20 冊，頁 6811
48	《睽車志·常州孝婦》	常州婦人	民婦	2-3.2 德、智形象的拓展（頁 56）	《宋元筆記小說大觀》（四），頁 4095

49	《摭青雜說‧守節》	呂氏	民婦	2-4.2 節婦烈女（頁72） 4-3.2 女性和他人對話（頁191、194～195）	《古體小說鈔》，頁473～475
50	《摭青雜說‧夫妻復舊約》	邢春娘、李英	妓女	2-2.1 勇敢主動的情愛追求（頁35～36） 4-3.2 女性和他人對話（頁195～196）	《古體小說鈔》，頁479～482
51	《夷堅甲志‧南陽驛婦人詩》	南陽驛女子	民婦	4-3.1 女性的內心獨白（頁187）	《百部》15冊，頁5034～5035
52	《夷堅甲志‧譚氏節操》	譚氏	民婦	2-4.2 節婦烈女（頁74）	《百部》15冊，頁5053
53	《夷堅甲志‧晁安宅妻》	晁安宅之妻	民婦	2-3.2 德、智形象的拓展（頁56） 2-4.2 節婦烈女（頁74） 4-4.1 女性形象的弱化（頁200）	《百部》15冊，頁5102
54	《夷堅乙志‧俠婦人》	妾	俠女	2-5.1 俠女（頁78）	《百部》15冊，頁5163～5164
55	《夷堅丙志‧謝七嫂》	謝七嫂	民婦	3～3 宋代文言小說中的女妖（頁133～134）	《百部》16冊，頁5409～5410
56	《夷堅丙志‧藍姐》	藍姐	妾	2-3.2 德、智形象的拓展（頁59）	《百部》16冊，頁5454
57	《夷堅丙志‧王八郎》	王八郎之妻	民婦	2-2.2 婚姻生活的獨立自主（頁46）	《百部》16冊，頁5465～5466
58	《夷堅丁志‧孫五哥》	眞眞	民女	5-1 由宋代文言小說女性群像特色論其在小說史上的意義（頁225～226）	《百部》16冊，頁5547～5548
59	《夷堅丁志‧鼎州汲婦》	汲婦	民婦	2-5.2 奇婦異女（頁84～85）	《百部》16冊，頁5591
60	《夷堅丁志‧豐城孝婦》	豐城婦人	民婦	2-3.2 德、智形象的拓展（頁56）	《百部》17冊，頁5612～5613
61	《夷堅丁志‧胡生妻》	張氏	民婦	2-4.1 妒妻淫婦（頁63）	《百部》17冊，頁5624～5625

62	《夷堅丁志·蔡郝妻妾》	蔡某之妻	官婦	2-4.1 妒妻淫婦（頁63～64）	《百部》17 冊，頁5645
		郝師莊之妾	妾	4-4.1 女性形象的弱化（頁203～204）	
63	《夷堅丁志·郭提刑妾》	郭提刑之妾	妾	2-2.3 永不妥協的生命意志（頁52）	《百部》17 冊，頁5646
64	《夷堅支甲·蘄守妻妾》	晁氏	官婦	2-4.1 妒妻淫婦（頁63）	《百部》第 17 冊，頁5733
65	《夷堅支甲·劉氏二妾》	劉恕之妾	妾	2-4.1 妒妻淫婦（頁64～65）	《百部》第 17，頁5743～5744
66	《夷堅支丁·營道孝婦》	營道縣村婦	民婦	2-3.2 德、智形象的拓展（頁56）	《百部》18 冊，頁5976
67	《夷堅支丁·淮陰張生妻》	卓氏	民婦	2-4.2 節婦烈女（頁74）	《百部》18 冊，頁6045
68	《夷堅支丁·張二姐》	張二姐	民婦	2-3.2 德、智形象的拓展（頁55）	《百部》18 冊，頁6047～6048
69	《夷堅支戊·觀坑虎》	田家婦	民婦	2-3.2 德、智形象的拓展（頁56）	《百部》18 冊，頁6062～6063
70	《夷堅支庚·鄂州南市女》	吳氏女	民女	2-2.3 永不妥協的生命意志（頁49）	《百部》18 冊，頁6146～6147
71	《夷堅支庚·潘統制妾》	潘璋之妾	妾	2-5.2 奇婦異女（頁83）	《百部》18 冊，頁6191～6192
72	《夷堅支癸·鄭四妻子》	鄭四之妻	民婦	2-4.1 妒妻淫婦（頁69）	《百部》18 冊，頁6263
73	《夷堅三志壬·懶愚道人》	何師韞	女道人	4-3.1 女性的內心獨白（頁183）	《百部》19 冊，頁6330～6331
74	《夷堅三志己·長安李妹》	李妹	妓女	2-2.3 永不妥協的生命意志（頁50～51）	《百部》19 冊，頁6497
75	《夷堅志補·蕪湖孝女》	詹氏女	民女	2-4.2 節婦烈女（頁75）	《筆記小說大觀》8編5，頁2407～2409
76	《夷堅志補·都昌吳孝婦》	吳氏	民婦	2-4.2 節婦烈女（頁75）	《筆記小說大觀》8編5，頁2409～2410
77	《夷堅志補·程烈女》	程叔清之女	民女	2-4.2 節婦烈女（頁74）	《筆記小說大觀》8編5，頁2412～2413
78	《夷堅志補·義倡傳》	長沙妓女	妓女	2-4.2 節婦烈女（頁73）	《筆記小說大觀》8編5，頁2417～2421
79	《夷堅志補·鼎州兵妻》	周祐之妻	民婦	2-4.1 妒妻淫婦（頁70）	《筆記小說大觀》8編5，頁2424～2425

80	《夷堅志補・張客浮漚》	張客妻	民婦	2-4.1 妒妻淫婦（頁71）	《筆記小說大觀》8編5，頁2462
81	《夷堅志補・葉司法妻》	葉薦之妻	官婦	2-4.1 妒妻淫婦（頁63）	《筆記小說大觀》8編5，頁2488～2489
82	《夷堅志補・徐信妻》	徐信之妻	官婦	5-1 由宋代文言小說女性群像特色論其在小說史上的意義（頁226）	《筆記小說大觀》8編5，頁2557
83	《夷堅志補・劉女白鵝》	劉安上之女	女道人	2-5.2 奇婦異女（頁85）	《筆記小說大觀》8編5，頁2580
84	《夷堅志補・台州道姑》	道姑	女道人	2-5.2 奇婦異女（頁85）	《筆記小說大觀》8編5，頁2580～2582
85	《夷堅志補・解洵娶婦》	解洵之婦	俠女	2-5.1 俠女（頁77～78） 4-2.2 環境景物的烘托（頁177）	《筆記小說大觀》8編5，頁2595～2596
86	《夷堅志補・潘成擊烏》	老嫗	民婦	2-5.2 奇婦異女（頁84）	《筆記小說大觀》8編5，頁2683～2684
87	〈崔氏乳媼〉	崔倅家乳媼	乳母	2-5.2 奇婦異女（頁84）	王秀惠據《廣州府志》卷160輯補，見〈夷堅志佚事輯補〉，《漢學研究》第7卷第1期，頁177
88	〈梅妃傳〉	江采蘋	后妃	2-1.1 天下無雙的色藝（頁18） 2-1.2 權色欲望的爭奪（頁26） 4-2.1 女性形貌描寫與意義（頁172） 4-4.2 女性形象的強化（頁209～210）	《百部》20冊，頁6939～6944
89	《鬼董・陳淑》	陳淑	民婦	2-4.1 妒妻淫婦（頁70） 4-1.1 第三人稱全知敘事（頁154～156）	《古體小說鈔》，頁526～527
90	《醉翁談錄・林叔茂私挈楚娘》	楚娘	妓女	4-4.1 女性形象的弱化（頁205～206）	《醉翁談錄》，頁12～14
91	《醉翁談錄・靜女私通陳彥臣》	靜女	閨秀	2-3.1 傳統的「情、色、才」佳人（頁54）	《醉翁談錄》，頁14～17

92	《醉翁談錄‧梁意娘》	梁意娘	閨秀	2-3.1 傳統的「情、色、才」佳人（頁 54） 4-3.1 女性的內心獨白（頁 184）	《醉翁談錄》，頁 55～59
93	《醉翁談錄‧王魁負心桂英死報》	王桂英	妓女	2-2.1 勇敢主動的情愛追求（頁 37）	《醉翁談錄》，頁 91～95
94	《醉翁談錄‧紅綃密約張生負李氏娘》	李氏	妾	2-2.1 勇敢主動的情愛追求（頁 40）	《醉翁談錄》，頁 96～103
95	《醉翁談錄‧華春娘題詩遇君亮成親》	華春娘	閨秀	2-3.1 傳統的「情、色、才」佳人（頁 54）	《醉翁談錄》，頁 107～108
96	《醉翁談錄‧張時與福娘再會》	謝福娘	妓女	5-1 由宋代文言小說女性群像特色論其在小說史上的意義（頁 226）	《醉翁談錄》，頁 117～119
97	《醉翁談錄‧錢穆離妻而後再合》	王氏	閨秀	5-1 由宋代文言小說女性群像特色論其在小說史上的意義（頁 226）	《醉翁談錄》，頁 119～122
98	〈蘇小卿〉	蘇小卿	閨秀	2-2.1 勇敢主動的情愛追求（頁 42～43） 4-1.2 第三人稱限知敘事	《百部》22 冊，頁 7569～7573
99	〈李師師外傳〉	李師師	妓女	2-1.3 忠貞節烈的典範（頁 28～30） 4-2.1 女性形貌描寫與意義（頁 172） 4-2.2 環境景物的烘托（頁 175） 4-3.2 女性和他人對話（頁 192～193） 4-4.2 女性形象的強化（頁 210～211）	《百部》20 冊，頁 6947～6951
100	〈工獄〉	木工之婦	民婦	2-4.1 妒妻淫婦（頁 70）	《百部》22 冊，頁 7631～763

表二：宋代文言小說中的他界女性

標號	書名、篇名	主要女性人物	身分	本論文主要出現章節及頁碼	版　本
1	《葆光錄·母雞鬪虎》	黃衣女子	女妖（母雞）	3-3.3 魅惑與理想以外的女妖（頁148）	《古體小說鈔》，頁56～57
2	《茅亭客話·勾生》	壁畫天女	女仙	3-1.1 人仙（神）戀的女仙（神）（頁99～100）	《宋元筆記小說大觀》（一），頁423
3	《祖異志·人魚》	婦人	女妖（魚）	3-3.3 魅惑與理想以外的女妖（頁149）	《古體小說鈔》，頁100
4	〈王子高芙蓉城傳〉	周女	女仙	3-1.1 人仙（神）戀的女仙（神）（頁99） 4-1.2 第三人稱限知敘事（頁161）	《百部》21冊，頁7605～7607
5	《雲齋廣錄·盈盈傳》	盈盈	女仙	3-1.1 人仙（神）戀的女仙（神）（頁96～98） 4-1.3 第一人稱限知敘事（頁162～163） 4-2.2 環境景物的烘托（頁178、179）	《四庫存目》子部246冊，頁161～163
6	《墨莊漫錄·金華神記》	金華神	神女	3-1.2 人仙（神）戀以外的女仙（神）（頁106～107）	《宋元筆記小說大觀》（四），頁4741～4742
7	《夢溪筆談·紫姑》	紫姑神	女神	3-1.2 人仙（神）戀以外的女仙（神）（頁110）	《古體小說鈔》，頁129
8	《清夜錄·夢妻乳兒》	李氏	女鬼（民婦）	3-2.2 人鬼間的愛恨情仇（頁123）	《古體小說鈔》，頁131
9	《青瑣高議·葬骨記》	謝紅蓮	女鬼（妾）	3-2.1 亂世與命運的苦難烙印（頁118～119）	《百部》14冊，頁4646
10	《青瑣高議·書仙傳》	書仙	女仙	3-1.1 人仙（神）戀的女仙（神）（頁92～93） 4-2.2 環境景物的烘托（頁178）	《百部》14冊，頁4661～4663

11	《青瑣高議‧長橋怨》	水仙	女仙	3-1.1 人仙（神）戀的女仙（神）（頁 91～92） 4-1.2 第三人稱限知敘事（頁 160～161）	《百部》14 冊，頁 4690～4692
12	《青瑣高議‧小蓮記》	小蓮	女妖（狐）	3-3.2 理想化女妖（頁 147）	《百部》14 冊，頁 4754～4756
13	《青瑣高議‧李雲娘》	李雲娘	女鬼（妓女）	3-2.2 人鬼間的愛恨情仇（頁 132）	《百部》14 冊，頁 4765
14	《青瑣高議‧陳叔文》	崔蘭英	女鬼（妓女）	3-2.2 人鬼間的愛恨情仇（頁 132）	《百部》14 冊，頁 4766～4768
15	《青瑣高議‧范敏》	李氏	女鬼（後宮女子）	3-2.1 亂世與命運的苦難烙印（頁 119～120） 4-3.2 女性和他人對話（頁 192）	《百部》14 冊，頁 4784～4788
16	《青瑣高議‧朱蛇記》	雲姐	女妖（蛇）	3-3.2 理想化女妖（頁 145）	《百部》14 冊，頁 4816～4818
17	《青瑣高議‧西池春遊》	姬	女妖（狐）	3-3.2 理想化女妖（頁 143～144） 4-1.4 人物視角的轉移（頁 164）	《百部》14 冊，頁 4827～4835
		王夫人	女鬼（梁太祖兒媳）	3-2.1 亂世與命運的苦難烙印（頁 115～116、117）	
18	《青瑣高議‧越娘記》	越娘	女鬼（民婦）	3-2.1 亂世與命運的苦難烙印（頁 119） 4-4.1 女性形象的弱化（頁 207～208）	《百部》14 冊，頁 4843～4848
19	《青瑣高議‧王榭》	燕子美女	女妖（燕子）	3-3.2 理想化女妖（頁 144～145）	《百部》14 冊，頁 4851～4856
20	《續青瑣高議‧賢雞君傳》	西王母	女仙	4-2.2 環境景物的烘托（頁 178）	《百部》14 冊，頁 4891
21	《續青瑣高議‧桃源三夫人》	桃源三夫人	女仙	3-1 宋代文言小說中的女仙（神）（頁 90）	《百部》14 冊，頁 4894～4895
22	《括異志‧曹郎中》	李家娘子	女鬼（閨秀）	3-2.2 人鬼間的愛恨情仇（頁 120）	《百部》13 冊，頁 4357

23	《括異志·李參政》	二女	女仙	3-1.2 人仙（神）戀以外的女仙（神）（頁106）	《百部》13 冊，頁4366
24	《括異志·高舜臣》	女子	女仙	3-1.2 人仙（神）戀以外的女仙（神）（頁106）	《百部》13 冊，頁4398
25	《青瑣摭遺·周助》	孫氏	女鬼（民女）	3-2.2 人鬼間的愛恨情仇（頁128～129）	趙維國，〈《永樂大典》所存宋人劉斧小說集佚文輯考〉，《書目季刊》第 34 卷第 4 期，頁 22
26	《搜神祕覽·燕華仙傳》	燕華仙人	女仙	3-1.2 人仙（神）戀以外的女仙（神）（頁90）	《古體小說鈔》，頁289～290
27	《雲齋廣錄·甘陵異事》	彭城郎之妾	女妖（燈檠）	3-3.2 理想化女妖（頁147） 4-3.1 女性的內心獨白（頁184～185）	《四庫存目》子部246 冊，頁 147
28	《雲齋廣錄·西蜀異遇》	宋媛	女妖（狐）	3-3.2 理想化女妖（頁141～143） 4-2.2 環境景物的烘托（頁175） 4-3.1 女性的內心獨白（頁185） 4-3.2 女性和他人對話（頁193～194） 5-1 由宋代文言小說女性群像特色論其在小說史上的意義（頁226）	《四庫存目》子部246 冊，頁148～150
29	《雲齋廣錄·四和香》	麗人	他界女性	4-1.2 第三人稱限知敘事（頁159～160）	《四庫存目》子部246 冊，頁151～152
30	《雲齋廣錄·華陽仙姻》	董雙成	仙女	3-1.1 人仙（神）戀的女仙（神）（頁94～95） 4-2.2 環境景物的烘托（頁179～180）	《四庫存目》子部246 冊，頁157～160
31	《投轄錄·賈生》	京城廟靈	神女	3-1.1 人仙（神）戀的女仙（神）（頁100）	《宋元筆記小說大觀》（四），頁 3865～3867

32	《投轄錄・玉條脫》	孫氏	女鬼（民女）	3-2.2 人鬼間的愛恨情仇（頁 128）	《宋元筆記小說大觀》（四），頁 3867〜3869
33	《投轄錄・趙詵之》	碑中之女子	他界女性	4-2.2 環境景物的烘托（頁 180）	《宋元筆記小說大觀》（四），頁 3874〜3875
34	《投轄錄・沈生》	廢宅中之女子	他界女性	4-2.2 環境景物的烘托（頁 180）	《宋元筆記小說大觀》（四），頁 3875〜3876
35	《投轄錄・曾元賓》，	蓬萊島眞仙	女仙	3-1.2 人仙（神）戀以外的女仙（神）（頁 104）	《宋元筆記小說大觀》（四），頁 3886〜3887
36	《玉照新志・太廟齋郎姜適遇劍仙》	劍仙	女仙（俠）	3-1.1 人仙（神）戀的女仙（神）（頁 101）	宋元筆記小說大觀》（四），頁 3901
37	《玉照新志・王綸》	西華寶懿夫人	女神	3～1 宋代文言小說中的女仙（神）（頁 90）	《宋元筆記小說大觀》（四），頁 3956〜3957
38	《睽車志・馬絢娘》	馬絢娘	女鬼（民女）	3-2.2 人鬼間的愛恨情仇（頁 128）	《宋元筆記小說大觀》（四），頁 4106〜4107
39	《睽車志・李通判女》	陳察推之妻	女鬼（民婦）	3-2.2 人鬼間的愛恨情仇（頁 123）	《宋元筆記小說大觀》（四），頁 4112〜4113
40	《夷堅甲志・張夫人》	鄭氏	女鬼（官婦）	3-2.2 人鬼間的愛恨情仇（頁 132）	《百部》15 冊，頁 4975
41	《夷堅甲志・吳小員外》	當壚女子	女鬼（民女）	3-2.2 人鬼間的愛恨情仇（頁 125）	《百部》15 冊，頁 4994〜4995
42	《夷堅甲志・縉雲鬼仙》	李英華	女仙	3-1.2 人仙（神）戀以外的女仙（神）（頁 107）	《百部》15 冊，頁 5071〜5072
43	《夷堅甲志・鄭畯妻》	王氏	女鬼（民婦）	3-2.2 人鬼間的愛恨情仇（頁 132）	《百部》15 冊，頁 5116〜5117
44	《夷堅甲志・解三娘》	解三娘	女鬼（妾）	3-2.1 亂世與命運的苦難烙印（頁 118）	《百部》15 冊，頁 5121〜5123
45	《夷堅乙志・畢造之令女》	畢造之女	女鬼（閨秀）	3-2.2 人鬼間的愛恨情仇（頁 128）	《百部》15 冊，頁 5211〜5212

46	《夷堅乙志·胡氏子》	通判之女	女鬼（閏秀）	3-2.2 人鬼間的愛恨情仇（頁 127～128）	《百部》15 冊，頁 5229～5230
47	《夷堅乙志·余杭宗女》	余杭宗之女	女鬼（民女）	3-2.2 人鬼間的愛恨情仇（頁 128）	《百部》15 冊，頁 5238～5239
48	《夷堅乙志·九華天仙》	九華天仙	女仙	3-1.2 人仙（神）戀以外的女仙（神）（頁 107）	《百部》16 冊，頁 5266～5267
49	《夷堅乙志·馬妾冤》	馬氏	女鬼（妾）	3-2.2 人鬼間的愛恨情仇（頁 132）	《百部》16 冊，頁 5288～5289
50	《夷堅乙志·女鬼惑仇鐸》	三六娘	女鬼（民婦）	3-2.2 人鬼間的愛恨情仇（頁 121）	《百部》16 冊，頁 5305～5306
51	《夷堅乙志·趙不他》	官妓	女鬼（妓女）	3-2.2 人鬼間的愛恨情仇（頁 121）	《百部》16 冊，頁 5314
52	《夷堅丙志·蜀州紅梅仙》	紅梅仙	女妖（紅梅）	3-3.3 魅惑與理想以外的女妖（頁 149）	《百部》16 冊，頁 5351～5352。
53	《夷堅丙志·大儀古驛》	婦人	女鬼	3-2.2 人鬼間的愛恨情仇（頁 121）	《百部》16 冊，頁 5397～5398
54	《夷堅丙志·陶象子》	女子	女妖（柳）	3-3.2 理想化女妖（頁 147）	《百部》16 冊，頁 5480～5481
55	《夷堅丙志·星宮金鐶》	星宮女仙	女仙	3-1.1 人仙（神）戀的女仙（神）（頁 93～94）	《百部》16 冊，頁 5497～5498
56	《夷堅丁志·太原意娘》	王意娘	女鬼（民婦）	3-2.2 人鬼間的愛恨情仇（頁 121～122） 4-1.4 人物視角的轉移（頁 164） 4-3.1 女性的內心獨白（頁 188）	《百部》17 冊，頁 5593～5594
57	《夷堅丁志·紫姑藍粥詩》	紫姑神	女神	3-1.2 人仙（神）戀以外的女仙（神）（頁 109）	《百部》17 冊，頁 5676
58	《夷堅丁志·袁從政》	陳氏	女鬼（官婦）	3-2.2 人鬼間的愛恨情仇（頁 132）	《百部》17 冊，頁 5678
59	《夷堅支甲·西湖女子》	西湖女子	女鬼（民女）	3-2.2 人鬼間的愛恨情仇（頁 124～125）	《百部》17 冊，頁 5746～5747
60	《夷堅支甲·蔡箏娘》，	蔡箏娘	女仙	3-1.2 人仙（神）戀以外的女仙（神）（頁 104～105）	《百部》17 冊，頁 5755～5756

61	《夷堅支乙·茶僕崔三》	孫家新婦	女妖（狐）	3-3.1 魅惑／害人女妖（頁 136～137）	《百部》17 冊，頁 5801～5802
62	《夷堅支乙·吳虎臣夢卜》	紫姑神	女神	3-1.2 人仙（神）戀以外的女仙（神）（頁 110）	《百部》17 冊，頁 5804
63	《夷堅支乙·衢州少婦》	丘秘校之妻	女妖（狐）	3-3.1 魅惑／害人女妖（頁 137）	《百部》17 冊，頁 5818～5819
64	《夷堅支乙·紫姑詠手》	紫姑神	女神	3-1.2 人仙（神）戀以外的女仙（神）（頁 109）	《百部》17 冊，頁 5832
65	《夷堅支丁·小陳留旅舍女》	神座旁侍女	女神	3-1 宋代文言小說中的女仙（神）（頁 90）	《百部》18 冊，頁 5978
66	《夷堅支丁·劉改之教授》	一美女	女妖（古琴）	3-3.1 魅惑／害人女妖（頁 138）	《百部》18 冊，頁 6018～6019
67	《夷堅支丁·南陵仙隱客》	王知縣之女	女鬼（閏秀）	3-2.2 人鬼間的愛恨情仇（頁 128）	《百部》18 冊，頁 6020
68	《夷堅支戊·孫知縣妻》	孫知縣之妻	女妖（蛇）	3-3.1 魅惑／害人女妖（頁 138）	《百部》18 冊，頁 6070
69	《夷堅支戊·方矞招紫姑》	紫姑神	女神	3-1.2 人仙（神）戀以外的女仙（神）（頁 110）	《百部》18 冊，頁 6073
70	《夷堅支庚·蓬瀛眞人》	一仙	女妖（豬）	3-3.1 魅惑／害人女妖（頁 136）	《百部》18 冊，頁 6159
71	《夷堅支庚·花月新聞》	神祠捧印女子	女仙（俠女）	3-1.1 人仙（神）戀的女仙（神）（頁 101～102）	《百部》18 冊，頁 6174～6175
72	《夷堅支庚·王上舍》	一姬	女妖	3-3.1 魅惑／害人女妖（頁 135～136）	《百部》18 冊，頁 6205
73	《夷堅支庚·李山甫妻》	李山甫之妻	女鬼（民婦）	3-2.2 人鬼間的愛恨情仇（頁 122）	《百部》18 冊，頁 6207
74	《夷堅支庚·江渭逢二仙》	張麗華、孔貴嬪	女仙	3-1.1 人仙（神）戀的女仙（神）（頁 100～101）	《百部》18 冊，頁 6209～6210
75	《夷堅支庚·揚州茅舍女子》	蟾宮女子	女仙	4-2.2 環境景物的烘托（頁 180）	《百部》18 冊，頁 6217
76	《夷堅三志壬·鄧氏紫姑詩》	紫姑神	女神	3-1.2 人仙（神）戀以外的女仙（神）（頁 109、110）	《百部》19 冊，頁 6358

77	《夷堅三志壬·紫姑白苧》	紫姑神	女神	3-1.2 人仙（神）戀以外的女仙（神）（頁109）	《百部》19 冊，頁6376
78	《夷堅三志壬·鄒九妻甘氏》	甘氏	女鬼（民婦）	3-2.2 人鬼間的愛恨情仇（頁122）	《百部》19 冊，頁6397～6398
79	《夷堅三志壬·解七五姐》	解七五姐	女鬼（民婦）	3-2.2 人鬼間的愛恨情仇（頁122）	《百部》19 冊，頁6400～6401
80	《夷堅三志辛·宜城客》	布衣女子	女妖（狐）	3-3.1 魅惑／害人女妖（頁137）	《百部》19 冊，頁6421～6422
81	《夷堅三志辛·歷陽麗人》	麗人	女妖（蛇）	3-3.1 魅惑／害人女妖（頁136）	《百部》19 冊，頁6445～6446
82	《夷堅三志辛·趙喜奴》	趙喜奴	女鬼	3-2.2 人鬼間的愛恨情仇（頁121）	《百部》19 冊，頁6477～6478
83	《夷堅三志辛·蕭氏九姐》	蕭氏九姐	女妖（綠毛龜）	3-3.3 魅惑與理想以外的女妖（頁149）	《百部》19 冊，頁6478
84	《夷堅三志辛·香屯女子》	香屯女子	女妖（老虎）	3-3.1 魅惑／害人女妖（頁137～138）	《百部》19 冊，頁6482～6483
85	《夷堅三志己·石六山美女》	石六山美女	女妖（白猴）	3-3.2 理想化女妖（頁146～147）	《百部》19 冊，頁6492～6493
86	《夷堅三志己·吳女盈盈》	盈盈	女仙	3-1.1 人仙（神）戀的女仙（神）（頁96）	《百部》19 冊，頁6494～6497
87	《夷堅三志己·徐五秀才》	青衣丫鬟	女妖（大槐樹）	3-3.3 魅惑與理想以外的女妖（頁149）	《百部》19 冊，頁6500
88	《夷堅三志己·東鄉僧園女》	笄美女	女妖（狐）	3-3.1 魅惑／害人女妖（頁138）	《百部》19 冊，頁6501
89	《夷堅三志己·劉師道醫》	婦人	女妖（狐）	3-3.3 魅惑與理想以外的女妖（頁149）	《百部》19 冊，頁6511～6512
90	《夷堅三志己·暨彥穎女子》	京娘	女鬼（民女）	5-1 由宋代文言小說女性群像特色論其在小說史上的意義（頁226）	《百部》19 冊，頁6519
91	《夷堅三志己·朱妾眄眄》	眄眄	女鬼（妾）	3-2.2 人鬼間的愛恨情仇（頁132）	《百部》19 冊，頁6532～6533
92	《夷堅三志己·趙氏馨奴》	陳馨奴	女鬼（妾）	3-2.2 人鬼間的愛恨情仇（頁132）	《百部》19 冊，頁6538～6539

93	《夷堅志補·王千一姐》	王千一姐	女妖（狐）	3-3.1 魅惑／害人女妖（頁 138）	《筆記小說大觀》8編 5，頁 2714～2715
94	《夷堅志補·錢炎書生》	美女	女妖（蛇）	3-3.1 魅惑／害人女妖（頁 138）	《筆記小說大觀》8編 5，頁 2715～2716
95	《夷堅志補·滿少卿》	焦氏	女鬼（民女）	3-2.2 人鬼間的愛恨情仇（頁 131）	《筆記小說大觀》8編 5，頁 2553～2556
96	《夷堅志補·周瑞娘》	周瑞娘	女鬼（民女）	3-2.2 人鬼間的愛恨情仇（頁 125～126）	《筆記小說大觀》8編 5，頁 2542～2543
97	《夷堅志補·楊三娘子》	楊三娘子	女鬼（官婦）	3-2.2 人鬼間的愛恨情仇（頁 123～124）	《筆記小說大觀》8編 5，頁 2543～2545
98	《夷堅志補·鄭明之》	紫姑神	女神	3-1.2 人仙（神）戀以外的女仙（神）（頁 110～111）	《筆記小說大觀》8編 5，頁 2582～2583
99	《夷堅志補·懶堂女子》	女子	女妖（大白鼈）	3-3.1 魅惑／害人女妖（頁 1368）	《筆記小說大觀》8編 5，頁 2709～2712
100	《西塘集耆舊續聞·李英華》	李英華	女仙	3-1.1 人仙（神）戀的女仙（神）（頁 94）	《古體小說鈔》，頁 500～501
101	《鬼董·張師厚》	崔懿娘	女鬼（民婦）	3-2.2 人鬼間的愛恨情仇（頁 121）	《古體小說鈔》，頁 524
102	《鬼董·裴端夫》	緋衣女子	女鬼（民女）	4-3.1 女性和他人對話（頁 191～192）	《古體小說鈔》，頁 532
103	《醉翁談錄·王魁負心桂英死報》	王桂英	女鬼（妓女）	3-2.2 人鬼間的愛恨情仇（頁 130～131）	《醉翁談錄》，頁 91～95